叶聪灵 著

细嗅危糖

Hunter and Lover

天地出版社 | TIANDI PRESS

图书在版编目（CIP）数据

细嗅危糖 / 叶聪灵著. — 成都：天地出版社，
2022.11
　ISBN 978-7-5455-7243-8

　Ⅰ.①细… Ⅱ.①叶… Ⅲ.①推理小说 – 中国 – 当代
Ⅳ.①I247.5

中国版本图书馆CIP数据核字（2022）第167053号

XIXIUWEITANG

细嗅危糖

出 品 人	杨　政
作　　者	叶聪灵
策划编辑	崔云彩
责任编辑	孙学良
责任校对	曾孝莉
封面图片	佳佳子_JIA
封面设计	杨西霞
内文排版	杨西霞
责任印制	白　雪

出版发行	天地出版社
	（成都市锦江区三色路238号 邮政编码：610023）
	（北京市方庄芳群园3区3号 邮政编码：100078）
网　　址	http:// www.tiandiph.com
电子邮箱	tianditg@163.com
经　　销	新华文轩出版传媒股份有限公司

印　　刷	北京金特印刷有限责任公司
版　　次	2022年11月第1版
印　　次	2022年11月第1次印刷
开　　本	710 mm×1000 mm　1/16
印　　张	23.5
字　　数	337千字
定　　价	58.00元
书　　号	ISBN 978-7-5455-7243-8

目 录

一双凝视的眼睛

时空的交界线上，一个死亡，一个出现。

倾斜45度角

"如果，你发现，你最爱的人是一个隐匿已久的恐怖连环凶案的凶手，你会怎么做？"

电视机里正播放着《全民大侦探》这档颇受欢迎的综艺节目，主持人每期都用一句震撼力十足的话作为导入节目的开场白。

这是苏糖最近特别喜爱的一档节目，她像往常一样，一边嚼着薯片，一边看嘉宾们如何分析案情、如何破案。

节目里正在模拟案发现场，一个年轻的男孩倒在路上，身下渗出一大摊血迹。看到血迹，苏糖感到一阵躁动，她的思绪突然被拉回到了八年前。

"我喜欢你，彭哲，我长这么大，从来没这么喜欢过一个男生！"苏糖近似于哀求了。

"对不起！"彭哲猛然转身，向着马路对面冲了过去。

砰的一声！苏糖看到了被卡车撞飞的彭哲，他的身体就像一道弧线划过空气，落在马路上，他身下逐渐渗出一摊血迹，就像一朵摊开的残酷的花。

彭哲就那样死了，毫无征兆地、惨烈地死去了。苏糖总是自责，要不是为了逃避她，也许彭哲不会被撞死。

每当想起彭哲的死，苏糖都会难以自抑地热泪盈眶。这一期综艺节目里的死亡现场就这样猝不及防地触动了她敏感的回忆按钮。

一根温柔的手指抹去了苏糖眼角的泪痕，也把她从记忆中拉回到了现实世界。她抬起头，看到了一脸温柔的江诣——她新婚的丈夫，他和彭哲有着一模一样的脸。

　　"我的 Sugar 怎么还哭了，再哭可就不甜了。"江诣半蹲下来，伸出手臂将苏糖揽在怀里，一脸宠溺。

　　多么熟悉的面容！那是苏糖曾一见倾心的轮廓：眼睛、笑容和爱意。可是，他们并不是同一个人，虽然他们有着一模一样的脸。

　　八年了，彭哲已经去世八年了，可苏糖很多次看到江诣的脸，都还在寻找着彭哲的气息。

　　"呃，没什么，这个节目可太恐怖了。"苏糖故作害怕地说道。

　　江诣没有继续这个话题，只是温柔地牵着苏糖的手来到餐厅。

　　餐桌上摆放着丰盛的晚餐：牛排、意大利面、田园沙拉和红酒。每一样，都是江诣亲手烹饪、准备的。

　　"我对你来说，真的那么甜吗？"苏糖拿起刀叉，去切她面前的心形牛排。

　　"我对你来说，真的比不过那个已经去世的臭小子吗？"江诣拿起碎芝士，在她的意大利面上撒着，"那综艺节目，又让你想起彭哲的车祸了吧？"

　　"什么'臭小子'，你用词要谨慎，他可是你的孪生弟弟。"苏糖说完这句，就拿叉子卷起了意大利面往嘴巴里塞。

　　江诣沉默了，两个人好半天没再说话。

　　苏糖用余光偷偷瞥向江诣，他拿起酒杯，缓缓地抿了一口，又放下酒杯。虽然他面无表情，但她还是能感受到他的失望。

　　苏糖的内心升起一股无法抑制的愧疚，她心疼眼前的这个男人。他相貌英俊，风度翩翩，温柔体贴，才华横溢，还成功地经营着一家艺术中心。他爱了自己五年，用他全部的真诚，毫无保留，不计回报。他不仅给了自己浪漫的爱情，还给了自己一个温暖的家。可苏糖不能回馈给他全心全意的爱，因为她心里始终有彭哲的痕迹。

爱情中，最令人绝望的就是没有人能竞争过一个死去的人。

电视里《全民大侦探》继续播放着，那句导语再次响起："如果，你发现，你最爱的人是一个隐匿已久的恐怖连环凶案的凶手，你会怎么做？"

江诣看了一眼电视，又平静地看向苏糖："如果是你，你会怎么做？"

"啊？"苏糖甜甜地笑着，"那要看我有多爱他……"

28岁的苏糖，一直都是男人们青睐的那种女人：长相甜美，性格温柔，懂得撒娇，也理性冷静。但苏糖并不是一个特别相信爱情的人，尽管从小到大追求者无数，真正能走进她心里的人却少之又少。

一年前，苏糖的大学同学听说她要结婚了，都感到有点惊讶。又听说，她放弃了工作，要专心做全职太太，大家更是难以相信。不过，他们在参加完苏糖的婚礼后，就全明白了。英俊儒雅、有着海外留学经历且继承了家族生意的江诣，恐怕没有哪个女生不为之倾倒。

可苏糖的这场婚礼，却让她大学时代最好的两个朋友林慕曦和邵珥珥感到担忧。因为他们十分怀疑，苏糖爱的人究竟是不是江诣。他们甚至担心，迟早有一天，苏糖和江诣的婚姻会遇到问题。

没想到，他们担心的局面似乎真的出现了。

这天上午，林慕曦和邵珥珥都接到了苏糖的电话，她约他们去"心咖啡"聊聊，话里话外，似乎暗指江诣有了外遇。

上午十点，三个人准时到了"心咖啡"。

"我昨天买了一幅画，今天早上把它挂在了卧室里。江诣看到画还夸赞了两句。"苏糖抿了一口手里端着的黑咖啡。

"这有什么特别吗？因为一幅画，你怀疑江诣有外遇？"林慕曦摆出一副"你们女人是不是太敏感了"的姿态。

"不是的，江诣在看到画的一瞬间，他的反应很奇怪。我和他相处了那么久，我了解他的表情……"苏糖说得很慢。

"到底画和外遇之间有什么关联呢？你为什么会做出这样的推测呀？"作为心理治疗师的邵珥珥倒是细心和理性很多。

"是这样的，我的猜测，开始于一张无意间发现的名片……"苏糖讲起了昨天的见闻。

昨天早晨，一切如常。在江诣上班以后，苏糖开始整理衣帽间。她把需要干洗的衣服收集在一起，按照惯例检查每件衣服的口袋里是不是有东西没掏出去，就在她摸进一件风衣的口袋里时，一张名片被掏了出来。

名片正面是简洁抽象的线条，但是倾斜45度角后就能看出是一个女人的头像。作为经营艺术中心的老板，江诣时常能收到来自各个艺术团体和艺术家的名片。但这张名片很是特别，吸引了苏糖的眼球。

名片的背面是十分简单的信息：黎秋雨。秋雨画室。闵文路152号。

说到这里，苏糖从包里拿出了那张名片，递给邵珥珥他们看。

"出于好奇，我按照名片上的地址去了这家画室。参观了黎秋雨的作品后，还买下了其中一幅画。不过，我在黎秋雨的画室发现了这个……"苏糖在手机上滑出了两张照片给林慕曦和邵珥珥看。

一张是带有豹脸的胸针碎片的照片；一张是江诣穿着黑色的西装，佩戴着豹脸胸针的照片。

"这是江诣豹脸胸针上的一部分？"邵珥珥也看出了端倪。

苏糖点头："要么江诣戴着胸针去过黎秋雨的画室，要么江诣把胸针送给了黎秋雨，因为这个豹脸胸针是江诣亲手雕刻的。"

邵珥珥捏着下巴："江诣是个艺术商人，他和自己的潜在合作者有往来、送礼物，也很正常啊。"

"是很正常……但是今天早晨，我问他认不认识艺术家黎秋雨，他说不认识。"

"江诣否认他认识黎秋雨，所以你觉得他们之间有什么……"林慕曦嘴角扯出一丝笑，意味深长地说道。

"好吧，就算你联想的'外遇'真的存在，你是不是也应该检讨一下，你这些年来是怎么对江诣的呢？"邵珥珥看了一眼林慕曦，林慕曦却微微皱眉，示意邵珥珥别再说下去了。

"是啊，我还在想着彭哲，难道你没有想彭哲吗？要不是他八年前去世了，我们两个现在肯定不能这么心平气和地坐在一起聊天吧？"苏糖脸上既有不服气的挑衅，也有难掩的哀伤。

一番话让三个人沉默不语，也让他们的思绪也回到了八年前彭哲车祸身亡之后的那段岁月。

光影灯的秘密

八年前。

医院的病房里，林慕曦刚从昏迷中醒来，邵珥珥便拽起他奔去了急救室门口。林慕曦看到一片混乱的状态：学校的领导、辅导员，还有进行事故调查的警察……他们都因为彭哲的车祸来到医院。

当护士们推着彭哲的尸体从手术室里出来时，林慕曦用颤抖的手揭开了白色的布单，看着彭哲苍白的面孔，他的心头涌上了一股复杂的情绪。

身边的邵珥珥哭了起来："你知不知道，去年我考上了一所很好的大学，但是为了彭哲，我还是选择了复读，就是为了考上你们学校。"

确认彭哲死亡的那一刻，林慕曦感到脑袋里一阵刺痛。他瞬间跌坐在地上，内心的惊恐开始无限放大，那些可怕的画面毫无预警地浮现在他眼前。

在那栋豪华别墅里，楚洛奄奄一息地躺在地板上。兴高采烈进门的林慕曦霎时间呆住了：他完全搞不清楚状况，自己不过是应邀来参加别墅派对的，怎么一进门就看到了如此惨烈的画面呢？别墅的墙壁上、地板上，溅满了血迹，惊得他心脏咚咚暴跳。

"林……林……慕曦……"楚洛用微弱的声音叫他。

林慕曦顺着声音，慌忙跑了过去。当看到满身是血的楚洛时，他被吓得愣在了原地。

"是……是……"楚洛话还没说完，就一动不动了。

突然，一道人影从别墅大门前掠过，回过神的林慕曦大声喊道："谁?！"

那一刻，林慕曦全身都在剧烈地颤抖，他从未如此恐惧过。他看了一眼血肉模糊的楚洛，鼓起勇气，追了出去。

那个人影在不远处动了一下，林慕曦追了过去。对于他来说，也许被追的这个人就是凶手，他既想看清楚凶手的真面目，又害怕真的追上凶手，被凶手灭口。他每追一步，内心都十分煎熬。

那人影朝着山下跑去，离他越来越远了，几乎快要跑出他的视线了。

"啊！"林慕曦突然被绊了一下，整个人完全不受控地沿着斜坡滚落下去。

三天以后，等林慕曦从昏迷之中醒来时，已经是在医院的病床上，旁边坐着哭得凄凉的邵珥珥。

回忆的画面戛然而止。时隔多年，林慕曦再想起当年的场景时，依然心惊肉跳。他知道，当时恍惚中已经看到了自己追赶的人是谁。

苏糖和邵珥珥都盯着发呆的林慕曦。

林慕曦收回思绪，看向苏糖："你别再想着彭哲了，这么多年了，应该放下了。"

"苏糖，你也不要再去彭哲的旧房子了。你对一个去世之人的怀念，已经到了一种病态的程度。你总在一个死人的房子里幻想着你们未完待续的爱情，对于活着的人来说太不公平了！这会毁了你和江诣的婚姻的。"邵珥珥也看着苏糖，目光里满是关切，还有警告。

"嗯……我知道了。"

"黎秋雨的事，你打算怎么做？"林慕曦问苏糖。

"先观察观察再说吧，也许真的只是我胡思乱想了……"苏糖看了一眼手机上显示的时间，"这个点儿了，咱们散吧。"

邵珥珥一把拉住了苏糖的手："记住，要想让别人一心一意爱你，你也要一心一意爱别人！"

"明白！"苏糖点了点头。

走出咖啡馆，苏糖感到一丝怅然。她漫无目的地走着，不知不觉间又来到了彭哲的旧房子，浦清路 528 号，浦清鸣苑。

进入单元门，走在楼梯上，苏糖心里升起了一股奇异的感觉：马上就要回到家，彭哲正在房子里等着她。

到了彭哲住过的 402 室，苏糖拿出钥匙，"咔嚓"一声开了锁，她推门走了进去。

苏糖知道，没有人能理解她爱上了一个死人的心绪：她喜欢他家里的布局，她看过他摆在书架上的所有书，她欣赏过存在他电脑里的所有电影，她读了所有他写的日记，她摆出了所有她能找到的他的照片……402 室里到处都是彭哲的痕迹，就像他没有死去，他一直鲜活地陪伴着她。

走进彭哲的卧室，苏糖从衣柜里拿出了一个礼盒。那是一个彭哲本来要送给她却始终没有送出去的礼物——一盏光影灯。长方形的木框上方有悬着的灯泡，木框的四周都用木浆纸粘贴好，其中两张木浆纸上是用纸雕做出来的立体画。

苏糖拉了一下拉杆，灯亮了。

光影灯的一面是一个男孩在森林里的孤影，另一面是一个女孩在森林里的孤影。灯亮起来时，墙上形成的影子，却十分神奇地变成了男孩与女孩在一片美丽的森林里牵手仰望星空的图案。

"多么希望，平行世界里的另一个我会和你相爱。Sugar, I love you！"彭哲在礼盒里的心形卡片上写下了这句表白。

直到彭哲去世之后，苏糖才发现这份弥足珍贵的礼物。

苏糖感到心如刀绞，眼泪也不受控制地夺眶而出。周围的一切，也在泪滴里扭曲了影像。

"那是……一双眼睛吗？"颓废的苏糖侧躺在床上，她的身体与床边的电脑桌恰好形成了一个倾斜的角，从这个角度望向光影灯照射在墙上的影子，苏糖看到的就不仅仅是一个男孩和一个女孩牵手在森林里望向星空的图案了。

星空上的星星连在一起，形成了一双眼睛，一双默默注视着她的眼睛。

多么神奇，倾斜 45 度，就能看到全新的画面，这竟和黎秋雨的名片有异曲同工之妙。

这双眼睛似乎在哪里见过。苏糖忽地一下就从床上起了身。没错，在黎秋雨的画室里，她看到过相同的图案。那是一幅摆在角落里的油画，凌乱的背景上只画了一双眼睛。

彭哲的光影灯上为什么会有黎秋雨画作的图案呢？

苏糖打开手机，搜索了黎秋雨、绘画手法等关键词，一条关于黎秋雨失踪的新闻映入眼帘。

"女画家黎秋雨于9月20日下午三点左右离开自己的画室后就一直处于失联状态，她的姐姐黎秋云向警察透露，妹妹被抑郁症困扰，不排除有自杀倾向……"

失踪了？去年的9月20日？

这个敏感的日期促使苏糖立刻翻出了手机里留存的一张江诣的照片。照片上，江诣穿着帅气的西装，别着豹脸胸针。苏糖还记得，这胸针是江诣熬夜雕刻而成的，第二天早晨完工时，他还特意让苏糖给他拍了这张照片。而手机相册里显示的照片拍摄时间正是去年9月20日。

黎秋雨是在20日失联的，江诣的胸针也是在20日做好并佩戴的，真的是巧合吗？苏糖整理了一下思绪：或许是江诣把胸针送给了别人，别人又把胸针转送给了黎秋雨，而江诣虽然有一张黎秋雨的名片，但名片也不是黎秋雨本人给他的。所以，江诣不认识黎秋雨这个人，也是完全有可能的。

苏糖运用了她在《全民大侦探》中学到的推理技术，而后又自嘲地笑了笑，自己不是想知道彭哲为什么使用了黎秋雨画作中的图案吗？怎么又扯到江诣身上去了？

苏糖起身，拉动了光影灯的开关，灯瞬间熄灭，整间屋子也暗了下来。

此刻正是傍晚时分，窗外的天色暗下来，路上的街灯也亮了起来。外面的光亮透过窗子照射进来，苏糖的目光落在了光影灯旁边的相框上，那是一张彭哲生前的正脸照。

每次傍晚的路灯光亮照射进来时，都能映射在照片上，光亮会以彭哲的鼻子为界限，刚好照亮一半脸，而另一半脸则是灰暗的。但是这一次，彭哲的正脸照，有三分之二都是被照亮的。

苏糖可以肯定，她站在和过去一样的位置上，光照也应该形成相同的效果，能够让光照效果不同的唯一原因是有人动过相框！

细节堆积的恐惧

苏糖很疑惑，只有自己有这房子的钥匙，而自己很长一段时间都没有来过了，那究竟是谁动过电脑桌上的相框呢？

被细腻的敏感驱使着，苏糖打开了卧室的顶灯，整个房间立刻亮了起来。她环顾四周，目光又落在了窗前的电脑桌上。

电脑桌上放着台灯、相框、电脑显示屏、方形路由器、一对微型音箱、黑色键盘、鼠标和鼠标垫。黑色鼠标垫的右下角有白色的英文标志，苏糖每次放鼠标的时候，都会特意把鼠标放在标志的正上方。但现在鼠标的位置也发生了改变，虽然不是很明显，在过去苏糖很可能不会在意，但这一刻，苏糖没有办法忽视这个细节了。

难道有人还动了电脑？苏糖困惑地想着，而后打开了电脑。苏糖查看了电脑桌面上展示的软件图标，又点进"我的电脑"查看了每一个分隔好的硬盘空间，没有任何异样。其实电脑里也没什么机密文件，无非就是彭哲的资料和论文，还有他的日记。后来苏糖租下这房子后，也用这台电脑写过日记。

苏糖想，自己是不是太过敏感了呢？不过，为稳妥起见，她还是决定查一下电脑的上一次开关机时间。系统显示，电脑的上一次开关机时间是5月20日。

5月20日？苏糖回忆着，自己那天并没有来过这里呀！究竟是谁打开过电脑？苏糖再一次环视整个卧室，她感到了不安。

逐一检查完其他房间后，苏糖并没有发现什么特别异样，也没少任何东西。

但是苏糖的直觉告诉自己，一定有人来过……难道要报警？可怎么对警察说呢？房子里没有盗窃的痕迹，更没有发生命案，警察即使立案，估计暂时也不会有任何结果。

苏糖放弃了报警的想法，开始思考起来，这段日子看的《全民大侦探》倒是让她想到了一个办法。

苏糖拿出了手机，对着电脑上显示的上一次开关机时间的页面拍了照，然后关机，特意把鼠标的左边缘对准鼠标垫上英文标志的最后一个字母放置，也拍了一张照片。对于桌子上的相框，她也用铅笔在边缘处轻轻画了一条短线。做好这些，苏糖把这方法复制在次卧和客厅，同样在一些物件上做了标记，拍了照。完成后，苏糖关了灯，锁上了门，离开了彭哲的旧居。

这是一种直觉和现实的对抗，也是疑神疑鬼和小心谨慎的交互。苏糖宁可信其有。

因为是老式单元楼，楼道里十分安静，只有年久失修的灯忽明忽暗，苏糖又开始惴惴不安起来。

她一口气奔到楼下，来到了街对面的7-11便利店。苏糖从冰箱里拽出一瓶纯净水，然后咕咚咕咚喝了下去。她并不是真的很渴，只是需要用喝水来平息内心的焦虑。

随着一瓶纯净水入喉，苏糖的脑子里不受控制地闪现出许多画面：黎秋雨的名片，她画室里的豹脸胸针碎片；江诣看到画时一瞬间的表情；彭哲卧室里光影灯形成的眼睛图案；黎秋雨画室角落里的抽象画；黎秋雨失踪的时间和豹脸胸针完成的时间；彭哲家被动过的相框和电脑。这所有看似无聊的细节和猜疑堆积起来，就不是胡思乱想那么简单了！

凝神而思时，苏糖的手机突然响了起来，吓得她将手里的纯净水瓶子都掉在了地上。手机上亮着江诣的头像，苏糖镇定了一下情绪，就接通了电话。

"喂，亲爱的，你在哪儿啊？回到家里看不到你，我好心慌啊……"江诣的声音传来，这是他一贯的"撒娇"风格。

"不好意思啊，邵珥珥他们约我出来，我们一直疯到了现在……我买冰激凌给你赔罪。"苏糖说了谎。

挂了电话，她拾起地上的空瓶子，去收银台结了账。

当苏糖提着草莓味的冰激凌回到家时，一直在等她的江诣已经躺在沙发上睡着了。

她放下冰激凌，去卧室拿了一方毯子盖在江诣身上。江诣睡得很沉，长长的睫毛安静地聚在一起，显得帅气而又迷人。苏糖伸出手，轻轻地抚摸他的脸，思绪回到了五年前他们相遇的那一刻。

就在彭哲出车祸的那个路口，正在拍平面广告的苏糖看到了正要过马路的江诣。一个骑着摩托车的人猛地转弯，在他快要撞到江诣的瞬间，苏糖毫不犹豫地冲了过去，挡在了江诣的身前。可那个骑着摩托车的人拐向了另一个方向，江诣根本没有任何危险。

惊慌失措的苏糖却泪流满面，江诣被她突如其来的举动和眼泪惊到了。

苏糖慢慢恢复平静，而后请求道："能留个姓名和电话吗？"

那是苏糖第一次和江诣邂逅，她情不自禁的一切，都因为江诣有一张和彭哲一模一样的面孔——而且，她没法忍受"彭哲"在自己眼前再死一次。

苏糖明白，是她自己赋予江诣替身角色的。

"你的手好凉啊……"江诣嘴里咕哝着。他慢慢地睁开眼睛，看到了默默凝视着他的苏糖。

苏糖的回忆被打断了，她温柔地笑着："你醒了？"

"是谁说要买冰激凌给我吃的？"江诣微笑着看向苏糖，就像一个讨零食吃的孩子。

苏糖突然想起了彭哲卧室里的那张正脸照，江诣和彭哲那么像，这种相像曾是她心里的寄托，可这一刻，突然让她惶恐不安。

"老婆，你怎么了？"江诣的微笑也在一瞬间消失了，他审视着苏糖表情的变化。

"老公，你觉得世界上有鬼吗？"苏糖突然来了这么一句。

"鬼？"江诣困惑极了。

"哦，今晚和邵珥珥他们看了恐怖片，是关于鬼魂回来寻找真爱的故事。"苏糖搪塞道。

"那你是不是也幻想着，彭哲的鬼魂回来找你啊？"江诣的脸上泛起了轻微的不悦。

"你一定要这样吗？老和一个死人较劲。"苏糖冷了脸。

"是吗？"江诣坐回到沙发上，盯着落地窗外的深深夜色，"五年了，为什么我还是觉得，你没有全心全意地爱我呢？"

"如果我一直全心全意地爱你，你早就对我厌倦了吧？"苏糖也不甘示弱。

江诣没有回答，只是默默地拿起了一根烟，点了起来。

楚洛之死

第二天早晨，苏糖起得比平时还早，因为江诣要出差，她起来给江诣收拾行李。

结婚以后，江诣的一切都由苏糖打点，即使是整理行李这种小事，苏糖也会做得一丝不苟。吃过了早餐，检查了行李，江诣穿戴整齐之后，他的助理就来接他去机场了。

江诣离开以后，苏糖像往常一样在厨房里洗着碗，脑海里又不自觉地想起了黎秋雨。

纠结了很久之后，苏糖开始在网上搜索黎秋雨的信息。她找遍了所有关于黎秋雨的网页，听遍了关于她的专访，甚至看了每一篇专家对于她作品的分析论文，还有她作品的拍卖情况。苏糖就像一尊雕像一样，稳稳地长在了电脑桌前。

直到入夜时分，苏糖打开了一个名为珍妮弗·陈的艺术品收藏家的长微博，珍妮弗·陈写了一篇她拜访黎秋雨画室的日记。在珍妮弗·陈和黎秋雨合影中，苏糖看到了一幅名为《凝》的油画。

"是那双眼睛！"苏糖在心里惊呼。

《凝》就是黎秋雨画室里的那幅抽象画——和彭哲的光影灯映衬出相同眼睛图案的那幅画。

珍妮弗·陈的长微博上写了这样一句话："《凝》是秋雨刚刚完成的作品，它对于秋雨来说，具有非比寻常的意义，也是她唯一一次突破立体画派的风格所创作的超现实主义作品。"

"刚完成的作品，也就是一年半以前才画出来的画……"苏糖暗自思考着，"黎秋雨是在一年半以前完成的画，也就是，在八年前她不会用那样的方式去画一双眼睛。那彭哲光影灯上的相同的眼睛图案是谁设计的呢？"

彭哲，黎秋雨，相同的眼睛图案；江诣，黎秋雨，豹脸胸针。苏糖在便签纸上写了这行字。她越是想找到几个因素的共同点，就越是感到困惑无比，苏糖几乎要被自己无法抑制地想要得到答案的想法折磨疯了。

第二天一早，苏糖拨通了林慕曦和邵珥珥的电话。三个人又如约来到了"心咖啡"。

"我发现了一些事情，很诡异。彭哲的旧房子好像有人去过，女画家黎秋雨竟然已经失踪了……"苏糖大概讲了自己这几天遇到的事。

"黎秋雨神秘地失踪了，江诣又不承认自己认识黎秋雨，八年前彭哲送你的光影灯上有黎秋雨一年半以前画过的眼睛图案。"邵珥珥也来了兴致。

"对吧？我总觉得，彭哲、江诣、黎秋雨之间似乎有什么关联。"苏糖皱着眉说道。

"听你们说得神乎其神的……不过，八年前，也有一件事一直困扰着我……"林慕曦缓缓抬头，目光沉重地看向苏糖。

"八年前？发生了什么事？"苏糖盯着林慕曦问。

"还记得当年轰动一时的楚洛被杀的案子吗？我是唯一的目击证人，还因为追赶杀人凶手，跌落斜坡，昏迷后住进了医院。后来我告诉警察，我没有看清楚凶手的样貌……"林慕曦停顿了一下，"其实……我看到了他的样子，凶手……就是彭哲。"

"彭——哲？"苏糖和邵珥珥几乎同时脱口而出。

"那你为什么要向警察隐瞒？"苏糖平静了一下，皱起眉头。

"第一，他是我大学时代最好的朋友；第二，当我从医院醒来的时候，他已经去世了……"

"你是说彭哲杀了楚洛？楚洛是学艺术设计的，彭哲主修天体物理学，他们两个在不同的系，无论是学业，还是朋友圈子，根本就是风马牛不相及的两个人，怎么可能有交集呢？"苏糖困惑地看着林慕曦。

"他们两个人的交集，就是你。"林慕曦回答道。

"我？"苏糖更加困惑了。

"彭哲是喜欢你的，楚洛也有意追求你。一个穷小子 PK 一个富二代，可想而知，楚洛会使尽各种坏点子欺辱彭哲。"

"我怎么一点都不知道！"苏糖满是讶异。

"命案发生的那一年，彭哲压力很大，准备物理竞赛，为母还债，后来母亲病逝……再加上楚洛对他的刺激，很有可能他在冲动之下对楚洛下了死手……"林慕曦做了推测。

"他那时那么坚决地拒绝我，就是因为他杀了人，他认为我们不会有未来，才一定要把我从他身边推开吗？"苏糖像是突然明白了什么。

"你还说你多喜欢他、多爱他，他经历过什么你都不知道！如果不是遇到你，他根本不会死，更加不会去杀人！"邵珥珥的指责脱口而出。

"你怎么了！你不是已经不怪苏糖了吗？她现在知道了这些，恐怕已经比死还难受了。"林慕曦看了看崩溃的苏糖，又看了看激动的邵珥珥，眼前的两个女人都曾经深深地喜欢着彭哲，他能够理解她们的痛心和悲伤。

三个人又陷入了沉默，他们都在努力平复自己的情绪。

"我冷静地想了想，楚洛的死，真的很奇怪。因为那起案子震动了整个鸿远大学，当时作为心理系大一的学生，我们也对那起案子做了很多讨论……"邵珥珥整理情绪后，那个理性的她又回来了。

"当时很多媒体报道过那起案子。那起案子之所以轰动，就是因为凶手的杀人方法很残忍，根本不是普通的凶杀案。就算彭哲再怎么崩溃也好，被刺激也好，以他的性格和平时的为人处事，他也不像一个能以如此凶残的方法去杀人的人。"邵珥珥提出了质疑。

"如果彭哲不是凶手，在我发现他之后他为什么要跑呢？"林慕曦反问道。

"这个确实解释不通……"邵珥珥思索着，"如果彭哲真的是杀死楚洛的凶手，就算你不说出你看到了彭哲，警察也会在楚洛的尸体上和案发现场验出彭哲的指纹、鞋印或者DNA之类的证据。可显然，警察并没有验出来。这至少说明，彭哲没有在尸体或案发现场留下任何证据。就算彭哲杀了人，他怎么能冷静地做得如此精妙呢？"邵珥珥进一步推测着。

"是啊，这么一说，我也觉得彭哲做不出这种事来……"林慕曦想了想，"可还是没有办法解释，为什么彭哲一发现我，就马上跑开啊！"

"电影里也演过，有时候，目击证人其实就是凶手。会不会……你就是那个杀人凶手啊？看见彭哲跑开这种事，根本就是你编出来的，好转移警察的视线……"好久都没说话的苏糖，突然蹦出了这么一句。

"苏糖，连你都想到这个可能性了，警察不可能没想到。唯一的目击证人无法描述清楚自己看到的疑凶，这最能引起警察的怀疑了。"邵珥珥对苏糖翻了一个白眼。

"警察验过我的衣服、鞋子，还取过我的DNA样本。案发之后，也对我做了调查，最终排除了我是杀人凶手的可能性。"林慕曦颓然地坐回到了沙发上，而后叹了一口气，"我们都认识这么多年了，你居然还能把我怀疑成凶手。"

"《全民大侦探》也说过啊，那些真正凶残的凶手，都是隐藏不露的。"苏糖不服气地说道。

"苏糖，楚洛那件凶杀案之后，林慕曦患上了PTSD（创伤后应激障碍），我还给他介绍了心理医生帮他走出阴影呢。就他那小胆儿，怎么敢以那么变态的方式去杀人啊！"邵珥珥看着林慕曦，撇了撇嘴。

"他不是凶手，彭哲也不像是凶手，那谁会是凶手呢？"苏糖追问道。

"我有个大胆的想法。林慕曦，你说你那天追赶的人是彭哲，但别忘了，彭哲和江诣是孪生兄弟，有着一模一样的脸和身形，会不会，那天你看到的人，是江诣呢？"邵珥珥盯着林慕曦说道。

"又或者，那天车祸被撞死的人，不是彭哲，而是江诣！"林慕曦同样震惊于自己的推测。

听到他们两个一来一往的推测，苏糖端起的咖啡杯猛地掉落在了地上——这样看似奇葩的推测还真刺中了她的要害。

"可是……彭哲和江诣并没有交集啊，我是在彭哲去世后的第三年才邂逅江诣的，他们的生活无论在时间上还是空间上，都毫无联系啊！"苏糖一边反驳，一边回忆着，似乎想在短时间内翻出所有关于两个人的记忆。

彭哲像抛物线一样被卡车撞飞的身体，江诣气质儒雅地出现在那个彭哲发生车祸的路口。鸿远大学正门的马路对面——时空的交界线上，一个死亡，一个出现。苏糖整个人都愣住了：那个路口，不就是彭哲和江诣的交集点吗！

私人侦探

离开了咖啡馆，苏糖开着车，好几次，不是闯了红灯，就是差一点和前面的车追尾。她的耳边不断回响着他们三个人的讨论。

"彭哲和江诣是孪生兄弟，有着一模一样的脸和身形。会不会，那天林慕曦看到的人，是江诣呢？"

"又或者，那天车祸被撞死的人，不是彭哲，而是江诣！"

苏糖心乱如麻，好像千头万绪交织在一起，缠绕着她。不算长的回家之路，她却像花了一个世纪的时间才走完。

车子，终于开到了家。

0316，苏糖按下了前庭花园大门的密码，车子开了进去。0718，苏糖又按下了别墅大门的密码，门打开后，她缓步走进了客厅。

0316 是 3 月 16 日，那是苏糖第一次在鸿远大学的那条马路上遇见江诣的日子；0718是7月18日，那是江诣第一次带苏糖来这栋别墅并向她求婚的日子。苏糖发现，在这个她和江诣的家里面，其实到处都是"爱的信息"，每一个细节，都有值得纪念的印记。

苏糖瘫坐在沙发上，苦笑了一下。连按过的密码都在提示着她，江诣有多么爱她。她的脑海里却在重复放映着彭哲欲言又止的表情。

八年前的车祸是挥之不去的永恒的画面。苏糖明白，不找到真相，她的心永远无法平静。

苏糖拿起手机，拨通了林慕曦的电话："林慕曦，你人脉广，能不能帮我找一个私人侦探？"

"你想好了？"林慕曦问道。

"嗯。为了彭哲，我想知道杀死楚洛的凶手是谁。"

"其实你还是想知道，彭哲是不是因为杀了人，才非要和你分手的吧？"林慕曦一语道破原因。

林慕曦效率很高，第二天上午就给苏糖带来了好消息。

"我们圈子里有个专门爆名人隐私的公众号，他们有个'御用'的合作方，明面上叫'安心商务调查公司'，其实啊，就是私人侦探。我那哥们儿给了我安心公司老板的电话，让咱们和那老板当面聊聊，看看他能不能接咱们的委托。"林慕曦一边开车，一边给苏糖介绍情况。

"不就是狗仔队吗？"苏糖顿时就没了热情。

"不，他们可是真有本事！前年天锐公司代理的进口奶粉造假事件，去年同威区的传销窝点，可都是他们查出来的……"

两个人不多时就来到一栋商务大楼，乘电梯到了八楼。电梯门一打开，苏糖就看到了"安心商务调查公司"的正门。不同于普通的小公司，这家"私人侦探所"可是占据了一整个楼层，完全不是苏糖预想的那种一间小破办公室的配置。

按了门铃，一个二十多岁的女生过来开门，询问后把他们带到了老板的房间。

负责人老沈穿了一身运动装，双手插在裤兜里，正对着落地窗外举目远眺。

"老沈。"林慕曦先打了招呼。

老沈转身，面无表情，上下打量了一下进来的两个人。

"听说，你们有大事要查？"老沈伸手示意两个人坐在他对面的椅子上。

苏糖抬头看了看老沈：虽然面冷，但也算英气十足，给人一种很有能力的感觉。

"我们想查八年前的一起凶杀案。"林慕曦从包里拿出一个公文袋，递给了老沈，"这是案子的资料。"

老沈接过公文袋，打开，又把身子转了过去，自己对着落地窗看起了资料。

几分钟后，老沈忽然转身："这个活儿，我们接不了。"老沈边说边把资料塞回了公文袋，啪地扔回给林慕曦。

"为什么？"苏糖抬头瞪着老沈。

"我们不接刑事案，还是警察都破不了的案子。"老沈终于坐了下来，可以和苏糖以差不多的高度面对面了。

"那我们刚才就说了，要委托的是一起八年前的凶杀案，你不想接，为什么还打开看我们的资料呢？"苏糖一直盯着老沈。

"因为我好奇，行了吧？"老沈看到苏糖些微怨怒的表情，竟然笑了。

"好奇什么？好奇有什么八卦可以让你们挖，还是好奇我们能出多少钱？"苏糖问得很直接。

林慕曦偷偷拽了一下苏糖的衣袖，想让她注意一下言辞。

"苏糖，歇业的模特，兼职插画师，Forever 艺术中心 CEO 江诣的夫人……当你的面孔出现在我们楼层的监控器里时，我们的资料库就自动识别出了各种跟你有关的信息。一个响当当的耳光就能让一个男人发誓非你不娶，真是厉害……"老沈脸上此刻显露出一种轻视和玩味的笑。

苏糖嗅出了老沈对她的看法。

"所以你非要看看我们的资料。"苏糖瞬间明白了，老沈的公司本来就是靠挖名人隐私赚钱的地方，她来这种公司是得不到她想要的帮助的。

　　"既然不想接你们的活儿，我也不想知道你们跟案子到底有什么关系。但我奉劝一句，这案子不是普通凶杀案，凶手在死者身上造成那么多伤口，他其实是在享受和玩味凶杀的过程。如果你们要找凶手的话，这会是一件十分危险的事。而且很有可能，凶手杀死的，不仅仅是这一个人。"老沈的冷面里倒显出了一丝丝关切。

　　"我愿意出50万，只要你们肯接这个活儿。"苏糖突然来了这么一句。

　　林慕曦扭头惊讶地看了苏糖一眼。

　　"呵……"老沈像看着一个傻瓜一样看着苏糖。

　　"100万！"苏糖表情认真道。

　　"300万，目前为止，我只有这么多存款，要是需要更多，我可以卖房子。"见他依旧不言语，苏糖急了。

　　"不是钱的问题。"老沈急吸了几口烟，"我们做生意是为了赚钱，但不想跟变态周旋。"

　　"听说你是特种部队出身，肯定也遇到过不少穷凶极恶的暴徒吧？怎么会没有胆量去面对一个变态的凶手呢？"苏糖和老沈杠上了。

　　"不是没有胆量，是没有必要。而且你这活儿，圈儿里不会有人接的，我劝你们死心吧。"老沈一展手，示意了办公室出口的位置，意思很明显，是要送客。

　　"求你，老沈，帮帮忙……"苏糖软了下来，眼神里闪过一丝哀伤。

　　"你为什么一定要找这个案子的凶手呢？"老沈的强硬也随之软化了一些，"死者，是你的前男友？"老沈嘴角又翘起了一下，"就算真是前男友，也去世那么多年了，你现在也嫁得好，该放下就放下吧。"

　　苏糖盯着老沈，也露出了一种轻蔑的笑："行吧，既然你们专门查隐私，那我委托你们调查我丈夫的婚外情。"苏糖拿出手机，在上面敲了几下，递给了老沈。

　　"女艺术家黎秋雨？"

　　"我怀疑她和我老公有婚外情。"苏糖说得直接。

"她已经失踪一年了。"老沈有点不解。

"对，我就是怀疑，她在一年以前和我老公有染。"

"女人啊，想知道的所有真相，都和爱情有关。"老沈轻哼了一声，说道，"这活儿，我们接。调查费至少先给定金20万。"

"没问题。"苏糖一口答应下来。

林慕曦一边看看老沈，一边看看苏糖，他一直也没插上话，两人的谈判根本就没带他。

"老沈，你们所可是最善于保守秘密，也最善于爆料隐私的地儿。我朋友这个调查，你们可绝对不能透露出去啊！"林慕曦急了。

"守口如瓶，品质保证。"面冷的老沈义正词严地说道。

"刷卡机给我。"苏糖要求道。

老沈从抽屉里取出手机大小的刷卡机递了过去。苏糖从包里掏出一张银行卡，在刷卡机上刷了一下，咔的一声，钱就过去了，丝毫没有拖泥带水。

"走吧，林慕曦！"苏糖起身向着办公室门口走了过去。

路过老沈的书架时，一本书引起了苏糖的注意，那本书的书名叫《暗影的秘密》，苏糖抬手把书从书架上拿了下来，翻到了目录的位置，看了看。

"苏小姐喜欢这本书？可以送给你。"老沈笑着说。

"谢谢。"苏糖倒也没客气，说着就把书装入了自己的包里。

"可这本书是指导人鉴别变态杀人凶手的。"

"那又怎么样！"苏糖走了出去，林慕曦紧随其后。

两个人走出了办公楼，一起上了车，苏糖在车里又一次陷入了思考。

"苏糖，我们似乎真的低估了事情的困难性，老沈说得没错，他的公司是圈子里最厉害的了，要是他都不接这个活儿，肯定没人会接。"林慕曦开口道。

"林慕曦，要不，我们自己查吧！"苏糖盯着林慕曦，眼睛放光。

"啊？"林慕曦转头，一脸惊骇。

心中的多米诺骨牌

你要是吸血鬼多好，你就能永生……

回到案发现场

怀疑，就像一颗种子，一旦在心中种下，就开始生根发芽。对于苏糖来说，她更加清醒地感受到了那颗种子的力量。她知道，她心中的多米诺骨牌已经被推倒了。

林慕曦的车已经开到了"心咖啡"。在路上时，苏糖还联系了邵珥珥。

三个人依旧坐在上次的位置，苏糖直接点了三杯黑咖啡。

"苏糖？"林慕曦刚一张口，就看到苏糖举起手，给了他一个"先别说话"的手势。

"对，就是这份活动策划案，谢谢你，安妮姐。"苏糖在微信上用语音回道。

很快，苏糖打开了安妮发过来的策划案PPT，那是去年由江诣的Forever艺术中心和安妮的公关公司联合举办的一场大型展示秀。

"什么事啊，找我找得那么急？"邵珥珥刚赶到"心咖啡"，苏糖也给了她一个"先别说话"的手势。

邵珥珥对着林慕曦一撇嘴，两人都不明白苏糖在筹划什么。

"其实，一场非常大型的活动，靠一家公司是没有办法完成所有环节工作的，所以会把不同的环节外包给不同的公司去做。"苏糖举起了手机，指了指上面的PPT。

"啊？"邵珥珥不明白苏糖要说什么。

24

"就说去年的'玩偶先锋'吧，江诣请了安妮的公司做统筹，安妮又请了模特经纪公司甄选模特、舞美公司做布景、演艺公司统筹表演嘉宾……其实，安妮最大的作用，就是聘请能够帮助筹备活动的各类公司，并且统筹出合理的工作流程和步骤，最后再把各个分部的工作整合在一起，就实现了最终的预期效果。"苏糖一口气说完。

　　"可是……苏糖，你今天要和我们两个谈大型活动策划吗？"林慕曦完全搞不懂苏糖的思路。

　　"其实查案的方法也和大型活动策划差不多……"苏糖眼睛放光，"我倒是想和那个拽哄哄的老沈较个劲。"

　　"这到底是怎么回事啊？"邵珥珥听得一头雾水。

　　林慕曦就把他们去找私人侦探老沈的事说了一遍。

　　"你是觉得，老沈他们去查黎秋雨，就等于把这条线索外包给老沈了。然后，你就像安妮一样，把不同的活儿外包给不同的公司，自己只要做流程梳理和统筹兼顾就好了。"邵珥珥简直是心领神会。

　　"真是聪明！"苏糖简直有点兴奋，她抽过桌上的留言信纸和铅笔，在信纸上画了起来。她画了一棵长着主干和枝条的树，还把文字标注在了大树的每一根枝条上。画完之后，苏糖把信纸展示给林慕曦和邵珥珥看。

　　黎秋雨——黎秋雨、彭哲和江诣，三人有关系吗？

　　楚洛——谋杀他的人真的是彭哲吗？

　　彭哲的房子——有谁进过他的房子？为什么要进去呢？

　　江诣／彭哲——两个人的身份有谜团吗？

　　"确实是这四类线索，思路很清晰。那么，你想怎么做？"邵珥珥问苏糖。

　　"老沈去查黎秋雨，林慕曦去查楚洛，彭哲的房子我来查，江诣和彭哲的关系珥珥去查。每个人外包一类线索，定期统筹，定期汇总。"苏糖一边说，一边在纸上写下了大家的名字。

"行，现在我们都得听 Madam Su 的了。"林慕曦还装模作样敬了一个礼。

邵珥珥被逗笑了："苏糖，你来真的吗？"

苏糖从包里抽出了在老沈那儿拿的书，递给了邵珥珥。

"《暗影的秘密》，伍伟森教授的书？你在看犯罪心理学的书？"邵珥珥盯着苏糖，苏糖的目光却聚焦在书封那双眼睛的图案上。

"珥珥，你认识这个作者？"苏糖抬起头。

"伍教授是我们心理研究协会的重要成员。虽然他是犯罪心理学专家，但这些年来，他也很关注心理治疗和犯罪倾向的研究。所以我在做心理咨询的时候，遇到个别棘手的个案，也会找他请教一番。而且，当年林慕曦患了 PTSD，我们教授推荐给他的心理医生就是伍教授。"邵珥珥看了看坐在一旁的林慕曦。

"你看这本书，是因为楚洛的案子吗？"林慕曦问苏糖。

"嗯……"苏糖点了点头，"对了，林慕曦，我想去楚洛当年遇害的别墅看一看……"

"别墅？"对于苏糖突然提出的要求，林慕曦面露难色，"自从八年前发生了楚洛的命案，那别墅就没有人再去过了。本来位置就荒僻，案子还那么惨烈，所以后来就没有人敢靠近那凶宅了。别墅卖不出去，也租不出去。"

两天后，苏糖接到了林慕曦的电话，他拿到了楚洛遇害的那栋别墅的钥匙，还和苏糖以及邵珥珥约定好了去别墅的时间。

下午两点，林慕曦已经开着车，载着苏糖和邵珥珥行驶在去往清月湾的路上了。

清月湾是近郊有名的风景区，当年地产开发商也是打着"城外的瓦尔登湖"的概念开发规划了一系列居家别墅。这些别墅最大的卖点就是每两栋之间都相隔一段很远的距离，而且围绕每栋别墅设计的景观带也十分清幽别致。

"楚洛被害的那一年，他们家才刚刚装修好别墅。你也知道，楚洛是个高调又爱张扬的人，他邀请同学们去他家参加派对，肯定就是为了显摆和嘚瑟。没想到……把自己的命都显摆没了……"林慕曦一边开着车，一边介绍着情况。

　　"你是怎么拿到钥匙的呢？"苏糖坐在副驾驶的位置，斜着头看向林慕曦。

　　"我是当年唯一的目击证人，我对楚洛的母亲说，我如果想彻底治愈自己的PTSD，只能和心理治疗师一起重回案发现场。他母亲肯定也希望我能想起更多的细节，说不定能帮他儿子找到凶手呢。而且，她还说，钥匙可以一直放在我这儿，我随时都可以去。"

　　"可以理解，毕竟，自己的儿子死得那么惨。"苏糖感慨了一句。

　　车子逐渐接近楚家的别墅，林慕曦也显得越来越紧张，即使开着车窗，他的额头上也渗出了汗珠。

　　"我就是从这个坡上摔下去的，当时我看到彭哲就往那棵树的方向跑去……"林慕曦用手指了一下窗外。

　　"你确定那个人一定是彭哲吗？"邵珥珥追问道。

　　"细节我真的记不清楚了……"林慕曦眯缝着眼，像是在努力回想的样子，"我们后来也都见过江诣，他们两兄弟的着装风格完全不同。八年前我看到的那个背影，应该就是彭哲……"

　　"我也见过江诣二十岁时在法国留学时拍下的照片，他染着红色的头发，穿着颜色很夸张的T恤，就算他那时候和彭哲站在一起，也根本就是完全不同的两个人！"苏糖说道。

　　"好吧，可我还是没有办法相信彭哲就是凶手。"邵珥珥叹了一口气就跌坐回车子的后座了。

　　很快，车子停到了楚家的别墅前，三个人下了车。

　　那是一栋白色的二层别墅，有木雕镂空的回廊、独特的欧式窗沿设计。别墅前方的花坛上有造型简洁、曲线优美的人物雕像。唯一与这浓厚艺术气息氛围不相称的是，花坛里长满了野草。

林慕曦拿着钥匙打开了别墅的大门，很快，扑面而来的潮气和霉气将三人淹没。

"我怎么有一种盗墓的感觉呢？"林慕曦捂住了自己的口鼻。

"是啊，那儿，还有那儿，都挂着蜘蛛网呢！"本来就有点洁癖的苏糖一眼就看到了大厅里的"清洁死角"。

"两位就别矫情了，好吗？七八年都没人住过了，当然会是这样了……"邵珥珥刚说完，一个口罩就举在了她的面前，是苏糖递来的。

"快戴上，以免把灰吸到肺里。"苏糖一边叮嘱，一边也递给了林慕曦一个。

三个人戴好了口罩，才稳稳地站在一楼客厅里仔细打量着周围的环境。

仅仅只是客厅，目测就有一百平方米，欧式边框雕花的墙壁，带有图案的大理石地面，围绕成一圈的皮质沙发，还有名贵的水晶吊灯、茶几、边柜、石质落地花瓶、挂画……所有的布置和装饰既雍容华贵又富有艺术气息。因为到处都落满了灰尘，显得像一座荒废了的城堡。

答——答——答——

机械的落地钟敲出声音，吓得三个人同时一哆嗦。

"下午三点了……"林慕曦说着，视线便向四周扫去，又突然转过了身。

"哦，你要干吗？"苏糖被林慕曦的举动弄得莫名其妙。

林慕曦快步走到落地钟前，凝神而思，像是陷入了回忆，又像是着了魔。

"我还记得，落地钟的玻璃上有一条线形血迹，向下流着。然后，是沙发这里，血迹是一大摊。跟着，是茶几上，好像是流着血的伤口粘到了上面。接下来就是灯光壁炉上，血迹是喷射开的，像一堆不规则的圆点。还有墙壁、雕花框这儿，血是一条一条喷射上去的。对了，这个落地花瓶上，还有一双血手印。大理石地上也是……长长的、不规则的血印。"

苏糖和邵珥珥看着林慕曦像中了邪一样走来走去，还指着不同的位置示意给她们看，他说得那么具体，案发现场此刻就像在他们眼前一样。

太身临其境，就让人感到不寒而栗了。

"对！是在这条走廊上！这走廊是木质地板的，我就是在这儿发现楚洛的……"林慕曦蹲了下来，脸色苍白。

"林慕曦，你还好吧？"苏糖见状也蹲了下来，想要安抚他恐慌的情绪。

林慕曦的双手在脸上摩挲了几下，又猛地站了起来："我没事了。"

苏糖看着林慕曦，又看了看大厅，说道："你当时进来的时候，看到那么多血，应该非常紧张、害怕，可为什么你又那么清楚地记得血迹是怎么分布的呢？"苏糖边说边从包里拿出了素描本和素描笔。

"我想起来了！当时，我进来的时候，别墅的大门是半开着的，我还以为是有人在布置派对现场……"林慕曦又快步走到了挨着大门的位置，然后向着客厅里四处打量。

"'救……命……救……命……'有人发出特别微弱的呼救声，我就想找到那个发出呼救的人，然后我看到了落地钟上有血迹，我跑了过去，但没发现有人。我就继续找，就看到了沙发、茶几、灯光壁炉……我依据血迹的位置一直在找那个呼救的人，最后才在走廊的位置发现了楚洛！"

"这样说来，你之所以这么清楚地记得血迹的样子，是因为你在看到每一处血迹时，都在预期能够发现受害者。人类确实是对于特别恐怖的影像或图画有着超乎寻常的深刻记忆。"邵珥珥分析道。

"不愧是心理治疗师啊！"缓过神的林慕曦举起了大拇指。

"对了，珥珥，你说，你那时候重新高考，选择了心理学专业，也是因为彭哲，到底是怎么回事啊？"苏糖突然问起了这个问题。

"因为我觉得，少年时代的彭哲，有点怪……"邵珥珥的脸上显露出一丝哀伤。

诡异的派对之约

"有点怪？"苏糖好奇起来。

"沉默寡言，有点忧郁，但又思维跳跃，思如泉涌……"邵珥珥的嘴角上泛起一丝温柔，是那种女生心动时特有的"桃花浅笑"。

"这不正是他吸引女生的特质吗？"苏糖明白邵珥珥的"甜蜜"了。

"但是，我总觉得他有点不对劲。"邵珥珥的那丝"甜蜜"转瞬即逝。

在邵珥珥少女时代的记忆中，彭哲相貌帅气，考试经常得第一名，并且总是让人感觉很疏离。那时候，邵珥珥能有机会接近彭哲，完全是因为她是他那些"科幻小故事"的忠实听众。

"他十分享受人类一起走向灭亡的场景，一谈到那些情节，他甚至有一种莫名的兴奋。还有，他的身上和脸上总有伤痕，他还说……疼痛让他清醒。"

"啊？"林慕曦觉得有点不可思议。

"直到现在，我也不知道，读书的时候，他的那些伤痕是怎么来的。但我可以肯定，他不是一个正常的男孩。我选择学心理学，可能幻想着有一天，我能治愈他。"

苏糖静静地看着邵珥珥，这一刻，她突然发现，她其实根本就不了解彭哲。在邵珥珥口中描述的那个男孩和她后来在大学里邂逅的那个彭哲不太一样。她没有看到过他特别忧郁的样子，她看到的是他的勤奋、坚韧和执着。

苏糖没有接话，继续低头勾画着速写。她走走停停，仔细地观察着客厅里的家具、墙壁和地面。

客厅里安静极了，机械钟走动的声音被无限地放大着。

嗒——嗒——嗒……

"那天，楚洛安排的派对也是在下午三点。我因为是第一次来清水湾，还特意早到了，到的时候才下午两点。"机械钟的声音又把林慕曦带回了过去。

"林慕曦，为什么你到的时候，客厅里除了你和楚洛之外就没有其他人了呢？如果是大家都会来参加的派对，应该也有其他人早到啊。而且，既然楚洛和彭哲是'情敌'，那他为什么要邀请彭哲呢？根据彭哲的性格推测，他也肯定不会去啊。"邵珥珥发现了怪异之处，她的话让一直忙着画画的苏糖也停了下来。

"我也记得！那是我大二开学后收到的第一个派对邀请。那时候，大家都在学校的餐厅吃饭，楚洛就给我发了邀请卡，他还说很多学生会的干部都会去。因为知道大家都会去，我也就答应了。"苏糖也想起了过去的细节。

"可你那天有去参加派对吗？"林慕曦问道。

"我哪有心情参加他的派对啊，那几天，我正愁于彭哲总是躲着我呢……"苏糖皱着眉答道。

林慕曦举起一根手指头，晃了晃："不是，楚洛其实根本不是邀请了大家，他是只邀请了你。我记得警察在凶杀案之后也向其他同学做了调查，大家都说在那天下午一点钟左右收到了楚洛的短信，意思是他家里有急事，派对取消了……"

"派对取消了？可我没有收到'取消'的短信啊？"苏糖也觉得诧异。

"我看，林慕曦猜得对，楚洛确实只想邀请你一个人去他家，其他那些所谓'风云人物'都只是为了让你消除'戒心'的陪衬。这样的话，你当然不会收到派对取消的短信了。"邵珥珥侧过头看向林慕曦，"楚洛肯定把取消派对的短信漏发给你了，你才像个傻瓜一样跑去参加了。"

"是这样。那天，楚洛家装饰得很漂亮，我还记得那边的石花瓶里，有超大一束玫瑰花，还有茶几上，也有那种香薰蜡烛拼出来的心形图案。没错，那根本就是一个求爱的派对！"林慕曦恍然大悟。

苏糖看了看茶几的位置，说道："如果是求爱的派对，楚洛为什么也邀请了彭哲呢？"

"对嘛！我也想不通这个问题。不管是哪种性质的派对，我觉得彭哲根本就不会去。"邵珥珥十分笃定。

林慕曦一副柯南上身的姿态，一只手抱着肩膀，一只手托着下巴："莫非……楚洛刻意邀请了彭哲，就是为了要当着彭哲的面向苏糖示爱，这明显就是一种示威。而彭哲看到了楚洛家里的布置，也明白了楚洛要做什么，所以一气之下，把楚洛给杀了！"

"换个角度，会不会，彭哲在大门口看到你，你又在楚洛的尸体旁，他以为是你杀死了楚洛，看到你发现他，他才拔腿而逃啊？"苏糖也提出了有价值的质疑。

"有这个可能。"林慕曦反应过来了，"邵珥珥，你蹲在这儿，别动，我和苏糖出去测试一下。"

苏糖跟着林慕曦走出了别墅的大门，林慕曦又把大门开了一道缝："我那天进来以后，大门大概就是这样虚掩着。"

林慕曦站在门缝的位置向里面看去，无论变换哪个角度，他都无法看到客厅里的情况，血迹或尸体，都看不到，唯一能看到的就是现在蹲着的邵珥珥的背影。

"林慕曦，当时在里面的你怎么知道大门口有人呢？"苏糖问道。

"我记得……我当时是听到了声音，对，门口这儿有个花瓶，那个人撞倒了花瓶。"林慕曦回忆着。

"会不会是从窗户里看到了命案的情况呢？"

"那天，落地窗的所有窗帘都是放下来的，透过窗子，根本没办法看清里面的情形。

"所以啊，没道理从门缝里看到我，就马上跑开了啊。除非跑开的彭哲就是凶手。"林慕曦再次肯定了之前的印象。

"问题不又回到了原点？我们讨论过的，彭哲不像是那种会以残忍手段去杀人的人。"邵珥珥推开大门，从客厅里走了出来。

"可你刚才提到的少年时代的彭哲确实和他大学时代不太一样。也许，人都有另外一面。伍教授在《暗影的秘密》里也写过，在特殊情况下，一个人可能被激发出另外一种人格。"苏糖说到这里突然停下了，她怎么能把彭哲和一个变态、残忍的杀人凶手联系在一起呢！

苏糖独自走到了灯光壁炉一侧的走廊，又开始了勾画。在走廊的尽头，苏糖看到了通往二楼的旋转楼梯，墙壁上挂着一幅画，她仰着头看了好一会儿，又唰唰唰地在素描本上画了几笔。

"喂，你们两个过来一下。"苏糖转身，还举起夹着笔的手晃了晃。

"你们觉不觉得这幅画挂在这儿，有点怪……"苏糖指了指一幅高约一米的矩形挂画。

"好像……挂在这个地方，显得有点小了。毕竟，这个别墅如此豪华气派。"林慕曦端详着。

"这栋别墅主要运用了巴洛克的装修风格。巴洛克的风格就是强调豪华、激情和浪漫，而且非常注重空间感和立体感，所以我们会看到它的花坛、窗边、墙壁上都有成线条的雕花图案。别墅色彩瑰丽，装饰品却比较复古……"苏糖说得十分专业，"这幅画却是一幅水墨版的时装设计手稿……"

"这幅画和楚洛的凶杀案有关系吗？"邵珥珥倒是不解起来。

"没有……我就是觉得这幅画挂在这里和别墅的风格不符。"苏糖若有所思道。

"苏糖，你到底一直在画什么啊？"邵珥珥凑了过去，看到了苏糖的素描本。

素描本上展现的是客厅到走廊的场景，她把林慕曦说到的那些有血迹的细节都画了出来。当然，楚洛尸体的位置、大束玫瑰花、心形蜡烛也都画上了，还有就是苏糖觉得"不顺眼"的那幅走廊尽头的挂画。

"别的，我不擅长，但画插画也算是我的专业。不知道为什么，我就是很想把那天的情景画下来。"苏糖指了指血迹的部分，"本来很害怕，但是画着画着，人就放松了一些。"

"画画确实是个好办法，它有助于人们对细节的回忆和思考。我们在心理治疗上也会鼓励病人用画画来展示内心的世界。"邵珥珥鼓励道。

苏糖没再说话，看着素描本上展现出来的案发现场，那些铅笔描绘出来的血迹仿佛正在一点一滴地染上颜色，变得鲜红和刺眼起来。

细节是魔鬼

苏糖从楚洛遇害的别墅回到家里时，已经是晚上六点了。她直接去了别墅的二楼——那间属于她的工作间，那里除了是她画插画的地方，也是她读书的地方。

有一摞最新买来的书堆在了书架的最左边：《犯罪心理分析》《FBI教你识人术》《微表情研究》《物证技术学》《刑侦科学》《法医现场勘查》……还有那本《暗影的秘密》，几乎市面上能买到的比较专业的与罪案推理有关的书籍，苏糖统统买到手了。

苏糖从中抽出一本《物证技术学》，开始认真地看了起来。

"一名法证人员，最重要的是要做到三个'细'字：细心、细节、细致。在案发现场，所有的物证都要靠取证人员的细心观察……"

物证……彭哲的旧房子里说不定能发现新的线索，苏糖想趁着江诣还没回来，自己可以再去一次。

第二天一早，苏糖便开车去了彭哲的旧居。

她先去了彭哲的卧室，检查了她在相框、鼠标垫和鼠标上做过的位置标记，显然，这些都没有变动。然后又打开了电脑，查阅了上次的关机时间，也没有什么异常。

"看来没人来过这里。"苏糖在心里暗暗想着。之后，苏糖又去了次卧和客厅，十分细心地检查了每一处做过标记的地方，依旧没发现什么变化。

苏糖长舒一口气，一屁股瘫坐在客厅的沙发上，紧绷了很久的神经终于得到了放松。

"啊……嗯……"苏糖感觉到肚子一阵抽痛，"大姨妈"毫无预警地袭来，本来应该服用的缓解痛经的"舒舒"也忘记吃了。一两分钟的时间，苏糖就疼得脸色煞白，额头上也渗出冷汗。

苏糖忍着痛，抓起手边的包包就冲出了彭哲的房子，下了楼，直奔楼边的药店，买了一盒"舒舒"后，在药店用热水冲开喝了下去，大概二十分钟之后，疼痛缓解，苏糖谢过店员，就开车回了家。

进了家门，苏糖打起精神，又去了二楼的工作间，毕竟，书架上还有一大堆新书等着她读呢。

"如果江诣发现我读这种书，他会怎么想啊？"苏糖顿时有点心虚。

不料，一双手臂突然从背后紧紧地环住了苏糖，吓得她无法抑制地大叫出声："啊！"

"老婆大人，我好想你啊！"江诣的声音毫无预警地在苏糖的耳边响起，伴着声音的热浪吹到了她的耳朵里。

"老——公？"苏糖满脸惊讶。

"你怎么了，老婆？我提早回来了，你不打算给我一个热吻吗？"江诣一下子放开了揽着苏糖的手臂，像个孩子一样，一屁股坐在了地板上。

苏糖蹲下来，双手捧着江诣的脸颊："老公，我想你了。"说完，一记香吻印在了江诣的唇上。两个人四目相对，近得能感受到彼此的呼吸。

"哎？老婆，你买了好多新书啊！"江诣不经意间瞥到了苏糖身后的书架。

"对……对……啊，你不在家，我一个人也没意思……"内心慌张的苏糖马上定了定神，"最近看《全民大侦探》都看疯了，还想着，下一季我也要报名参加，就买了一些书研究一下。"

"老婆，我饿了。"江诣倒是没再继续问，转到了另一个话题。

"我们点外卖啊？吃比萨？"苏糖建议道。

"也好！那我要吃厚芝士比萨！"

苏糖马上从口袋里掏出手机，点起了外卖："一个 10 寸的厚芝士比萨、四对烤鸡翅、两杯冰蜜桃乌龙茶……"

"一杯冰蜜桃乌龙茶、一杯热红枣姜茶。你不怕'姨妈痛'了啊？"江诣纠正了一下。

"哦……"苏糖埋下头，修改了订单，"外卖来之前，我给你收拾行李去，你这个'大少爷'没了我这个'小保姆'，恐怕生活自理都有问题啊！"

苏糖直奔一楼客厅的玄关处，江诣每次出差回来，都会直接把行李箱放在玄关那儿。他知道，苏糖会去给他收拾，他也十分享受这种细致的"小保姆"般的照顾。

"嗯？行李箱呢？"苏糖竟然没在玄关看见行李箱，"老公，你的行李呢？"

"哦，我拿去二楼工作间了，行李箱里放了一个小雕塑，我要摆在工作间，就把它提到二楼了。"江诣的声音从厨房里传出来。

"知道了！"苏糖上了二楼，进了江诣的工作间。

由于各有所爱，两人在二楼的工作间所对着的花园里的景致也是完全不同的。在苏糖的工作间看到的是一片月季花墙，而江诣那边看到的则是铁线莲花墙。在此之前，苏糖只关注房子住得舒不舒服、看到的景致美不美，从未发现这房子对于她和江诣的"分隔功能"。

比如，他们在二楼各有各的工作间，在三楼也有两间常用的卧室、两间连带的浴室、两个分隔开的衣帽间。好像只有一楼的客厅和厨房才是他们两个人"不分你我"的共用区域。即使是温室花房、花园和停车房，他们两个人也有明显的区分：苏糖偏爱在温室花房里摆弄花草，江诣喜欢在花园里修剪花枝；停车房也是江诣去得较多，他特别喜欢自己洗车子。

"所以，江诣是不是在家，我可能根本就不知道。"苏糖一边想着，一边从储物柜的下方拉出行李箱，"如果他不把行李箱放在玄关，我还以为他没回来呢……"

苏糖俯下身，去整理行李，肚子又突然间抽痛起来。

"该死的'姨妈痛'！"苏糖揉了揉肚子。

"一杯冰蜜桃乌龙茶、一杯热红枣姜茶。你不怕'姨妈痛'了啊？"苏糖想起了江诣的"纠正"。

"江诣怎么知道我今天痛经啊？我的'大姨妈'每个月何时来拜访我，连我自己都没有把握住准确的时间……不行，我得去一下洗手间……"苏糖从江诣的工作间跑了出去，冲到了三楼的洗手间。

上完厕所后，苏糖在洗手池上方的镜子里看了看自己——脸色发白，嘴角还起了口疮，额头上也有一点发红，她用手摸了摸，还有一层小疙瘩。

"怎么搞的啊？"苏糖把脸凑到了镜子前，几乎都要贴上去了。疑惑地想了一会儿，苏糖打开镜子旁边的柜子，拿出一瓶面霜，一看保质期，她明白了，自己用了变质的面霜！

真是糊涂了，自己竟然扔了没过期的面霜，留下来的却是过期的。

懊恼的苏糖又回到了二楼江诣的工作间，开始整理行李箱。

"果然喝咖啡喝得好凶。"苏糖发现她给江诣带上的十袋挂耳咖啡只剩下一小袋了，但是曼特宁咖啡豆的香气依旧很浓郁。

"保存得真好！好到……就像密封袋从来没有被打开过。"苏糖在心里感叹道。她给江诣准备的这种曼特宁咖啡豆磨成的粉，如果保存不好，很容易变味，考取了"杯测师"资格证的苏糖可以轻而易举地区分出咖啡豆的"变味时速"。

放好了咖啡，苏糖又瞥到了行李箱中的"旅行三件套"，那是她用分装小瓶给江诣带的洗发水、沐浴露和面霜。苏糖举起小瓶看了看，发现里面的东西都用完了。

"哎呀，我也给江诣带了过期的面霜！"苏糖意识到了自己的失误，旋即又皱了皱眉头，"可是刚才看他好像并没有过敏。"

苏糖对化妆品可是十分在行的，要不是最近一直紧张兮兮，她绝对不会涂了过期很久的面霜而不自知。要知道，面霜如果过期，就会出现油水分离的现象，而且随着盖子的打开，面霜一旦每天都接触空气，氧化的速度就更快，小瓶的瓶口因为会挂住一些面霜，瓶口附近就会出现面霜干硬的现象，但江诣的面霜并没有油水分离的状态，小瓶的瓶口部位也没有黏着的干硬的面霜。苏糖捏了捏硅胶材质的小瓶，脑子里瞬间冒出一个胆大的猜想：面霜不是一天一次或者两次分别挤出去用的，而是一下子全部挤了出去。

"可能江诣也发现面霜过期了吧，所以把分装瓶里的挤出来扔了？"

苏糖没再多想，开始收拾行李箱中的衣服。为了节省空间，苏糖特意和网上的收纳达人学习了衣服的折叠方法，当把衣服逐件拿出来时，苏糖敏感地觉察到，这些衣服好像根本就没穿过，因为它们还保持着最初的折叠方式，被整整齐齐地塞在箱子里。

"难道江诣按照我的折法重新折叠了衣服？还是，他根本就没有打开这些衣服……"

没有气味变质的咖啡粉、一次性挤掉的面霜、没被动过的衣服……每个细节都不足为奇，都有理由去解释，但是所有细节加起来，就让苏糖不得不做出一种猜测：江诣没用过行李箱里的东西，行李箱怎么拿走的，又怎么带了回来。

"那他到底是没用过行李箱里的东西，还是根本就没有出差呢？"苏糖的内心浮现出一种轻微的却无法抑制的不安。

"江诣不过是没承认他认识黎秋雨，我不能因为这么一点事，就去怀疑每一个'细枝末节'啊！"苏糖转念又开始讨厌自己的疑神疑鬼了。

但细节，是会出卖一个人的。

苏糖一边把折叠好的衣服抖落开来，一边安慰自己。然后，抱着一堆衣服送去了三楼浴室的脏衣篮里。

"老婆！比萨到了！"江诣在一楼喊着，"快下来吃啊，凉了就没有拉丝了！"

"啊，知道了！我马上就下来！"苏糖也大声回应着。

两次接触

一阵旋律响起，苏糖从口袋里掏出手机，屏幕上显示是老沈打来的电话。

"你委托的事情有了进展，方便出来聊一下吗？"

"好，在你办公室见。"

苏糖挂了电话，走出了三楼的浴室，又去衣帽间换了身衣服，便下楼去了一楼的餐厅。

"老公，我的花友打电话给我，说园艺作家颜夕正在茜茜书店签名售书呢！我可喜欢她了，我要去见她。"苏糖很自然地就找到了出去的理由，边说边奔向了玄关，拿起挂着的皮包和钥匙就要往外走。

"啊？那你不吃比萨了？这么大一盒，我怎么吃得完？"江诣抗议着。

"不吃了，签名售书要是结束，我就错过颜夕了！"苏糖几乎是旋风般地消失在了江诣的面前。

去车库取了车，苏糖直奔老沈的公司。当她出现在老沈面前时，老沈正打着哈欠，一脸倦容地窝在老板椅上。

"你来得可真快，我本来还要午睡呢。"老沈强打精神，揉了揉眼睛。

"私人侦探也午睡？"苏糖看了一眼老沈桌子上的一盒甜甜圈，问也没问就拿起一只往嘴巴里塞，简直是狼吞虎咽了。

苏糖也不是很饿，她只是心慌。只有大口喝水、大口吃东西，才能缓解她的焦虑。

"说吧，有什么进展？"

"这几天，我们一直在调查黎秋雨和你老公的关系。目前的结论是，他们几乎没有什么特别的关系。能查到他们有过接触，但只有两次。"老沈说着，拿起了桌上的遥控器，对着他对面的书架位置按了一下，书架就从左右两边自动打开了，露出了一片监控墙，上面显示出分成矩形格子的多块屏幕。老沈又对着屏幕按了一下，多块屏幕的影像就切换到同一块完整拼接的大屏幕。

大屏幕上出现的是一段监控视频截取的影像，是一场布置得华丽而独特的酒会现场。嘉宾们穿着得体的礼服，品着红酒，三三两两地交谈着。

"这是一年前的一场艺术家交流酒会，能看到你老公和黎秋雨。"老沈说着，屏幕上的画面就切换到了江诣和黎秋雨的特写上。

画面上的黎秋雨穿着一身黑色的抹胸晚礼长裙，一头长发和咖色的口红让她尽显成熟女人的魅力。她举着酒杯，主动向江诣邀酒，江诣礼貌地和她碰了一下杯。两个人喝酒的时候，黎秋雨还主动靠向了江诣，整张脸几乎都要贴到江诣的脸上了，江诣则马上向后退了一步，和黎秋雨分开了一定的距离。黎秋雨的表情有点尴尬，但也马上恢复了平静，微笑着说了几句话，就主动离开了江诣。

"一个人下意识里最自然的反应代表着他的内心，从这段视频的确可以看出，江诣不喜欢黎秋雨这个人。人与人之间有四种距离：公众距离、社交距离、个人距离和亲密距离。黎秋雨侵犯了江诣的亲密距离，任何一个人在这种距离被侵犯时，如果内心里并没有认同对方的亲密地位，都会瞬间躲开。"老沈解释得十分专业。

"嗯，我也觉得……我老公和这个女人并不熟。"苏糖认真地回答着。

"不过，有一点你要注意。"老沈又按了一下手里的遥控器，屏幕上的画面就切换到了对黎秋雨手部的特写。

可以看到，黎秋雨塞了一张名片到江诣风衣的口袋里，就在她向江诣突然靠近的那一瞬间。等江诣躲开的时候，那张名片已经稳稳地进了他的口袋。

"是那张名片……"苏糖注意到了。

老沈眯了一下眼睛："我看啊，这名片塞进去的时候，可能你老公自己都没发觉。"

苏糖觉得不对劲，就歪头看向了老沈，原来老沈一直在盯着她。

"干吗？"苏糖感到有点尴尬，似乎老沈的目光侵犯到了她的亲密距离。

"你刚进来的时候，很紧张，很不安，但是当你逐渐知道你老公并不喜欢黎秋雨的时候，你就开始喜悦起来。那种由内心而发的喜悦在你的眼神里和嘴角上显露出来，你应该很爱你老公……"面冷的老沈发表着他对苏糖微表情的观察。

"啊？"苏糖倒是被老沈的话给惊到了，她的表情冷了下来，十分认真地问老沈，"你们不是发现了两次接触的机会吗？还有一次呢？"

"我们查了黎秋雨的姐姐黎秋云的手机通话记录，发现在黎秋雨失踪的那个上午，黎秋云的手机打过一个电话到 Forever 的秘书办公室。"

"她姐姐给江诣的秘书打电话？"苏糖想了想，"她姐姐是她的经纪人，很有可能他们的画室想和 Forever 合作，所以联系了江诣的秘书。"

"我们只能查到通话记录，至于打电话说了什么，就不得而知了。"

"一年前……江诣的那个秘书朱蒂已经离职了……"苏糖看着老沈。

"所以啊，这种难题必须由我们来处理啊。我们找到了朱蒂，也套出了话。她说，当时打来电话的人是黎秋雨本人，她在征得老板江诣的同意之后，就把电话转接到了江诣的办公室。也就是，当天上午黎秋雨和江诣说了什么，现在还不知道。"

苏糖做了一个失望的表情："那不还是没有结果……"

但老沈的这个消息让苏糖心头一紧。黎秋雨如果在她失踪的那天确实联系过江诣，江诣的豹脸胸针又在黎秋雨的画室出现过，那就更加肯定了，江诣去过她的画室，很可能还是两个人约好了的。

"放心，收了你的钱，我们肯定会尽心尽力去做事。虽然没有查到黎秋雨和江诣通电话的内容，但我们查到了另外一个细节，他们通电话的那天，黎秋雨画室所在的区域停电了，所以她的画室在那一天并没有对外营业。而且朱蒂也说，她的老板接过电话之后，就离开了公司……"

"他们又不是商场，停电了怎么就不能营业了呢？"苏糖不解。

"黎秋雨的画室，其中有三间是没有窗子的，那种暗厅里展览的画作需要完全借助射灯的照射，而且她的画售价不菲，都有监控探头在监控，停了电，不仅射灯不亮，监控也无法运转。我想，这是他们暂停营业的原因。"

"停电了……这个细节和他们之间的关系有关联吗？"

"江诣接了黎秋雨的电话之后就离开了公司，他是不是去见黎秋雨了呢？而黎秋雨自己的画室不用营业的时候，她就有时间了，两个人说不定在画室幽会呢……"老沈笑得有点诡异。

老沈的话让苏糖的心头一沉。

"我们查过很多这种偷腥出轨的破事……一开始还互相看不上眼的两个人，过不了几天就看对了眼，搞在了一起。男男女女啊，真是说不准。而且啊，男人和女人那种事，有时候也不一定要有发自内心的喜欢啊。"老沈就像故意气苏糖似的，看着苏糖一点一点失落下来的表情，他竟然有点幸灾乐祸地高兴起来了。

苏糖的脑袋开始拒绝接收任何信息地放空着，这也是她不高兴时就会采取的逃避现实的做法。她不自然地环顾着老沈的办公室，书架上又出现了那本《暗影的秘密》。苏糖扭过头问道："你又买了一本新的？"

"是啊，怎么了？"老沈回答得漫不经心。

苏糖没再说话，那双眼睛的图案让她想起了彭哲送给她的光影灯，还有在黎秋雨画室里见过的一模一样的眼睛画作。苏糖从自己的包里抽出了素描本和铅笔，唰唰唰画了起来。

很快，那双眼睛被画好了。苏糖撕下了刚画好的那一页，递给了老沈。

"这个眼睛的画作，我在黎秋雨的画室里见过，我觉得，那幅画和我老公之间有着某种联系。你们试试从这个画作入手，看看能不能查到什么。"苏糖表情严肃地说道。

"你是不是在你老公那儿发现了什么？画是定情信物，还是纪念品？"老沈追问道。

"你别管那么多，总之你们就顺着画的线索去查吧。"苏糖不打算解释更多。

"作为委托人，你有责任和义务向我们说清楚你所掌握的资料。你不说清楚这个画作，我们是没法查的。"老沈也杠上了。

"作为被委托人，你也有责任和义务，收了钱，就按照委托人的想法去做事。"苏糖看了老沈一眼，调整了一下自己的姿态，温和又讨好地说，"你们是最有名的私人侦探公司，老沈你也是资深的侦探，我相信，即使我不能解释更多，你们也有本事能查出来更多。"

老沈抬起冷脸说道："行，我们去查。总不能被你这样一个家庭主妇给看扁了。"

"其实有没有人告诉你，你对客户的态度很有问题。不是态度傲慢，就是不讲礼貌。"苏糖扫了一眼老沈的桌子，"而且，一个中年男人，还吃甜甜圈，用矫情的杯子，简直是个变态。"苏糖语气温和，声音甜美，话里却带着刺。

"苏小姐，时间到了，我还有下一个客人要见。"老沈展手指向门口，下了逐客令。

苏糖抓起皮包，干脆利落地离开了老沈的办公室。

窥之屋

回到车里，苏糖终于深呼吸一口气，让自己平静下来。要启动车子时，苏糖突然不知道自己该去哪里了。

"希望那双眼睛的图画能让老沈找到一些新的线索。"苏糖这样想着，腹部又突然抽筋一样地绞痛起来。

"江诣突然回家，还知道我今天开始肚子痛……"苏糖觉得哪里不对劲，她想要再去彭哲的房子查一查。

很快，苏糖把车子开到了彭哲家楼下。下了车，她先去了那家她购买"舒舒"的药店。

药店没多大，大概只有二三十平方米，苏糖进去之后，四处看了看，并没有什么特别的地方，店里的货架上摆满了药物，只有两个营业员在工作。上午来买药时，药店里也就只有苏糖一个顾客。药店也没有窗子，只有两扇落地的玻璃大门，大门上还贴着一些美工纸剪出来的广告字。如果有人想从门外看里面发生了什么，也不是太容易，而且一直站在门口往里看也很奇怪吧。

排除了有人跟踪她到药店的可能性，苏糖进了居民楼，去了彭哲家，拿出钥匙开门时，楼道里静悄悄的，一点声音都没有。尤其是紧挨着彭哲家的两户邻居，二单元的四楼只有他们三家，苏糖自过去搬来住时到现在，就没有见过邻居们。看着两扇紧闭的大门，苏糖心头涌出一种莫名的不安。

关好门，苏糖坐在了客厅的沙发上——还是上午感到肚子疼时坐下来休息的位置。苏糖向四周看了看，彭哲家的客厅是暗厅，没有窗子，也不可能有人通过窗子看到屋里。

"我真是疑神疑鬼啊！都变得神经质了！"苏糖暗自嘲笑自己。

好像终于可以放松了一样，苏糖整个人瘫在了沙发上，甚至感觉到一阵困意袭来。

"丁零——"突然响起的门铃吓得苏糖一激灵。为了怕被打扰，苏糖从没告诉过她的朋友们彭哲这个房子的地址。近些年来，她来这个房子的次数也越来越少，就更没必要告诉别人这个她的"秘密回忆基地"了。所以，彭哲家的门铃几乎从来没有响过。

可是这一刻，究竟是谁在按门铃？苏糖的困意立刻消失了，她走到门口，困惑地从猫眼向外望去。

"老沈？"苏糖看到门外正站着戴着鸭舌帽的老沈。

苏糖感到不可思议，打开了门。老沈警觉地左右看看，嗖地蹿进屋里，关上了门。

苏糖被吓得一愣一愣的，直往后退。老沈一把拉住了她，从口袋里掏出一个火柴盒大小的黑色小仪器，在苏糖周身上下来回扫描。苏糖完全搞不懂老沈在做什么，直到小仪器在苏糖米色套裙上的心形胸针扫过时，老沈突然一把将胸针给扯了下来。

"啊！"伴随着尖叫声，苏糖立马双臂抱紧胸口，护住自己的敏感部位。

"你干什么啊？"苏糖大声斥责道。

老沈没搭理苏糖，自顾自地向客厅四周看了一圈，举起小仪器，走到了正对着沙发的书架的位置。小仪器在检测到其中一个书架格子后面的插座时，亮起了一个小红点。看到红点亮了，苏糖的情绪慢慢平静下来，她好像明白老沈在做什么了，马上跟在老沈的旁边。

老沈又移步到沙发后面摆着的长方形餐桌的位置，餐桌旁边的墙壁上也有一个四方形的插座，扫描后小仪器上的红点又亮了一下。就这样，苏糖跟着老沈在整个房子里来来回回地扫描，除了洗手间，客厅、卧室和厨房里有插排和插座的地方几乎都亮了红点。

仔细地测试完后，老沈打开了客厅的门，来到楼道，关掉了彭哲家的电闸。

返回客厅的老沈一屁股坐在了沙发上，从口袋里掏出一盒烟，抽出一根点了起来。老沈吐着烟圈的姿态，就像是正坐在度假酒店的沙发上，悠闲自在，完全没有了一开始的警觉与谨慎。

"那个……那小东西，挺好用的哈？"苏糖呆愣愣地站在门口，整个身体有点僵硬，小腿还有点轻微的麻。

"那小东西，叫电子狗，很方便的反监控设备。"老沈看着苏糖，拍了拍身边的沙发，"坐下说吧。"

"嗯……"苏糖慢慢走了过去，坐在了老沈的旁边。

"我的胸针，也有问题吗？"苏糖怯生生地问道。

"胸针应该是带有定位装置的窃听器。至于那些插座，都是微型的针孔摄像机。"老沈一边说，一边站了起来，手一比画，"过来。"

苏糖就乖乖地跟着老沈，去看书架上插座里极其微小的孔。

"摄像镜头，就在这个小孔的后面。"老沈指着小孔的位置。

"这个小孔恐怕连两毫米都不到吧？天啊，这里面竟然有摄像头？我真是从来都没有注意过，因为也没有妨碍过供电。"苏糖略微蹙眉，满脸都是不解和难以置信。

"最好的偷拍摄像头，一定要够隐蔽、够小，便于伪装，还能持久供电。插座摄像头就完全满足了这些条件！"老沈又吐出一口烟圈。

苏糖自己又跑去各个插座和插排的位置查看，果然，每个上面都有这种微小的孔。

"如果你了解电路的走向和插座安装的原理，就会明白，这些插座的位置和普通居民家的插座的位置不同，它们都被改动过。改动之后，能够保证摄像头对这个屋子进行多视角的监控，而且，视野范围非常全面。"老沈狠狠地吸完了最后一口烟，把烟头扔在地上，用脚踩了踩。

苏糖抽了一张纸，蹲了下来，裹起了地上的烟头，扔进了垃圾桶里。

"你是什么时候发现我的胸针有问题的？又怎么跟到了这里呢？"苏糖问老沈。

"从你进入我办公室那一刻起，我的小东西就提示我，你的身上有窃听装置。我非常困惑，你是来找我调查你的事情，为什么要反过来窃听我呢？只有一种可能，那就是，有人……在监控你。"老沈上下打量了一下苏糖，眯着眼睛想了想，"你也就是个嫁了有钱老公的普通女人啊，虽然长得漂亮点儿，但也不至于被人戴上追踪和窃听器那么夸张啊！"

"可我在你办公室的时候，你并没有提醒我，还十分正常地按照调查进展给我讲解……"苏糖也搞不懂老沈的做法了。

"只有不动声色，我才可能知道，是谁在追踪你、窃听你啊。"老沈说着，就走到了彭哲的卧室，他一眼就看到了墙壁上贴着的众多相片。

"那你知道是谁了吗？"苏糖跟在老沈身后。

"不知道啊，不过，我也许可以通过你让我调查的事，调查出谁在调查你……"老沈回过头，笑得别有深意。

苏糖听到老沈犹如绕口令一样的话，整个人更蒙了。

"你怎么知道我到这儿来了？"苏糖追问道。

"我在你皮包上粘了追踪器啊。"老沈说得轻描淡写，理所当然。

"你太过分了吧！"苏糖感到内心有一股无法抑制的愤怒。

"是啊，很过分啊。但这个世界上，能够真正引起我兴趣的人和事，并不是很多。我承认，你身上被装了窃听器这件事引起了我极大的兴趣。豪门恩怨我见得多了，老公出轨，老婆养小白脸……这种事更是比比皆是。但嫁入有钱人家的女人被窃听，我还是第一次遇到。"老沈走到苏糖面前，盯着她的眼睛问道，"你能不能告诉我，为什么这个房子里被装满了偷拍的摄像头？"

"我怎么知道！我要是早知道的话，怎么敢在这里住了那么多年！"苏糖瞪着眼睛，呼吸都急促起来了，她感觉到胸口像是有一块大石头压着，窒息憋闷。

不存在的情人

苏糖坐在沙发上，看着老沈把那些带有微型摄像头的插座和插排全都拆掉了。老沈拆的时候，问了苏糖一个问题："你在这个房子里住的时候，平时都会做什么啊？"

苏糖无法抑制地回想起了一些画面。原来，她生活在彭哲房子里的每一天，竟然一直有一个人与她同在。

那个人会看到她每天在早上六点准时起床，即使调好的闹钟没有响，她的生物钟也会让她准时起来。起床后，她会打开电脑桌上的独立小音箱，播放最喜欢的丹·吉布森的自然音乐。听音乐的同时，她会把被子整整齐齐地叠好，将弄皱的枕巾铺好、弄乱的床单铺平。然后她会对着电脑桌上的小镜子把乱糟糟的头发梳好，还会将掉落的头发扔进垃圾桶。接下来，她会拿着小音箱去卫生间洗漱、护肤，再去厨房准备早餐，两片吐司、一个煎蛋、一盒牛奶。吃过早餐，她会把杯盘快速地洗好，带着小音箱回到卧室，化妆，换衣服。出门之前，会关掉小音箱，换好鞋子，谨慎地锁好屋门。

那人还会看到她每天晚上回到家后，尽管学习或工作都让她劳累，但她还是会提着一袋青菜，放到厨房里。然后走进卧室，打开小音箱，换上舒服的家居服，再去洗手间洗脸、卸妆。再之后就是煮米饭，择菜，洗菜，炒菜。晚餐做好后，她会吃得很慢，用心享受自己烹饪的作品。吃过饭、洗过碗，才到了她一天之中真正放松的时刻，她会一边听着音乐，一边敷着面膜，懒散散地倒在客厅的沙发上，偶尔会从客厅的书架上抽出一本彭哲的书来，安静地看着。又或者，会去彭哲的卧室，打开电脑，选一部彭哲下载过的电影来看。看累了以后，她会在客厅的地上铺上一块瑜伽垫，静心地练习瑜伽。临睡前，她还会在彭哲的电脑上敲打出这一天的日记或心得。完成了这一步，她才会心满意足地上床睡觉。

"我真的不知道，这平平凡凡甚至琐碎无聊的每一天，有什么可窥探的。我在这个屋子里，没有任何秘密，也没有藏任何宝藏，到底那个人在监控什么呢？"苏糖自言自语地说着。

她一直陷在自己的叙述里，再抬头时，老沈已经完成了拆卸工作。他就那么安静地站在书架前，看着坐在沙发上的苏糖回忆过去，虽然面无表情，但目光柔和了很多。

"啊……"老沈打了个哈欠，伸了下懒腰，吐出一句，"我困了。"

"是我把你说困了……"苏糖尴尬地说道。

"你声音温柔，表情甜美，在轻声细语地讲述这些细节时，让听的人脑袋中自动就会产生画面感。有没有人和你说过，你这样说话的时候，就像在给人做催眠，会让人放松下来，身心愉悦，甚至……很想睡觉……"老沈看着苏糖，目光炯炯又姿态倦怠，像一只散发着魅力的猫。

"是吗？"苏糖笑了一下，但又迅速收回笑容，眉头轻蹙。

她从沙发上站了起来，走到了彭哲的卧室，站在窗前，眺望着远方。还有一些重要的细节，她其实并没有告诉老沈。

那就是，自从彭哲在她大二开学那一年因车祸离世，她就租下来这间被彭哲的亲戚继承下来又租出去的房子。大学的后三年，她都住在这个房子里，而且，每一天，她都幻想着，彭哲也在这房子里。

有一部她和彭哲都很喜欢的电影叫作《触不到的恋人》，不同时代的女医生 Kate 和建筑师 Alex 就在同一个房子里进行着跨越时间的交流和恋爱。那是苏糖和彭哲一起看过的第一部电影，他花了高价买下了那一年纪念影展的电影套票。那时苏糖就想，即使最爱的人不在身边，两个人的精神世界依然可以互相联结并且心心相印。所以，在苏糖的生活里，彭哲留下的房子，就是《触不到的恋人》里那间郊外河边的小屋。

"彭哲，我知道你也喜欢我，我很开心。虽然你不在了，我就当你是先一步离开的 Alex，我不介意变成 Kate，你在这个房子里留下的一切，就是你给我的爱的线索，就像 Alex 写给 Kate 的信……

"彭哲，你的小音箱里竟然存了那么多带着鸟鸣声、溪流声的音乐，真的很好听。后来我才查到，那是音乐大师丹·吉布森亲临大自然录制出来的音效。你知道吗？我听了之后，整个人都感到非常地放松，好像什么压力和烦恼都没有了。

"彭哲，你也喜欢《暮光之城》吗？你的电脑里存了这部电影，我看到你写的评论了，你说你看了三遍……其实我挺羡慕 Isabella 的，我也想遇到 Edward 那样的吸血鬼，你要是吸血鬼多好，你就能永生……

"彭哲，我把你书架上收藏的那本《2001：太空漫游》看完了。本来对我这种科盲来说，硬科幻显得很无聊。不过，你曾经给我描述过你看这本书时的想象，我还记得你讲太空的情节时，我们两个就坐在学校操场的长椅上，月朗星稀，我抬起头就像看到了广阔浩渺的宇宙……所以读这本小说时，我感到特别浪漫。

"彭哲，我在你的日记上看到，你很喜欢吃厚吐司，你说厚吐司价格合理，还很方便。确实呢，我现在每天早晨也吃厚吐司，不过我还加了煎蛋和牛奶。女生嘛，需要多保养。

"彭哲，你知道吗？林俊杰出了一张新的专辑，里面有一首歌特别触动我，叫《不存在的情人》。我觉得，那首歌好像是在唱我的生活。

"想象和你吃晚餐，想象和你等天亮，故事就像标本一样，眼前是美丽的假象，却已经死亡。……不愿意被谁看穿，只剩我一个人的害怕。……没人理解的武装，没人怀疑的坚强，不想面对我的痴狂，不想证实我的荒唐。……不愿意自己揭穿，这是我对自己的惩罚，不存在的情人，就不会离开我身旁。"苏糖慢慢唱起了林俊杰的那首歌，眼泪却在不知不觉间滑落。

无数个白天，无数个夜晚，苏糖就这样自言自语，就像彭哲没有离开，就像他一直就在她的身边。苏糖一直没有办法接受彭哲的死，一直不能释怀彭哲就死在她眼前的那一幕。她自己也分不清，住在彭哲的房子里，究竟是浪漫的缅怀，还是残酷的惩罚。

"相框里的照片，还有墙上贴着的那些照片……到底照片上的人是谁？"老沈站在卧室的门口，他没有走进去，轻声地问着。

"他是彭哲，我老公江诣的孪生弟弟。八年前，他死于一场车祸。他离开之后，我就住进了这所房子。"苏糖轻轻拭泪，转过身，看了看墙壁上贴着的照片，"他们长得很像，有着一模一样的面孔。"

"你前几天委托我查的八年前楚洛的案子，是不是和这个男孩有关？"老沈已经敏感地意识到了什么。

"如果我说是，你现在还肯帮我吗？"苏糖看着老沈。

老沈也看着苏糖，眼神里有一闪即逝的哀伤，但很快又浮现出那种傲慢又戏谑的神情："是不是女人做任何事情都和爱情有关？你们心心念念的就是那点小家子气的事。抱歉，我还是不打算帮你。"

"嗯……"苏糖并没有显现出太失望的表情，倒是十分淡然地接受了老沈的回答。

这下倒是轮到老沈有点尴尬了，他预计苏糖会反驳他，苏糖的平淡反应的确出乎他的意料了。

"你也不用好奇，为什么我身上有窃听器，或者为什么这个屋子里都是微型摄像头了。我也希望，出于职业的操守，你不会把今天的事情泄露出去。"苏糖学着老沈的样子展手，示意了门口的方向。

"那你自己小心点。"老沈转身就走向门口。

"老沈！"苏糖突然叫住了他。

老沈回过头。

"谢谢你！"苏糖说得真诚。

"窃听器和摄像头，这种情况下，你可以报警的。"老沈提醒苏糖。

"好，我会考虑。"

砰的一声，屋子的门被关上了，老沈离开了。

苏糖感到全身都被抽空了一样，她瘫软地倒在了床上。这个下午所发生的一切，在她的心里真真实实上映了那部名叫《后天》的电影：天崩地裂，翻江倒海，发生了10级大地震。千百种滋味混杂在一起，乱作一团。

双面的培根

距离感，已经形成。亲密感，消失无踪。

没有揭穿的谎言

"痛，是刻在我心里的烙印。痛，让我清醒地面对这世界，让我彻底地改变我自己。从没有任何一种力量会像'痛'一样释放了我所有的理智，也释放了我所有的疯狂。"

舞台上的男演员富有磁性又清晰无比的台词，每一句都像一枚催泪弹，轰炸着江诣的泪腺。

苏糖心神恍惚，直到听到江诣的啜泣声，她才发现，此刻的江诣双眼通红，嘴角微微颤动，正沉浸在一种难以自拔的情绪中。

台上的男主人公最后死了，他选择从楼顶跳下，离开得坚定而决绝。

话剧结束，灯光亮了起来，所有的演员出来谢幕，作为编剧兼导演的戏剧大师李云翔也走上舞台和观众互动。沉浸在《致痛的记忆》中的观众们也都缓缓起身，向演员们鼓掌致敬。

而江诣站在第一排那么显眼的位置，却拉住了苏糖的手。他侧着身子在苏糖的耳边说道："Sugar，我们走吧。"

苏糖就这样被江诣牵着，穿过了鼓掌的人群、华丽明亮的大厅、排列整齐的停车场。江诣的手握得很紧，就像害怕苏糖会突然放手一样。

"江诣，你怎么了？"坐到了车子里，苏糖试探性地问道。

"《致痛的记忆》真是一部打动人心的戏剧。其实男主角会变得扭曲和残酷，都是因为命运的不公。失去爱，失去幸福，的确会让人痛得刻骨铭心……"江诣慢慢地说着，然后抬起苏糖的手，看向她，"Sugar，你的手好凉。"

"我……我有点冷。"苏糖低着头，内心里七上八下的。

"如果我没有了现在所拥有的一切，你还会爱我吗？"江诣忽然问道。

"会啊。我爱的，本来就不是你现在所拥有的一切啊……"苏糖几乎毫不犹豫地脱口而出。

"那你为什么爱我？因为……因为我和彭哲有一张一模一样的脸吗？"江诣的直接让苏糖有些猝不及防。

"嗯……"苏糖犹豫了一下。

"那种由内心而发的喜悦在你的眼神里和嘴角上显露出来，你应该很爱你老公……"

苏糖想起了老沈对她说过的话。

"你是你，彭哲是彭哲。你们是两个完全不同的人。"

江诣凝视着苏糖，突然把她揽入怀中。他拥抱着她，那么紧，就像要把她揉进自己的身体里；他亲吻她的额头，那么温柔，就像清风细雨般温柔滋润；他又推开了她，那么坚决。

江诣启动了车子，没再说话。

苏糖还沉浸在刚才那额头一吻之中，她觉得那个吻的感觉很熟悉，就像彭哲离世之前的最后一吻。

夜色茫茫，灯火阑珊，苏糖坐在副驾驶的位置，偶尔偷偷看看江诣，江诣却始终都在认真开车，并没有和她交流的意思。苏糖觉得眼前的江诣陌生而又遥远，即便他已经是她的丈夫了，她依然没有完全了解这个人。

苏糖回想起老沈发现监控装置的事情，整个人又开始紧张起来。

进了家门，苏糖就说自己还有插画要赶，江诣也说自己还有没处理完的工作要做，两个人去了二楼各自的工作室。

苏糖进入工作室后的第一件事，就是拿出老沈给的反监控电子狗，仔仔细细地检查了屋子里的所有角落。直到确定没有安装任何偷拍摄像头和窃听器，她才松了一口气，疲倦地坐在了椅子上。

对于苏糖来说，"是谁在监控她"这个问题不难回答，她心中已经隐隐有了答案。

如果偷拍的人真的是江诣，他为什么要偷拍呢？苏糖在纸上写下了这个问题，还画了一个大大的问号。

一旦想起在过去漫长的时间中，她的一举一动都被人盯着，苏糖就全身发冷，身体不由自主地僵硬起来。

书架上，一本多出来的书引起了苏糖的注意。拆开粉色的包装纸，书的封面便显现出来——《花园的艺术》，作者颜夕。扉页上还有一则简短的留言：送给苏糖，祝福你的花园，美若仙境。颜夕。

"颜夕的亲笔签名？"回过神的苏糖，没有惊喜的感觉，反而惴惴不安起来。

她马上拿出手机，上网查了颜夕的动态。由于要参加国际花园交流活动，原定在茜茜书店举办的签售会取消了。

"昨天下午，颜夕根本就没去书店签售？"苏糖心头一惊，签售会取消了，她没有确认便找了这个借口跑去见老沈。苏糖又扫了一眼书的扉页，扉页上有一张背景图片，是花园的一角，其中的一座小天使雕像让她觉得十分熟悉。

苏糖想起来了，江诣新带回来的小雕像不就是颜夕的花园里也有的那一座吗！

"老婆！"

吱嘎一声，苏糖工作室的门被推开了，江诣穿着睡衣，一脸倦容："很晚了，该睡觉了……"江诣一眼就看到了苏糖手上拿着的那本书，"你找到礼物了？"

"老公，你怎么会有颜夕的签名书？"苏糖脸上掠过一丝尴尬，很快又镇定下来。

"她的微博我也关注过，所以认得她。我出差的时候正好在机场遇到承接了机场花艺装饰项目的颜夕，就和她攀谈了一番，我还告诉她，我太太很喜欢她的书，还等着在签售会上和她见面呢。结果，她告诉我，她要参加别的活动，就取消了签售会。怕你失望，我马上在机场的书店买了一本她的书，还请她签了名。小天使雕像就是她们本来要用在机场装饰的，但我花重金买了下来，我还以为你给我整理行李的时候会看到它，会惊喜呢。"

"哦……谢谢老公……"

苏糖哪会感到惊喜，分明是惊吓。江诣的这番话证明了他在昨天下午苏糖喊着出去的时候，就知道她在说谎了，但他没有揭穿她，在她回家之后，也没有追问她去了哪里。这难道还不够奇怪吗！

莫非现在要编造一个借口来解释自己昨天下午去了哪里吗？苏糖一时间不知道该怎么办。江诣就像洞悉了苏糖的不安一样，走到苏糖面前，拿下苏糖手中的书，拉着她的手向外走去。

"去哪里？"苏糖问道。

"去卧室睡觉啊，都这个时间了。"江诣指了指墙上的时钟。

"老……公，我还没画完，你先睡。"苏糖局促地抽回了自己的手。

江诣看了苏糖一眼，眼神迟疑，但很快翘起了嘴角，展露出温柔模样："也别太晚了，注意身体。"说完，就离开了苏糖的工作室。

"晚安，老公。"苏糖说着。

看着江诣离开的背影，苏糖知道自己逃避得太不自然了，但她没有办法再像过去一样安心地睡在江诣的身边了。她对他的怀疑，他对她没有揭穿的谎言，构成了一种微妙又紧张的拉扯感。

距离感，已经形成。亲密感，消失无踪。

合理还原与偶然重组

日子依然行云流水般地过，一切看似并没有什么不同。苏糖扮演她的好老婆角色，江诣扮演他的好老公角色。但苏糖感到，他们两个人都明显有了一些"演"的意味。一开始是因为苏糖内心焦虑和害怕而故意制造机会躲开江诣，后来就变成江诣非常识趣地配合苏糖的逃避了。但是，他们会假装自己迫不得已，理所应当。

江诣和苏糖过去总会尽最大努力配合彼此的时间，只为了多一些相聚的机会，但现在，两个人总会有意无意就错过了，变成了"时差夫妻"。江诣变得比以前更忙，即使回到家，夫妻二人晚上睡觉的时间也永远有先有后，或者干脆就睡在各自的工作室；本可以一起吃饭，两人也各自拿到花园或工作室去吃，或者干脆其中一人单独出去吃……在最不得已、一定要面对面的时候，两个人也不再像过去一样聊聊天，而是十分默契地保持着沉默和疏远。

但是，苏糖依然尽心尽力整理着他们偌大的花园和别墅，上午做家务，下午完成插画的工作、看书……不过，苏糖并未停止一件事，那就是对江诣和彭哲的调查。为了不让自己的调查被发现，苏糖就每天下午都去邵珥珥工作的心理咨询室"接受心理辅导"，理由是不言而喻的"摆脱对已逝之人的病态怀念"，其实，她是利用邵珥珥的休息室来做她的调查工作。

苏糖这些天一直在做一件事，用那天在楚洛家的素描做蓝本，一遍又一遍在相同的案发现场里添加楚洛的身影。

落地钟的玻璃上有一条血迹，先是一条线，然后向下流——流柱状血迹，能够展示出被害人受伤时体位的变化——苏糖画下了匕首刺入楚洛腿部之后又拔出的瞬间，楚洛皱眉，疼痛侵袭了他。

沙发这里，血迹是一大摊——浸染状血迹，血液在吸附性物体上形成的血迹，一般是出血性伤口与衣服或者其他附着物黏合导致的——苏糖画下了楚洛倒在白色棉布材质的沙发坐垫上，伤口的血液透过衣服浸到了坐垫上。楚洛忍受疼痛，体力不支，表情痛苦。

茶几上，好像是流着血的伤口粘到了桌面——流柱状血迹，能够展示出被害人受伤时体位的变化——苏糖画下了楚洛因为受到攻击，身体支撑不住，倒在茶几边的状态，他的表情是忍受疼痛并且很惊讶的。

灯光壁炉上，血迹是喷射开的，就像一堆不规则的圆点——喷溅状血迹，人体动脉血管破裂所形成的血迹，被害人本能地逃跑，会留下间断性的喷溅状血迹——苏糖画下了楚洛被匕首刺入动脉之后又拔出的瞬间，他青筋暴出，表情展现出他正在承受最剧烈的疼痛。

墙壁，雕花框这儿，血是一条一条喷射上去的——喷溅状血迹，从喷溅角度和血迹大小长短，能够推测出导致被害人受伤的工具和凶手行凶的手法与速度——苏糖画下了楚洛在移动过程中，他的脸部被匕首极速划伤时，血液喷溅出来的状态。他的表情显示他在极力躲避凶手的匕首时的极度恐惧。

落地花瓶上，还有一双血手印——接触性血迹，是被害人仆倒或者极力挣扎时留下的血迹——苏糖画下了身受重伤，却想要逃离凶手残忍杀戮的楚洛。他已经跑不动了，但凶手就在身后，捂着伤口的手在他就要摔倒时又扶住了石质的落地大花瓶，他的表情充满痛苦和惊恐。惊恐应该是最强烈的情绪。

大理石地上，是拖长的、不规则的血印——拖拽状血迹，是被害人垂死挣扎，向某个方向爬动，伤口与地面接触形成的血迹，而且爬动的方向是朝着走廊的——苏糖画下了有强烈意愿向前爬的楚洛，他的表情显示出他在忍受剧痛，却心有不甘。

走廊是木质地板的，楚洛身体下渗出一摊血迹——血泊，是被害人失去行动能力，倒在地上之后各个伤口流血导致的——苏糖画下了奄奄一息、周身都是伤口的楚洛，他脸上呈现出一种忍受剧烈疼痛、挣扎，却表现出强烈求生欲的表情。

…………

被林慕曦描述过的每一处血迹，苏糖都认真地描绘了下来，但这样的描绘并不容易。苏糖买了几本血迹分析的书，还找了很多论文，也观摩了能找到的影像记录资料。虽然她不是血迹鉴定专家，更没有法医学的基础，但她还是尽最大的努力根据资料上给出的血迹滴落方式推测着凶手与楚洛之间发生的一切。

苏糖反复考量后，把楚洛被害的各种路线、可能性，都画成了图。而且每一幅图上，都有不同的楚洛和凶手之间的"交流"状态。比如楚洛可能求饶、威胁、大骂、哀求、质问，甚至诅咒；凶手可能愤怒、痛恨、辱骂，甚至快乐、享受、兴奋……

这一天，苏糖终于完成了对案发现场的合理还原，她把几十张图画稿都打印了出来。邵珥珥那只有十平方米的休息室里到处都是苏糖的画稿，墙上贴着，椅子上挂着，桌子上放着……当邵珥珥终于完成了上午的咨询辅导工作，想要进入休息室松口气的时候，迎面看到的却是"铺天盖地"的画稿。

"苏糖，你这是要开画展啊？"邵珥珥看了看四周，发现自己连个坐的地方都没有。

"时间刚刚好！"苏糖看了看手机上的时间。

"嗨！两位小妞！"林慕曦的声音响了起来。

"苏糖，你把他约来的？"邵珥珥无奈地摇摇头。

"趁着午休，你们两个都有时间，我们来分析一下案情。"苏糖一边说，一边从她的包包里拿出了三个饭团，自己留了一个，给林慕曦和邵珥珥一人塞了一个。

"林慕曦，说正经的，看了这些画，你有什么感受？"苏糖十分认真地盯着林慕曦。

"说真的，也许你还原的案发现场是有误差的，但我觉得现场的氛围应该和你画出来的十分接近。而且，我还有一个想法……"林慕曦忽地转身，做出侦探柯南上身似的姿态，"放下凶手是彭哲的猜测，我在想，凶手有没有可能是一个我们完全不知道的人。所以我想重新联系楚洛大学时代的一些朋友。楚洛那种人，嚣张又自恋，指不定得罪了哪个'变态'，那人就因恨杀了他呢。"林慕曦特意凑到了苏糖的身边，"不过，一个个联系之前的同学也真是费劲，要不，我组织个同学聚会得了，一次性把他们都聚齐，也方便问个彻底。"

"这个办法不错。"苏糖嚼着饭团，点了点头。

"但是你知道，那帮家伙不一定都来，要是苏糖你肯出面的话，他们一定会来的。"林慕曦嘴角含笑。

"嗯……行……"苏糖心领神会。

"对了，珥珥，你看了这些还原现场的画，有什么想法？"

因为苏糖把凶手杀害楚洛的过程分解成了八幅带有动作的图画，这八幅画就构成了一个完整的杀戮过程。这样，每八幅画就是一组，每一组都连续地摆在一起。邵珥珥眼神掠过每一组画，认真思考后说道："我特别关注苏糖画的这些带有凶手表情的画。你们看这一组，凶手在杀人的过程中，脸上都是痛恨的表情。"邵珥珥指了指桌子上摆着的几张，而后又指了指沙发上的几张，"而这一组，凶手的表情却是平静的。"接着，邵珥珥又蹲了下来，"而地上这一组，凶手在杀人时，脸上却带有兴奋。这些都是苏糖想象的凶手的状态。"

"是这样。"苏糖点点头。

"站在心理学的角度，我觉得，杀人这种极端经历是很难让人保持平静的。除非，这个凶手具有反社会人格。还有两组不平静的，也就是痛恨和兴奋。如果是痛恨，一定要让一个人身上造成那么多伤口才能解气，我真想象不出，楚洛一个大学生得做了多么招人恨的事才会得到这种结果啊，更大可能就是凶手本身是个爱走极端又情绪容易失控的人。至于兴奋……一个人杀人的时候如此兴奋，那他只可能是个精神变态……"邵珥珥的脸上掠过一丝愁容，她别有深意地看了苏糖一眼。

"怎么了？"苏糖问道。

"我昨天……接触了一个彭哲家的老邻居，她告诉了我一些事……"

邵珥珥带来的这个消息是关于彭哲的。

李婶是彭哲家的老邻居。据她所说，彭哲的母亲彭新蕾自从和丈夫江深离婚之后，就独自带着不到五岁的儿子彭哲搬到了一处房租便宜的筒子楼居住。因为那种老式楼房没太多私密性，隔音效果也不好，所以邻里之间多少都能知道一些"别人家的私密事"。

在李婶的记忆中，彭新蕾是个高冷的女人，她不太喜欢跟人接触，大多数时间里都是躲在自己那间不到二十平方米的小屋里给人做衣服赚钱。但最奇怪的并不是彭新蕾的深居简出，而是她家里偶尔发出来的小孩子的哭声。

"李婶说，有几次，她听到了小孩子的惨叫声，撕心裂肺、很吓人的那种叫声。他们几个邻居也试着问过几次彭新蕾是不是打了孩子，但她没有承认。他们也偷偷地问过小彭哲，但他也始终说妈妈没有打过他，是他自己淘气了，弄疼了自己。"邵珥珥看着苏糖的画说道，"看来，我们确实并不了解彭哲的过去。他究竟有一个怎样的童年呢……"

林慕曦问苏糖："你有问过江诣吗？为什么他们兄弟两个人的姓氏不同？"

"江诣说他爸妈在离婚之前感情出现了很大的裂痕，离婚生效之后，她把自己带走的儿子江哲的姓都改成了自己的姓。至于到底是什么裂痕，他爸没有告诉过他。"苏糖想到了邵珥珥提供的信息，内心里就涌出一种难过的情绪。

"不管怎么样，父母的离异，确实改变了兄弟两个人的命运。一个跟着妈妈受苦，自卑又隐忍；一个跟着爸爸享福，顺遂又成就满满。"林慕曦感叹着。

"绕了一大圈，我们还是要回到刚才的分析。珥珥，为什么在说凶手的心态时，你突然'插播'了彭哲童年时的消息呢？"苏糖把大家扯远的话题又拉了回来。

"彭哲童年时代迷离的哭声、少年时代莫名的伤痕，这些表面的迹象让我不得不推测成年后的彭哲也许会具有一定程度的心理阴影。只不过，他从来都没有在其他人面前显示出任何'异常'。可正是因为没有'异常'，才让我觉得不太正常。对比凶手在杀死楚洛的过程中可能呈现出来的三种状态，平静、仇恨、兴奋，完全有可能同时出现在同一个有心理阴影的人身上。"邵珥珥说出了她直觉上的体会。

"按照你的说法，凶手的情绪变化会是这样的……"

苏糖从三组画中各抽出几张，找了块空地摆起来，呈现出的就是凶手在平静、仇恨和兴奋三种状态起伏变化之后的连续杀人过程。

这一次，苏糖关注的焦点和林慕曦以及邵珥珥的都不同，她从一个新的视角在这一组最新组合的图片中看到了被害人楚洛的表情变化。

时间一点一点过去了，苏糖猛地站了起来："其实，我在画这些画的时候，参照了人物速写中的表情画法技巧，可是，楚洛并不是老老实实让人去给他画像的模特，并且他还处于一种非常特殊的情境下——正被人杀害，为了能够和林慕曦所描述的血痕对应得上，我还特意参考了疼痛等级识别软件的原理，试着把楚洛的疼痛感用合理的表情表现出来……"

"为什么她说的事情好像比你这个心理专家说的事情还难懂呢？"林慕曦满脸疑问。

"麻省理工学院的研究人员开发出了一种人工智能技术，能够通过观察图像来判断一个人的痛苦程度。而我就是进行了一个反推：根据疼痛程度推测一个人会具有的表情。"

"苏糖，我简直佩服死你了……"邵珥珥说道。

"这样看来，如果凶手的情绪起伏变化，也会让被害人的表情发生变化，再结合疼痛的感受，就会出现一组全新的表情图……"苏糖不自觉地咬住了左手的食指，一副沉思的状态。

"怎么了？"林慕曦试探性地问道。

"我好像在哪儿见过……这样的表情……"苏糖突然转身说道，"我得马上回家一趟！"

话刚说完，苏糖就风一样地出了休息室，留下不明所以的邵珥珥和林慕曦面面相觑。

心动一刻与摇滚歌手

苏糖回到家后，连鞋子都顾不上换就去了自己的工作室。

书架上，有一些这些年陪江诣看各种展览时收藏的纪念册。很快，苏糖找到了一本黑色封皮的册子，封皮上有一个由很多张照片排列而成的"痛"字。苏糖记得，那是大概四年前她和江诣看过的一个摄影展。

那个摄影展很是特别，因为参展作品全部来自不具名的摄影师，甚至很多摄影者根本就不是摄影师，仅仅只是对生活很有感触的路人。以"痛"为主题，主办方兴起这种公益性质的展览，就是希望大家能够把真实生活中遇到的各种痛楚用影像记录下来，以启发观赏者深入思考生活，并珍惜当下的幸福。

苏糖快速翻阅着纪念册，直到看到了一组摄影展上出现过的作品，那一张又一张表情夸张的脸部特写……

五年前，Forever艺术中心主办的"锐芽"活动庆功宴上，因为江诣出其不意地当众亲吻苏糖，引来了苏糖一记响亮的耳光。庆功宴之后，疯狂的江诣开着车差点与几辆车相撞，苏糖歇斯底里地大喊一声："江诣！我不能再忍受有人死在我面前的痛苦！我会疯的！"

"你为什么、为什么不能接受我？我到底哪里差？我做错了什么？"神情激动的江诣，眼神里满是困惑不解和不甘心。

"你没有做错，是我的问题。我不应该在那条马路上遇见你，还把你拉进我的生活里。"苏糖的眼泪瞬间就填满了眼眶，"三年了，他离开我三年了，可我还是没有办法忘记他！"苏糖看着江诣，轻轻地抬起手来，摸了摸他的脸颊，"江诣，对不起……我不应该贪图一张和他一模一样的脸，我不应该在你的身上延续一种不切实际的想象。我应该拒绝你的工作邀请，应该远离你……"

苏糖推开门要下车，却被江诣一把拉住，拽进了怀里，狠狠地、不容拒绝地吻住了。

"不要……江诣……"苏糖用尽全力挣脱着。

"我爱你，苏糖！我爱你！"江诣不管不顾。

天昏地暗一般的亲吻结束了。

江诣看着苏糖，问道："那个和我有着一模一样脸孔的人是谁？"

苏糖挣脱了江诣的怀抱，从口袋的钱夹里拿出了一张照片，照片上是她和彭哲唯一的一张合影。

江诣接过了照片："果然是他。"

"其实认识你这几个月以来，我一直都想问，你是不是有一个孪生兄弟。因为你们长得太像了，可你们有着不同的姓氏……"苏糖从江诣的手里抽回了照片，又放回了钱夹里。

"他本来不姓彭，他是我的孪生弟弟江哲。彭，是我们母亲的姓。"江诣激动的情绪平静了许多。

"之前并没有听你提起过你还有兄弟。"

"我们很小的时候，父母就离婚了。彭哲跟着母亲，而我跟着父亲。分开以后，再也没有联络过，这些年来，都有各自的人生了……"江诣点了一根烟，吸了起来。

苏糖看着江诣的侧脸，缓缓地说道："三年前，彭哲死于一场车祸。他会出车祸，完全是因为要避开我，不希望我再纠缠他。所以，他的死，我有责任。我没有办法放下他，爱上别人……"

"他死了？"江诣猛地转头。

苏糖点了点头，眼泪滑落，无声无息。

"那天，你在马路上突然抱住我，也是因为他的车祸？"

苏糖又点了点头。

"苏糖，你确定，你不允许自己爱上别人，是因为爱他而不是因为愧疚而惩罚自己？"

"我确定，我爱他，不只是因为他死在我面前。"苏糖的眼神无比坚定。

"看来，我是没有希望了？"江诣翘起嘴角，笑得凄凉。

"难道，你想成为替身？"

"我不介意做替身。因为我相信，迟早有一天，你会真正爱上我，而不是因为我有一张和他一模一样的脸！"江诣有些凄凉的笑意瞬间就转为了自信。

苏糖静静地看着江诣，眼神之间显露出一丝迟疑。

"走吧！"江诣打开了车门。

"去哪儿？"苏糖问道。

"难道你没有发现，我们刚好停在了一家酒吧门前吗？"江诣指了指亮着的灯光牌。

苏糖稀里糊涂地跟着江诣进了酒吧。在躁动的人群中，苏糖一眼就看到了那个在舞台上唱得特别投入的歌手，很年轻，却有一种沧桑的气质，正在唱一首零点乐队的老歌。

"你爱不爱我，我不知该说些什么……"

江诣看了一眼苏糖，然后直接奔上舞台，抢过歌手的麦克风，大声嘶吼地唱了起来："你到底爱不爱我，唤醒自己也就不再难过；我情愿背负所有的罪，也不愿见你伤心落泪……"

"苏糖，我喜欢你！苏糖，我爱你！"江诣对着麦克风大声地告白，丝毫不介意这是公众场合，更不介意自己的身份。台下的人们也因为江诣大胆的举动而发出一阵欢呼声。

站在台下的苏糖被震撼到了，她从未从彭哲那里得到过如此大胆的示爱。这一刻，江诣的勇敢好像点燃了苏糖心中的火苗，那火苗蹿起来后，便开始熊熊燃烧。

苏糖终于笑了，很甜美地笑了。

江诣也敏感地察觉到了，他跳下舞台，拨开人群，冲到苏糖的面前，捧起苏糖的脸，热烈的唇就粘住了她的唇。

啪的一声，纪念册掉落在了地上。

苏糖从过去的记忆中清醒过来，脸上不经意间的一抹微笑也瞬间消失了。

她捡起纪念册，再次翻到了有夸张的脸部特写的那一页，她实在是没办法忘记那个摇滚歌手，那个唱着《爱不爱我》的歌手，就像她记得江诣让她心动那一刻一样，清晰无比。

"有人拍下了摇滚歌手痛苦的表情……原来，当一个人的痛苦被连续拍摄的时候，是这样的状态……和楚洛被杀时的状态那么相似……"苏糖凝神而思，她的发现印证了她的直觉。

丁零……楼下的门铃声不间断地响起。

苏糖收好册子去一楼开了门，来人正是林慕曦和邵珥珥。

"江诣不在家吧？"邵珥珥比较谨慎地看了看四周。

"他不在。"苏糖回答道。

"你到底发现了什么啊？突然扔下我们，自己就跑回来了！"林慕曦急切地问道。

"你们跟我上楼吧。"

三个人来到苏糖在二楼的工作室，苏糖给他们看了那本名为《痛》的摄影展纪念册。她特意翻到摇滚歌手那一页，一组表情夸张、表现痛苦的摄影照片呈现出来。

"为了再现楚洛案发现场的情况，我最近研究了很多资料，尤其是关于人类痛苦表情的。你们看，这个歌手的表情变化和我模拟出来的楚洛被杀害时的表情变化十分相似。"苏糖的手指滑过摇滚歌手的每一张照片，虽然照片只表现了歌手的脸部特写，但苏糖用想象给歌手脸部以外的画面做了补充。

"他在困惑之中充满惶恐，他被刺伤，他奔逃，他不知所措，他愤怒，他反抗，他无力挣扎，他绝望……他……死亡……"苏糖的手指滑过照片，眼神却开始变得冷冽。

"最后一张照片上的他明明是睁着眼睛啊，是，他的眼神看起来充满痛苦，可你不能根据一张照片就说人家死了啊！"林慕曦特别不解苏糖的这个判断。

苏糖没回答林慕曦的问题，而是从书架上抽出了那本《法医现场勘查》，一页一页地翻着，还把书上的照片和摇滚歌手的脸部特写做了比较。

过了好一会儿，苏糖抬起头说道："我觉得，这不是我的想象……摇滚歌手的最后一张照片显示……他可能已经死了……"

"我本来也没有关注过一个人死后的表情，但是……"苏糖的脸上掠过一丝哀伤，她在书架上翻出一个素描本，打开来，递给了邵珥珥。

苏糖给他们看的，正是彭哲遇到车祸之后，倒在血泊之中的死亡画面。那是苏糖用素描的形式勾勒出来的一幅画，尤为突出的是，彭哲的眼睛是睁开的，虽然他已经死了。

"我过去觉得彭哲是死不瞑目，是心愿未了。后来，研究了一些医学资料，才知道，有很多人都会出现在死亡一刻没有闭上眼睛的情况。你们现在看的那本法医学书上也介绍了，闭眼这个动作，是需要中枢神经、面部神经和肌肉协同完成的精密过程。所以突然死亡时，可能大脑在最后一刻没法把'闭眼'的信号发给眼轮匝肌。这样，人就会睁着眼睛死亡。"

苏糖又从桌子上拿起一本《名画品鉴》，翻开来，递给了林慕曦。

那是意大利画家卡拉瓦乔的画作《手提歌利亚头的大卫》，画面上，大卫提着歌利亚的头颅，而歌利亚虽然已死，却睁着两只眼睛，表情极为痛苦。

"对于学画画的人来说，再现人物的细微表情是最考验功力的地方。这幅卡拉瓦乔的画作特别打动我。所以在很长一段时间里，我找了很多表现死亡主题的画作来欣赏，也特意在网上找过很多死亡现场的死者照片……我看过无数双在死后还睁着的眼睛……我不能肯定我推测的一定对，但我的直觉告诉我，这个摇滚歌手的最后一张照片上显示的他，已经死了……"

"所以，你认为这个摇滚歌手和楚洛有共同点——他们都经历了被杀害过程的恐惧……"邵珥珥总结了苏糖的推测。

苏糖点了点头。

"这太玄了吧？"林慕曦看了看邵珥珥，"你陪着苏糖疯？她是一个画插画、搞艺术展的，更多时候是生活在一个幻想的世界里的，这样，你也相信她的推测？"

"你先别那么激动！我没说这个推测是事实。但苏糖的直觉的确使她发现了一些事情，我们与其去想象、猜测，不如去查证一下。"邵珥珥提出了一个客观的想法。

"OK！"林慕曦撇撇嘴，答应了。

痛

    三个人离开苏糖的别墅，开着车去了五年前江诣向苏糖告白的那家酒吧。

    名汇街是城中的文艺青年、摇滚青年和小资人士最喜欢聚集的一条艺术街区，苏糖他们去的那家名为"橙力"的酒吧就位于名汇街上。

    下午两三点，酒吧还在歇业状态，虽然没有对外营业，却有几个酒吧的服务生正在布置演出现场。

    "哎，哥们儿，你们今天是有什么演出吗？"林慕曦问一个正在往舞台上挂黑气球的服务生。

    "酒吧天天晚上有演出，这还用问啊。"服务生不太愿意搭理林慕曦。

    "嗨！不好意思，我想问，你们酒吧……还有这个歌手来表演吗？"苏糖语气温柔，她指了指纪念册上摇滚歌手的照片。

    服务生看到苏糖，态度立刻变了，他看了一眼照片："这是……Max！哇，这个家伙，几年前曾经在我们'橙力'唱过，他那时候还挺受欢迎的呢。不过，他也就在我们这儿唱了三个月，后来有一天就突然打电话过来，说不唱了，要回老家给他老妈治病去。"

    "那他回来了吗？他现在还在吗？"苏糖问道。

    "我记得那时候他填过一份档案表，在我们酒吧驻唱的歌手都得填一份，我帮你找找，那上面有联系方式。"服务生说着，就放下了手中的活儿，去了吧台后面的办公室。

    "谢谢。你真好。"苏糖甜甜淡淡地笑着。

    "看吧，男人就是会心甘情愿地为这样的女人做任何事。"林慕曦斜着眼，小声在邵珥珥的耳边嘀咕着。

    "你说得对，林渣渣。"邵珥珥平静而温和，看都没看林慕曦一眼。

    很快，服务生拿来了一张 A4 纸打印的档案表："你可以用手机拍一下。"

    "好。"苏糖拿出手机，对着歌手 Max 的档案拍了照。

    "说来也奇怪，我还记得四年前有个演唱类的综艺节目的制作人看上了 Max，想邀请他参加那档特别火的综艺节目，可这家伙回了老家之后似乎就没再出现过。而且在我们酒吧圈儿，就没人再见过他。这几年，也没在娱乐圈儿或者电视上看到过他。就那么销声匿迹了……"服务生一顿感慨，抬起眼，又看了看林慕曦和邵珥珥，问道，"你们，到底是他什么人啊？"

"谢谢。"苏糖拍完了档案的照片，叫上林慕曦和邵珥珥就走了出去。

出了酒吧，苏糖找到 Max 填写的"紧急联系人"那一栏，对着上面的电话号码拨打起来。

"喂，伯母您好，您是 Max 的母亲吗？哦，Max 就是米思聪。"苏糖接通了电话。

"你是谁啊？"电话那头有个女人的声音响起。

"我是 Max 的朋友，您可以叫我小糖。"苏糖回答。

"小糖？你有我家米米的消息啊？太好了！这几年我日思夜盼啊……"电话那头的女人啜泣起来。

"哦，不是的，伯母，我也没有 Max 的消息，但是我想联系他。"苏糖被女人哭得措手不及。

"小糖啊，你肯定是很久没有和他联络过了。我家米米啊已经五年多没有回过老家了。五年前他离开家的时候跟我和他爸爸大吵了一架，我们不希望他去大城市做什么歌手，还要到酒吧那种鱼龙混杂的地方工作，可他就是不听，临走前还放下狠话，说要是不混出个名堂来，绝对不会回家……呜呜……"女人更伤心了，哭得也更大声了。

"伯母，您别太伤心了。那这些年里，他从来没和您联系过吗？"

"唉……这孩子脾气倔，这几年一直不和我们联系，还把自己的电话号码换了。我们乡下地方，去一趟大城市不容易，我身体还有病，行动不便，也没法去找他。几年来，他一直杳无音信，我们还去家乡的派出所报过案。警察也给我们登记了，但一直没有消息。我们想着，这孩子可能是故意躲着我们才不愿意联系吧，早知道闹得这么僵，我们就不应该骂走他……"女人说得特别难受。

"我听说，四年前，他是要回家给您看病的……"苏糖说着。

"啊……没有啊……他根本没联系我们，更没回来过！"女人的声音听起来很急。

"是这样，伯母，我也是四年前和他有点误会，我们吵架之后他就失联了。但我存过他家里的电话，今天就给您拨过来了，以为您能帮我找到他……"苏糖编着理由。

"这孩子啊脾气臭得很……"

"谢谢您，伯母，如果我有他的消息了，我一定第一时间给您打电话！"苏糖安慰着，然后挂断了电话。

"还是找不到 Max 吗？"邵珥珥问。

苏糖摇了摇头，表情特别凝重："Max 确实有蹊跷。这样吧！我们去找找给 Max 拍摄照片的摄影师，说不定他知道 Max 的下落。"

"你傻了，苏糖？不是你自己推测的吗？你说 Max 的最后一张照片显示，他可能已经死了。那……能够拍摄下来他'死亡'照片的人会是谁？医生？凶手？警察？"林慕曦有种抓住别人逻辑错误的小兴奋。

"是啊！我傻了。"苏糖摸了摸自己的额头，"这样说来，这个摄影师真是太重要了！"

"好吧。反正，找到这个摄影师，你就会知道，你单纯凭借一张照片就推测别人死了，是多么荒谬！"林慕曦还是不服气。

就在他们讨论摄影师的事时，老沈的来电打断了他们的谈话。电话里，老沈告诉苏糖，又有了新的线索。

"我要去一个地方，我们就在这儿散了吧。"苏糖急匆匆去拿车，"是老沈。他约我去文山镇见一个人。"

"文山镇？又偏僻又远，不行，我不能让你一个人去，我和你一起去。"林慕曦跟在苏糖身后。

"老沈？"邵珥珥看向林慕曦。

"我给苏糖介绍的私人侦探公司的老板。"

"我也要去！"邵珥珥也跟了过去。

就这样，三个人又一起开着车子赶往文山镇。

"林慕曦，我总觉得那个老沈是个很怪的人。他到底是个什么人……"苏糖一边开车，一边向林慕曦打听。

"我也觉得他这个人挺怪。我跟我哥们儿打听过。老沈，本名叫沈嘉扬，三十多岁，但经历丰富。听说是从美国回来的，做过特种兵……"林慕曦想了想，"我总觉得，老沈不像那种只关注钱的人。但他们公司这几年，钱是没少赚。媒体圈儿里很多人跟他们合作过。总之，我觉得他是个有故事的人……"

"你说，他为什么从美国回来了呢？"苏糖像是自言自语。

邵珥珥一直在车后座听着两个人的谈话，沉默的她突然来了一句："苏糖，你对老沈挺感兴趣啊。"

两个多小时后，几个人终于到达了文山镇。按照老沈给的地址，他们找到了一座小院，里面有五六间独立的平房。虽然是平房，但小院里盛开的鲜花、全白的外墙……全都显示着，这是个颇有艺术氛围又十分安静优雅的住宅。

"你们到了。请进吧。"老沈已经在门外等候。

今天的老沈一改往日的休闲运动装打扮，而是穿上了一身亚麻质地的白色裤子和白色衬衫，身材比例匀称，整个人看起来温和儒雅了许多。

"他挺帅啊……"邵珥珥在苏糖耳边小声叨咕着。

"你别被他外表迷惑，其实，他是一个爱吃甜甜圈的中年变态大叔……"苏糖也小声说着。

三个人跟着老沈进了小院，又进了其中一间白色的平房。

屋子的面积很大，四周的墙壁上稀稀落落地挂着油画作品，屋子中央摆着一张白色的长方形桌子，四周还有几把白色的木椅。其中一把木椅上坐着一个留着白胡须的老人。

"苏糖，这位是艺术收藏家胡蕴天。"老沈给苏糖介绍。

"您是胡蕴天？"苏糖眼神中满是惊喜，"真想不到，隐退多年的胡老竟然隐居在这儿！"

对于苏糖来说，胡蕴天这个名字并不陌生。艺术收藏圈都知道胡蕴天是个眼光独到、收藏品位怪异的收藏家，只是最近一些年，他已经淡出了，很多人还以为他去世了。

几人落座，胡蕴天示意大家品茶。

"苏小姐要找的，是不是这幅画？"胡蕴天从衣服口袋里掏出一张照片递给苏糖。

苏糖接过照片，发现照片上显示的是一幅油画作品，她在这幅作品上再次看到了那个熟悉的图案——一双凝视的眼睛。

油画作品主要由三个部分构成：凌乱而稠密的颜料线条构成的背景；中央位置是一双睁开的眼睛，眼神里充满了沉静与悲苦，还有一滴隐藏在眼角的泪珠；眼睛的四周分散着一根又一根断裂的手指。

"这幅作品起名为《痛》，从构图风格来看，你不能把它定义为任何一种明确的画派。但正是因为它游离在不同的绘画风格之间，却还保有它独特的个性，所以这是一幅十分打动我的作品。"

"绘画的背景是运用了波洛克的'滴洒法'；手指的布局形式又充满了梦境与神秘的感觉；至于眼睛……用粗而夸张的线条来表现，却能抽象出痛苦而深邃的意境……这是一幅集合了超现实主义、表现主义和抽象主义画风的作品。"苏糖很自然地对油画进行了分析。这些年为了协助江诣的工作，苏糖在绘画鉴赏方面也进步飞速。

"苏小姐对这幅画的分析非常准确到位。"胡蕴天端起茶杯，抿了一口茶，说道，"我还记得十四年前，我在友人的画廊第一次见到这幅画时，就被它所透露出来的深深的悲苦感打动。友人告诉我，这幅画是他的一个学生所画。后来，我见到了那个孩子，那时候他只有十四岁，却特别安静、沉稳，有一种超越他年龄的成熟感。"

苏糖有一种隐隐的预感，她的神经开始紧绷起来："您说的那个孩子，叫什么名字？"

"其实，他在画上留了名字。"胡蕴天指了指油画一角的位置。

苏糖又拿起了照片，仔仔细细地去看角落的位置，那里果然有两个字：彭哲。

啪的一声，照片从苏糖的手里掉落下来，邵珥珥也露出了震惊的表情。

"胡老……现在……这幅作品，还在您那儿吗？"苏糖问。

胡蕴天摇摇头："当年，我买下那幅画，完全是因为那个孩子。他非常具有绘画天赋，但他告诉我，那幅《痛》会是他的最后一幅作品，他再也不会画画了。我追问他原因，他说他的家庭情况无法支持他继续画下去。后来，我的友人也说，那孩子来自单亲家庭，靠妈妈并不高的收入度日。我想，那孩子太懂事了，一定会因为经济负担而放弃绘画。我买下画，就是希望他能有一笔钱继续学习画画。买下了这孩子的作品，我没打算拍卖，只是挂在我位于巴黎的家里，作为一幅让大家可以欣赏的画作。"

"那作品……"苏糖有些焦急。

"两年多以前，有一个画家来我们家参加聚会，她特别喜欢那幅作品，在她的反复央求之下，我把画送给了她。"

"您说的画家是？"

"黎秋雨。"

"黎秋雨？……"苏糖的表情凝固在脸上。

光影灯的眼睛图案、黎秋雨的作品《凝》、彭哲的作品《痛》，三个作品都有那双相同画法的眼睛。苏糖反复地回想着三个图案。

"我记得，后来，黎秋雨还按照《痛》临摹了一幅画，她起名为《凝》。她还拍了照片，通过邮件发给我欣赏。可是我觉得，她其实并没有领会到那幅画的真意。其实那幅画的焦点不在于眼睛，而在于由凌乱背景、断裂手指和流泪眼睛三个元素共同构成的意境。"胡蕴天分析着画的寓意。

"如果您不介意的话，我想拍张照片。"苏糖请求。

胡蕴天点头应允。

苏糖拿出手机，拍了一张照片。

"胡老，感谢您今天为我们提供的信息。我和他们几个还有一些事需要讨论，就先告辞了。"老沈率先站起来。

"好。"胡蕴天也起身。

胡蕴天把几个人送到院子的大门外，互相道别。

"苏糖，你坐我车，让他们两个开你的车。"老沈在苏糖拉开车门的时候，突然说道。

苏糖看着老沈，她知道，老沈有话要和她单独说。

傍晚时分，车窗外的风景十分优美，山峦、溪流，都是一幅幅静默纯美的田园画。苏糖以为老沈要告诉自己什么特别信息，但老沈一直沉默地开着车。

"你究竟想和我说什么？"苏糖有点按捺不住了。

"你是不是知道，在彭哲的旧居，一直监控你的人是谁？"老沈开口了。

苏糖不知道该怎么回答，她只是静静的，没有说话。

复杂的飞蛾

吱嘎一声，老沈把车子停在了湖边。

"为什么停车？"苏糖问。

老沈从他的包里掏出了平板电脑，打开来，递给苏糖。

苏糖接过来，看到平板电脑上正在播放一段视频——江诣和黎秋雨在艺术家交流会上的那段互动。

"这段监控视频，你不是给我看过了？"苏糖困惑，不明白老沈什么意思。

"虽然没法通过噪声去除的技术还原出江诣和黎秋雨的对话，但是我们找到了当时坐在他们旁边的那个人。"老沈指着屏幕。

"这个人知道？他们在说什么？"苏糖马上打起了精神。

"江诣说，他很欣赏黎秋雨这样的女人，成熟又有魅力。然后，黎秋雨也表示，她对江诣有一种特别的感觉，而且相见恨晚。"老沈微微翘起嘴角，眼睛一眨不眨地盯着苏糖的反应。

"你故意的？"苏糖识破了老沈的刺激。

"呵呵……"老沈有点轻蔑地继续说道，"当时，江诣和黎秋雨是在讨论一幅画。黎秋雨还提到了眼睛、手指和滴洒背景的元素。那幅画应该就是胡蕴天收藏过的彭哲的《痛》。江诣表示有兴趣看一看，甚至买下那幅画。黎秋雨就说江诣可以随时联系她去看画。我想，这也是她顺手把名片塞进江诣口袋的原因。"

"所以，黎秋雨画室停电的那天，江诣很有可能是去她的画室看那幅画了。"苏糖做了推测。

"为了印证是不是你说的那样，我委托人去了黎秋雨的画室，指定要购买那幅画。借口也很简单，只要声称在他们艺术家的小型聚会里见过那幅画就可以了。因为那幅画只是黎秋雨的私人收藏，并不在她画室的销售之列，所以她姐姐作为画室的经纪人，并没有那幅画的任何记录。因为有人请求，她姐姐才去找那幅画。可惜，那幅画不见了。"

"不见了？莫非真的被江诣买走了？"苏糖看着老沈。

"很有可能。"老沈也看着苏糖，他表情严肃，面孔越来越冷，"苏糖，我有些话想对你说。"

"你要说什么？"苏糖看着老沈特别认真的样子，她有点被威慑到了。

"江诣、黎秋雨、彭哲，现在，这三个人被一幅画联系在了一起。但是这三个人中，一个死了，一个失踪了，你觉得，这正常吗？我又想到了你之前想委托我查的关于楚洛的案子——那个案子的行凶手法极为残忍血腥。再联想到上一次在彭哲家的旧房子你被监控的事……如果把这些线索排布在一起，就变成了这些元素：江诣、黎秋雨、彭哲、楚洛、变态凶手、隐秘监控。虽然我还不知道这些元素之间的关系，但可以肯定，这背后一定有一个复杂的联结。很显然，你如今也处于这个复杂的联结里了。"老沈犀利的眼神就像一台透视仪，他在扫描苏糖脸上每一丝细微表情的变化，从而洞悉苏糖最真实的想法。

苏糖回避了老沈的眼神，她特意转过头，坐正了身子，目光看向车窗外的风景。

夕阳西下，光影洒在湖面上，形成了一种独特的黄昏之美。

线索的排布……苏糖抓住了老沈说的这个词，她觉得这个词对她很有启发。苏糖从包里掏出了素描本，拿出铅笔，唰唰唰地在白纸上涂画起来。

苏糖并没有心情去欣赏美景，她脑子正在飞快地转着：彭哲从小具有绘画天赋，所以他那时做了光影灯送给自己作为示爱的礼物。后来彭哲去世，多年以后，江诣遇见黎秋雨，他们提起了彭哲的画，江诣想要购买那幅画。哥哥想要购买弟弟的画，这也无可厚非。可江诣为什么不承认他认识黎秋雨呢？

苏糖已经在素描本上画了光影灯、油画、黎秋雨、彭哲、江诣这几个元素的简单线条。

画完之后，苏糖抬起头，又盯着车窗外的美景，她脑子依然在整理：彭哲——他越来越复杂了，他并不是我一开始认识的那个男孩了。他会画画，他童年时可能被虐待，他少年时身上总有伤痕，他大学时还出现在了楚洛被杀案的现场。

苏糖又在素描本上画了凌乱线条、断裂手指、眼睛、楚洛倒毙的瞬间和彭哲从别墅大门跑掉的瞬间。

画完之后，苏糖又抬起头，眯缝着眼睛。她又想起了其他元素：可又怎么解释，彭哲的房子被监控，我被安装了跟踪器……

苏糖在素描本上画了彭哲的旧房子、监控探头和江诣的头像。

苏糖反复翻着几张素描纸，她脑子里回想起了那两个犹如魔咒的猜测：

"会不会，那天林慕曦看到的人，是江诣呢？"

"又或者，那天车祸被撞死的人，不是彭哲，而是江诣！"

我为什么会被这两个顺嘴说出来的甚至毫无证据的猜测给蛊惑了呢？难道不是因为我心里一直在隐隐地期待彭哲还活着这个事实吗？

"老沈，如果你总在另外一个人的身上寻找着一个已经死去的人的影子，到底是你的病态，还是另外一个人太像死去的人呢？"

"你在说你的初恋彭哲和你的现任老公江诣？"老沈一语中的。

苏糖好像突然从沉思中清醒过来了，她马上收起了自己的素描本，一下子塞回包里。

"看不出来，你倒挺有天赋去做个侦探的。"老沈像是认真的，也像揶揄。

"没办法啊，没人帮我，只能靠自己。"苏糖回答。

苏糖心里很清楚，这个阶段，就算老沈要帮她，她也不会允许的，因为她不想让别人知道她对彭哲和江诣关系的调查。这个解谜的人，只能是她自己。

老沈再次发问："你是不是知道，在彭哲的旧居，一直监控你的人是谁？"

"这个情况，我可以自己处理。"苏糖的态度有些坚决。

"你应该知道，在房子里装满了监控摄像头，是一种十分变态的行为。根据我的经验，会这样监控的大概有这么几种情况：特工或者警察监视某人，色情偷窥狂监视女性，或者是猎手在监控猎物。"

"为什么猎手不一下子杀死猎物，要对他进行监控呢？"苏糖问老沈。

"因为欣赏和玩味猎物，也是猎杀之前有趣的步骤，就像猎杀之后会留取猎物身上的东西做纪念一样。前菜和饭后甜点，一样都不能少。"老沈的回答别有深意。

"你到底……想表达什么？"苏糖的脸色变了。

"你不是拿走了我的那本《暗影的秘密》吗？第七章就是在讲连环杀人凶手的行为模式。你回去看看就知道了，那句话是伍教授写的。"老沈的犀利又转为了戏谑。

苏糖想了想，自己确实还没有读到第七章。

"老沈，你以前在美国都经历了什么？都在调查什么事情？"苏糖突然转移了话题。

听到这话，老沈眼神一垂，又马上恢复了戏谑："你怎么知道我从美国回来的？"

"知己知彼，百战不殆。我就不能调查你啊！"

"还百战不殆，你跟我打仗啊？"老沈笑了出来。

"不打仗，但可以比赛，看看谁更擅长做个侦探。但比赛之前，你得先教教我，怎么做个侦探。"苏糖兴奋起来，抓住了老沈的手腕，"哎，我拜你为师吧！你教我调查技巧，实在不行，我可以付费！"

"我觉得你啊，就像一只得了精神病的飞蛾，非要往那个复杂无底的深渊里飞。我这个人吧，也算是善良，看不得人有精神病，看不得人坠入深渊……"老沈一副发愁的样子。

"你的意思是，你收我了？"苏糖的手劲儿更大了一些。

变态凶手与碎裂手指

夜，沉静而安详。别墅二楼的工作室内，透过没有拉上帘子的窗户，苏糖能够看到那一大片美丽的月季花墙。已经是夜里一点多了，可苏糖一点睡意也没有。

"抱歉，帮不上忙。因为我们真的不能把摄影师的资料提供给你。或许，你可以试着通过其他途径去寻找那位摄影师，她的署名是'遗憾之泪'，这个是可以公开的。说不定你在网上能找到她。"

苏糖回想着那天她去人民艺术中心查找给 Max 摄影的那位摄影师的下落，但很可惜，工作人员不能提供资料给她。苏糖也试着从各种途径去寻找和打听署名为"遗憾之泪"的摄影师，不过毫无结果。最令人绝望的是，那位"遗憾之泪"可能根本就不是摄影师，而是一个参加摄影展的素人。一个素人，随便署个名，上哪儿去找呢！简直如大海捞针。

苏糖顺手从书架上抽出了那本《暗影的秘密》，翻到了她还没有读过的第七章。一行一行，一字一句，苏糖都认真地阅读和体会着。

"欣赏和玩味猎物，也是猎杀之前有趣的步骤，就像猎杀之后会留取猎物身上的东西做纪念一样。前菜和饭后甜点，一样都不能少……"

读到这里，苏糖不禁打了一个寒战。果然有这样一句话，但这话不是伍教授的原创，而是出自伍教授引用的一个案例的连环杀人凶手之口。

那是一个日本东京的连环杀人凶手。他曾经应征成为一家酒店式公寓的服务生，他借助职务之便，在酒店客房中安装微型摄像头，监控房中的女性住客。因为酒店式公寓里的住客都是长期租住的，所以他对每一个被监控女性的观察短则两三个月，长则半年甚至一年以上，之后他才会动手杀死她们。

他是个十分聪明狡猾的凶手，一般下手的时候，都是女性住客已经搬离酒店公寓之后一段时间，所以一开始警察也没想到凶手曾在受害人住过的公寓里工作。而且凶手的杀人手法极为残忍变态，最终受害人被发现的时候，都已经被肢解碎尸了……

看完整个案例，苏糖马上合上了书，她简直心惊肉跳。苏糖觉得自己双腿发麻，也不知道是在窗边站太久，还是因为焦虑而神经紧张，但她必须找把椅子坐一下。

"啊！"苏糖叫了一声。原来，是风吹起了窗帘，窗帘贴了一下苏糖的脸。这再自然不过的过程却吓得苏糖叫出了声。苏糖放下《暗影的秘密》，转身去关窗，可就在关窗的一刻，"啊！"苏糖又叫了一声，她看到楼下的月季花墙那儿有一个人影！苏糖听到自己心脏咚咚剧烈的跳动声，她壮着胆子又看了一眼，那个人影已经消失不见了。

最近神经紧张，又看了可怕的案例，所以才看走眼了……苏糖这么安慰着自己。她麻利地关上窗子，拉好窗帘，又把工作室的门锁好了。

苏糖终于可以坐在椅子上休息一下了，这时候，静谧的夜晚不再惬意，就连外面沙沙的风声都是一种撩拨恐惧的元素了。苏糖是知道这种恐惧感的，有时候她一个人在工作室追《全民大侦探》，每当看到恐怖之处，她也会觉得身边的环境陡然变了感觉。但是，平复一下，或者喝点东西，那种"虚拟的恐惧感"就会消失。

苏糖从饮水机里接了热水，给自己沏了一杯玫瑰花茶，茶的香气让她紧绷的神经略微放松了一些。

"暴露疗法，越害怕越要面对！"苏糖鼓励着自己。她打开电脑，上了搜索网站，敲入了在伍教授的书上看到的日本连环杀人凶手的名字——伊藤京祥。

很快，当年那个轰动一时的连环杀人案的报道就从网页上铺天盖地袭来。甚至有人在讨论区贴出了案件中机密级别的现场照片：下水道里打捞出来的半个头盖骨、冰箱里泡在罐子里的肝脏、小塑料盒里凶手收集的被害人的指甲……每一张照片都画面劲爆而惊悚。最后，苏糖还看到了凶手本尊的照片：一个相貌英俊、文质彬彬的年轻男人。

"人面兽心……"苏糖感叹。

苏糖的鼠标又滑回上一个页面，就是凶手用小塑料盒收集的被害人的指甲——那只有名片盒那么大的小盒子里，足足有一整盒剪下来的细细碎碎的指甲。

"真是够变态的，为什么要收集剪下来的碎指甲啊？"苏糖感到疑惑。

"我在摄像头后面看着她们，我知道她们什么时候剪指甲。然后我就趁她们不在时，借着给她们打扫房间的名义把指甲收集回来。一点一点，就收集了那么多。每当看到指甲，我就能想起日复一日、分分秒秒对她们观察时，她们在做的事情……"

这是伊藤京祥接受审问时，给审讯者的回答。可这回答也让人毛骨悚然。

"指甲，就是偷窥时间的证明啊！他暗中观察了她们那么久……"苏糖感叹。

日复一日、分分秒秒的观察……这些字眼让苏糖联想到了自己的处境：她在彭哲的房子里至少住了三年！而躲在那房子里无处不在的微型摄像头后面的人，不也如那个变态一样，日复一日、分分秒秒在观察她吗？

苏糖忽地从椅子上站了起来，她根本没办法不把自己带入联想：欣赏和玩味猎物，也是猎杀之前有趣的步骤……

慢慢地向后退着，苏糖的脑子里想起了那动过的相框、使用过的鼠标和打开过的电脑，她刚刚缓和下来的神经又紧绷起来，这一次她觉得自己全身的血液好像都涌入脑子里了。

"啊！"苏糖被插座的电线绊倒了，一屁股跌坐在地上。因为摔倒得太突然，她撞到了书架，书架上摆着的那个半身石膏雕塑也扑通一下摔了下来，瞬间就碎裂了。而插座被碰松了，落地台灯也断了电，屋子里顿时一片漆黑，只有月光透过窗帘洒下的些许微亮。

雕塑那一根根断裂的手指在微光下散发着冷白的色调，根根分明，触目惊心。

"手指……"苏糖喘着粗气，冒着冷汗，但这一刻她像是突然顿悟了什么，赶紧爬了起来，重新把落地台灯的接头插紧。灯亮了之后，苏糖马上从口袋里掏出手机，把从胡蕴天那里拍下的油画照片导入了电脑。

苏糖在电脑上放大了那张名为《痛》的油画，对每一处细节，她都仔细观察。

画上的手指足足有 26 根，而且是人类手指的各种姿态。手指没有画出切割的侧面，没有流血，看起来并不恐怖，只是怪异。

"到底痛和手指，有什么关系呢？"苏糖还是不能参透这幅画要表达的含义。

就在凝神而思的时候，苏糖听到了啪的一声，像是什么东西掉落下来摔碎了，而且，声音来自和她的工作间斜对着的江诣的工作间。苏糖被吓了一跳，她一个激灵，放下手中的鼠标，蹑手蹑脚走到了门的位置，把耳朵贴在门上听着外面的动静。

"江诣这几天都出差，他不在家啊。这房子里就我一个人啊，难道是有人进来了？"苏糖又想到刚才月季花墙那儿一晃而过的人影。

"死就死吧！"

苏糖走到抽屉的位置，拿出一支防狼喷雾握在手里，悄悄回到门后，猛然打开门，又快速冲到对面江诣的工作间，打开了灯。霎时间，屋子被照得通亮，苏糖向四周环视，发现屋子里除自己之外，一个人也没有。

再仔细观察，苏糖发现，原来是因为窗子没有关上，风吹起了窗帘，把窗台边上的一个画架给掀翻了。画架倒下的同时还把旁边书架上放置的一个纸盒子碰了下来，纸盒子里本来装着的素描纸也散落一地。

苏糖马上去关了窗户，又重新拉好了窗帘，放好了画架，一张张拾起掉落出来的素描纸。

"今天夜里的风可真是够大的，把氛围搞得这么惊悚……"苏糖叨咕着，也是安慰和放松自己。"嗯？"苏糖收素描纸的时候，发现了一张彩铅画，那张画显然不是用白色素描纸画的，而是画在了一张比较小的普通信纸上，信纸边缘被撕扯得参差不齐，应该是从某本日记本上撕下来的。

"是彭哲的那本日记本……"苏糖认得那种信纸的颜色和样子，因为她看过，她第一次看到日记本就发现日记本上什么也没写，除了有撕下去某页的痕迹。

那张信纸上的彩铅画颇为可怕，画上是一台老式的缝纫机，缝纫机后面站着一个女人，但没画出女人的五官。缝纫机上布满了血痕，也有血滴在滴落。缝纫机正中央的"蝴蝶牌"三个字特别醒目。

蝴蝶牌？苏糖一下子想起了彭哲母亲彭新蕾住的那间屋子，里面不就放着一台老式的蝴蝶牌的缝纫机吗！

苏糖又仔细看了看画，她发现那滴血的位置恰巧在缝纫机的机针的部位。

苏糖马上攥着画回到了自己的工作室，又放大了《痛》那幅油画的手指部分，原来，每一根手指上的前半部分，都有一个极其微小的孔。如果不是特意留心观察，根本无法发现！为了谨慎，苏糖再次检查了一遍油画上的所有手指，她完全确定了，自己没有看错，手指上都有小孔！

"之所以痛，难道是……缝纫机的机针，扎了手指？"苏糖颓然地靠在椅子上，她内心感到一阵纠紧的难受："为什么是 26 根手指？ 26 是个概数，也许是在表达手指被机针扎了很多次……"

"江诣怎么会有彭哲日记本上的信纸呢？"苏糖突然想到了这个问题。

双面的培根

"弗朗西斯·培根，英国画家。培根的笔触中隐含着内心的想象和情绪，人物的形象会被肢解甚至扭曲，他要向人们展现命运真实的面目，并深深揭露人们隐藏在内心的剧烈痛苦。"

苏糖回忆着对英国画家培根的介绍。她合上了少年彭哲的那本绘画笔记，内心百感交集。

此刻，苏糖正在画家罗灿生的家里。为了尽可能多地了解少年彭哲的过往，苏糖向胡蕴天寻求帮助，联络到了他的友人罗灿生。

"彭哲是个很有天赋的孩子。那一年他十一岁，放学路过我的画室，他偷偷坐下来，我本来要请他出去的，但我看到他本子上画着的线条，就知道，这孩子很不错。天赋，真是让人惊艳的东西。"罗灿生回忆着他初见彭哲时的情景。

"后来，您就收他为学生了？"苏糖问。

"那孩子很敏感，甚至自卑，我知道他经济状况不好，但我收了他，还不要他的学费。但他自己很要强，平时省下饭钱，也会每个月交点学费给我。"罗灿生笑着说道。

"看得出来，他也热爱画画。他的绘画笔记整理得很详细。"苏糖紧紧握着笔记本，"罗老师，我能把这本笔记带走吗？"

"可以。能够留给你做个纪念，也不错。"罗灿生叹了一口气，"没想到，和那孩子在他十四岁那一年的一别，就是永别了……"

听到这里，苏糖眼圈一红。

向罗灿生表示感谢之后，苏糖离开了他的家。

开着车，苏糖觉得自己的情绪和思绪都复杂而纠结。她知道，她只有接触到罗灿生，才能真切地相信彭哲也会画画的这个事实。而且，她似乎是在印证着自己内心里的那套猜测思路。

"《致痛的记忆》真是一部打动人心的戏剧。其实男主角会变得扭曲和残酷，都是因为命运的不公。失去爱，失去幸福，的确会让人痛得刻骨铭心……"

"如果，我没有了现在所拥有的一切，你还会爱我吗？"

苏糖的脑子里反复地出现着那一天江诣的感慨。

"老沈，如果你总在另外一个人的身上寻找着一个已经死去的人的影子，到底是你的病态，还是另外一个人太像死去的人呢？"

苏糖想起了她问老沈的问题，因为这个问题她已经问过自己无数次了。

"是江诣，很像彭哲！不只是一张一模一样的脸。进一步说，是彭哲代替了江诣，他才能改变自己艰难又坎坷的命运……"

伴随着苏糖的刹车声，一声惊雷响起。再抬头望向车窗外时，车子已经开到了家门口。

很快，瓢泼大雨从天而降。雨下得太突然，苏糖还坐在车上，沉浸在自己给自己制造的震惊之中。

苏糖心里升腾出一种说不清也道不明的"确定"，但这种"确定"竟然让她感到自己体内的荷尔蒙被激发了。

别墅的大门在人为遥控之下打开了，瓢泼大雨之中，有一个人影站在门口。苏糖车窗上的雨刷不停左右摇动，清洗着模糊视线的雨水。左一下，苏糖似乎看到了人影就是江诣；右一下，苏糖又似乎看到了人影就是彭哲。

九年前，苏糖第一次遇到彭哲，那一天，也是下起了瓢泼大雨。

那是一场名为"糖果爱情"的宣传活动。刚刚进入鸿远大学读大一的苏糖为了体验打工的感觉，就应征参加了SWEET公司临时促销员的工作。她不仅很顺利地获得了那份工作，还因为相貌甜美而被安排了一个特殊的任务。

那是个风和日丽的日子，公园的草坪上摆着一个一人多高的大盒子。苏糖就藏在盒子里，因为她要扮成一颗糖——她的连衣裙也被设计成卷起来的糖纸形态，脖领位置和膝盖位置呈现左右旋转的褶皱，将她裹成了一个糖块。连衣裙上还印着那句经典的广告词：我就是来甜你的糖。那时的苏糖，青春无敌，身材曼妙，眼波温柔，笑容迷人，她简直不用扮成一颗糖，她就是一颗糖。

而活动的另一个主角，就是同样被SWEET公司选中的临时促销员彭哲。他没有扮成一颗糖，而是扮成了小王子。他戴着金色的假发，围着金色的围巾，穿着绿色的长衣。长衣上也印着经典的广告词：我就是来爱你的王子。那时的彭哲，同样风度翩翩，眉眼俊俏，一身清朗，清秀迷人，他简直不用扮成一个小王子，他就是小王子。

活动上，小王子要从盒子里取出那颗糖，他们要说出各自的台词，表达一见钟情的美好。

苏糖永远记得第一次看见彭哲的情景。

美妙而浪漫的音乐响起，所有围观的人都变成为小王子庆祝生日的朋友，他们拍着手，唱着歌，欢愉快乐的氛围里，小王子走向了大家为他精心准备的那份礼物。

小王子打开了大盒子的盖子，看到了那颗非常美、非常甜的"牛奶糖"。

"牛奶糖"甜美地笑，说出那句："小王子，我就是来甜你的糖。"

小王子也深情款款地回应："'牛奶糖'，我就是来爱你的王子。"

但是彭哲不只是深情款款地念了台词，他还情不自禁地吻了苏糖的唇。一刹那的晃神，让他失了心智，也让苏糖乱了方寸。这本不在广告表演里的一个吻，让苏糖的脸顿时就红了，彭哲也一脸尴尬地在她耳边小声说着"抱歉"，可说话时的热浪都吹到苏糖的耳朵上了，苏糖的脸更红了。

在一片欢笑起哄的快乐氛围里，其他的促销员给在场所有参与活动的人都送了SWEET公司生产的牛奶糖。大家一边吃着甜甜的糖，一边感受着"牛奶糖"和小王子一见钟情的美好。很多参加活动的小情侣也马上复制了那对白："我就是来甜你的糖。""我就是来爱你的王子。"

苏糖的甜蜜与尴尬还没来得及收回，一场突如其来的瓢泼大雨中断了那场非常有创意的促销活动。苏糖冲进了临时搭建的后方物资室，彭哲则冲到了促销车那边。苏糖被大雨淋透了，她浑身滴着水，却依然感到自己的脸在发烫。

很快，雨停了，苏糖走出去寻找彭哲。站在促销车旁的彭哲刚刚换下衣服，苏糖便跑了过去，站在他的面前，又说了那句广告词："我就是来甜你的糖。"还没等彭哲反应过来，苏糖的唇已经印在了彭哲的脸颊。彭哲眼神惊喜，又感到脚趾剧痛袭来，原来是苏糖狠狠地踩了他："这一脚，是警告你，不要随便亲女生！"说完，苏糖就风一样跑开了，只留下又喜又痛的彭哲在原地回味和发呆。

苏糖知道，在大盒子的盖子被打开的那一刻，她就遇见了她命定的爱情。因为那一刻，她看到了他：犹如王子，童话般美好。她眼里的星星都被他点亮了。

大雨依旧在下，车窗上的雨刷也在不停地左右刷动：左一下，苏糖见到了彭哲；右一下，苏糖还是见到了彭哲。

苏糖兴奋地打开车门，冲进了雨里，奔向了那个清晰起来的怀抱。

"Sugar？"江诣举着雨伞，看到了奔向他的苏糖。

紧紧地，苏糖抱住了江诣。

"小王子，我就是来甜你的糖。"苏糖深情地说。

"'牛奶糖'，我就是来爱你的王子。"江诣情不自禁地回应。

苏糖捧起了江诣的脸，把自己的唇深深地印在了江诣的唇上。

江诣也扔掉了雨伞，紧紧地拥住苏糖，深深地回应着苏糖。

这一刻，江诣就是双面的：一面是用痛苦表达命运的画家培根，另一面是苏糖那颇有物理学天赋却不幸早逝的初恋情人。

因为在苏糖的心里，眼前的江诣就是逝去的彭哲。

迷离的爱人

向前一步是毁灭，向后一步是甜蜜。

有精神洁癖的艺术家

江诣全身都被雨水淋透了，灰色的长裤和米色的亚麻衫都贴在身上。他身上沾了很多颜料，杂乱无章的。江诣丝毫不在意雨水和颜料已经让自己看起来十分邋遢和狼狈，他只是拿着画笔在他那幅几乎覆盖了工作室半边墙壁的画布上认真而投入地画着。

苏糖静静地站在江诣的身旁，默默地看着他创作。江诣那被雨水打湿的头发、棱角好看的眉骨、倔强的睫毛、凝视画布的眼神，组成了一幅美好的剪影。因为认真地画着，所以即便邋遢和狼狈，竟然也给这个剪影增添了魅力——那是一种独属于艺术家的魅力：全情付出又洒脱不羁。

大雨之后，彩虹出现，窗外的阳光洒向工作室，洒向江诣创作的画，洒向江诣的脸庞。苏糖看到了窗外那片铁线莲花墙：深浅不一的紫色花朵分布在绿色的叶子上，美得娇艳，美得高贵。苏糖觉得眼前的一切真是美不胜收，这应该就是幸福的画面吧……

就是那侧脸，就是那认真而专注的眼神，苏糖是什么时候被这样的侧影迷住的呢？那是九年前的一天。

"宇宙，浩瀚无边。谁说地球只是孤独的小王子呢？费米悖论是最有魅力的谜题，人类正是因为永远不能确定地外文明存在的证据，又不能推翻它肯定存在的推论，才让数代天文学家有了永久想象、永久奋斗的动力……"

那是鸿远大学天体物理专业举办的"科幻创想大赛"，所有参赛选手要将物理知识、模型设计、故事创意等元素相结合，创想一个地外文明的世界。那时的彭哲正在给他的参赛作品做讲解。

当他按动开关之后，他做的那颗直径足足有2米的蓝色星球被彻底点亮了。星球模型的亮光也照亮了彭哲的脸，苏糖从侧面望过去，那充满少年感的纯净又投入的神情再一次深深打动了苏糖。

"这颗星球有无尽的湛蓝的天空，有广阔深邃的蓝色的海洋，生活在海洋中的生物走向陆地，它们的感觉器官特别发达，它们的意识与意识之间可以相互联结，如果遇到知音，它们就会无比兴奋，雀跃起来……"

仿佛是感受到了有人在侧面注视着自己，彭哲转头看向阶梯教室的门口，他看到了穿着白色长裙、抱着书本的苏糖。四目相对，眼波流转，虽然陌生，却有默契的感应。

"唰！"一股颜料甩在了苏糖的脸上，陷入回忆的她瞬间惊醒。

"嘿！"苏糖刚要谴责江诣，但看到江诣此刻正拿着最大号的笔刷对着画布疯狂地甩动。

那猩红的颜色一条一条被甩在画布上，就像鲜血般恣意，也像鲜血般狰狞。

苏糖终于把注意力的焦点放在了江诣正在创作的画布上，那是一幅人物肖像画，用色怪异，人物脸部是极夸张的扭曲变形。

"你画的人是谁？"苏糖问。

"自画像啊。"江诣停止了笔刷的疯狂甩动，走到苏糖跟前，"你觉得，我画的人，是我，还是彭哲？"

"你画得那么抽象，根本无法分辨啊。"苏糖感觉到自己脸上的颜料流了下来。

"不知道为什么，我突然之间就很有激情，很想把颜料都喷上去。二十分钟以前，我还只想画一幅严肃刻板的画像，可外面突然下起瓢泼大雨，我就跑了出去，然后就看到你开着车子回来了。大门打开，你从车子里奔出来，我们疯狂地吻……一切就像冥冥之中的安排，你点燃了我的情绪。我发觉，我老婆其实从来不曾这样主动热情地吻过我呢……"江诣捏着笔刷，双手情不自禁地摆动，就像在作一个万人迷的演讲。

"你又'入境'了，发疯了。"苏糖盯着江诣的兴奋表情。

她太了解他这个样子、这副状态了！

他总会被一种名叫激情或灵感的东西点燃，然后就奔回工作室，发疯地创作，发疯地画，发疯地破坏什么来延续那转瞬即逝的亢奋。那一刻的他，就是个不折不扣的疯子，但总能创作出让人惊叹的作品，或者找到让人耳目一新的策展选题。

这样的江诣，和彭哲简直判若两人。两个人最大的不同是：彭哲永远一成不变的沉静；江诣则有极强的两面性，他或是沉浸在设立了重重障碍的阴谋家的世界里，或是爆发在展现了热烈疯狂的艺术家的世界里。苏糖曾经以为，江诣比彭哲复杂得多，但现在推测起来，也许彭哲才是更难懂的综合体。

"哎……颜料都弄到脸上了……"江诣扔下笔刷，抬起手去擦苏糖脸上的颜料。他眼神特别专注地盯着苏糖被颜料弄红了的那块脸颊，手指的动作又温柔又体贴。

是啊，就是这种温柔和体贴，总让苏糖十分沉醉。

"老公，我以后，会好好爱你。"苏糖表白。

"以后？难道你之前，没有好好爱我？"江诣狡黠地回道。

"应该说……"苏糖尴尬了一下，立刻纠正，"更加爱你。"

"有多爱？"

"用生命去爱。"苏糖几乎脱口而出。

苏糖的眼睛瞥到了画布上那个抽象又怪异的人像，脑中无法抑制地产生了疑问：如果眼前的人是彭哲，那八年前在车祸中死去的就是江诣了。彭哲为什么顶替了江诣的身份呢？五年前，在马路边上被我表白的江诣，他应该听到，我嘴里喊着的名字是"彭哲"，他为什么不表明他的身份呢？

苏糖承认，她也还沉浸在失控的亢奋状态里，但是头脑还是无法发热到忘乎所以的地步。虽然她宁愿自己什么也看不懂，什么也参不透。

江诣拥抱着苏糖，在她耳边说："今天晚上，Forever 有一个新项目的发布会，我甜美的老婆大人可要盛装出席见证她老公的新成就哦。"

　　苏糖推开江诣，显出好奇："新项目？"

　　"哎……这段时间，你都不关心我。我日里忙，夜里忙，还坐着飞机四处奔波，你都不知道我在为什么忙吗？"江诣简直有点像在撒娇。

　　"啊，是 avant 上线了！"苏糖想起了年初时，她在 Forever 新一年计划书中看到的那个重点项目，"哦，我怎么有一个这么才华横溢又有商业头脑又欣赏品位独特的老公呢！"苏糖开始发挥她善于堆砌辞藻又甜得人心融化的语言功力了。

　　江诣皱着眉头，一脸哭笑不得地看着苏糖："我要去洗澡了，然后换上我有绅士风格的西装。"

　　"那我也去洗澡，然后变身成为女人嫉妒、男人爱慕的公主。"苏糖淡淡地笑着，酒窝很甜。

　　"那就一起吧！"江诣一把拉起了苏糖。

　　晚上八点，Forever 艺术中心的展览大厅灯火通明，城中新贵、俊男美女集体亮相。

　　苏糖一袭白色蕾丝晚礼长裙，柔靓直发飘逸落肩，气质沉静温婉。虽然身份是此次发布会的东家女主人，但她还是习惯性地站在了前排角落的位置。

　　江诣则站在整个展览大厅最显著的位置——组合 LED 背景墙搭建出来的中央舞台，身着一套红色西装，气质鲜明、高调，又尽显个性、主张和艺术气息。

　　"avant，是一款给新贵阶层带来与众不同艺术品的 App。我们的生活、我们的家居、我们的着装，无不体现着灵魂的诉求和心灵的诗意。艺术，并非高不可攀。在 avant 上，艺术，就是你触手可及的品质物件。Forever 携手 125 位独特、先锋的艺术家，为你奇思妙想，为你打开新世界……"江诣说话的样子简直在发光。

　　才华是资本，自信是底气，英俊是魅力。

女人们的眼睛都在追随着江诣的一举一动，那眼光里有赤裸裸的渴望，有遥远的倾慕，有欣赏外在的肤浅快乐，也有想要挖掘内在的无限探究。当然，还有一些女人在偷偷关注着苏糖，她们内心也许有一丝微妙的——或比较或抽离之后的感慨。

发布会开始，音乐响起，江诣走下舞台，大咖新贵，莺莺燕燕，形成了必需也必要的社交氛围。江诣和他们交流着，有遇知己的欣赏，也有礼貌客气的冷淡。

每当这样的场合，苏糖就喜欢远远观望江诣。她能感受到他身上自带一种近似于无畏的癫狂自信、肆无忌惮，又很有力量。这些年来，江诣一直是个努力的人，他想做的事，没有一件做不到。这种具有艺术家脾气的男人又身价不菲，当然在女人中间很有吸引力。连苏糖都能感觉到有些女人喜欢江诣，甚至很想取代苏糖的位置，但苏糖似乎总是显得比较淡然和平静。她从不特别"监管"，也不特别询问。

"我是从什么时候开始关注江诣是不是有外遇的？我真的开始紧张他了吗？"苏糖想到这一点，心里有一种怪异的对比感。

"其实江诣真的是一个很有魅力的男人。况且他不花心，不滥情，是一个难得的甚至是绝种的、有精神洁癖的人。他爱，就很投入；不爱，就很冷酷。"

循声转身，苏糖看到了站在自己身后的安妮。

"安妮姐，你对你的 partner 了解很深……"苏糖礼貌地沟通道。

"了解，是一种绝望啊。"安妮略带神伤，"是谁说过，爱一个人，就像爱一件艺术品。没有原因，只是直觉。"

猫骨遗迹

"放手吧，苏糖，别这样！我们不能在一起。"江诣的两只手使劲儿拽开了苏糖紧紧抱住他脖颈的手臂。

"我喜欢你，江诣，我长这么大，从来没这么喜欢过一个男生！"苏糖近似于哀求了。

"对不起！"江诣猛然转身，向着马路对面冲了过去。

"砰"的一声。

苏糖看到了被卡车撞飞的江诣，他的身体就像一道弧线划过空气，落在马路上，他身下逐渐渗出一摊血迹，就像一朵摊开的残酷的红色花朵。

"江诣！"苏糖发出歇斯底里的嘶喊。

苏糖从噩梦中惊醒，她感到自己全身发凉。她的惊叫也吵醒了睡在身旁的江诣。

江诣马上打开了床头柜上的台灯。苏糖惊慌失措地从被子里爬起来，坐起身，靠在床头，神情涣散。江诣也爬了起来，陪苏糖并肩靠在床头。

"做噩梦了？"江诣转头看着苏糖苍白的面孔。

苏糖听到江诣的声音，一点一点缓缓转头，望着江诣，她内心里涌现出复杂的情绪。

四目相对，近在咫尺，连彼此的呼吸都能感觉到，但苏糖却觉得自己已经跌入一个迷离的旋涡，这个旋涡把她和眼前的人隔得越来越远。

"我梦到你被车撞死了，死时的情景和彭哲一模一样……"苏糖蹙眉。

"是吗？那你这个噩梦，还挺有创意的。"江诣倒是很理智，脸上浮现出一抹温柔宁静。他伸展手臂，将苏糖揽进自己的怀里，"别胡思乱想了，都已经八年了，你还放不下彭哲的死吗？放过你自己，放过我俩吧！"

看着江诣的"温柔宁静"，苏糖想起了江诣求婚的时候，热烈之吻以后，他也露出了这种让她迷醉的表情。这种表情能让苏糖内心里涌出无法抑制的热爱，因为她油然而生的热爱其实是对彭哲的怀念——她和彭哲在一起时，彭哲的脸上总是浮现这样的表情。

"江诣死在我的面前，我也会内疚和难过的……"苏糖诚实地回道。

"那我是不是应该因为你的噩梦而感到幸福啊？原来我老婆也这么在乎我啊？"江诣吻了一下苏糖的脸颊，"睡吧，别想太多，明天你老公我，还有很多事情要做呢……"

"嗯……"苏糖回应道。两个人再次缩回被子里，灯也关了。

黑暗里，苏糖在被子里下意识地抱紧了江诣，但她还是感到自己全身发凉。当推测出江诣可能就是彭哲的时候，苏糖就像沙漠里濒死的旅者看到一股清泉，她飞扑过去，没有恐惧，只有欣喜和渴望。这种欣喜和渴望完全扭转了她之前和江诣之间的疏离与冷淡。他们甚至进入了一种比过往相处更加热烈的状态。但苏糖也被强烈的疑虑和不安裹挟，她甚至恨自己忘乎所以。

　　如果彭哲没死，那将是苏糖的春天，她朝思暮想的男孩一直陪伴在她身边，难道不是历经磨难的久别重逢吗？但如果，彭哲真的没死，那也将是苏糖的冬天，她竟然完全没有识别出来换成了他人身份的心爱之人，难道不是细思极恐的重新开始吗？

　　第二天，苏糖接到了邵珥珥的电话，她约苏糖去江夏公园见面。

　　深秋季节的江夏公园十分富有诗意，尤其是公园西边的枫树林，红叶满树，相映成趣，像是一幅天然又诗意的画卷。

　　"今天怎么这么有闲情逸致，约我来赏枫叶啊？"苏糖已经和邵珥珥并排坐在木椅上了。

　　"苏糖，你知不知道，高中的时候，我和彭哲最喜欢来这里坐坐了。我那时觉得，和喜欢的人一起坐在公园的木椅上，就是一个人初恋最好的画面。"邵珥珥一脸神往。

　　"哦……"苏糖心里感到怪怪的，"那你们坐在这里都做什么啊？"

　　"深情凝望彼此，然后甜蜜地 kiss。"邵珥珥转头，挑衅地看向苏糖。

　　"其实，我是有点羡慕你的，羡慕你知道高中时的彭哲是什么样子……"苏糖诚恳地说道。

　　苏糖的诚恳倒让邵珥珥不好意思再说下去："骗你的，我们从来没有谈过恋爱。彭哲只不过是给我讲他的那些科幻故事。"

　　"那你今天约我来，不是秀恩爱，而是来怀念高中岁月的？"苏糖不解。

　　隆隆……隆隆……隆隆……

　　"你没听见施工的声音啊？"邵珥珥指了指对面的林子，"其实对面的那片枫林，才是我和彭哲经常去坐的地方。我还记得，我们最喜欢的那个木椅旁边有一座圆形的星球石雕。不过，现在这一切都要无影无踪了。"

"对啊，公园应该是在改建。但是，珥珥，我现在真的很着急查清楚一些事情，没有太多心情陪你缅怀过去。"苏糖说着，起身要走。

邵珥珥一把拉住了苏糖："我也不是来缅怀的，给你看点东西。"

邵珥珥拿出手机，点开网页，给苏糖看一则新闻。

江夏公园枫林中有动物骸骨被挖出，因为骸骨数量众多，引来多方关注。坊间一度疯传江夏公园有食猫妖，还有传骸骨为古生物化石的，更有甚者传骸骨为虐猫狂徒所造恶果。连日来，经动物专家、考古部门、司法部门等联合研究发现，骸骨为猫骨，有三十二只之多，每只骨架都保存完好……

新闻照片上排列成行的猫骨十分显眼，虽然只是猫咪的骨头，但数量众多，摆在一起，依然显得很诡异。

"这么多完整的骨架放在你面前，你会不会觉得很恐怖？"邵珥珥眼睛一眨不眨地盯着苏糖，弄得苏糖立刻感到周围的气氛变得怪异起来。

苏糖点了点头："是啊，而且那些猫，居然有三十二只……可你告诉我这些，到底是为什么？"

"对面那个靠近星球雕塑的位置，是彭哲带我去的。他说，每当他不开心的时候，他就会坐在那儿放松自己。我当时还问他为什么觉得放松，他说因为他在木椅旁边埋过一只猫。"邵珥珥在手机上点了点，放大了那幅挖出猫骨的新闻图片。

苏糖又仔细看了看才发现，星球雕塑旁边的木椅边上，被挖出了一个大坑。

"三十二只猫的骨头，是在彭哲说他埋过猫的地方挖出来的？"苏糖瞪着眼睛，看着邵珥珥。

邵珥珥点了点头。

两个人都安静了，又并排坐回了椅子上。

"还不能肯定三十二只猫都是彭哲埋的，但他的确说过，埋猫，让他感到放松。"邵珥珥先打破了沉默。

"珥珥，其实，我们可能都没有真正地了解彭哲。"苏糖想了想，整理了一下思路，就把自己的推测讲给了邵珥珥。

彭哲儿时疑似被母亲虐待、那幅表现痛苦的油画《痛》、画着缝纫机的彩铅画、彭哲的旧居被监控、江诣疑似没出差、江诣对苏糖谎言的不拆穿、江诣看《致痛的记忆》的反应、江诣对于彭哲与苏糖第一次邂逅时广告对白的精准对答……苏糖把这点点滴滴、丝丝入扣的迹象都告诉了邵珥珥。

"最重要的是，我的直觉也在告诉我这个事实……江诣，就是彭哲。"苏糖终于给她的猜疑与描述来了一个盖棺定论。

听完了苏糖的结论，邵珥珥站了起来："苏糖，也许你的直觉是对的。毕竟，这些年来，除你之外，我们都没真正地近距离地接触过江诣。你是离他最近的人。"邵珥珥转身，看向苏糖。

"珥珥，你今天带我看猫骨挖出的地方，也一定是有原因的。"苏糖看着邵珥珥。

"上次在收藏家胡蕴天那儿，我知道了彭哲也有绘画的天赋，我就开始重新审视彭哲这个人。我也整理了很多和他有关的记忆和细节，更加验证了我过去的猜测：彭哲不是普通人，他的行为和心理都有异常。猫骨的事，把我的猜测推向了顶峰。"

"珥珥，也许你的直觉是对的。毕竟，你们高中的三年，除你之外，我们都没真正地近距离地接触过彭哲。你是离他最近的人。"苏糖说着同样的话。

"事情越来越复杂了。"邵珥珥深呼吸一口气。

"珥珥，如果当年死去的人真的是江诣，而活在我们身边的人是彭哲，你还会喜欢他吗？"苏糖问了出来。

"那我得问问我自己，敢不敢喜欢他了。"邵珥珥看了看手机上显示出来的三十二只猫的骸骨图片。

噩梦与极速快车

"嗷——嗷——嗷——"

一声声凄厉的猫叫声从四周传来。苏糖被恐怖的叫声惊醒，她从床上忽然坐了起来，借助月光，才发现自己躺在彭哲旧居的卧室里。

她感觉到自己的手好像摸到了什么，凉凉的，硬硬的。她低头去看，发现摸到的竟然是猫的骨架！

"嗷——"凄厉刺耳的叫声吓得苏糖瞬间放开了手，伴随着叫声，猫骨突然复原出一只完整的猫。那猫一身白毛，眼睛很大，眼眶却是两团漆黑，没有眼珠，张着嘴，四颗长而尖利的犬齿露了出来，犬齿上还插着一根人类的手指，手指还在滴血！

"嗷——嗷——嗷——"凄厉的叫声再次从四周传来，苏糖马上打开了放在床边的台灯。

猫，几乎是铺天盖地了！棚顶上、衣柜上、地上、电脑桌上，还有她睡的床上，全是猫！它们是一副又一副完整的猫骨，又在瞬间一只又一只恢复了原貌，只只狰狞，恐怖至极。

苏糖惊恐地闭上眼睛，满脸都是冷汗，在被子里瑟瑟发抖。

突然，苏糖睁开了眼睛，台灯的光亮有些刺眼。苏糖意识到，自己刚刚打盹时又做了一个噩梦。但有一点和梦里一样，她此刻正在彭哲旧居的卧室里。苏糖看了看棚顶、衣柜、地上、电脑桌上和床上，确定没有一只猫，才放下心来。

苏糖走去洗手间，打开水龙头，冲洗了一下自己满是冷汗的脸。苏糖看着镜子里的自己，她感到自己的意志正在一点一点塌陷。她感到，"重遇"彭哲的欣喜已经消逝，伴随而来的是绵延不绝的猜疑和焦虑。

苏糖回到了卧室，坐回到电脑桌前，她一页一页翻看着彭哲留下的绘画笔记，连续几页都是画着猫的彩铅画。不同的猫，以各种角度随意地分布在画纸上，相同点是，猫的表情都十分狰狞和痛苦，看起来也十分恐怖。苏糖数过，绘画笔记上画着的也是三十二只猫，这和邵珥珥提供给她的挖出猫骨的信息完全吻合。

为了揭开彭哲之谜，苏糖最近几天经常来彭哲的旧居。她翻看彭哲的日记、看过的书、绘画笔记……所有能发现他过去痕迹的东西，苏糖都在研究。可无论怎么研究，苏糖还是觉得彭哲是一个擅长物理学和喜欢科幻的男生。除了那本绘画笔记，苏糖找不到彭哲的"艺术特征"了。

丁零——

门铃又响了，吓得苏糖一激灵。她看了一眼墙上的挂钟：凌晨三点五十五分。

是谁这么早能来按彭哲家的门铃？苏糖立刻紧张起来。她试探着走到了门口，从门镜里向外望去。

"老沈？"苏糖诧异极了，他又来了，而且是这个时候！

苏糖开了门，老沈走了进来，他穿着米色亚麻的衬衫，外面还套着一件天蓝色的开衫毛衣，样子休闲极了。

"沈嘉扬，居然……也会穿这种毛衣？"苏糖知道这个问题不合时宜，现在也不是讨论毛衣的时候，但她就是忍不住。

老沈看着苏糖满脸的水珠问道："你这是做噩梦了吧？"

"你……你怎么知道？"苏糖下意识用手擦了擦自己的脸。

老沈从口袋里掏出手机，打开之后，举在苏糖眼前。

"老沈，快帮帮我，我觉得自己要崩溃了！"

那是苏糖昨晚给老沈发的微信，可她自己都忘了。

"那个……请你原谅一个精神崩溃、意志薄弱的女人。"苏糖露出了尴尬的笑。

老沈抬起手腕，看了看自己的腕表："给你十分钟梳洗打扮换衣服，十分钟后，我们出发！"

"去哪儿？"苏糖感到不解。

"去海边看日出！"老沈的冷脸竟然露出一丝笑容，轮廓温和。

苏糖虽然感到有些不解，也还是照做了。

趁苏糖去洗手间整理装束的时间，老沈走进了彭哲的卧室，看到了电脑桌上的那本绘画笔记，他饶有兴致地一页一页翻看着。

"走吧！"苏糖准备完毕，出现在老沈面前。

"带上这本画，还有你上次从包里扯出来的那个本子，出发！"老沈一副命令口吻。

"哦。"苏糖应了一声。

清晨的路况十分顺畅，老沈的车子开得就像在F1的赛车道上，那叫一个"电光火石"，苏糖虽然一夜没怎么睡好，但坐在老沈开的车子上也睡意全无了。

"飞车"的感觉让苏糖想起了她认识江诣之后，江诣最喜欢带着她在大半夜开快车。

"啊……呀……哈哈……哈哈……"

江诣的车轮或颠簸在石块上，或压过水洼，或差一点就撞到树桩上……都会吓得苏糖尖叫，但尖叫之后，两人又会在车上疯狂大笑。江诣甚至会突然之间双手脱离方向盘，在就要撞到大石头上或者就要冲进河里的时刻，迅速抓住方向盘，控制车子的方向。那种瞬间生死的游戏，他玩得不亦乐乎。每当那时，苏糖在惊叫之后，就会故意掐住江诣的脖子，在他耳边大喊："你想死啊！"江诣也兴奋回应："是！我想死！"

江诣"入境"的时候，在"状态"里的时候，就是个疯子！难以理解的是，苏糖竟然不反感他的"疯"，她还会陪着他疯，然后说出感性的话语。

"你怕死吗？"江诣问苏糖。

"有专家说，人在濒临死亡的时候，其实并不像大家通常理解的那样痛苦。相反，其实人会感到一种异常的欣快感，在他的感觉中，他的身体会变轻，渐渐地飘浮、飞升……"苏糖的手指缠绕向上，就像在做优雅的舞蹈动作。

那时候，江诣就会凝视着苏糖的侧影，他看着她的手，仿佛失了神。

"我们对死亡，是不是也有误解呢？也许死亡，并不是那么恐怖的事。"苏糖会自言自语。

"那我们是不是应该让更多人知道，死亡，并不恐怖。"江诣得到了灵感，就会马上拿起手机，打给安妮，"安妮，我想到我们下一期的绘展要做什么主题了！"

老沈的车子猛地刹住了，苏糖的身子向前倾倒，被安全带勒得生疼。这疼痛把她从回忆中给拉了出来。

"到了，下车！"老沈言简意赅。

苏糖和老沈一起下了车，眼前的景象让苏糖震撼了！

红日出海，霞光万丈。

"这不是伟大的奇观吗？"苏糖感叹。她迅速脱掉了鞋子，摘下了自己背着的包包丢给老沈，冲去了海边。

看着苏糖的欣喜，老沈倒是不慌不忙地拿着苏糖的包走回车边，打开门，从车的后座上拿出一个塑料桶，然后又返回了沙滩。

看着海上的朝阳，苏糖觉得自己紧绷的神经也被那壮丽拯救了。她冷得瑟瑟发抖地冲回了沙滩，一团温暖的篝火和几座"沙雕城堡"又让苏糖眼前一亮。

"想不到，堂堂的大侦探，也喜欢玩小孩子的游戏。"苏糖坐在篝火旁，烤着火。

"开始上课。"老沈从苏糖的素描本上又撕扯下来一页空白页，从自己口袋里掏出铅笔，在空白页上写了一个句子。

逻辑的城堡

这样，沙滩上就有了五页纸。

第一页：光影灯、油画、黎秋雨、彭哲、江诣几个元素的简单线条。

第二页：凌乱线条、断裂手指、眼睛、楚洛倒毙的瞬间和彭哲从别墅大门跑掉的瞬间。

第三页：彭哲的旧房子、监控摄像头和江诣的头像。

第四页：彭哲画着的恐怖猫。

第五页：如果你总在另外一个人的身上寻找着一个已经死去的人的影子，到底是你的病态，还是另外一个人太像死去的人呢？

"这是一种'逻辑的呈现'，这些线索……"老沈指了指沙滩上的五页纸，"就好比是沙雕城堡的每个部分……"老沈又指了指他堆好的城堡，"我们如何拼凑出一个完整的城堡？是要靠我们的推理来搭建的。"老沈指了指自己的头部。

"推理……其实我也有看过逻辑推理的书，可是理论和现实没法衔接，好像推理是件很难的事。"苏糖像是个虔诚的小学生。

"推理当然很难，但简单来说，它需要四个元素来支撑……"老沈一边说，一边用他的笔在沙滩上画下了几个字：证据、专业知识、经验、直觉。

"证据，我有查过资料，它包括物证、人证，还有专家鉴定之类的。"苏糖指了指"证据"两个字。

"我来举个例子，如果我们今天的推理主题就是这个问题……"老沈指着第五页纸问道，"那么，你要证实这个主题的证据会是什么？"

"人证，就是我自己，可我自己也是个不靠谱的人证，我也很迷茫……"苏糖苦笑一下。

"在很多案子里，正是因为证人看到的不是事实的全部，或者证人被误导，才会导致被推论出来的真相其实是假象。有一些很狡猾的凶手是最擅长误导证人的。所以，作为证人，你要时刻保持清醒和理智，才能斗得过狡猾的凶手。"

听了老沈的话，苏糖勉为其难地点点头。

"可这个主题有些特殊，我没有像普通案子那种可靠的物证……"苏糖看着沙滩上的几页纸。

"那你是怎么怀疑你老公江诣有外遇的呢？你又是怎么发现江诣和彭哲身份之谜的呢？"老沈启发苏糖。

"名片、豹脸胸针、光影灯、油画、监控摄像头、绘画笔记……我分析这些物件，找到它们的关联……"苏糖回忆着。

"所以啊，虽然你的物证，不是凶器、手指、脚印、皮屑和DNA这些在法律上可靠的物证，但只要经过合理的推理，你的物证依然可以接近真相。"

"可是，我的证据里，没有专家鉴定啊！"苏糖又蹙起眉头。

"不用急。虽然没有专家鉴定，但是你可以根据四个元素中的第二个元素来达到推理的目的。"老沈指了指沙滩上写着的"专业知识"四个字。

"专业知识？就像我在书店买到的那些书上的内容吗？"苏糖问。

"专业知识，也是一个宽泛的概念。警察会运用刑侦科学，物证技术人员会运用物证学原理，法医会有法医学理论，心理学家就要依据犯罪心理学；而你，不同于他们的地方，就是你有自己更擅长的领域。"

"我擅长的领域？"

老沈指了指沙滩上放着的画："就是绘画啊。"

"啊！"苏糖像是反应过来了，她又从自己的包包里掏出了一个文件袋，拿出了她画过的另一组画，还把画排布在沙滩上。

"这是我想象的楚洛案发现场的还原画。"苏糖示意老沈看看。

老沈凑过去看了看。

"那你通过这些还原画推理出什么了吗？"老沈捏着下巴，撇着嘴。

"我找到了一组奇怪的摄影作品。"苏糖就把自己对摇滚歌手米思聪的追查简单说了一遍。

老沈听着听着，脸上的表情也发生了变化。

"你还是看不起我，是不是？觉得我就是个家庭主妇，对吧？"苏糖叹一口气，无所谓地耸了一下肩膀。

"家庭主妇也有家庭主妇的好处啊！我问你啊，你是不是有洁癖？"老沈问得直接。

"对啊……你怎么知道？"

老沈想起那次他在彭哲的旧居丢下一个烟头，苏糖马上就捡了起来。想起那样的苏糖，老沈不自觉又笑了一下。

"洁癖虽然是一种病态的行为，但有洁癖的人都追求生活在细节上的规律和规则。所以从另一个层面来说，你的洁癖，对你查找真相是有帮助的。"老沈提醒苏糖。

苏糖想了想自己收拾江诣的行李时发现的一切，也觉得老沈说的有些道理。

"说到经验，你以为家庭主妇好做吗？我每天要收拾一个大别墅，要打理一个花园，要买菜做饭，给我老公调养身体，给他收拾行李，交家里的所有费用，还要筹划各种大小节日和纪念日……真是忙得很。"苏糖有点飘飘然。

"可怎么看，你也不像一个会心甘情愿做家庭主妇的女人啊！"老沈斜着眼说。

"我始终没放弃画插画的工作，偶尔也会接一些项目来做。而且在过去的五年时间里，我陪江诣看了很多的绘展，也参与过一些 Forever 的策展工作。不知道这些算不算'经验'呢？"

"一个称职的家庭主妇、插画师和策展人的经验呢，就是能识别出老公戴过的胸针，能还原案发现场被害人的表情，能记住曾经看过的一场摄影展上的某个作品。"

"是哦，你这么说来，好像我也挺了不起的呢！"苏糖的脸上浮现出一抹甜蜜的笑容。

"对于推理事实来说，所有的经验都很宝贵。你要记得，你必须发挥自己的优势，因为在你推理的那条路上，没有其他人可以帮你。"老沈鼓励苏糖。

"你不就在帮我吗？"苏糖转头，凝视着老沈，"我总觉得，你的冷漠和酷，是在掩饰着什么。"

老沈笑了一下，从鼻子里哼出声音："你为什么这么认为啊？"

"直觉啊！"苏糖脱口而出。

"推理的第四个元素，就是直觉。"老沈接了话茬，又开始"上课"了。

"直觉，是一个很玄妙的词。它也许不来自客观的证据、专业的知识和多年的经验，它看似毫无缘由，却又出奇地准确。可要做到准确，直觉恰恰又是证据、专业知识和经验的综合体。任何一瞬间的认知，都并非毫无缘由，层层剖析以后，你总能找到根据。"老沈又指了指沙滩上的第五页纸。

苏糖看了看那个困扰她的问题。

"苏糖！"老沈一下子抓住了苏糖的胳膊，"你要知道，在现在的推理过程中，直觉这个元素可能占据了更大的比例。但直觉，也是最危险的元素！"

老沈站了起来，走到他堆砌的城堡前，指了指面前的几座沙雕城堡："如果城堡就是一个完整的真相，那不同的直觉，就会让你堆砌出不同的城堡。但有的，根本就是被误导的假象，整座城堡不过是幻觉……"老沈一脚就踢散了其中的一座，"还有的，一半真一半假，但也不是本来面目。"老沈把另一座城堡踢散了一半，"而你想看到全貌，就一定要结合推理的四个元素来综合分析。"老沈停在最后一座城堡前，蹲了下来，"这样，你看到的才是真相。

"被爱情冲昏头脑，不仅会让你自己陷入险境，你要是发生什么不测，还会让真正爱你、关心你的人为你感到痛苦不已，甚至痛不欲生……"老沈的眼神里又掠过了那抹黯然。

苏糖看着老沈，她嗅到了他的悲伤。

"爱情，是一把双刃剑。它既是我解谜的动力，也是我解谜的障碍。但要接近真相，我就不能被爱情迷惑。"苏糖目光坚定。

红色铁线莲

粉色的月季花墙一直都是苏糖的最爱，她给它们浇水、施肥，让它们不断萌发，开满墙，在她的眼前天天绽放。这些花，曾经是江诣亲手种下的，他为了让她开心，在别墅的园子里做了大半年的园丁，只为她看到满墙的月季花绽放时露出欣喜的笑容。

"你的笑很甜美，可那是一种'病态的美'。"江诣曾经搂着苏糖，向窗外望去时说出这样的话。

"为什么是'病态'？"苏糖有些不解地斜睨江诣。

"因为你沉浸在死亡定格的永恒里，因为你怀念的时候会微笑。"江诣说得轻描淡写。

"有人说，人在失恋的时候，会变得特别有诗情画意。也许你怀念别人的时候，会显得更迷人。"江诣轻吻苏糖的酒窝。

"只有你们艺术家才有这种奇怪的品味吧？"苏糖目视前方，眼睛里依然只有满墙的花朵。

回忆的画面戛然而止，因为浇花壶里的水已经倒尽了。修剪枝条、浇水施肥、重新挪动花园小摆设、选几枝鲜切花，这些都是苏糖每天必做的事情。

苏糖的眼神扫过小雏菊时，她发现小雏菊边上的白色木栅栏有点特别，因为其中一根白色木条上刻了一个图案：一朵粉色的月季花。

"你不是说月季花墙挨着的木栅栏断了一根吗？我现在就去帮你把那根木条补上……"

苏糖想起江诣给她补栅栏的事，看来，月季花图案就是那时候刻上去的。

"真漂亮……"苏糖拿出口袋里的手机，对着图案拍了一张照片。她知道，这是江诣的小乐趣，他特别喜欢在他们的园子里弄出一点小玩意儿，但他从来不会主动说，只是默默地把东西放在不起眼的角落，留待苏糖发现时产生惊喜。

苏糖走去了别墅的另一边。

这一边，有整墙的紫色铁线莲，花墙下种着波斯菊，同样被白色的木栅栏围着。

苏糖一根木条一根木条地找，果然，其中一根白色木条上也有一个花的图案，那是三朵红色铁线莲，衬托在椭圆形的绿色叶子上，甚是好看。对着图案，苏糖又拍了一张照片。

"嗯？"苏糖觉得图案十分眼熟。

返回二楼的工作室，苏糖在自己的书架上翻了翻，找到了一本江诣几年前送她的手账本。手账本的封套是皮质的，上面有一幅漂亮的花朵图案。对照手机拍下的照片，苏糖发现，两幅图案果然是一模一样的——三朵红色铁线莲。

"这个手账本是我在大二那年的暑假去英国的一个小镇旅行时买的。你知道吗，这种红色的铁线莲叫瑞贝卡，是英国的育种专家雷蒙德在2008年培育的。我真的很喜欢那种红色。每当看到这个本子，我就很……快乐。"江诣把本子递给苏糖的时候，脸上还洋溢着那种陶醉的神情。

苏糖对手账本并没有太大的热情，她后来只是把本子收藏起来，再也没有用过。

"英国的小镇旅行……大二暑假……"苏糖想起了江诣的话。江诣大二那年暑假的时候，彭哲已经因车祸离世了，如果江诣就是彭哲的话，他去英国小镇做什么呢？想到这一点，苏糖打开了电脑，用搜索引擎中的"图片识别搜索"功能搜索了那个图案，她希望能通过手账本找到江诣去过的小镇。

搜索引擎里相似的图片很多，苏糖快要放弃时，点进了一家坐落在巴黎的音乐舞蹈学院的网站。本子上的图案，出现在那所大学的一则新闻的配图中。

图片上也有一片爬满了红色铁线莲的花墙，看起来美丽极了。但其中有一簇铁线莲脱离了花海，悄悄地在角落里独自美丽着，这三朵铁线莲从开花程度到分散角度都和手账本皮套上的图案一模一样。花的旁边还站着一个身穿红色芭蕾舞裙的女孩。女孩的红裙和铁线莲的红色相映成趣，画面很养眼。

"这铁线莲开在巴黎，并不是英国的小镇啊。"苏糖看了看新闻上的法文，她点开翻译软件，花了一些时间才搞明白新闻大概在说什么。原来，这是一条寻人的消息，大意是女孩失踪多日，家人非常着急，希望她的朋友们或知道她下落的人能联系学校或警察。女孩的名字叫蕾雅·罗兰，是学校芭蕾舞专业的学生。那则新闻的发布时间是2012年10月。

"又是失踪……"苏糖心里的感觉很不好。

怎么才能知道更多关于蕾雅的事呢？苏糖想到了脸书。她打开脸书，敲击了蕾雅的全名，很快，她找到了一些蕾雅发过的动态。

蕾雅在脸书上有很多粉丝，而且她几乎把全部的消息都设置成"公开"状态。不能否认，她可能就是小范围内的众人的小偶像。但蕾雅的最后一条动态停在了 2012 年 10 月 3 日的那一天。而她那一天发布的最后一条消息，就是那张和铁线莲的合影，还有一句话：love, forever.

苏糖被那个句子惊到了，她拿起手账本，发现皮套上也印着相同的字：love, forever.

七年前就失踪了，那后来找到她了吗？如果找到了，她为什么不继续更新脸书呢？莫名地，苏糖开始紧张起来，也许黎秋雨和米思聪的失踪，就是她紧张的"背景元素"。

苏糖搜索过蕾雅的名字，脸书就会给她推荐一些相关的朋友，苏糖想到，脸书本身就是个好途径，她可以找到蕾雅的同学或朋友问一问。很快，通过站内消息，苏糖试着联系了蕾雅的几个校友或朋友。

在多数情况下，苏糖联系的人都会十分惊诧地问："你是谁？"苏糖就谎称自己是蕾雅高中时代的好友，多年未联络，想打听她的近况之类的。对方就会告诉苏糖，蕾雅已经失踪七年。大家似乎也不愿意再多谈当年那个失踪的女孩。更有甚者，还会问苏糖"你是调查者吗？""你们有了新的线索吗？"……问话一个比一个更离谱。

苏糖很是泄气，她觉得问不出个所以然来。

"打探消息，要有技巧。你要引起别人强烈的好奇或情感共鸣，才更容易打探出真的消息。"

苏糖想起了老沈传授给他的技巧。她决定试试。

于是苏糖的开场白变成了："你能使用英语交谈吗？一个叫蕾雅的女孩让我找你，我知道她现在深陷麻烦，但我不敢报警，我只能偷偷地告诉她的家人或朋友……"

这个足够神秘又震撼的开场白，确实让苏糖颇有收获。与苏糖对话的其中一个女人告诉苏糖，她是蕾雅的大学好友，蕾雅当年邂逅了一个中国男孩，她很喜欢他。另一个男人曾和蕾雅同为学校芭蕾舞团的成员，他告诉苏糖，蕾雅在大二那年的暑假去了中国，据说是去看望她的中国男友，但去了之后就一直没有消息，也没再回巴黎。

法国女孩、中国男友、大二暑假、去中国、失踪，这几个关键的信息进入了苏糖的脑海。苏糖攥着那本手账本，去了对面江诣的工作室。从他的工作室窗口望出去，苏糖刚好看到了大片铁线莲最好的景观。

"forever……江诣回国之后，继承了他父亲的艺术公司，还把名字改成了Forever……"苏糖静静地思考着，"铁线莲、蕾雅、forever。"她的目光转向了手里攥着的手账本，那手账本的皮质十分细腻，三朵红色铁线莲娇艳美丽。苏糖盯着图案仔细看着，手不禁抖了一下。

他欣赏的美

苏糖一转头，看到了江诣工作室的墙上立着的那幅自画像：用色怪异，脸部扭曲变形，色调暗沉压抑，画面上还布满了红色颜料溅成的痕迹。

苏糖顿悟一般，冲回了自己的工作室，放大了那张寻人新闻上的蕾雅的照片。照片上，蕾雅抬起的右上臂位置有一块棕色的仿佛花蕊形状的胎记。苏糖感到自己的呼吸都急促起来了，她忽地从椅子上站起来，冲到了书架对面杂物柜的位置，手忙脚乱地从杂物柜里翻出了一个装着各种文具的盒子，噼里啪啦地找了起来。

苏糖感觉到自己的心脏就像不受控制了一样咚咚跳着。"到底在哪儿啊？"苏糖叨叨咕咕，她在装文具的盒子里没找到要找的东西，就继续翻着柜子。她的手已经抖得不受控制了，柜子里的东西也因为她手抖都被打翻了，笔袋、文件夹、相册、包装纸、订书机……乱七八糟地散落着。

"找到了！"苏糖终于从柜子许多东西的缝隙里抓到了一只放大镜，她紧紧地攥在手里，一滴冷汗滴落在放大镜的镜片上。

攥着放大镜，苏糖坐回到椅子上，她拽过那本手账本，把放大镜对着封套上其中一朵铁线莲，可是镜片上的那滴冷汗让她看不清楚放大出来的效果。苏糖深吸一口气，平复了一下自己的情绪。她用手指擦了擦那滴汗，终于，她可以清楚地看到放大出来的效果了。

在那朵红色铁线莲的花蕊位置，有一抹颜色较为明显的棕色，虽然上面画了铁线莲的淡黄色花蕊，但还是无法遮挡住那块棕色。

"我真的很喜欢那种红色。每当看到这个本子，我就很……快乐。"

苏糖想起了江诣送她手账本时说过的话，还有他脸上洋溢的那种陶醉的神情。

就像猎杀之后会留取猎物身上的东西做纪念一样……苏糖想起了日本的连环杀手伊藤京祥的案例。

"你就是我心中的棉花糖，甜蜜的梦想……"

手机铃声突然响了起来，在这个时刻，苏糖吓得"啊"的一声尖叫，手中的放大镜也飞了出去，啪的一声摔在地上。

铃声一直在响，苏糖皱着眉头，循着声音，在书架旁边的半身石膏雕像下方找到了铃声的来源。是自己的手机在响，但奇怪的是为什么自己的手机来电铃声变成了《棉花糖》。

苏糖接听了电话，江诣温柔而又有磁性的声音传来。

"老婆，生日快乐！你看看窗外……"

苏糖奔到落地窗位置，她看到江诣就站在月季花墙前，一只手臂挽着一大束红色的月季花，仰着头，深情款款地看向她。

今天是我的生日？苏糖完全没在意今天是几号。

"我带了礼物给你，我上去找你。"江诣抬起另一只手，手里握着一个盒子，他还举起来，晃了晃。

"哦，谢谢老公……"苏糖有些惊慌，她挂了电话，马上冲到电脑桌位置，她直接拔了电脑的电源，收起那本手账本，左看一眼摔碎的放大镜，右看一眼一地乱七八糟的东西，苏糖有点抓狂。她还是先蹲下来，用手去拾起放大镜的碎片。"啊！"碎片扎到了苏糖的手指，一股鲜血流了下来。

"老婆！"

江诣已经站在工作室的门口了，上到二楼能有多久，苏糖当然知道，她看着地上的放大镜碎片，感到不知所措。

"哎呀，你手指怎么流血了？"江诣快步走进来，他也蹲了下来，把花和盒子都放在了地上，伸手一把拉过苏糖受伤的手指。

江诣的嘴唇突然裹住了苏糖手指流血的部位，他吸了吸她流出来的血，迫不及待得就像一个吸血鬼。江诣抬起头，柔声问："疼吗？"

"疼。"苏糖点点头。她看到江诣嘴唇上沾着她的血，那么明显，那么鲜艳。苏糖本能地要抽回手指，却被江诣紧紧抓着，根本抽不回来。

苏糖由于紧张导致的心律失常又开始了。

"怎么把手指割破了呢……"江诣瞥到了地上的放大镜的镜框，还有碎片，又瞥到了那掉落一地的文具，笑了一下，"还真是一片狼藉啊，我老婆可不是一个喜欢把房间弄乱的人……"他又把目光聚焦在苏糖的脸上，"发生什么事了？你用放大镜看什么啊？"

在江诣像是关切却更像审视的目光下，苏糖慌得不知道该做什么表情、如何回答，才能不让江诣知道她刚才发现了什么。

"盒子里……是送我的生日礼物吗？"苏糖找到了转移话题的目标。

江诣放开了苏糖受伤的手指，转身拾起那个盒子，打开："送给你，希望你今晚能穿着它，和我共赴一个浪漫而独特的约会。我有一个惊喜要给你。"江诣嘴角浮起淡淡的微笑。

苏糖顺势从盒子里抽出裙子，展开，一件淡粉色的抹胸礼服长裙呈现在眼前，裙摆上还有美丽的月季花图案。看到月季花的图案，苏糖就像触电一样，手一哆嗦，礼服长裙就掉落在地上了。

"怎么了？"江诣弯腰拾起礼服长裙。

"啊，裙子碰到我手指的伤口了，有点疼……"苏糖马上找到了借口。

"走吧，我们回卧室，医药箱里有创可贴，给你包扎一下伤口。顺便，你穿上给我看看……"江诣目光暧昧，他暗示了一些"成人快乐"的信息。

"嗯……"苏糖勉为其难，挤出微笑。

江诣牵着苏糖，去了三楼的卧室。两个人坐在床上，江诣从床头柜里拿出医药箱，取出创可贴给苏糖粘好，他还亲吻了一下苏糖伤口的位置。

江诣嘴唇上沾着的那抹伤口上的血依旧清晰，他深情的目光配合上鲜艳的血迹，看起来诡异而神秘。苏糖努力让自己保持镇定，尽管她觉得自己的笑容十分僵硬。

"这件礼服长裙，是我找法国时装设计大师皮埃尔为你量身定制的。裙摆上的月季花图案是我亲手画的，我知道，你最喜欢我们家园子里的那片花墙……"江诣柔声深情。

"好。"苏糖看了看那条长裙，然后，换上了。

穿上礼服长裙的苏糖美极了，她温婉甜美的气质与礼服长裙结合得十分完美。

江诣一直凝视着苏糖。

江诣牵起苏糖的手，把她带到卧室的落地窗前，他指着窗外的月季花墙："老婆，你仔细看看，你裙摆上的图案，像不像花墙角落位置的那簇月季花？"

苏糖心头一惊，那样的美丽清晰地提醒着苏糖的记忆：蕾雅站在红色铁线莲花旁的照片，还有那个带有蕾雅胎记的手账本封套皮。

苏糖看着月季花的目光转移到了江诣的脸上，此刻，江诣正陶醉地看着窗外的月季花。

苏糖觉得自己有点喘不过气来，胸口憋闷得很。

江诣的双臂却揽住了苏糖的脖子，他的脸贴了过来，与苏糖近在咫尺，四目相对。

苏糖觉得她的空间中唯一的一点氧气也被江诣吸掉了，她已经压抑得快要窒息了。

"人在濒临死亡的时候，会感到一种异常的欣快感，在他的感觉中，他的身体会变轻，渐渐地飘浮、飞升……"江诣的一只手不断向上抬起，手指缠绕向上，就像在做优雅的舞蹈动作。

"老公……你……你为什么重复我说过的话？"苏糖感到自己全身在微微颤抖。

"其实，人深陷在爱情之中的感觉，也和濒死时一样。欣快、飘浮、飞升……那是一种极致的畅快感。一生，也许只能体验到一次。"江诣的嘴唇贴在苏糖的耳边，声音像是呼吸出来的气息。

江诣的嘴唇吻在了苏糖的脖颈上、锁骨上、肩膀上，苏糖的身体就一直不受控制地微微颤抖。

"老婆，你的皮肤光滑、细腻，和那花朵映衬起来，真是美得令人迷醉……"江诣喃喃说着。

苏糖却想起了自己摸着那本手账本封套皮的感觉，一样光滑、细腻。

苏糖猛地一把推开了江诣的怀抱，闪电般冲出了他们的卧室。

她感到，她就要疯了！

没吃掉小猩猩的猎豹

苏糖穿着粉色的礼服长裙疯狂地奔跑，她感到自己的背后像是有一片毒雾在疯狂地迫近、吞噬，她感到无比恐惧，真实到令她窒息的恐惧。她脚上穿着的拖鞋减缓了她奔跑的速度，她索性甩开拖鞋，光着脚一路狂奔。脚被刺出血来，在躲开十字路口川流不息的车子时，她还被车身擦到了肩膀，但疼痛感不能阻挡本能所释放出来的巨大威力。苏糖的手脚只接收到了一个大脑的信号：逃！

时间一分一秒过去了，苏糖的世界，俨然变换了模样。

晚上十点五十五分，沈嘉扬在用食指按下指纹识别门锁的同时，看到了一个披头散发的女人蹲在自己公司的门口，他吓得"啊"了一声，然后听到有人喊他"老沈"，他才意识到，眼前的不是女鬼，是个活人，还全身打着哆嗦，呼吸声和啜泣声相伴而来。

"你干吗啊？大晚上的蹲这儿吓人？"老沈看到苏糖慢慢站起来。

"沈嘉扬，我快疯了！救救我吧！"苏糖用手扒开遮住脸的长发，她看起来脸色惨白，眼睛周围还有眼泪。

老沈一脸莫名其妙，打开门，让苏糖跟着他进了公司。

来到办公室，老沈打开了电源，烧了水，沏了一杯热茶递给苏糖。苏糖捧着茶就咕咚咕咚喝了下去，茶其实还很烫，老沈看着都觉得烫嗓子。他又仔细观察了苏糖，发现她没穿鞋，脚上有血，肩膀上有擦伤，简直狼狼极了。

"我……我跑了好几个小时了。我不知道我要去哪里……能找谁……我觉得很危险，我不能连累我的朋友，可我又很害怕……"苏糖断断续续说着。

"不能连累朋友，就能连累我？"老沈搭话。

"就算连累也没用啊，他们不能帮我对付他。"苏糖说得认真。

"谢谢啊，看来，被你连累，还是我的荣幸。"老沈故意想把气氛搞得轻松一些。

"哈哈……哈哈……哈哈……"苏糖双手紧紧捏着杯子，疯了一样哈哈大笑，笑得全身乱颤，停不下来。

这举动倒是把老沈给弄蒙了，他盯着反常的苏糖，一句话也不敢说。这一刻，他终于明白心理学家总结的那句话：人在恐惧的时候有两个反应，一个是愤怒，一个是大笑。

笑了好久，苏糖终于停了下来。办公室里被突如其来的安静搞得十分诡异。

"我过去看什么《沉默的羔羊》啊，《七宗罪》啊，《十二宫》啊，都以为那不过是电影而已，再可怕又能怎样，隔着屏幕，难不成凶手还真能来杀我？哈哈……"苏糖又放肆地大笑起来。

老沈的表情却严肃得要命。

"但现在，不是隔着屏幕了。原来，当电影变成了现实，那感觉可怕得要命。我这辈子，都没这么害怕过！"苏糖放下杯子，呼吸急促，不停地擦着眼泪，手也在抖。

"嗯。"老沈继续看着苏糖。

"我没见到楚洛的死，我不知道林慕曦在看到案发现场遍布的血迹时，究竟是怎样的感受。我甚至曾经在心里暗暗嘲笑他：一个大男人，竟然被吓出了 PTSD。但我现在终于知道了……杀人，是多么恐怖的一件事！一个人的尸体，一个活生生的人啊，变成了尸体，是多么恐怖的一件事！当那个人的尸体的……一部分……还可能变成了……你储存在书架上的手账本时，是多么恐怖的一件事！"苏糖的眼泪决堤了，她彻底崩溃了，在老沈的面前哇哇地哭了出来，就像一个三岁的小女孩第一次看到了传说中的大毛怪。

老沈只是静静地看着苏糖，他没有安慰，也没有询问，只是等待着苏糖把情绪发泄完。

慢慢地，哭泣声越来越小了，苏糖安静了下来。

老沈这才将纸巾递了过去，又给她倒了一杯水温刚好的茶。

苏糖又咕咚咕咚喝完了，放下杯子。她彻底冷静了。

"又有一个人失踪了，一个法国女孩，七年前，她来中国见她男朋友，就再也没回去。她右上臂有一块胎记，我在手账本的封套上看到了……"苏糖讲起了她今天经历的事。

听过苏糖的讲述，老沈垂下眼睑，想了想，又抬起头，目光坚定地说："你离开江诣吧！无论什么理由都好。不要再查真相，也不要再追究彭哲的死。这是我能给你的——唯一的、最好的建议。"

"离开他？"苏糖六神无主地看着老沈坚定的目光。

"你怕死吗？"老沈问。

同样的问题，让苏糖想起了和江诣讨论时的情景。

"你怕死吗？"

"我们对死亡，是不是也有误解呢？也许死亡，并不是那么恐怖的事。"

苏糖现在才明白，自己在"艺术式死亡"想象的境界里是多么可笑。死亡怎么不恐怖！至少在面对死亡之前，那极度的恐惧就是最大的精神折磨。

"我怕死，无法自控地感到害怕。"苏糖诚实地回答。

"嗯……那就放下一切，爱情、真相、怀念……统统放下，让自己安全地活着，不要让真正爱你、关心你的人为你感到痛苦不已，甚至痛不欲生……"老沈眼神黯然，悲伤漫延。

苏糖听着老沈的话，愣愣地坐在椅子上，她又感到纷乱如麻，脑子里也一团糨糊。

老沈站起来，从旁边的柜子里拿出医药箱，取出消毒药水和纱布，然后走到苏糖跟前，蹲下来，给苏糖割破的脚趾、肩膀擦血，上药，包扎。

　　"你是什么做的，这么扛疼？"老沈说了一句。

　　这句话，让苏糖想起了一年前，江诣向她求婚之前，他们两个一起去登山。在海拔4500米的索古拉山崖，苏糖的登山绳突然断裂，她的肩膀狠狠地撞击在山石上，都能听到骨裂的声音。江诣一把抱住苏糖，支撑着让两个人向上攀爬。在就要到顶端的时候，江诣的登山绳也因承重力超过负荷而即将断裂，当时的情况十分危急，为了不连累江诣，苏糖要求他放开自己，减轻重量，她不想两个人一起死。但江诣不肯放手，硬是把苏糖先托举到山崖边缘。苏糖爬上去的一刻，江诣的登山绳彻底断裂，苏糖眼疾手快，迅速抓住了江诣的手腕。肩膀的骨折之痛瞬间向苏糖袭来，苏糖疼得大叫出声，她的身体也本能地向下倾斜，她整个人就要被江诣的重量给带下悬崖了。但她就是死命抓着江诣的手腕不肯松开。苏糖当时只有一个念头，她不能看着江诣死在她面前。

　　"苏糖！放手吧！"江诣大喊。

　　"不放！要死一起死！"苏糖坚持。

　　老天眷顾了他们，苏糖忍着剧痛，终于把江诣拉了上去。两个人都没有死。他先救了她的命，她又救了他的。那一刻苏糖就想着，也许她无论如何都不能离开江诣了。这生死与共的铺垫，成了她日后答应江诣求婚的最好依据。

　　当两个人被救援队抬上直升机的时候，江诣也问过苏糖："你是什么做的？难道真不怕疼？"

　　"包扎好了，但我们还是要去趟医院。"老沈提醒。

　　苏糖转过头，看着老沈手里的药水和纱布："先等一下，我想在这儿休息一会儿。"说完，苏糖站起来，一瘸一拐走到沙发的位置，坐了下去。她这时候才感觉到来自脚趾和肩膀的疼痛。苏糖放松了自己，平躺在长条沙发上，还闭上了眼睛。

　　"你不想离开他？"老沈发觉了苏糖的犹豫。

"老沈，《动物世界》里，那些凶猛的猎豹即使吃了母猩猩，但在看到小猩猩时，也会心生怜悯，饶小猩猩一命，甚至会照顾它，陪它玩耍，逗它开心……"苏糖闭着眼睛，喃喃说着。

"你觉得你会是那只幸免于难的小猩猩？就因为猎豹偶尔的爱心、陪伴和照顾？"老沈一边收拾医药箱，一边冷笑。

"八年的时间，如果猎豹要吃掉小猩猩，早就吃了，怎么等得了八年……或者五年……"苏糖睁开眼睛，盯着天花板的吊灯。

"那小猩猩呢？它看到过母亲被猎豹咬死，吃掉，它真的没有阴影吗？它能承受日复一日的恐惧与煎熬吗？"老沈站在苏糖身边，低下头，苏糖盯着的吊灯被老沈遮住了。

"谁说猎豹就不是真心喜欢小猩猩呢？我相信它喜欢。"苏糖固执道。

老沈默默走开了，他从自己办公桌的抽屉里拿出一个文件夹，又走回苏糖身边，递给了她。

苏糖接过文件夹，打开来，发现里面是一摞照片和资料。苏糖先开始看照片。

第一张：下水道里打捞出来的半个头盖骨。

第二张：冰箱里泡在罐子里的肝脏。

第三张：小塑料盒里凶手收集的被害人的指甲。

第四张：一个相貌英俊、文质彬彬的年轻男人。

第五张：一个笑容明媚、长发披肩的亚洲女人。

苏糖认得那个男人，他是日本的连环杀人凶手，伊藤京祥。

苏糖心头一惊，然后快速地翻资料。

"我在摄像头后面看着她们，我知道她们什么时候剪指甲。然后我就趁她们不在时，借助给她们打扫房间的名义把指甲收集回来。一点一点，就收集了那么多。每当看到指甲，我就能想起日复一日、分分秒秒对她们观察时，她们在做的事情……"

苏糖一下子从沙发上坐了起来，她太熟悉那段文字了！她看得毛骨悚然。

"八年前，伊藤京祥终于落网。他曾经先后在美国和日本以相同的手法犯案。在他手中死去的女人不计其数。那时候，我还在美国工作。为了抓到他，我不惜一切代价。我女朋友当时在日本做探案工作，她知道我为了追捕连环杀人凶手去了日本，她就冒险成为诱饵，住进了伊藤京祥工作的酒店式公寓。结果……就像你在照片上看到的那样……"老沈眼圈发红，却在努力控制自己的情绪。

苏糖又把照片翻回了头盖骨和肝脏的那两张，她瞪大了眼睛看着老沈。

"这是……"苏糖几乎不敢再说下去。

"头盖骨和肝脏都属于我女朋友。"老沈说了出来。

"被爱情冲昏头脑，不仅会让你自己陷入险境，你要是发生什么不测，还会让真正爱你、关心你的人为你感到痛苦不已，甚至痛不欲生……"

苏糖回忆起了老沈在沙滩上对她说过的话。

"她本来可以不用那么做的，她本来是要和我结婚的，但她希望我快点抓到凶手……她对我的爱，害得她没命了。"老沈一眨眼，一滴猝不及防的眼泪滑落脸颊。

"最重要的是，我女朋友，是伊藤京祥最后一个猎杀的被害人。那个家伙还说，他知道她是为了抓他的诱饵，但他爱上诱饵了，他甚至问我后不后悔，让他有机会杀了她……"老沈的眼神愤怒而凄然。

"为什么会这样？……"苏糖凄怆地说道。

"一个扭曲的人，永远不按常理出牌。即使他爱你，那种爱也是不稳定的，是危险至极的。猎豹的本性就会使它吃掉小猩猩，只要它足够饿，或者失去了耐性。"老沈紧紧盯着苏糖的眼睛，他甚至在乞求她不要再固执下去。

苏糖打了一个寒战，手不受控地扔下了文件夹。

此刻，苏糖的手机响了。

站在悬崖边的勇气

"对不起，老公，我今天心情不太好。"苏糖在电话里解释。

"Sugar，快十二点了，我还在 Forever 的展馆里等你。你能来吗？"江诣语气平和。

苏糖想起了江诣说过的话：

"送给你，希望你今晚能穿着它，和我共赴一个浪漫而独特的约会。我有一个惊喜要给你。"

"好，我尽快到。"苏糖挂了电话。

此时的苏糖已经穿戴好，化了妆，一条披肩遮住了她肩膀上的伤，一双新的高跟鞋也遮住了她脚趾上的伤。苏糖看着落地镜中的自己，心里想着，一定要镇定从容。

"很美。"老沈从身后凝视苏糖。

"没想到，你的公司里居然有这么好的化妆间。"苏糖故作轻松。

"私人侦探最需要乔装打扮和各种 cosplay，既然是演戏，当然需要好的化妆间。"老沈举起车钥匙，"走吧，要飞车，才能在十二点之前赶到 Forever 了。"

一路飞车，老沈把苏糖送到了 Forever 的展馆。

站在白色的艺术中心前，苏糖看到了楼体前那个足有一人多高的 logo：Forever。不得不赞叹，江诣是一个卓越的 CEO、策展人和商人。短短几年之内，Forever 的市值已经翻了几倍，还收购了近郊的地皮，建造了这座具有地标性质的艺术展馆。这对于一个还不到三十岁的年轻人来说，是非常了不起的成就。

夜，充满了黑暗的因子；璀璨的艺术霓虹灯却将 Forever 大楼前的艺术广场照射得光彩夺目。苏糖穿着淡粉色的礼服长裙，一步步走向展馆大门，然后大门自动打开，她走进大厅，眼前出现了一片新奇的世界。

"是否有另一个你正在阅读和本文完全一样的文章？那个家伙并非你自己，却也生活在一个有着云雾缭绕的高山、一望无际的原野、喧嚣嘈杂的城市，和其他七颗行星一同围绕一颗恒星旋转，并且也叫作'地球'的行星上。他一生的经历和你的每秒钟都相同。然而也许他此刻正准备放下这篇文章而你却打算看下去。"这种"分身"的想法听起来奇怪而又让人难以置信。

一段神奇的背景音乐响了起来，犹如来自天际一般。

围绕着苏糖，大厅里出现了八个巨大的圆形光影，艺术霓虹灯的灯光射向地面，立体投影中出现了高山、原野、溪流、城市、游乐场、图书馆、工厂等不同的场景。八大不同风格的场景，展现在八颗不同的"星球"上。

苏糖惊奇地看着眼前的一切，她不断转身，转身，再转身。每一颗"星球"都被包围在投影之中，各种艺术品堆积和搭建出来的场景绚丽迷人，美轮美奂。

"苏糖，生日快乐！"

在其中一颗"星球"之中，一个穿着白衬衫、牛仔裤的男人举着一本《平行世界》，微笑凝视着苏糖。

"彭……哲？"苏糖简直不敢相信自己的眼睛。

她走向彭哲所在的那颗"星球"，站在了他的面前。

"苏糖，我还欠你一句话。"彭哲深情告白道，"我爱你。这本书，送给你。"

苏糖的眼泪唰的一下就涌了出来，她想起了那盏光影灯，那个没有被送出去的礼物，还有那句写在卡片上的话。

"多么希望，平行世界里的另一个我会和你相爱。Sugar, I love you ！"

苏糖伸手去触摸彭哲手里的那本《平行世界》。哗的一下，书一闪而过消失了，连同彭哲一块儿消失了。

苏糖的手伸在半空中，她震惊得不知所措。

"Sugar, 生日快乐！"

在另一颗"星球"之中，一个穿着红色西装、红色西裤的男人举着一把月季花，微笑凝视着苏糖。

苏糖听到声音，转过身，走了过去。

"江诣……"苏糖站在了他的面前，眼泪还凝结在脸上。

江诣伸出一根手指，轻轻擦拭苏糖眼角的泪水："Sugar，我永远都会对你说这句话：我爱你！"江诣举起了那束月季花。

苏糖接过花，抱在怀里，江诣顺势走出投影，也把苏糖紧紧地抱在了怀里。

花，是真实的；怀抱，也是真实的。这份真实却让苏糖泪如雨下，它实在太鲜明地比对了幻影，就像"活下来"太鲜明地比对了"死亡"一样。

就在苏糖感到绝望伤心之际，另外的七颗"星球"又发出了更灿烂的光芒，每一颗"星球"的投影中都有一个身影。

"苏糖，生日快乐！""Sugar，生日快乐！""苏糖，生日快乐！""Sugar，生日快乐！""苏糖，生日快乐！""Sugar，生日快乐！"……

他们分别向苏糖送去生日祝福，就像无数个彭哲和江诣在向苏糖祝福。

"Sugar，我是爱你的。无论我是谁，我都是爱你的。"江诣的声音流入苏糖的耳中，那一刻，苏糖丝毫不怀疑这声音背后的诚意。

苏糖主动亲吻了江诣的唇，无论这个将她拥入怀中的人是江诣还是彭哲，她知道，他都是爱她的，那份爱，她切切实实感受到了。

"我，不会离开你的。"苏糖在江诣的耳边承诺，虽然只有短短的几个字，但她已鼓足了所有的勇气，下定了最大的决心。

江诣笑了，苏糖哭了，只是两个人拥抱在一起，他们看不到彼此的表情。

一束花、一瓶打开的红酒，两只还有残余的红酒杯，在霓虹灯光之下，一切显得兴致盎然。苏糖和江诣肩并肩坐在艺术大厅的台阶上，分布在四周的八颗"星球"依旧闪亮璀璨。

"你到底喜欢彭哲什么？"江诣问苏糖。他没有追问苏糖为什么突然跑出了家门，却问了这样的问题。

"他经历坎坷，负担沉重，所以他克制、隐忍、沉默，但某些瞬间，又光彩照人，闪闪发光。他就像一个孤独的王子，在自己的星球中躲藏起来。你总觉得，他好像有点疏离和冷漠，可又能感受到深埋在他内心的火热。他是一个很难被征服的人，就连自卑，都像是一种骄傲。"苏糖盯着前方的"星球"中那个彭哲的投影说道。

"那你喜欢江诣什么？"一个不难预料的问题出现了。

"他经历顺遂，才华横溢，表面斯文，实则放荡不羁。他就像一个随时发狂的疯子，在自己的小宇宙中燃烧起来。你总觉得，他热情热烈，实际上他又神秘遥远，你好像拥有了他，可又能感受到他有另一个你看不到的世界。他是一个很难被了解的人……"苏糖转头看了一眼坐在身边的人。

"怎么样，我送你的生日惊喜，还喜欢吗？"江诣展手，伸向两旁。

"这几天，你几乎都没有回家，就是在这儿布展啊？"

"平行世界，我们新的跨界艺术展就以'平行世界'为主题。我曾经在你的书架上看到过那本书，你也说过，是你和彭哲都喜欢读的。所以，这个概念，给了我策展的灵感，也给了我为你庆祝生日的灵感。"江诣拉起苏糖的手，"Sugar，你知不知道，其实你一直是我的灵感女神？因为你，我总是能思如泉涌，人生开挂。"

是啊，苏糖也认同。毕竟，在流逝的时光中，那些赛过的车、蹦过的极、跳过的伞、登过的山……那些极限运动的体验都还清晰可忆。那些去过的大大小小的国家、城市，看过的各种展馆的展览也历历在目。他们在夜里的大马路上疯过，在喧闹的酒吧喊过，在大海边奔跑过……那些勇往直前、纵情欢乐、赏心悦目，都是独属于他们两人的"极致状态"。人生中能有如此纵情的岁月和爱情，已是足够了。

"是吗？可我觉得，你是有天赋的艺术家人才啊，我只是平凡的普通人。"

"爱一个人，就像爱一件艺术品。没有原因，只是直觉。在我心里，你就是达·芬奇的蒙娜丽莎，你就是毕加索的特蕾莎，你就是莫迪里阿尼的珍妮。我第一次遇到你，就爱上了你。"江诣动情地说着。

苏糖不敢问，他第一次遇到她，究竟在何时。是在牛奶糖的活动上，还是在大学校门对面的马路拍摄时？苏糖只能沉默着。

"苏糖，如果彭哲没死，我们两个同时在你身边，你会选择谁？你能诚实地回答我吗？"江诣盯住苏糖。

"你说过，我沉浸在死亡定格的永恒里。彭哲的死，是我一生最大的遗憾。如果能用我的命来换彭哲的命，我愿意为他而死。"苏糖已然更加坚定了自己调查真相的决心。

听到苏糖决绝的回答，江诣的眼圈泛红，他缓缓地说："也许，彭哲一直都没有离开你，他只是在平行世界中的另一颗星球上守护着你。他虽然内心充满痛苦，但从来没有放弃过好好爱你。"

"也许吧……"苏糖点点头。

苏糖想着，最坏的结果也就是死亡了。如果自己已经爱上了魔鬼，那就想办法揭开魔鬼的面纱，说不定，一切不过是想象，而魔鬼是真的天使。

向前一步是毁灭，向后一步是甜蜜。但她总应该有站在悬崖边上的勇气。

苏糖内心涌出的爱已然切切实实地化解了盘旋在她心里的恐惧。

糖的崛起

一切皆有迹象，一切又无证据。

我就是我的私人侦探所

扑朔迷离的新婚生活让苏糖还没完全体会做一个全职太太的感受，倒是一步一步进入了解迷者的世界，她把自己朝着侦探的方向来培养了。

苏糖决定奋勇开战！既然没被手账本的封套吓死，那她也就突破了心理上最难过的一关。和江诣庆祝了生日之后，她的生活也发生了天翻地覆的变化。

在浦清区，有一家重新开张的咖啡馆。这家咖啡馆装潢别致，因为它所有的墙面、背板、窗贴、桌布和小物件都是来自苏糖的插画。半个月以前，苏糖接下这家咖啡馆的合作项目，她的职责就是设计独属于咖啡馆的装饰物。不过，接下这次"设计合作"最主要的原因是：咖啡馆是沈嘉扬为苏糖提供的"办公地点"。

苏糖给重新开张的咖啡馆起名为"画世界"。"画世界"表面上是一家咖啡馆，但实际上，它是一个配置齐全的"侦探工作室"。一楼的咖啡馆有二百平方米左右，但是，在老板不到十平方米的办公室里，只要按下一个按钮，就能进入通往地下室的楼梯。

地下室里有什么呢？有反窃听、反监控设备，有分析数据文件的智能设备，有易容化装的物件和衣服，有练习防身术的器械，还有一片挂满了照片、纸张和绘画的线索墙，以及一个堆满了各类推理探案书籍和资料的书架。当然，还有洗手间和浴室。这地下的部分可比地上的咖啡馆大多了，完全就是一个功能齐全的"侦探工作室"。

"你当年是怎么找到这地方的？"苏糖一边盯着线索墙，一边问老沈。

"这家咖啡馆最初是一个酒庄。我的一个富豪朋友买了这里，还把地下部分开发成储酒室。他收藏的红酒，我估计够他喝一辈子了。结果，他还是觉得这里太小，换了地方，我就接手买下了这里。刚好可以作为我的一个秘密办公室。"老沈穿着背带裤，叼着烟，俨然一副名侦探的姿态。

"怪不得，我总觉得这里冷飕飕的，原来是储存红酒的地方。"苏糖突然回身，伸出脚，踹到了老沈的腹部，老沈马上躲开，但还是被苏糖的高跟鞋尖戳了一下。

"你这是偷袭啊？"老沈说道。

"你教我的。正面打不过，就要偷袭，谁让我是没有功夫底子的弱女子啊！"苏糖理直气壮地回道。

"也是。女人要是不耍点手段，怎么斗得过男人。"老沈依旧有点"性别歧视"。

咖啡馆装修的这些天，苏糖可是累惨了。她倒是没参与装修，但她认认真真地上完了沈嘉扬给她安排的所有"侦探养成课程"。

咖啡馆名义上的老板是一个名叫欧舒莲的女人，苏糖叫她"莲姐"。苏糖经常要和莲姐商讨"画世界"的装饰布置细节问题，这样就有很多名正言顺的理由去咖啡馆完成她的训练。在这一来一往的过程中，苏糖觉得自己就像在演戏的卧底，但老沈告诉她，要想保证自己能够安全地查出真相，她必须学会"演"自己。

"那也就是要脸不红、心不跳地说谎？"苏糖总是有些为难。

"即使你真的做到了那样，你老公也许早就看出了破绽。对于一个聪明人来说，他了解你，一定比你了解他多。"老沈这个回答让苏糖十分泄气。

苏糖回想着自己大半个月以来接受的训练，又看着满墙贴着的线索，她倒是想到了一个问题。

"如果……那一天……我没有发现黎秋雨的名片，之后所有的事情，我就都不会去查，那我和江诣之间会不会就和以前一样，一如既往地幸福下去？"苏糖感慨。

老沈叹一口气："真相，是一把双刃剑。有了答案，可能会搭上性命。我倒是也有一个问题想知道……"

苏糖扭头看老沈。

"如果……你老公真是杀人凶手，如果……他觉察到你在调查他，他为什么没有杀你灭口呢？"老沈也看着苏糖。

两个人同时沉默了一会儿。

"也许他不是凶手。"这是苏糖的答案。

"也许他只是舍不得杀你。"这是老沈的答案。

苏糖决定，把这一场早已露了破绽的表演进行下去。

苏糖把刷着黑板漆的墙面上排布的所有线索都拿了下去，她需要厘清思路，重新开始整理细节。她首先把彭哲和江诣的照片贴在黑板墙的左边。

"很多凶案都是不知道凶手身份，需要去推理凶手的特征；但我遇到的情况刚好相反，我预设了凶手是谁，也知道'预设凶手'的一部分特征，只是'备选凶手'有两个，而且特征是混淆的。"苏糖说得很有条理。

"不错，你现在知道了在'假设'的情况下去验证'假设'的方法。"

苏糖又在黑板墙中间画了一条很长的竖线，在竖线的右边画了一个大大的问号。

"可是，我要怎么验证呢？"苏糖还没想好。

老沈则从那一堆被苏糖揭下来的线索中，挑出了楚洛、黎秋雨、米思聪和蕾雅的照片，分别按照顺序竖向排布在黑板墙的右边。

"被害人分析法。通过分析被害人的特征来推理凶手的特征。当你厘清了彭哲和江诣两人的具体特征之后，再与右边分析出来的特征进行对照，就能锁定凶手了。当然，也可能，他们两人都不是。"老沈在两组照片之间画了一座拱形桥。

"嗯。现在思路就明晰多了。"苏糖似乎找到了多一些的自信。

"别忘了，作为推理者，你和其他案件的侦探还有一点不同：你是嫌疑人的挚爱，困扰你心智和理智的都是'挚爱'这一点。所以，请记住，爱，也是一把双刃剑。它保护你，也会害死你。只有掌握好分寸，这场仗，你才能赢。"老沈叮嘱。

苏糖突然迷惘了："赢？如果我赢了，知道了真相，我老公真是凶手，那我还算赢了吗？那一刻，我把他推向警察吗？赢了有什么好？我会失去我爱的人……"

"呵呵……"老沈发出了冷笑。忽地一下，黑板墙上的照片都被他扯了下去："那就不要查了。你不用纠结，然后继续幸福地过下去。"

看着被扯到地上的一堆照片，苏糖皱起眉，她又感受到了心乱如麻。

"可我……就算现在停下来，当作什么都没发现，我们的生活真的会回到原来的样子吗？"苏糖眼神空洞。

"你觉得呢？"老沈又冷哼了一声，"说不定你发现某些迹象反而是好事，就算你一无所知，不做调查，你也许有一天会莫名其妙死在最爱的人的手里。你怎么不想想这种可能性呢？

"苏糖，有时候，这个世界就是这么残酷。也许是神在捉弄人类，某一刻，它让人与人之间的关系发生改变。自此，命运变成了一场悬而未决的戏剧。那一刻，如果是神的旨意，我们谁能抗拒得了？"

她当然知道"神"捉弄人类的一刻。比如彭哲死在她面前的一刻，比如她发现黎秋雨名片的一刻，比如她感到江诣的眼神怪异的一刻。那都是她逃不过的、只能接受和面对的命运。

苏糖再次把照片排布好，严肃地说道："现在，我，就是我的私人侦探所。调查目标：我老公。怀疑性质：连环杀人凶手。"

迷雾

对于苏糖来说，楚洛被虐杀到底和彭哲有没有关系，黎秋雨、米思聪是失踪了还是已经死了，雷雅的失踪和江诣送出的手账本是不是真的有关……这些都是未有定论的事。

在这世界上，最令人痛苦的怀疑之网是：一切皆有迹象，一切又无证据。所以，最难的解谜，往往不是那些证据确凿的惨烈死亡，而恰是那些无缘无故的消失无踪，但最折磨人的是，每一个消失无踪都给了你一个信号。信号并不明确，却搅扰得你无法安心。

最近让苏糖颇感困惑的一件事是，在那个把她吓得不轻的手账本封套皮上根本就采集不到人类的DNA。更加荒谬的是：封套皮是猪皮做成的！

这个鉴定结果还要归功于老沈为苏糖提供的资源。老沈找来的DNA鉴定机构都是业内最好的，苏糖把手账本带去做鉴定，当结果证实是猪皮的时候，苏糖差点没哭出来。

谁会在猪皮上做文身啊！这也太变态了！苏糖当时就是这么想的。但是翻阅了大量资料之后，她还真发现，最近几年，有少数艺术家喜欢在猪皮和猫皮上文身。比利时就有个艺术家，在猪皮上文身之后，那张价值高昂的猪皮就被知名品牌买去做了皮包。

"难道，我白白被吓了个半死？"苏糖感到崩溃，而不是如释重负。

当她把这件事情告诉林慕曦和邵珥珥的时候，两个人笑得差点没把口中的咖啡喷苏糖满脸。

此刻，他们正在林慕曦攒出来的局上，三个人围着一张位于角落的小桌子喝着咖啡。前些日子，林慕曦就开始召集过去的大学同学一起聚个会，还特意透露给大家，苏糖也会来。这样，当年喜欢和楚洛混在一起的家伙们几乎就都答应了聚会的事。其中一个叫秦明轩的男生还特意为聚会提供了场地——他们家位于半月山的豪宅。

秦明轩是个典型的富二代，家族经营地产生意，家底殷实。当年，他其实也是苏糖的倾慕者之一，只不过苏糖一直没给他机会。

苏糖按照约定参加了聚会。当她环视聚会地点的豪华客厅时，她感到这里的装修风格和楚洛家位于清月湾的那套别墅很像。苏糖起身，要去仔细研究研究别墅，顺便和那些男生聊聊楚洛，离开前，她还不忘叮嘱林慕曦和邵珥珥两个人好好打探。

苏糖逛到了豪宅外面的花园里，站在花园一角的一尊白色半人雕像前。雕像的样子看起来是个老年男性，穿着园丁服，手里拿着浇花的喷壶，喷壶应该是接通了水管的，能定时喷洒出水来。

"你很喜欢这雕像？"秦明轩站在了苏糖的背后。

"这园丁的表情……很特别。他好像对这满园的鲜花有一种迷恋，还有一丝……忧虑。"苏糖玩味地看着雕像。

"雕像好，人也美。""咔嚓"一声，秦明轩帮苏糖和雕像拍了一张合影。

苏糖尴尬了一下。

"我加你微信，把照片发给你吧！"秦明轩很自然地举着手机，打开了"扫一扫"。

苏糖无奈，只能和秦明轩互加了好友。很快，那张照片就传到了苏糖的微信上。秦明轩还趁机跟苏糖自拍了一张合影，也传给了苏糖，还发到了他们这次聚会的微信群里。

"这雕像是我们定制的，特意找雕塑家专属设计的。我们公司最近的几个豪宅项目都在花园里配了这样的雕塑。"秦明轩特意加重了"豪宅项目"几个字，生怕苏糖不知道他的成就似的。

"专属设计？"苏糖故意显出羡慕的表情，"你家的别墅运用了巴洛克的装修风格。我看到，你们家的挂画、花瓶、雕塑品都很有品位。"

"大地产公司的品位，当然与众不同。"秦明轩显出得意。

"当年楚洛家的别墅和你们家真是相似呢。"苏糖还是提到了楚洛。

"哦……"秦明轩的表情瞬间有一些不自然，"我们确实有所借鉴，而且挑选了资深的艺术公司进行装饰品的采购。"

"艺术公司？"

"当年楚洛家合作过的那家公司叫 Deep，后来 Deep 转型，扩充业务，更名为 Forever。不过，我们现在合作的公司在名气上超越了 Forever。啊，差点忘了，你老公就是 Forever 的 CEO，不好意思……"秦明轩这话其实是在暗示他对江诣的打压。

Deep？当年江诣的父亲江深就是根据自己的名字给公司取了"Deep"

这个名。这个信息给了苏糖一个新的线索。

"楚洛家的那些艺术品都是 Deep 公司提供的？"苏糖只关心这个。

"是啊，当时楚洛还特意跟我们几个炫耀过，说他们家的装饰品价值连城之类的……"秦明轩露出了轻蔑的笑容。

"不过，他当时还是输给了那个穷小子彭哲……"秦明轩口无遮拦，看到苏糖眼神不妙，他也马上调整口气，"后来看到报道的照片才发现，你老公江诣和那个彭哲长得真像啊，我一开始还以为彭哲复活了呢……"

苏糖脸色阴沉，秦明轩马上闭了嘴。

"我后来想起来，大二那年，我从'探索群岛'那家书店的橱窗路过，就见过和彭哲一模一样的男孩同彭哲在一起，当时我没在意，还以为是玻璃上的人影呢。"秦明轩看着苏糖的表情，发现苏糖反而表现出对他的话十分感兴趣的样子。

"你看见了两个长得一模一样的男孩？你还记得具体日期吗？"苏糖问。

"应该就是大二刚开学，也就是彭哲发生车祸的前两天吧。其实，你别怪我八卦啊——我一年前看到你和江诣结婚的消息时，就很好奇了。他和彭哲那么像，他们两个是什么关系啊？"秦明轩还是没忍住。

"他们两个……是双胞胎兄弟。"

"真是这样啊！那我大二那时候在书店见到的人肯定是他们两个人了！"秦明轩好像豁然开朗一样。

"今天谢谢你对老同学的款待。"苏糖说完这句话就头也不回地向别墅走去。

"咦？"秦明轩一路小跑跟着。

如果说，之前对于彭哲和江诣交换身份的猜想只是全凭直觉，那这一次，秦明轩的说法却有两个疑点值得确认：楚洛家和江诣家合作过；彭哲死前见过江诣。

苏糖回到别墅的客厅就叫走了林慕曦和邵珥珥，三人刚往外走，一大堆男人追了出来。他们都是为了苏糖来的，结果女主角却要走了。

"不是说好一起吃个饭吗？怎么就走了啊？"

男人们把几个人送到门外，苏糖果断地踩上油门，一溜烟离开了秦明轩的豪宅。

苏糖开着飞车把两个人带到了"画世界"咖啡馆。进入莲姐的办公室之后，苏糖按下背景墙上女子画像的眼睛部位，背景墙就打开了，三个人顺着楼梯走入地下室。

"苏糖，这地方不赖啊，跟演电影似的。"林慕曦看到秘密工作室设备齐全，发出感叹。

"确实很特别……"邵珥珥也向四周观察。

苏糖则带着两个人径直走到了线索墙前，指着墙上贴着的彭哲和江诣的照片。

"我们下一步的重点是要仔细研究这两个人的身世背景和性格特征，以及他们经历过的所有事情！"

苏糖把她从秦明轩那里了解的消息告诉了两个人。

"我也了解到一件事。"邵珥珥举起手机，手机上显示出一个人的照片。

"这个人……"苏糖瞪着照片。

"撞死彭哲的那个卡车司机。"邵珥珥说道。

"苏糖……八年前，被撞死的人，可能真的……不是彭哲……"邵珥珥断断续续地说着。

失踪迷情

"为什么你怀疑被撞死的人不是彭哲呢？"苏糖问邵珥珥。

"开卡车的这个司机名叫林肖。当年是因为彭哲突然冲上马路，林肖的卡车躲闪不及，造成彭哲被撞身亡的，所以林肖的责任很小。"邵珥珥说着往事。

"但我前几天见过周宇才知道，原来彭哲在大一暑假的时候就认识林肖了。"邵珥珥讲起了她知道的情况。

为了知道更多关于彭哲的事，邵珥珥约了彭哲高中时代的好友周宇——她在周宇家做客的时候，在周宇的 QQ 空间中看到了一张当年周宇在劳务市场找工作时的照片。照片上，除周宇为第一次正式找工作拍下的举着"剪刀手"的"纪念姿态"之外，在劳务市场的"背景"中，邵珥珥还看到了在和其他人交流的彭哲。邵珥珥一眼就认出，和彭哲交流的人就是撞死彭哲的司机林肖。

"我永远也不会忘记林肖那张脸！很长一段时间内，我都很恨他。"邵珥珥指着林肖的照片说着。

"两个人早就认识了？"林慕曦盯着林肖的照片看着。

大一的暑假，彭哲和周宇约着一起去劳务市场找临时工作。周宇只是玩票，彭哲却是认真地找时薪较高的工作。彭哲在劳务市场看到了卡车司机的招聘广告，却因为驾照类型不合适而错失机会，但他认识了应聘成功的林肖。林肖还告诉彭哲开大型货车需要考什么驾照、跑车能赚多少钱。后来，林肖还通过自己的关系为彭哲推荐了几单开小面包车的活儿。两个人在一个暑假里接触的机会不算少。

"是，彭哲确实打过各种各样的零工。我也记得，他开过几次小面包车，赚了点钱。"林慕曦点点头。

"彭哲突然冲上马路出了意外，就算说得过去，但撞他的人是林肖，就有点巧合了……"邵珥珥找了一把椅子坐了下来，她盯着线索墙看着。

"彭哲出车祸的时候，我是亲眼看到的，那个司机确实躲闪不及，无论是谁，在那种情况下，都可能会把人撞飞。就算林肖认识彭哲，也无法避免撞人的情况。"苏糖迫不得已地仔细回想了彭哲被撞的一瞬间。

"我之所以起了怀疑，还有另外一个原因……"邵珥珥又站了起来，走到书架的位置，从书架上抽出了那本《暗影的秘密》。

"昨天下午，我参加了伍教授组织的心理学研讨会。在会上，他分享了一个非常特殊的例子。当他把照片投影在屏幕上的时候，我就认出了那个目光呆滞、沉浸在自我世界中的人——林肖。林肖的遭遇……非常离奇。"邵珥珥皱起了眉。

当年的车祸，林肖责任很小，只承担了少量的赔偿金。之后，林肖没有再做司机，而是和他女朋友一起开了一家美容院。三年后的一天，林肖突然失踪，他女朋友满世界找他，还报了警，但并没有什么结果。又过了两年，失踪的林肖突然在一个公园的长椅上被人发现，他一动不动，昏迷不醒。有人报警之后，林肖被送入医院，医生发现他并无大碍，只是被人用迷药迷晕了而已。

林肖醒来后，整个人变得古怪、呆滞，一言不发，警察无论如何也无法知道，他那两年去了哪里，发生了什么事。最后，警察只能通知他的女友苏敏慧把他接回家。林肖回到家也是一样的状态。没多久，林肖有一次自己走出家门，就再也没有回来，苏敏慧又是满世界找他，又是报警……

就这样，失踪，被找到，再失踪……这几年反反复复折腾了三次。

前几天，林肖又在公园里被人发现了，这次调查无果之后，林肖又被女友接回去了。

"五年里，林肖出现了三次类似的情况。三次，伍教授都跟过这个个案。谜一样离奇。"

"可林肖的这种离奇经历和彭哲有什么关系？"林慕曦十分不解。

"走吧！我们一起去见见林肖，你们就能理解我的怀疑了。"邵珥珥把《暗影的秘密》放回书架。她雷厉风行，自顾自走到了通往地上部分的楼梯，林慕曦和苏糖只能紧随其后。

三人一路无话，在邵珥珥的指引下，他们驱车来到一家美容院门口。

三个人下了车，苏糖发现眼前的美容院是独栋楼，独立门市，装修得豪华气派。三个人一进入大门，就有服务人员微笑着迎了上来，询问他们需要什么服务。

"我们想找你们老板苏敏慧。"邵珥珥说得直接。

"我们老板有事外出，不在。您看，我们的美容师为您服务也是一样的……"服务人员展手指着墙上张贴的海报，上面有几位美容师的介绍。

邵珥珥拿出名片递给服务人员："请把这张名片转交给你们老板，就说是伍教授让我们来的。"

服务人员接过名片看了看:"好,您几位稍等一下。"

很快,服务人员去通报后又返回来,把三人带到了位于五楼的老板办公室。

办公室里,有一个梳着长卷发、身材婀娜的女人坐在老板椅上等着他们。三个人落座之后,女人从头到脚打量着他们。邵珥珥知道,这个女人就是林肖的女朋友苏敏慧。

"邵小姐此次来访,难道是警察有了新的消息?"苏敏慧开口问道。

"我们想见见林肖,想为他再做一次心理评估。"邵珥珥说着。

"又是心理评估……"苏敏慧无奈地冷笑一声。

"五年了,权威的心理学家也撬不开他的嘴,我不知道再做一次评估又有什么用……"苏敏慧眼圈发红,面容也有些憔悴。

林慕曦从沙发上站起来,走到了放着档案的书架上,看到一张合影照片立在那里,照片上是年轻的林肖和苏敏慧。"看得出来,你们很相爱。"林慕曦举着照片。

"那时候,我们两个都穷,但很开心。"苏敏慧的态度缓和一些。

"其实,我在很多年以前,也有一个男朋友,但是他出车祸去世了。和我比起来,你还不算太糟糕。"苏糖有感而发。

听到"去世"两个字,苏敏慧抬头看着苏糖,眼里流露出一丝同情。

"我挺佩服你的,五年里,你都在等他。"苏糖说得诚恳。

"我能有今天的成就,过上今天的生活,都靠林肖当年帮我。我无论如何也不会放弃他。"

"就算这一次评估,我们还是找不到他失踪的答案,至少我们又努力了一次。你也说了,你不会放弃他。"邵珥珥借机推动。

苏敏慧点点头:"我带你们去见他,但你们也要做好心理准备。"

苏敏慧带三个人走出自己的办公室,穿过长长的走廊,在走廊尽头的房间门口,停了下来,用钥匙打开了门。

屋子里一片昏暗,只有一盏微弱的台灯在一个角落独自支撑着整个房间的光亮来源。一个男人的背影进入大家的视野，他就那样一动不动地坐在窗前，像一尊雕像一样。可是，窗子并不是打开的，窗外也没有风景。相反，窗子上糊满了报纸，一张一张，一层一层，窗子被糊得密不透风。

再向地上看去，几个人发现地上都是一张又一张 A4 大小的纸，它们毫无规律地被乱丢在地上。苏糖隐约看到纸上好像有图案，她弯下腰，拾起一张，却看不太清。林慕曦发现苏糖看不清，就按下了门旁边的吊灯按钮。啪的一声，灯打开了，照得整个房间通亮。

"啊——啊——啊——"

男人撕心裂肺的喊声吓得几个人一哆嗦，苏糖手里的纸也掉落下来。她弯腰去捡时，才看清地上纸张上面的图案：一双手捧着一颗心脏，而且，鲜血从心脏部位渗流出来。

"啊——"苏糖也吓得喊了一声。苏糖的叫声引来了邵珥珥和林慕曦对地上纸张的关注。

放眼望去，除这张纸有可怕图案之外，地上的每一张纸都有一个怪异的图案：一个表情恐惧的男人，不过，只有头部；一段小腿连着脚；一个跳芭蕾舞但没有手臂的女人；一只表情狰狞的猫咪龇着尖利的犬齿……

啪的一声，室内的吊灯又熄灭了，是苏敏慧关上的。

"不能开灯。如果房间特别亮，他就会感到特别恐惧。"苏敏慧解释着。

表演交流

一瞬间，房间又昏暗下来，歇斯底里的"啊啊"声也随即戛然而止。角落里聚拢的微弱灯光像是一道戏剧投影，照射出一个孤独的怪人。苏糖还是拾起那张人手捧着心脏的图画，她把它攥在手里，走了过去。

邵珥珥和林慕曦这时也才明白了，为什么苏敏慧会让他们做好心理准备。

苏糖走到了林肖的身旁，身体几乎挨着窗边的桌子。林肖正目不转睛地盯着被报纸糊住的窗子，眼睛偶尔眨一下，看起来很平静，并不像刚才喊叫时那样激动。苏糖看到在林肖前方的桌子上，有一摞 A4 白纸，还有铅笔，旁边放着一张他画好的图画：一个穿着园丁服的老人手里捧着一束月季花，但是，老人的下半身已经没有了。

没有腿的老人……苏糖想起了秦明轩花园里那座喷水的雕像。

苏糖把攥着的那幅画举在林肖的眼前，问道："这幅画……是你画的吗？"

林肖抬眼看了一眼那幅画，他没有回答苏糖的问题，而是把桌子上画好的那张画用手直接推到了地上，他又从那摞白纸中抽出一张，抓过铅笔，十分熟练地画起画来。

"没用的，他根本就拒绝交流。"苏敏慧走了过来，"他需要什么，会在纸上写下简短的一两个字。"

邵珥珥也注意到林肖的椅子下方有张纸，她拾了起来，上面写着一个很大的"饿"字。

"就像那样。想吃饭、想喝水、要睡觉……他都用写字传达信息。但他不开口说话，根本无法知道他为什么变成了这样。"苏敏慧无奈地说道。

"你在画什么？"林慕曦也问林肖，但林肖根本不理他。

苏糖注意到，林肖快速地勾勒出了一个人形轮廓，而且画出来的人还戴着像死侍（美国漫威漫画中的角色）一样的面具，只不过，面具整个都是黑色的，眼睛部位有两个洞。

唰唰唰……林肖用铅笔给画上的人物涂着色，一层又一层地覆盖，仿佛让画中人穿上了黑色的紧身衣。几个人也干脆不再问话和说话了，只是静静地看着林肖画画。画好后，林肖把这幅画立在窗边，他则与画保持平行对视的姿态。

邵珥珥拿起了那张戴着面具的人物图画。她拿起来的瞬间，林肖又发出了那种歇斯底里的"啊啊"声。邵珥珥马上把图画放回原来的位置，林肖才又恢复了平静。

苏糖看清楚了林肖那副惊恐的姿态和表情，他瞪大眼睛，眼球突起，恐惧得就像要死了一样。对于看到林肖表情的人来说，那表情本身就是一部浓缩的惊悚片了。

"林肖，你失踪的时候，去了哪里？有人绑架你吗？"林慕曦不甘心。

林肖听到了，只是缓慢地摇了摇头，还把右手的食指放在了唇边，做出了"嘘"的动作。他的眼神中透露着戒备，紧紧地盯着画上戴着面具的人。

苏糖看到了扔在地上的画，开始一张一张地拾了起来，她朝林肖问道："我能把画带走吗？"林肖的眼神顺着那些画一点一点向上移动，他终于找到了发声源——苏糖。看到苏糖的一瞬间，林肖的眼睛又瞪大了，显露出震惊和逃避。他随即收回眼神，垂下眼睑，大口大口地喘着粗气，全身都在轻微地颤抖。

对于林肖的反应，苏敏慧感到一丝诧异，她看了一眼苏糖。

敏感的邵珥珥马上说道："今天的评估就到这里吧。看来效果依然不太明显。"

几个人走了出去，苏敏慧再次把门锁好。

"为什么要锁着他？"苏糖问。

"怕他像前几次一样，又自己离开，然后失踪。"苏敏慧回答得干脆。

"按理来说，他回家才是安全的啊，为什么又会自己离开安全的环境呢？"苏糖感到很不解。

"跟中邪似的。"苏敏慧摇摇头。

走到电梯口的时候，苏敏慧说道："我就不送各位了，美容院的工作有点忙。"

苏糖一把抓住苏敏慧的手腕："能不能单独聊聊？"苏敏慧从苏糖的眼神中敏感地接收到了某种信号，她点了点头。

邵珥珥和林慕曦先下了楼，苏糖随着苏敏慧去了她的办公室。

两个人对坐在沙发的两边，苏糖还从自己的包包里拿出一盒烟，抽出两根，递给了苏敏慧一根。吐了几个烟圈之后，苏敏慧按捺不住，先开口了。

"林肖……认识你？"苏敏慧盯着苏糖。

"我刚才说了，我男朋友出车祸去世。那个撞死他的人，就是林肖。"苏糖回答得直接。

苏敏慧拿烟的姿势突然顿住了，迟疑了几秒钟之后，她才再次吸起来。

"你不知道……林肖撞死过人吗？"苏糖紧紧盯着苏敏慧。

苏敏慧依旧摇头。

苏糖起身，在苏敏慧的办公室里参观起来。她停在了那张"企业历程"的KT板前仔细看了起来。苏糖感慨一声："你们的生意做得不错，从一间小民房发展到整栋楼……"

"美容院装修、请人，也需要投入不少资金的，你们很有实力啊。"苏糖又回到沙发上坐下，把烟头熄灭在烟灰缸里。

"那时候穷，要想翻身，只能自己吃苦。"苏敏慧也熄了烟。

苏糖站起身，走到苏敏慧眼前，半蹲下来，与苏敏慧保持着平视的角度。

"林肖那么怕我，你知道为什么吗？"苏糖的眼神极具压迫感。

苏敏慧有些躲闪。

"因为他把我男朋友撞得血流如注，我男朋友死都没有闭上眼！我看到了林肖在车里那恐惧的样子，那是他人生中第一次杀人吧？"苏糖的眼神中充满杀气。

"杀……人？"苏敏慧下意识地向后缩了缩。

"结束别人的生命，林肖真的能安心吗？你说，是不是他做了亏心事，才会让他现在'中了邪'？"苏糖紧紧盯着苏敏慧的眼神，面上有了一丝冰冷的笑意。

"你的意思是，这五年来，林肖的失踪和你男朋友的车祸有关？"苏敏慧觉得不可思议。

"那你说说，你们是怎么发迹的？为什么有钱扩张美容院？"苏糖依旧步步紧逼。

"我真的不知道林肖做过什么。但是当年，我为了开美容院，还借了高利贷。然后有一天，林肖突然给了我一笔钱，让我不仅还了债，还有了更多资金扩张美容院……我知道他不可能突然之间有那么一大笔钱。但是我害怕，我虚荣，我自私，所以我从来没问过钱是哪儿来的……"苏敏慧低下头，不想面对苏糖的眼神。

苏糖离开了她身旁，又坐回到沙发上。

"我们两个都很爱自己的男朋友。我本来很恨林肖的，但是看到他如今的样子，也好像恨不起来了……"苏糖的态度软了下来。

"给林肖做心理评估是假，你想来看看当年撞死你男朋友的人，才是今天来的目的吧？"苏敏慧也冷静了一些。

"其实，我不知道，当年林肖撞死我男朋友是意外，还是故意；也不知道，他最近五年发生的失踪现象是不是和当年撞死我男朋友有关。但是他画的那些古怪的画好像可以提供一些线索……"苏糖一边说，一边从包里拿出了彭哲的那本绘画笔记，她翻到了画着猫的那一页，又把她刚刚收集的其中一张林肖画下的猫也抽出来，苏糖把相似的两页放在茶几上给苏敏慧看。

苏敏慧看了看，又抬头看苏糖，满是困惑："林肖……画了和被他撞死的人画过的一样的猫？"

"敏慧，如果时光可以倒流，如果有机会能救他，我宁愿那天被撞死的人，是我自己。失去最爱的人，真是让人痛不欲生。我问你，你想不想知道你男朋友五年来为什么会失踪？你想不想让他结束这种病态的现状？"苏糖眼圈含泪，问得真诚。

"如果林肖能好起来，我宁愿没有美容院，我宁愿失去现在的一切。"苏敏慧也回答得诚恳。

"不用失去一切。我现在只需要你配合我……"苏糖提了要求。

自由的囚禁

人能够承受的恐惧有一条脆弱的底线。当人遭遇残酷惩罚或严重恐惧时，受害者随时面临生命健康威胁，而此时施暴者成为受害者唯一面对的对象，随着时间的推移，受害者会认为自己吃的每一口饭、喝的每一口水，甚至每一次呼吸都是施暴者给予的宽容和慈悲……

晚上十点半，苏糖合上论文，她坐在苏敏慧美容院五楼走廊的墙角，疲倦地揉了揉模糊的双眼。她把论文放进了资料袋，在那个袋子里，还有厚厚一沓苏糖找来的各类被绑架和囚禁的案例资料。

　　"很累啊？"邵珥珥端着两杯星巴克咖啡，递给苏糖一杯，自己留下一杯。

　　"我觉得林肖是典型的斯德哥尔摩综合征。他的人虽然在这个屋子，但心没有在这里，好像……被囚禁在一个我们不知道的地方。"苏糖接过咖啡，大口地喝着。

　　"你慢点。"邵珥珥和苏糖并排坐下，"你这几天没回家，你老公没找你啊？"

　　"江诣在广州忙一个 self art mall 的项目，他现在也没空搭理我。正好，我可以夜以继日地研究林肖。"

　　"self art mall？"邵珥珥不明白。

　　"就是一个艺术商场。因为突出'艺术张扬自我'这个主题，所以商场所有的软装饰都需要有独特的设计，还要公司提供有格调的艺术品。江诣很重视，因此他必须亲临现场指挥几天。"苏糖做了简短的解释。

　　"江诣真的是一个很有商业才能的人。如果说，他就是彭哲，还真是完全颠覆了过去彭哲留在我心里的印象。可伍教授拍下了林肖画过的图画，尤其是那只猫的图画，还是让我没有办法不去联想……"邵珥珥的表情又沉重起来。

　　苏糖明白，邵珥珥也是因为猫的图画，才把林肖和彭哲联系到一起的。但更让苏糖担忧的是林肖画下的那些"恐怖图画"。对于苏糖来说，每一幅画都在聚焦一个局部的特写，都在释放一个与失踪者相关的信号。通过苏敏慧，苏糖了解到，林肖并不是一个有绘画功底的人，作为一个高中毕业就在社会上打过各种杂工的人来说，林肖甚至拿笔的机会都不多。可为什么，经历了三次离奇失踪之后，林肖俨然是个笔法熟练的绘画者了呢？

　　"哎，你是怎么说服苏敏慧，让她说了实话，还配合你在美容院里想做什么就做什么的啊？"邵珥珥好奇起这个。

140

"大胆假设，外加，真情流露的表演……"苏糖笑了一下。

不得不承认，老沈教给苏糖的这套"诈人说话"的本事让苏糖这次的"侦探演练"十分成功。当苏糖从那块记录美容院企业历程的 KT 板上看到了美容院的成立和发展时间完全以彭哲车祸身亡案为分水岭时，苏糖就假设林肖受人委托，拿钱撞人。在假设情况下，再把林肖的种种怪异行为渲染放大，就给了苏敏慧很大的心理压力。苏糖感到苏敏慧对林肖既感恩又愧疚，所以动之以情，以解救林肖为诱惑，苏敏慧当然就甘心配合了。

苏糖一只手撑地，忽地站了起来，她从裤兜里拿出钥匙，走向了关着林肖的房间。

房间里依旧一片黯淡，林肖依旧在角落里的桌子上执着地画画。

苏糖静悄悄地站在他的身后，观察着他的一举一动，希望能够通过观察找到林肖异常举动的根源。突然，苏糖走向前，一把扯下了粘在窗户上的那幅"面具人"的图画。她动作快得就像一道闪电。

"啊——"

林肖发出嘶吼声，他的反应更是快速而直接的。尖厉的声音让苏糖手一哆嗦，手里的那杯咖啡溢了出来。看到咖啡洒了出来，林肖的叫声突然停下来，他的眼神顺着苏糖的手向上看，直到他看见了苏糖的脸，他发出了比上一声更加尖锐刺耳的叫声。

"啊——"

苏糖一只手端着咖啡，一只手攥着图画，一瞬间，她被震住了，林肖的表情与其说是恐惧，不如说是狰狞。就这样不知所措地对峙了许久，苏糖才有力气把图画粘回原位。

林肖的叫声戛然而止，狰狞的表情也恢复了平静。他看着"面具人"，继续画着自己手里的那幅画。

画上有一只手掌，却是支离破碎的，像是被什么分割成了一块一块的样子，如果按照绘画呈现的碎块的角度，拼凑起来，依然会是一只完整的手掌。

苏糖在这一刻感到了崩溃，她瘫坐在地上，身上连一点力气都没有了，全身的能量都被耗尽了。

"哈哈……"苏糖发出了大笑，难以控制的疯狂的大笑。

邵珥珥和苏敏慧冲了进来。邵珥珥扶起了瘫坐在地上的苏糖，苏敏慧则眼神惊恐地盯着林肖的背影。

"我先带她回去休息一个晚上。"邵珥珥扶着苏糖。

"你怎么样？"邵珥珥关心苏糖。

"没事……"苏糖脸色苍白，手里握着的咖啡纸杯都变了形。突然，苏糖猛然回头，冲到林肖身边，抢走了那幅画着破碎手掌的画。意外的是，林肖十分平静，他没有尖叫，好像根本不在意。

苏糖突然的举动倒是吓了邵珥珥和苏敏慧一跳，两个人看着苏糖，感到苏糖似乎也疯了一样。

邵珥珥和苏糖走出美容院时，已经快夜里十二点了。苏糖坚持要回她和江诣的别墅，邵珥珥怕苏糖害怕，也坚持要陪苏糖一起住一晚。

可回到家，苏糖根本就睡不着，洗了澡之后，她穿着睡衣坐在二楼的工作室里画起了画。邵珥珥则一头倒在一楼的客房里，疲倦地闭上了眼。

那个"面具人"的形象深深地刻在了苏糖的脑中，她几乎完完全全地临摹了下来。

滴滴——

苏糖的手机闹钟响了，她一下子从椅子上弹了起来，看了一眼手机，显示的时间是早上六点半。苏糖快速收拾了资料和画，跑到一楼的客房，叫醒了还在熟睡的邵珥珥。

"快起来！"

"干吗起这么早啊？"邵珥珥睡眼惺忪。

虽然十分不情愿，邵珥珥还是以最快的速度洗漱，换好了衣服。两人又开车去了苏敏慧的美容院。

美容院附近有一家杭州小笼包店，两个人停好车之后，邵珥珥打包了两笼小笼包作为早餐。

"你说，林肖多久没洗澡了？他日日夜夜都生活在那个房间里，身上都有味儿了。我每次靠近他，都有点受不了……"苏糖一边抱怨，一边打开房间的锁。

"对你这种有洁癖的人来说，肯定难忍啊……"邵珥珥偷笑了一下。

"怎么了？"邵珥珥发现苏糖的表情不对劲。

"这门没锁，是打开的！"苏糖一下子就把门推开了。

昏暗的房间里一股血腥味扑鼻而来。

苏糖赶紧按了一下门口位置的吊灯按钮。啪的一声，灯亮了。

房间的中央躺着一个人，头部位置下面渗出一大摊血迹。

"是苏敏慧！"邵珥珥惊呼。

两个人奔过去，她们看到了一个惊人的场景：苏敏慧的两只眼睛上分别插着一把餐刀和一把餐叉。她的眼球已经爆裂，还渗出大量血液，顺着眼角流下来，地上的血迹都来自那两只碎裂的眼球。

邵珥珥手里提着的小笼包掉在了地上。

"啊——"苏糖双手捂住嘴巴，嘴巴里还是发出了惊吓之声。

"林肖呢？"邵珥珥走到林肖坐的椅子旁，发现林肖不见了，桌子上留下了一张画、一个放着牛排的盘子、一杯果汁。

苏糖也走了过来，她特意看了看封闭的窗子，那张"面具人"的画也没有了。

"林肖……不会把苏敏慧……当成牛排给叉了吧？"苏糖注意到牛排的盘子。

苏糖在林肖坐的椅子下方发现了一张 A4 纸，她拾起来，发现纸上写着两个字——"牛排"。

"看来牛排是林肖点的美食，他也许是有意想要使用刀叉来杀死苏敏慧的。"苏糖举着纸。

"也不一定。林肖的精神状态极为怪异，他是不是故意用刀叉杀人，还需要再做分析。"邵珥珥显得冷静很多。

苏糖拿起了林肖留在桌子上的那张画，画上的内容，让她心惊肉跳。

画上画的是一个女人的头部，她的左、右眼球上，分别插着一把餐刀和一把餐叉，血液顺着眼球渗流出来，就和苏敏慧的死状一模一样。

邵珥珥拨打电话："喂，我要报警……"

嫌疑人逃跑

警察很快赶到了。经过法医的检验，餐刀和餐叉上都有林肖的指纹。警察调取了美容院其他地方排布的监控。昨天夜里，除了林肖和苏敏慧，并未发现第三人。证据确凿，毫无疑问，杀死苏敏慧的人就是林肖。

就在法证人员取证、法医做初步尸检、刑警对邵珥珥进行询问时，惊魂未定却试图冷静的苏糖终于见到了传说中的伍教授。

苏糖调整了一下情绪，走到了伍教授身边。伍教授正在林肖坐过的那张桌子前看着密封的窗户。苏糖打量着五十多岁的伍教授，他穿着一身黑色西装，戴着无框眼镜，气质儒雅却又透露着精明。

因为事情十分蹊跷，警察把犯罪心理学家伍教授请到了案发现场。

"伍教授，您好……"苏糖礼貌地打了招呼。

听到声音，伍教授转身，也礼貌地应答："你好。"

苏糖把自己收起来的林肖的画作从皮包里取了出来，递给了伍教授。"林肖在逃跑之前，一直坐在这个位置，画着这些东西。"苏糖解释。

伍教授从口袋里拿出了一副白色手套，戴上之后，他接过了苏糖的画。"现场的任何东西都可能会成为破案的关键物证。在接触的时候，最好戴上手套。"伍教授善意提醒。

"昨天还没发生这样的事情，也没想到他会杀人，所以就……"苏糖解释着。

伍教授点了一下头，表示理解。他认真而仔细地翻了翻每一张画，又反复看了看桌上的牛排和新画的那张画。

"伍教授，您觉得，林肖为什么会杀人？"苏糖问。

"林肖……有可能是出现心理障碍或精神障碍而导致了疯狂的杀人举动，但他的状态始终成谜，要是给出这样的结论，又显得太轻率了。"伍教授打量了一下苏糖，"是你和珥珥一起发现的死者？"

"我……"苏糖想说，因为林肖是撞死自己前男友的司机，所以她才来调查他，但是想到一定还有隐情，而且牵涉到彭哲和江诣的身份，苏糖还是马上改了口，"我叫苏糖，是珥珥的好朋友，最近几天，陪她给林肖做心理评估。"

"看来苏小姐对林肖的画很感兴趣。"伍教授语气温和，但苏糖依然能从他的眼神中捕捉到一丝审视。

"我是个插画师，对特殊人物和特殊题材都很感兴趣，要不也不会听到林肖这个奇怪的人就缠着珥珥带我来观摩了。"苏糖说得自然，她觉得老沈给她的培训很成功。

"那你对林肖的画有什么看法？"

"我觉得，这些画，像是一种死亡的写照。不过，画苏敏慧头部这一张，显得十分直接，其他的画作就比较抽象……"苏糖说出了自己的看法。

"其实在心理学上，我们也经常通过病人的画来分析他的内心世界。画着苏敏慧头部的这一张画确实和其他画有巨大的差异。这也说明，林肖在画它们的时候，处于两种完全不同的状态。"

"前两次林肖失踪的时候，您都跟进过他的个案，您对他的失踪有什么看法？"苏糖反客为主，问起了问题。

"看来，你真的很关心林肖这个人。不过，因为他现在已经是凶杀案的重点嫌疑人，所以他之前的情况，我就不再方便随意透露了。"伍教授礼貌地回绝了苏糖。

"明白。不好意思，伍教授，一直没时间给您介绍，这位是我的好朋友苏糖……"邵珥珥走了过来，接了伍教授的话。

"我们已经认识了，苏小姐还做了分析。"伍教授微笑一下，他的目光扫过房间中央躺着的苏敏慧的尸体，脸上的表情立刻又严肃起来，"珥珥，我必须提醒一下，现在这种情况下，你和你的朋友苏小姐，都需要提高警惕。我们还不能确定林肖的心理和精神状态，你们两个又都和他频密接触过，所以，你们也有可能会成为他的目标。"

"可能，我们在他眼里，连人类都不是。"邵珥珥的表情也严肃，转而又笑了出来。

"你还有心情开玩笑？一定要小心！"伍教授举起了苏糖刚才给他的画，一张一张翻动，他指着画说，"取出心脏，没有了腿，砸碎了手……这些有可能是他的幻想，但也极有可能是他做过的事。如果是后者，他就有可能是一个非常可怕的连环杀人凶手。"

"伍教授说得对。如果真的遇到不寻常的情况，你们可以要求警察保护你们。但最好还是尽量待在家里，外出或工作时，也最好有人陪伴。"刚才给邵珥珥做笔录的刑警走了过来，笔挺的警服和沉着干练的模样塑造出一个正气十足的警察形象。这位警察就是负责侦办此次案件的刑警纪骏。

"谢谢纪警官提醒。"苏糖礼貌地道谢。

"苏小姐，对于苏敏慧被害一案，我还有一些细节需要向你了解。我们去那边谈一下。"纪骏示意门口的位置。

苏糖点头，跟着纪骏走过去。

"苏小姐有没有看到最近几天，苏敏慧和林肖之间有什么互动……"纪骏做起了笔录。

"好像没有。因为林肖根本拒绝和人交流，他只把需求写在纸上，而且只有简短的一两个字……"苏糖已经打定了主意，如果纪骏没发现，她也不会主动提当年彭哲的车祸。

忙了一上午，警察的初步调查也终于告一段落。苏敏慧的尸体被抬走，美容院被封锁，员工也都暂时放了假。

苏糖回到"画世界"咖啡馆的时候，已经是下午两点多了，她还没有吃上一口饭。

"很累？"莲姐关切地询问道。

"折腾了一上午……"苏糖还想继续说下去，就发现莲姐突然把头凑到她耳边："你老公来了，我说你上午去采购颜料了。"随即，莲姐又大声说着，"有人就是享福啊，累了，就有人疼爱。"说完，莲姐忽然转身，向厨房方向走去，她正好和迎面走来、端着一个蛋糕盒的江诣打了照面，还很默契地向江诣使了一个眼色。

一股浓浓的奶酪蛋糕的香气扑鼻而来，一个好看的白色的蛋糕盒摆在了苏糖眼前的桌子上。

"我知道，我老婆呢，最喜欢吃奶酪蛋糕了。努力工作的人，就能够心想事成。这个奶酪蛋糕，就是奖励给我辛苦工作的老婆大人的！"江诣一边说，一边打开了蛋糕盒，"Surprise！我回来了！"

随着蛋糕盒的打开，苏糖看到了一双"手"上捧着一颗流血"心脏"的造型，苏糖吓得"啊"的一声叫了出来。

这一声叫喊也吓了江诣一跳："怎么了？"

苏糖马上调整了自己的情绪："老公，你不是在广州跟进 self art mall吗？……你这蛋糕的造型太奇怪了吧？"

"'手指'是我用白巧克力做出来的。"江诣的手指在"鲜血"上碰了一下，又把手指放在舌尖上嘬了一下，"甜度刚刚好！这可是草莓果酱，也是你喜欢的味道。"

"哦，是哦……"苏糖觉得江诣品草莓果酱的姿态很怪，她感觉很别扭。

江诣拿起桌上的刀叉递给苏糖："切开'手指'尝尝，白巧克力没有做得很甜，肯定是你要求的健康程度。"

苏糖拿起刀，顺着"手指"与"手掌"连接的部分切了下去，白巧克力脆得恰到好处，"手指"很容易就全部被切割掉了。苏糖用叉子去叉"食指"，却把它叉碎了，这让苏糖无法不想起两幅林肖画过的画：一双手捧着一颗流血的心脏、一只支离破碎的手掌。两幅画十分完美地结合在了这块奶酪蛋糕上。

因为白巧克力"手指"破碎了，苏糖干脆用手拾起一根切割下来的"手指"放进嘴里，她的唇齿之间被一股浓郁却又不过分甜腻的白巧克力的味道占领，细细品起来，还有碎的杏仁和榛子的味道。

"很好吃。"苏糖赞赏道。

"蛋糕可是我亲手为你设计和烘焙的。奶酪的味道也不错哦，你尝尝

'心脏'的部分。"江诣指了指带着草莓果酱的蛋糕。

苏糖拿起刀子，从"心脏"的边缘切下一小块，用叉子叉起，放进了嘴里。浓郁的奶香配上半糖的草莓，味道确实诱人。

"奶酪蛋糕也很美味。不过，老公，你能不能告诉我，为什么是这个造型？"苏糖抬眼看向站在原地、因为视角而显得高高在上的江诣。

"那双'手'，是我的；捧着的'心'，也是我的。我要把我扑通扑通热烈跳动的'心脏'，献给我最爱的老婆，代表着，我对你最真挚的爱。"江诣拉过苏糖的手，在她的手上吻了一下，"这，就是这个蛋糕的寓意啊。"

"是吗？我老公这么爱我！"苏糖一边说着，一边吃着蛋糕。

江诣静静地看着苏糖，沉默不语。

面具人阴影

夜，静悄悄的。别墅三楼的卧室没有开灯，只能借助月光依稀看到某些暗影。

苏糖慢慢挪开江诣抱着她的手臂，轻轻起身下了床。她没有开灯，摸索着出了卧室。

微弱的楼道灯光让苏糖觉得自己像是进入了一个禁闭的密室。突然，一个黑影在楼梯拐角处闪现一下，又顷刻间消失不见了。苏糖甚至还没来得及叫出声。

拐角处，有落地窗，苏糖肯定自己没有眼花，因为影子在透过落地窗的月光下清晰可见。

苏糖还没走几步，便听到了局促而憋闷的呼吸声。正当她凝神屏息时，她忽然感到有人拍了一下她的肩膀。她受到惊吓叫出了声，回头看时，一张黑色的面具映入眼帘，面具之下没有身体和四肢。拼命地跑到一楼客厅后，苏糖颤抖着手打开了墙壁上的吊灯按钮。灯亮了起来，驱散了黑暗。苏糖定睛一看，人影、面具……什么都没有。

苏糖感到一种极度口渴的感觉。她走去厨房，打开冰箱，拿了一瓶纯净水，咕咚咕咚地灌进了喉咙里。就在苏糖把剩下的纯净水放回冰箱的时候，一把带血的餐刀和一把餐叉映入眼帘，更让人惊恐的是，苏敏慧的头赫然摆在旁边。

"啊！"苏糖发出了尖锐的叫喊声。

她忽地从床上坐了起来！她动作太快，江诣抱着她腰部的手臂也被牵动了。江诣马上醒了。

苏糖在床头柜上一顿乱找，吓得惊慌失措的她连台灯的按钮位置都找不到了。江诣探过身子，长臂一伸，台灯被准确地按亮了。

"怎么了？又做噩梦了？"江诣看到苏糖满脸都是冷汗。

"我梦见……"苏糖看到了江诣关切的眼神，她一下子克制住了自己想要倾诉的冲动。她知道，她不能告诉江诣她梦到了什么。

"我梦见，我们家里进了怪兽。怪兽要吃了我。"苏糖快速地编了梦的剧情。

苏糖下了床，她要去喝点水，只有大口大口喝水，她的不安才能平息。她走到卧室门口，打开门的瞬间，马上迟疑了起来：又是下楼，又是去冰箱拿纯净水喝。梦里那太过清晰的情节还在缠绕着她，和亲自经历过没有差别。"我陪你下去。"江诣也从床上下来，走了过来。苏糖只能硬着头皮继续向外走。

三楼到一楼的楼梯并不是很长，苏糖却感到这一点点路程竟然如此漫长。身边的江诣小心翼翼跟着她，但他的存在非但没有减轻苏糖的恐惧，反而令她更加焦虑。终于到了一楼，江诣率先把客厅里的灯打开了。苏糖看到灯都亮了，她走去厨房。打开冰箱之前，苏糖也鼓了很大勇气。就在她要伸手拉开冰箱门的瞬间，江诣先帮她拉开了门。苏糖转头看向江诣，他就像洞悉了她所想，他竟然知道她不敢开冰箱门！江诣十分自然地从冰箱的上层拿出一瓶纯净水递给苏糖："你肯定是要喝这个。"

苏糖迟疑了一下，接过纯净水，打开盖子，咕咚咕咚喝下去。喝了一半，苏糖盖好盖子，江诣又自然地拿过瓶子，放进了冰箱，关好了门。苏糖甚至没敢看一眼冰箱里面，因为她害怕看到苏敏慧插着刀叉的头。

"看你这个样子，应该是睡不着了。我陪你坐一会儿？"江诣十分体贴地牵住了苏糖的手。

苏糖被动地跟着江诣走到客厅的沙发位置，两个人坐下来，苏糖竟然不知道该说些什么。

江诣探过身子，从茶几上的纸抽里抽出一张纸巾，擦拭苏糖满是冷汗的额头："是不是插画师的想象力太丰富了，做的梦也特别逼真啊，看把我的 Sugar 给吓得……"

被江诣擦着额头的苏糖却在思考一个问题：如果他是彭哲，彭哲又认识林肖，林肖又怪异又杀人，他们之间是不是有关联呢？

一张纸巾用完了，江诣又去抽第二张纸巾，他的手指还扫了一下茶几的桌面："老婆，茶几上竟然落了灰？你可是出了名有洁癖的呀，这几天难道不在家？还是你洁癖的病好了啊？"

江诣像是在揶揄苏糖的洁癖，苏糖却嗅到了一丝暗示。看到苏糖发愣和迟疑的状态，江诣的笑突然间凝固在脸上："你这几天，真没在家啊？"

苏糖不屑地撇一下嘴："我就一定要老老实实地给你做管家婆？我接了莲姐的项目，一直忙着她的咖啡馆装饰工作，就没太管家里……"苏糖尽量说得自然。

"哦，我老婆变成了一个有事业心的女强人了。"江诣挤眉弄眼，轻松调侃。

"你在广州那么忙，怎么突然关心起我的项目了？还突然冲到了咖啡馆？"苏糖也不示弱。

"我工作效率高，提前完成了，就想给你一个惊喜！"江诣揽过苏糖，他的脸贴着苏糖的脸，"因为我想你嘛，很想快点看见你……"

一个人影从客厅的落地窗前闪过——在有着蕾丝边的漂亮的两副窗帘之间的缝隙中，苏糖清清楚楚地看到了一个人影！

"谁？"苏糖喊了一声。

江诣也看向苏糖盯着的方向："怎么了？"

苏糖脑子里回放了刚刚的一刻。在缝隙中，她看到了他——林肖。没错，一定是他！

"怪兽……"苏糖尴尬地皱了一下眉。

"看来噩梦效应很严重啊！"江诣在落地窗和苏糖之间来回看了看。

也许是噩梦导致的幻觉吧？不会，不是幻觉！苏糖心里七上八下，惴惴不安。

从这个晚上以后，苏糖的生活便进入一种难以言说的隐秘的惊恐之中。她去"画世界"咖啡馆的路上，她去商场买衣服、试衣服，她去 Forever 艺术馆看最新的展览，总觉得有人在暗处盯着她；就算回到家，在自家的别墅花园里浇花，也觉得别墅大门外有人影在闪动。

后来她尽力按照老沈教她的"防跟踪术"来躲避可能的跟踪：穿两面不同颜色并且可以里外换着穿的大衣；包里带着两三顶假发，随时戴上；尽量走人多、遮挡物多的地方；打起一百二十分的精神，保持高度戒备和敏感；手里攥着小瓶的防狼喷雾；简单的制敌功夫也练熟了……即使这样，一个与她擦肩而过的身影、一个突然响起的声音、一盏亮起的灯，甚至一阵风突然刮起、一只鸟突然从头上飞过，都能惊得苏糖哆嗦一下或者冒出冷汗。

苏糖很想给纪骏警官打电话求救，可一旦警察介入，她对彭哲的调查就会有障碍。无奈之下，她只能求助于老沈。沈嘉扬建议苏糖找人保护自己，所以在老沈的牵头之下，苏糖秘密聘请了私人保镖。但为了不让江诣知道，保镖们只能对苏糖实行暗中保护，每次都会和她保持一段距离。保镖的介入，让苏糖多多少少安心一些。但她也清楚，自己心里盘旋的阴影并未真正消除。

这一天，苏糖在"画世界"咖啡馆的地下室想着最近发生的事。

苏糖永远忘不了，林肖第一次看到她的脸时，露出来的无比震惊和恐惧的表情。这也是最让苏糖感到不解的地方。林肖的害怕是为什么呢？苏糖觉得这个世界真是荒谬。林肖似乎很怕她，而她现在又那么怕林肖。他们之间，隔着一个真相。

苏糖想起了秦明轩告诉她的信息，她决定去"探索群岛"书店查找线索。

进入书店，苏糖看到书店依旧是自助阅读的安静氛围，所有服务生也基本上都是生面孔了。彭哲出车祸已经是八年多以前的事情了，现在的服务生们不会知道当年偶然来书店的人是谁吧……苏糖坐在书店的沙发椅上，有点泄气。

就在这时候，书店的老板从服务区走了出来，是一个四十岁左右的文艺中年男，苏糖对他印象深刻，因为当年书店举办分享会时，苏糖听过的一场，也是这位老板的读书心得。

"嗨，还记得我吗？"苏糖走到老板的身后，轻声打了招呼。

"嗨，酒窝这么好看的姑娘，我当然记得。"老板转头看到苏糖和她招牌式的甜美微笑与酒窝，也开起了玩笑。

"你读大学的时候好像喜欢来这里的，不过后来很长一段时间，你都不再来了……"老板回忆着。

"我男朋友喜欢这里。可后来，他出车祸去世了。我也就不再来了，怕触景生情……"苏糖的脸上掠过一丝哀伤。

"嗯，我记得他，彭哲嘛。长得很帅，还是学霸。我们还邀请他来做过一期科学幻想主题的分享会……"老板也露出遗憾的表情。

"那您……"苏糖刚要问。

"哦，对了！第一期分享会时，彭哲就有了粉丝。有一次，一个女读者正好在这儿遇见了彭哲，她就用'拍立得'和彭哲合了影，拍了两张，一张留给自己，一张给彭哲。但是彭哲好像有事，一转头的工夫，他就走了。女读者就让我们店员把照片转交给彭哲。"老板突然想起了这些。

"是吗？他还挺受欢迎。"苏糖附和。

老板看了看苏糖："你想不想取走照片？留个纪念也好……"

"好啊！谢谢。"苏糖显得欣喜。

老板去了服务区，从档案袋里拿出了照片，给苏糖送了过来。苏糖看了照片，终于知道为什么彭哲着急要走了，因为在合影的不远处还站着两个人，一个是江诣，一个是林肖。

"原来彭哲有个双胞胎兄弟啊。"老板指着照片。

他们三个人见过面？苏糖心里顿时一沉。

隔壁的幽禁

此刻，苏糖正坐在彭哲的旧居，她举起了手中的那张"拍立得"照片。彭哲、江诣和林肖三个人出现在同一张照片里的事实还是深深震撼了苏糖。

苏糖这次来彭哲家希望能再查看一下彭哲"过往的痕迹"，也许对分析他会有帮助。

"啊——"

一阵尖锐的女人惊恐的喊叫声响起了，突如其来的声音让苏糖汗毛都竖起来了。

"咚咚咚……"急促的脚步声从楼下传到楼上，苏糖知道，那是她的私人保镖们冲上来了。苏糖也赶快冲到门口，在打开门的一瞬间，她正好看到其中一个保镖冲进了隔壁房间。啪的一声，门自动关上了。

"他们两个冲进隔壁干吗？"苏糖有点蒙了。

就在这时，苏糖听到了隔壁另一户人家开门的声音。几乎就是下意识地，苏糖向屋子里看了一眼，她看到走廊的墙壁上挂着一张被放大的照片，照片上的人，竟然就是她自己！

"啊——"

还是那个女人尖锐的惊恐的叫声，这一次，叫声就来自那间打开了门的屋子。这一次，苏糖也分辨出来了，那个叫声不就是她自己的声音吗！

就像有一种魔力，自己的照片、自己的声音把苏糖吸引到了那间打开了门的屋子。

苏糖一步一步向里走，她一点一点看到了让自己惊奇的画面：墙壁上挂着的、桌子上摆着的都是她的照片：她打开电脑桌上的独立小音箱；她叠被子；她对着小镜子梳头发；她在卫生间洗漱；她在厨房煎蛋；她用微波炉热牛奶；她在客厅吃早餐；她对着小镜子化妆；她整理穿好的衣服；

她在玄关处换鞋；她出门；她提着一袋青菜进家门；她穿着家居服；她卸妆；她在厨房炒菜，煮米饭；她去客厅的餐桌吃饭；她洗碗；她敷面膜；她坐在沙发上看书；她在电脑上看电影；她在客厅练瑜伽；她在电脑上写日记；她躺在床上准备睡觉……

照片多得几乎数不清！每一张都是她生活中的一个场景，而且，很显然，照片都是从某个视频中截取下来的，然后又被打印了出来。那每一个画面，都是苏糖最初租下彭哲的旧居时，她每一天在房子里做过的事。

"我真的不知道，这平平凡凡，甚至琐碎无聊的每一天，有什么可窥探的。我在这个屋子里，没有任何的秘密，也没藏有任何宝藏，到底那个人在监控什么呢？"

苏糖想起了第一次知道有人一直在监控自己时，她产生的困惑。现在，这相同的困惑再次出现了。

屋子的客厅里，几乎一整面墙都是显示屏。显示屏上都是定格的画面，每一个画面都来自彭哲的旧居，多角度、多侧面，十分齐全，毫不放过。

"啊——啊——啊——"

此刻，来自她自己的尖锐的惊恐的叫喊声再次响起了！

苏糖吓得马上捂住了耳朵！她环顾四周，墙壁与顶棚之间的每一个角落都有一个音箱，它们在不停地播放着苏糖歇斯底里的叫喊声。

苏糖全身都在战栗，原来听到自己叫喊声的录音竟然是这样的恐怖！苏糖转身向屋外奔去，但是就在她马上要踏出门去的一瞬间，砰的一声，门关上了。随着门的关闭，叫喊声也戛然而止，屋子里顿时安静得连苏糖的呼吸声都能听见。这突然的安静让苏糖更为不安，此时的环境，让她进入了由奇怪的照片构成的惊恐世界之中。苏糖死命地砸门、拽门，大声呼救，但门依旧关得死死的。

"救命啊！快救救我！"苏糖声嘶力竭地叫喊着。

她绝望地靠在门上，声泪俱下而又茫然无助，直到毫无气力地瘫坐在门边。

"难道……监控我的人，一直住在我的隔壁吗？"苏糖努力整理着慌乱不堪的思绪。

　　苏糖记得，这些年来，这个楼层，就只有她这一户住着人，左右隔壁邻居两家，她从来就没看见过有人进出。但是，她并不曾在意过这个现象，她的焦点都在对彭哲的怀念上，她才没有哪怕一点点在乎邻居们是谁，她更不想和他们认识与交流。

　　她的那些因为想念一个人而出现的自闭倾向，又岂止是对隔壁邻居的漠不关心？她对身边其他人，甚至是对整个世界，都不太关心了。这隔绝，让她天天处于危险之中也浑然不觉。

　　苏糖的目光扫过另外一间卧室，卧室的门同样开着，卧室里摆着一张床，墙壁上还贴着一些画。苏糖鼓励自己要振作一些，她支撑着有些软弱无力的手臂，一使劲儿，站了起来。她向那间卧室走去，她进去了，她看到了——

　　"黎秋雨？蕾雅？苏敏慧？"苏糖看到了一张又一张熟悉的脸孔。她们都以素描大特写的形式被清晰地再现在一张张素描纸上。还有几个女人的脸部素描，苏糖一时之间认不出她们。

　　就在苏糖困惑不解的时候，她忽然感到背后生风，然后就是后脑的剧痛，一瞬间，她失去了意识。

　　"啊——"林肖以狰狞的表情发出了刺耳的尖叫。

　　苏糖猛然睁眼，她意识到，刚才看到的林肖的表情可能只是梦境。

　　唰唰……唰唰……苏糖听到了笔尖划在纸上的声音。她转过头，看到了一个熟悉的人——林肖。

　　此刻，林肖正坐在一把椅子上，他的前方有一个画架，支起了一块画板。林肖一会儿专注地凝视着她，一会儿又低头画上几笔。

　　苏糖看到林肖，她第一个动作就是要逃跑，可她发现，她的手脚都动不了了，被捆绑的感觉让她注意到，自己确实已经被结结实实地捆在了一张椅子上。林肖在画的，就是这个被捆得十分牢固的她。

　　"记住，镇定很重要，无论在任何危急的情境里，都要让自己激动的情绪稳定下来。寻找契机逃跑，是'脱困'的第一要素。"苏糖想起了老沈教她的"被困脱身术"。她知道，在保持镇定的情况下，她还需要和困住她的人展开周旋，发现那人的弱点，发现现场环境的缺口，她才能逃出去。

苏糖环视了一圈，发现自己和林肖正在客厅的位置，四周有监控墙和到处摆放的她的照片。

"林肖……你在干什么？"苏糖试着和他搭话。

"画画。"林肖清晰地回答出两个字。

这倒让苏糖颇为震惊，因为她过去接触的林肖从未说过一句话。

"你为什么……要抓住我，绑住我？"苏糖壮着胆子继续问。

"画画。"林肖还是那两个字。

苏糖想起了伍教授在一篇论文中写过，和那些思维有异常的人对话，你必须先顺着他们的思路来交流，深入进去之后，才能明白他们的思维模式和症结所在。

"为什么画我？"苏糖顺着林肖的思路问道。

"嫉妒。"依旧是简短的两个字。

苏糖眼睛扫过了卧室，透过打开门之后展露出的墙壁，苏糖看到了墙壁上挂着的各种女人的脸部特写画。

"你卧室里挂着很多女人的肖像，为什么画她们？"

"嫉妒。"还是两个字的答案。

"那你嫉妒的人是谁？"苏糖依旧顺着林肖的思路。

"彭哲。"仍然是两个字的答案。

听到这个名字，苏糖被触动了一下。

"你嫉妒彭哲……是因为你画的那些女人，对他？"苏糖试探着问道。

"喜欢。"

苏糖想到了苏敏慧，她是林肖的女朋友。

"你也喜欢那些女人，对不对？"

"喜欢。"林肖手里的铅笔唰唰唰画着，没有停过。

"既然喜欢那些女人，你得到她们了吗？"苏糖问。

林肖听到这个问题，突然停下了手中的笔，抬起眼睛，他凝视着苏糖，想了想，又说了两个字："画画。"

苏糖听到这个答案，她脑中无法抑制地想起了前几天她看到的林肖画过的一系列画：破碎的手掌、带血的心脏、小腿、苏敏慧的头……苏糖实在无法不把这些画面与那些女人联想到一起。她战战兢兢地看向林肖，发现林肖已经又低下头，唰唰唰地开始画画了。

"你画的她们，现在……在哪儿？"苏糖继续问。

"死了。"林肖回答得很自然。

"死了？你杀了她们？"苏糖瞪大眼睛，呼吸局促。

就在这时，一阵剧烈的敲门声响起了。

"苏糖！你在里面吗？林肖，你快开门！开门！"

苏糖听到了江诣的喊声，江诣像是在不断撞击着客厅的门，拼了命要进来的状态。

第一次杀人

砰！门被打开了。

江诣冲了进来，看到了被捆在椅子上的苏糖，苏糖也看到了江诣，比起被林肖囚禁，真实地看到江诣出现更令苏糖感到震惊。

"林肖！你……为什么要抓她？"江诣站在苏糖与林肖中间的位置，眼神戒备地质问着。

"江诣！"苏糖也看向江诣，她发现，林肖坐在画板前，依旧保持镇定，他连手中的画笔都没放下。

"画画。"林肖依旧是那两个字。

"画画，也不用把人捆起来画啊……"江诣给苏糖使了一个眼色，苏糖也保持安静。当林肖再次低头去勾勒他的线条时，江诣已经移动到了苏糖的身旁。他看了一眼捆绑苏糖的绳子，然后转到了苏糖椅子的后边，快速地解着捆绑苏糖的绳子。

"对了，你饿不饿？今天吃饭了吗？"江诣虽然和林肖"闲聊"着，但丝毫不影响他解开绳子的速度。苏糖更是紧张得连大气都不敢喘。

时间在此时，变成了箭在弦上的一秒一秒的煎熬。

苏糖依然维持着双手被捆绑的姿态，江诣看起来也依然是站在苏糖身后而已，林肖偶尔抬头瞄她一眼以便作画，他似乎没有看出对方有任何逃离的迹象。

终于！绳子完全解开了。

"我说'跑'，你就跑！"江诣在苏糖耳边小声说。

江诣看了一眼门的方向。苏糖发现，门刚才开了，就一直维持着开的状态。苏糖略微点了一下头。

在林肖再一次低下头去画画时，江诣在苏糖耳边小声说："跑！"

苏糖忽地站了起来，像射出去的箭一样，立刻便弹到了门的位置。江诣抄起苏糖刚才坐的椅子就朝着林肖砸了过去。林肖也听到了动静，机敏地躲开了椅子，椅子砸散了画架。苏糖将要迈出房间的一瞬间，门自动关上了。砰的一声，苏糖的头重重地撞在了门上。

苏糖顿时倒在了地上，整个人都是蒙的，视线也变得模糊不清。她努力保持清醒，用双手支撑着身体，从地上爬了起来。

林肖"啊啊"地尖叫着，从口袋里掏出一把匕首，打开刀鞘，朝苏糖奔了过来。

"啊！"苏糖来不及躲闪，紧张地大叫一声。

关键时刻，江诣一个箭步冲过来，挡在了苏糖的面前，剧烈的疼痛让他瞪大了眼睛，脸部也抽搐起来。

林肖发现没有刺中苏糖，竟然一下子把匕首从江诣的后背上拔了出来，血液顿时喷射开来，江诣痛得大叫。

"老公！"苏糖喊道。

林肖蹿到了苏糖的身旁，再次刺向苏糖。江诣一个飞扑把林肖扑倒了，林肖手里的匕首也被甩了出去，两个人像两只兽一样纠缠起来，疯狂地攻击着彼此。

一个不留神，林肖将江诣按在了墙上，两只手死命地扣住江诣的脖子。江诣背部流出的血已经把墙壁染红了，他的血管暴起，脸被憋得通红，眼看就要窒息了。

　　苏糖趁两个人纠缠之际，踉跄着走了过去，颤抖着拾起了匕首。

　　噗！匕首刺入了林肖的脖颈，一股血流喷射出来，溅得苏糖满脸都是。林肖就像突然被电流击中了一样，死命掐着江诣的两只手渐渐从江诣的脖颈上滑落，苏糖惊恐地放开了紧握着的匕首。

　　"啊……嗯……"林肖瞪着眼睛发出了呻吟声，顷刻后便靠在江诣身上一动不动了，那脖颈处的血液还在不断地流出。

　　苏糖呆立在原地，任凭林肖脖颈处的血液喷溅在自己的衣服上，她已经吓得不知道该怎么办了。

　　江诣一把推开了林肖的身体，林肖扑通一声倒在了地上。他的眼睛依旧瞪着，嘴巴也张着。

　　"咳咳……咳咳……"

　　江诣大口地喘着粗气，好半天，才缓了过来。他立刻蹲下身子，在林肖的鼻息处探了探。

　　苏糖转头盯着江诣，全身哆嗦着："他……他……"

　　"他死了。"江诣言简意赅地说道。

　　"死了？死了……"苏糖看着自己沾满鲜血的手，眼泪不受控制地流了下来。苏糖感到这一刻，整个世界都是假的，她极力安慰自己现在肯定不是在现实生活中，人肯定不是她杀的，眼前的一切也都是幻境。

　　脑子依旧嗡嗡响着，浑浑噩噩的苏糖瘫软了下来。江诣一把抱住了将要倒地的苏糖，在她耳边不断安慰着："没事了，都结束了。没事了，都结束了……"

　　苏糖也下意识地紧紧抱住了江诣，她的手碰到了江诣背上的伤口，黏糊糊的。苏糖这才清醒了一些，她知道，江诣也受了重伤。

　　"没事了……"江诣的身体也不受控制地慢慢倒下，他已经完全没有力气了。

"老公！"苏糖抱着江诣哀号道。

"求救！"苏糖提醒自己，她不能瘫软，她要振作，她要救江诣。

"120……"苏糖从江诣的口袋里翻出了手机，拨通了电话。

"喂！"苏糖感到眩晕。

"女士，你所在的位置是哪里？"120台询问。

"这里是……"苏糖听到门砰地打开的声音，她本能地朝着声音方向看去。

她竟然看到了一片荒地，长满了野草。苏糖踏着鲜血走到了屋外，这一刻，她才发现，这里根本不是彭哲的旧居那栋楼。"怪不得，我没听到保镖砸门的声音，这房子根本没有'隔壁'了。"苏糖发现，他们所在的地方，不过是一栋单独的平房，四周除一片长满了野草的荒地之外，什么也没有！

"喂，女士，请问你所在的位置是？"120台还在询问。

"我不知道这里是哪里……"苏糖一边说还一边四处走动，她连一个人影都没看到。

"记住，你身上的这颗纽扣是定位追踪器，遇到险境，我可以追踪你的位置……"苏糖想起了老沈的话。

苏糖挂了急救电话，马上拨通了给老沈的电话。

"老沈！"苏糖急切地呼喊。

"苏糖！保镖们说你被绑架了，我们刚在后台监控器看到你的位置……"老沈的声音充满担忧。

"可能是屋子里没有信号……"苏糖说着，就走向了屋门。

砰，门又关上了。

"不要！"苏糖拼命拍打着门，门依旧紧紧关着。

一阵急刹车的声音，让绝望拍打门的苏糖转了头，她看到沈嘉扬的车停在了她眼前，老沈从车子上跳下来，冲到了她面前。

"老沈！"苏糖就像看到了亲人一样，泪如雨下，老沈也一把抱住了苏糖。

"门打不开，江诣还在里面，我怕他死了……"苏糖紧紧抓着老沈的衣服。

"我帮你开，你放心。"老沈安慰着。

砰，门又自动打开了。苏糖看向屋子里，江诣还倒在血泊里，睁着眼睛，满脸痛苦的表情。

砰！砰！砰！……

门就像发疯了一样，完全失控了。在开、关、开、关之间来回折腾。

苏糖放开了老沈的怀抱，她看着失控的门，手足无措。

"这门可能是被什么控制着，控制它的仪器失灵了。"老沈观察着自动开关的门。

野草中的一块大石头进入了老沈的视线，老沈走过去，搬起石头，在门又开了的时候，瞬间把石头推到了门与墙壁之间。砰，门再关上时，被石头挡住，在门和墙之间留了一个一人多宽的大缝。

老沈和苏糖从缝中走进了屋子。

江诣眼看着两个人进来了，他的眼睛一点一点闭上了。

"老公！"苏糖吓得大喊。

老沈看到了满屋的血迹、地上倒着的林肖，还有昏迷的江诣，也有些惊讶，但很快恢复了镇定。他探了探江诣的鼻息，看到他身下有血迹，又把江诣的身体翻转过去。

"教你的那些自救知识，你都忘了吗？就把流血的人这么放这儿了？"老沈脱下了自己的衬衫，把衬衫紧紧地缠在了江诣汩汩流血的伤口处，给江诣止血。

"我没有办法告诉120我们所在的位置……"苏糖还在哆嗦。

"你看着江诣，我把后台监控器上显示的定位告诉120……"老沈从口袋里掏出了手机，发现信号被屏蔽了，他又从门缝走了出去。

很快，老沈又返了回来。

"我通知了120我们所在的位置。"老沈告诉苏糖。

"好……"苏糖坐在地上，紧紧抱着昏迷的江诣。

“我报警了。”老沈说。

“报警？”苏糖惊愕，随即消沉，“我……我杀了林肖……”

“那人的匕首……是你刺进去的？”这下轮到老沈惊愕了。

“你教我的，攻击人，要攻击要害部位……”苏糖看了看老沈，又看了看死去的林肖。

八年后的重逢

警车来了，救护车也到了。江诣被救护车带走了，苏糖也被警察带回了公安局接受调查。因为和林肖有关，所以接手这个案子的警官依然是纪骏。

比较幸运的是，林肖的屋子里安装着监控探头，实时拍摄的内容也清晰地记录了苏糖被林肖掳走之后的所有细节：林肖把苏糖弄晕之后，绑了她的手脚，把她抬进了屋子；苏糖醒来发现自己被绑在椅子上；林肖给苏糖画画；苏糖和林肖对话；江诣冲进屋子；江诣帮苏糖松绑，苏糖出逃；江诣替苏糖挡刀，两人纠缠打斗；江诣差点被林肖掐死；苏糖为了救江诣刺死了林肖；老沈和苏糖进入屋子为江诣包扎，然后报警……

警察的技术人员在监控视频中发现的一切都与苏糖向警察提供的信息一模一样。问题的关键在于，苏糖是“正当防卫”，还是“防卫过当”。

审讯室里，纪骏问苏糖：“阻止林肖杀死你老公，你可以刺伤他，为什么要一刀刺死他？”

“我看到过苏敏慧的尸体，我知道，林肖会用多么残忍的方法把人杀死。伍教授也判断，林肖是一个可能具有心理或精神障碍的人。对于那样的人，如果不刺死他，我和江诣就可能会被他杀死。他看起来力大无穷，就像疯了一样……”苏糖十分诚实，说话的时候，能够清晰地看出她眼中的恐惧和身体不由自主地微微抖动。

看过苏糖杀死林肖和苏糖接受调查的监控视频，伍教授也做了严谨的分析：苏糖的确受到了林肖之前对苏敏慧杀戮一案的影响，加之当时林肖对苏糖的绑架、刺杀和对江诣的致命攻击，苏糖对林肖颈脖的刺入应该属于"正当防卫"。

环境证据、现场视频、老沈的证词、法医的取证、警察的调查、犯罪心理专家的评估……综合各种因素考量之后，警察初步对苏糖的行为判定为"正当防卫"。一切初步调查结束之后，已经是夜里两点多了。纪骏看到苏糖脸上还沾着血，整个人也处于一种崩溃的状态，他允许苏糖办理了"取保候审"。交了保证金之后，苏糖可以暂时离开公安局，但要随时接受警察的传唤和调查。

凌晨三点，苏糖终于走出了公安局。

看到苏糖木然地走出来，一直等在门口的老沈、林慕曦和邵珥珥都迎了过来。

"我……想回去洗个澡，换件衣服。"苏糖努力勉强挤出一个微笑，"法医把我的衣服拿去化验了，他们借给我的衣服又肥又大，不太合身……"

"那当然。"对于苏糖的遭遇，林慕曦一时之间也有点不太知道该如何应对，他只是马上打开了车门。

苏糖看了看林慕曦的车，转身走向了旁边老沈的车子："我身上不干净，我还是坐老沈的车吧。他胆儿大。"

"我陪你回去。"邵珥珥陪着苏糖上了老沈的车。

"我送你去医院看看，你的头……"老沈对苏糖说。

"不用，我没事。法医给我看过了，问题不大。我想先回去洗澡。"苏糖坚持。

老沈点了点头。

老沈启动了车子，林慕曦还是不放心，一路跟着老沈的车。

车上，苏糖一言不发，她脑中反复回放着她把匕首刺入林肖脖颈的瞬间。她越想摆脱那个画面，就越是反复回想，加强了记忆。

到了别墅，苏糖麻木地按了密码，开了门。她自顾自地上了三楼的卧室去洗澡。老沈他们三个人则决定留下来陪苏糖。

花洒里的温水冲向苏糖的脸，她揉搓着，冲洗着，却还是感到有一股浓重的味道将她淹没。那是鲜血的味道，好像怎么也冲洗不掉。她知道，那气味不是来自现实，而是来自她的内心。苏糖跌坐在浴室的一角，任凭花洒里的水不停浇在身上。

苏糖不明白，那些杀了人还能坦然自若的人是如何处理自己的情绪的，他们怎么做到杀死了一个人还能保持平静呢？苏糖第一次发现，人类鲜血的味道那么大、那么浓厚，喷溅得那么有力。那简直是让人战栗的惊悚时刻，即使是迫不得已吧，那结束别人生命的一刻，怎样回想都充满了罪恶感、负疚感和恐惧感。怎么能平静！怎么能没有阴影！

不知道过了多久，苏糖终于关上了花洒的开关。她拿出浴巾，一点一点擦干了自己的身体。站在浴室的镜子前，苏糖的眼神掠过了江诣的刮胡刀，她拿起了它。"江诣还在医院等着我呢！我怎么能沉浸在自己的阴影中无法自拔呢！"苏糖立刻打起了精神，从浴室走进卧室，又从大衣柜里拿出衣服换好。

咚，咚，咚……苏糖从楼上冲到了楼下，匆忙地向客厅的大门处走去。老沈他们也紧跟在苏糖的后面。

"你要去哪儿？"林慕曦问道。

"去看江诣？"老沈确认着。

"对！"苏糖点着头，加快了脚步。

"一起去！"邵珥珥跟着说道。

四个人，两辆车，又一溜烟地向市医院驶去。

虽然在接受调查的时候，苏糖已经接到了医院的电话，被告知江诣的手术很成功，匕首从背部插入很深，伤及肺部，医生做手术缝补了肺部，性命可以保住，但需要休养很长一段时间才能康复。

走进医院的独立病房时，已经是早上七点多了。苏糖一个人进病房看江诣，老沈他们在病房外的长椅上等她。

苏糖走进病房，升起的朝阳透过窗子，洒满了房间。江诣面色惨白地躺在病床上，手上插着输液管，脸部罩着氧气面罩，面部冷凝，眉头紧锁，看起来十分痛苦。

　　苏糖在病床旁的椅子上坐下来，一只手握住了江诣的手指，另一只手摸了摸江诣的脸。一想起江诣奋不顾身扑在她身前帮她挡刀的画面，苏糖就忍不住流下眼泪。感动、心疼、后怕。生死瞬间，苏糖感受到了江诣那颗赤诚的爱她的心。

　　"老公……"苏糖的头贴在江诣的肩膀，她轻轻呼唤着他。

　　"Sugar……"江诣微弱的声音传来。

　　苏糖马上抬起了头，精神起来，她盯着江诣的脸，紧紧看着。

　　江诣努力伸起自己的另一只手，拿下了氧气面罩。

　　"Sugar……我……我有事……要告诉你……"江诣声音微弱，喘气困难。

　　苏糖马上要给江诣戴上氧气面罩，江诣却努力摇头，十分抗拒，苏糖只能作罢。

　　"江诣，你有什么话就快说，你不能脱离氧气太久，你肺部受伤了……"苏糖的眼泪落在了江诣的脸颊。

　　"我……不是……江诣。车祸……车祸那一天……死的人……才是……江诣……"

　　"老公，你说什么？"苏糖讶异地看着眼前人。

　　"江诣说他……很……很喜欢……你，那一天，他扮成我……去见……你。林……林肖……开车……撞过去……撞死……的人就是……是……江诣……"

　　"你……你是彭哲？"苏糖的头又感到嗡嗡作响。虽然之前也猜测过这种可能性，但是从彭哲嘴里亲口说出来，还是让苏糖非常震撼。

　　"知道了……知道了……"苏糖看到彭哲大口大口喘着粗气，呼吸困难，她马上把氧气面罩再次罩在了彭哲的脸上。

　　苏糖跌回到椅子上，她感到一种很难受的眩晕感。

　　"对不起……

　　"放手吧，苏糖，别这样！我们不能在一起。"

"我喜欢你，彭哲，我长这么大，从来没这么喜欢过一个男生！"

"对不起！"

苏糖无法抑制地回想起当初"彭哲"遇到车祸的那一幕。

原来，她心心念念的最爱的男孩，她愧疚不已的磨人的岁月，都是一场致命的置换所造成的乌龙的阴影。

彭哲没死！彭哲竟然没死！彭哲真的没死！苏糖泪如雨下。

苏糖看向彭哲，彭哲的眼角有两行清泪曼延在脸颊，他也看着她，不再说话，只是沉默而悲伤地看着她。

八年了！她因为他的"死"，伤心了八年的时间，他却告诉她，他其实一直在她身边，扮演成她不那么爱的另一个他，一直陪着她。

苏糖只是哭着，因为除了流泪，她不知道自己此刻该是什么反应，能做什么。

复杂的模型

迷失了自己，迷失在这美丽的时间黑洞里……

不堪回首的过往

小王子打开了大盒子的盖子，然后，他看到了那颗非常美、非常甜的"牛奶糖"。

"牛奶糖"甜美地笑，说出那句："小王子，我就是来甜你的糖。"

小王子也深情款款地回应："'牛奶糖'，我就是来爱你的王子。"

回忆还是那样美好，但苏糖不得不回到现实的生活里。虽然此刻，眼前的月季花墙正在经历着今年秋天的最后一次绽放，但满墙的美丽已经不能使苏糖感到陶醉，相反，她内心只有无限的迷惘。

月季花墙前，两把木椅子中间还摆着一张圆形的木桌子，桌子上放着两杯还有温度的玫瑰花茶。苏糖和彭哲一左一右坐在木椅子上，两个人都神色凝重。

"这么说来，我第一次遇到的那个'小王子'是江诣，而不是你？"苏糖只是盯着月季花墙。

"那几天，刚好江诣从法国回来。那天的牛奶糖促销活动又刚好和我一个家教的活儿撞在了一起。江诣知道了，就主动要求代替我去活动现场。当我做完家教赶过去的时候，大雨已经停了，我就站在促销车旁边，然后你走过来，吻了我，还狠狠地踩了我一脚……"彭哲笑了一下，那一刻的甜蜜似乎阻挡不住地被回味着。

"所以，我一见钟情的人，是江诣？"苏糖的一句话，让现场顿时更加安静。

"苏糖……其实,我也好奇一件事。"彭哲转头看向苏糖,苏糖也感受到了来自他的注视,"九年前,你究竟喜欢的是我,还是江诣呢?"

"一见钟情,只是肤浅的表面。往后的大学岁月里,不都是你吗?"苏糖终于把目光从月季花墙转向了彭哲。

"可在我们重遇以后,和之后的婚姻生活里,我都是'江诣'啊!你应该知道我们两个人的不同……"彭哲的眼神像是在验证,也像是在求证。

苏糖又把目光移向了月季花墙,她竟然觉得没有办法回答这个问题。苏糖想着:如果有一天,江诣消失了,她不会心痛吗?不会怀念吗?

"为了得到江诣的生活,你要扮成他,不累吗?"苏糖突然发问。

"你还是不能原谅我?"彭哲越过他们之间的圆形桌子,勉强拉住了苏糖的手。背上的伤口被猛地扯动了,钻心的痛让他忍不住"啊"的一声叫了出来。

"不要这么激动啊!你伤还没好!医生都说,你不应该这么早出院。"苏糖马上站了起来,走到彭哲身边。

彭哲顺势抱住苏糖:"苏糖,我知道,你需要时间消化这一切,但是,你要记得,我爱你,很爱很爱,用生命去爱……"

苏糖想到了彭哲在山崖上奋不顾身救自己的一幕,想到了他因为林肖的攻击而替自己挡刀的一幕。那些都是千钧一发之际,甚至没有时间去仔细思考,一个人能那样不顾自己的安危,那样下意识做出的举动,就是爱啊!想到这些,苏糖也蹲下身子,环手抱住了彭哲:"我也很爱你……"

正是因为爱,苏糖没有说出当年林肖故意撞死江诣的事,更没有说出彭哲和江诣互换身份的事。一旦警方朝着那个方向查下去,彭哲可能就会失去现在所拥有的一切。

"苏糖,我想带你回一次我的旧居。"彭哲提出要求。

"你不能走动太多,你还有伤……"苏糖回应。

"求你……和我去一次。"彭哲坚持道。

"好，我们去，你别太激动。"苏糖扶起了彭哲。

苏糖带着彭哲，开车去了彭哲的旧居。

到了四楼，苏糖看到了贴着警察封条的401室，因为没有钥匙，所以警察当时是暴力破门的，所以门现在还是坏着的状态，只要伸手一推，门就能打开。

"我……想进去……看一下……"苏糖征求彭哲的意见。

"我陪你进去。"彭哲点头，伸手推开了401室的门。

两个人走了进去，那满屋子的苏糖的截屏图片再次映入眼帘。

经过警察的现场勘查和技术检测，已经可以确定，这个房子里有非常好的隔音装置，还有对外和对内的监控装置，门窗和各种家具上也都安装了可以遥控的自动化装置——可以这么说，整个两室一厅的房子就是一套配置绝好的监控者的密室。

苏糖的记忆像溪流一样，一点一点从过去流淌到现在。

住在彭哲旧居的三年，她真的什么也没感受到？不！她感受到了很多：洗手间里上下水冲厕所的声音，杯子碎裂的声音，窗子打开的声音，电脑开机的声音，厨房里传来的极轻微的音乐的声音，卧室里传来的一句电影对白的声音，甚至，还有在夜里，苏糖躺在床上，听到了男人说话却不太清晰的声音……

隔壁一直有人！可是，隔壁的人竟然是林肖，这真是出乎苏糖的意料。

为什么林肖在郊外的那个屋子和这里的"密室"布局一模一样呢？苏糖在想那一天她的被绑架究竟是怎样发生的。

拉着苏糖的手，彭哲感觉到了苏糖指尖的冰凉。"走吧……"彭哲把苏糖拉向了门的位置。苏糖的思绪被打断了，但她也没有挣脱，随着彭哲向外走。

到了门口，苏糖拿出402室的钥匙，打开了门，和彭哲一起走了进去。

"回到自己的房子，有什么感觉？"苏糖问彭哲。

"很痛苦……"彭哲环顾一圈，他下意识地就停住了脚步。

苏糖也随着彭哲站在了原地，没有再走一步。彭哲整理了一下自己的情绪，然后拉着苏糖走向了母亲彭新蕾的卧室。

在卧室里的那台缝纫机前停了下来，彭哲盯着缝纫机，缓缓说着：

"我的母亲是一个很有才华的时装设计师，她在一个画展上邂逅了我的父亲。他们两个一见如故，爱得热烈疯狂，后来结了婚。但有时候，越是激烈的爱情越是容易因为现实的生活而冷却。生了我们之后，父亲对母亲越来越冷淡，但父亲的画作卖得越来越好。父亲在外面到处生情，可能他本性就是浪漫不羁的，所以随着他的成功，他的眼界更加开阔，接触的人更多，爱上他的女人也更多了。与父亲的风流相对应的是母亲的专一和偏执。她用各种手段查父亲的行踪，不断想要控制那只四处飞的鸟。最终，她以自己的歇斯底里和崩溃终结了那段折磨她心智的婚姻……"

彭哲进入了回忆，眉头紧锁，握着苏糖的手也开始出汗。

"母亲恨父亲恨到给我改了姓氏，还绝对不允许我画画，只要发现我画画，她就会毒打我。"彭哲突然放开苏糖的手，蹲下了，两只手紧紧捂住耳朵。

苏糖也马上蹲下，两只手臂紧紧抱住彭哲，她感觉到彭哲全身都在打哆嗦。彭哲转头，惊慌失措地看着苏糖，他问她："你听到了吗？有个孩子在哭！他哭得撕心裂肺，他哭得像在号叫……"

"别说了！不要再回忆了！别说了！不要再回忆了！……"苏糖反复说着这两句。

"甚至……她甚至为了严惩我画画……而用……她竟然用缝纫机的机针刺入我的手指……"彭哲把捂住耳朵的双手举在自己眼前，他盯着自己的手指，然后又去看那台缝纫机，"所以，我小时候，每次看到这台缝纫机就会吓得全身发抖……"

彭哲的身体抖动得更厉害了，他脸色苍白，眼圈发红，好像刚才那些话，他要靠着自己的意志力去支撑才说得出来，才说得完。

苏糖想起了彭哲的那张画：悲伤的眼睛、凌乱的手指、指尖上的针孔。还有那页日记上撕下来的画：缝纫机后面有可怕的女人。她深切明白了：那就是彭哲内心最真实的痛苦和恐惧啊！

苏糖只是紧紧地抱着彭哲发抖的身体，并且告诉他："一切都过去了，你现在不是彭哲了，你是江诣，你成了江诣！"

冷静的距离

月季花都已经落了，只留下了干枯的小小的花蕊，叶子也一片一片泛黄枯萎，那是秋末来临时奏响的凋零共鸣曲。

苏糖靠在客厅的沙发上睡着了。

"啊！"苏糖惊呼一声，她瞬间睁开眼，看到了身边的彭哲，"我梦见林肖了。"

彭哲随即起身，走去厨房。几分钟以后，他端着一杯热茶走了出来，然后把茶放在茶几上："压惊茶，里面有柏子仁、云茯苓和麦冬。"

"谢谢。"苏糖微笑一下，然后端起了茶。如果在过去，她一定会说："谢谢老公，还是老公疼我。"然后"江诣"也会"花言巧语"地回应："我不疼我的 Sugar 谁来疼她啊，我还需要她来甜我呢！"可是现在，眼前的人是彭哲，他完全不是那个套路的人，他是安静而克制的，他对人的好是那种涓涓细流的感觉。

一丝微妙的变化在他们之间生成了。从"江诣"承认自己是彭哲的那一刻起，他们两个人的关系就无法回到从前了。那些热烈、那些打情骂俏、那些疯狂玩乐，都被礼貌、客气和陌生代替。

苏糖口中抿着茶，眼睛却在观察着彭哲。彭哲这刻没有看向她，他甚至有点回避她的眼神。其实苏糖并没有做噩梦，她已经感觉到彭哲走近她，还坐在她身边了。她就是想知道，面对噩梦，彭哲会怎么对她。

心心念念的人复活了，苏糖并没有太多惊喜，相反，这使她充满了警觉。

苏糖想到了昨天在审讯室里的情况。

"九年前，我回国度暑假，通过我的孪生弟弟彭哲结识了他的朋友林肖。林肖那人很有个性，我们也算谈得来，后来还和弟弟一起和他见过几面。再之后，因为和弟弟喜欢上同一个女孩，内心感到纠结和痛苦，再加上在法国的学业繁忙，我几乎断绝了和弟弟的来往。直到后来通过亲属得知弟弟死于一场意外的车祸，我就更没有和林肖联系的必要了。直到我太太苏糖被绑架的那天，我突然收到了一个陌生的电话号码发来的短信，还有一个位置定位，我知道苏糖面临危险，就开飞车去了那所郊外的房子。门自动打开了，我冲进去，发现林肖绑着苏糖，他还要杀死她，我就和林肖扭打起来，直到苏糖为了保护我而杀了他……"

审讯室里，纪骏播放着彭哲接受警察调查时给出的情况说明。他按动遥控器，视频定格在彭哲平淡而冷静的脸上。苏糖听着彭哲的诉说，她内心里也几乎可以完全推测出他的说法。

"经过调查和多方评估，我们决定对你杀死林肖一案认定为'正当防卫'，所以不予立案。"纪骏看了看苏糖，又看了看视频上的彭哲，继续说，"但是死者林肖除对你实施了绑架以外，他还是苏敏慧谋杀案的主要嫌疑人。所以，我们会对林肖实施进一步的调查。"

"嗯……"苏糖轻微点头。

"今天找你来，除正式通知你，我们对你杀死林肖一案的认定结果之外，还希望你能配合我们做进一步的调查。"纪骏指了指视频屏幕，"你丈夫江诣指出，他和林肖虽然认识，但多年来未有联系，也是你出事时才突然接到了林肖的短信，对这些事实，你认可吗？"

"至少在我知道的范围内，我没发现他们两个有什么关系或者联系。"苏糖回答。

"我们还查出，八年前，你丈夫江诣的弟弟彭哲死于一场车祸，当时开车撞死他的司机就是林肖。而且，我们调查过彭哲就读的大学，当年你和彭哲还是'传说中的情侣'。"纪骏审视着苏糖的表情变化。

"我和彭哲确实有可能发展成情侣，但他一直拒绝我。为什么问这些？"苏糖反问。

纪骏拿出一摞证物袋，每个透明的袋子里都有一张画，纪骏把画排列在桌子上——苏糖认出，那是林肖卧室的墙壁上贴着的那些女人的肖像画。最后一张，画的是她被绑在椅子上，但是因为林肖的死亡，画没有画完。

"画上的女人，我们也做了调查。她们中的大多数都失踪了，还有两个，通过画像比对，暂时没有调查出任何结果。所以我们怀疑，要不是江诣的及时出现，你可能也会是其中一个消失无踪的女人。"纪骏的身体向椅子后面靠了靠，他平视着苏糖，表情严肃，"林肖极有可能是一个非常危险的杀人凶手。而且我们的犯罪心理学家伍教授也做出推断，林肖具有复杂的心理和精神的异常情况。"

　　"都失踪了？"苏糖眉头紧皱，脸色渐渐发白，"我体会过那种恐惧，我看到过苏敏慧的尸体……"苏糖想起那个眼睛被插穿的画面依然心有余悸。

　　"那时候，你为什么要来看林肖呢？"纪骏追问。

　　"我已经说过理由了。"苏糖回避。

　　"总之，为了你自己也好，为了像你一样有可能被绑架杀害的被害人也好，我们希望通过你被绑架的案子找出隐藏在林肖背后的真相，我们更希望你没有任何隐瞒，全力协助我们完成调查工作。"纪骏清楚地表明了他的目的和要求。

　　"我知道，你们有你们的职责。但也请你们体谅体谅我……我……我真的很害怕……我既害怕林肖来杀我，也害怕，我杀了他那件事……"苏糖局促不安起来，她拿起桌上的纸杯，大口大口喝起水来。

　　"是，我个人很理解你现在的心理处境，但是，我还是希望，你能在调整好之后，为我们提供更多的线索。"纪骏的语气缓和了很多，看到苏糖紧张焦虑的状态，他轻叹一口气，"今天的调查就到这儿吧。你回家也好好休息一下。"

　　"谢谢。"苏糖道谢。

　　走出公安局，苏糖取了车，一路驶向"画世界"咖啡馆。

　　"对于爱情的遗憾与执着，是我最大的弱点。这个弱点一旦被利用，后果将不堪设想……"苏糖突然刹住了车。

　　苏糖下了车，走进了咖啡馆的玻璃门，按下按钮，进入地下室。她心里很清楚，林肖的死，非但不是一个终结，反而是一个开始。

苏糖拿起了桌子上的电子狗在自己的身上扫描一遍，确认身上没有任何监听、跟踪的小东西后，她才放心地从口袋里掏出一块 U 盘，然后走到电脑旁，插入 U 盘。电脑屏幕上展现出很多张照片，她按了一下"打印"键，打印机就一张接着一张地打印出来。

苏糖收集了厚厚一摞打印纸，又从角落里拽过来一个晾衣架，上面系了几条绳子，她把照片全部夹在了绳子上。纸上出现了各种角度、各种表情、各个年龄段的江诣和彭哲。

苏糖冷静地看着一大堆夹起来的照片，抱着肩膀："一个人在我身边陪伴了那么久，我还分辨不出他是谁吗？"她摇了摇头，"我确实分辨不清，因为我一直深陷其中。"

苏糖掏出笔，在线索墙上简单地画了两个房子的轮廓。

"我们在楼道里听到了从房子里传来的你的尖叫声，就以为你肯定遇到了不测，跑到四楼，看到一扇门开着，听到再次传来声音，就直接冲进了 403 室，进去才发现，里面根本没有人，只是音响里放出了呼救声。但是想要再次冲出去时，门就反锁了，根本出不去。窗子也是封闭的，无论如何都打不开，而且房间里都是隔音装置……"

苏糖记得她雇用的私人保镖的话。如此巧妙的"调虎离山"，难道真是一个精神异常者能想出来的"诡计"？

"在我昏倒期间，把我从旧楼带去郊外，让整个打斗的过程都在另一个房子里发生。如果林肖的目的只是杀死我，为何他要那么迂回呢？"苏糖在两个房子的轮廓之间画了一个问号。

现在，所有的焦点都转移到了林肖的身上。苏糖看了看自己的双手，她生出了一种无以名状的使命感。曾经，是因为彭哲的死；现在，是因为林肖的死。

重塑线索栏

"画世界"咖啡馆的地下室里，苏糖很认真地在画一幅肖像画。

"彭哲的眼神很复杂……"老沈从楼梯上走下来，他一眼就看到了那张挂出来的画。

　　"我对他的怀疑，就是从这个眼神开始的。"苏糖转头，看到了走过来的老沈。

　　"他看见了黎秋雨的画。"苏糖一边说，一边按动了投影屏幕的按钮，PPT上显示出几幅照片，每一张照片上都有一个男人或者女人，但无一例外，他们都在审讯室里。

　　"看看，他们的眼神是不是和彭哲这一刻的眼神极为相似？"苏糖按动着投影笔，PPT上的人物就一张一张翻过去。

　　"确实……"老沈表示认同。

　　"艾伦，1989年，因谋杀三十七名女性被捕，这是他在审讯室里第一次看到一名被他切割掉脸皮的女受害人的尸体照片时的样子；美穗子，1996年，因为谋杀十二名男性被捕，这是她在审讯室里第一次看到一名被她用硫酸损毁尸体的被害人照片时的样子；韩金国，2005年，因为谋杀八名老人而被捕，同样，他在审讯室里第一次看到了被砸碎头部的老人的尸体照片；王志勇，2014年，因为谋杀十一名青少年被捕，他在看见少年们被他肢解的尸体照片时，就是这个眼神……"苏糖一一介绍了一遍资料上的人物。

　　"还挺能搜罗的，找来这么多照片。"老沈手指捏着下巴，嘴角上翘，轻轻笑着。

　　"我记得非常清楚，那一刻他的表情：一丝惊讶、一丝掩饰、一丝……兴奋。"苏糖说着。

　　"所以呢？"

　　"你分析过，你说，他们之间没有暧昧。"苏糖又抬手指了指PPT，"所有这些照片上的凶手，有一个共同的特点，就是他们都十分享受杀人和残害尸体的过程。有一位美国的微表情专家鲍勃·戴维斯分析了三百个残忍的连环杀人者的表情和肢体动作，这些就是他收集的凶手第一次看到被害人尸体照片时的表情。"

"你认为,彭哲杀了黎秋雨?"老沈的表情也严肃起来。

"不只是黎秋雨,还有他们……"苏糖从桌子上的公文袋里拿出了一摞纸。这些纸上打印出来的图案全部来自林肖卧室里的那些素描。她把纸张粘在了线索墙上。

老沈看着那些素描画,他清晰地记得,当他和苏糖进入郊外那所房子时,面对倒在血泊中的两个人,苏糖害怕得全身发抖。

"老沈,屋子里有监控探头,麻烦你帮我把拍摄关掉,不要留下指纹。"当时的苏糖说出这句话的时候,老沈颇为惊讶,但他还是照做了。

"老沈,麻烦你,帮我照看江诣。"苏糖放开了昏迷的江诣,老沈走过去,托住了江诣的身体。

之后,苏糖拿过手机,把屋子里的所有细节都拍了一遍,当然也包括卧室里的那些素描画。

老沈感到,苏糖真的变了,在这么危急难挨的阶段,她并没有惊慌失措,六神无主,忘记要做的事。

拍完了照片,苏糖再次打开了监控的拍摄,而她收集证据的这一段,则永远不会出现在监控视频里。

"沈嘉扬?"苏糖叫他名字。

老沈收回了思绪,看到苏糖正指着线索墙。他发现,不仅有女人们的素描,还有林肖之前被锁在美容院时画过的画。苏糖把它们一对一粘贴好了。

"楚洛、蕾雅、米思聪、黎秋雨、苏敏慧、无名氏若干,我已经把我知道的按照他们失踪的顺序进行了排列。而这里面,有几张肖像画与破碎的肢解画是可以对应上的,比如蕾雅,芭蕾舞学员和这张一个跳芭蕾舞的没有手臂的女人的画。"

苏糖走到另一面墙壁前,拉动了一条拉杆,哗啦啦,一条红丝绒的落地窗帘被拉开了。窗帘后面露出了墙壁上排布着的各种照片、图片、线条……

"观察法,微表情研究。"苏糖指了指一大堆挂着的江诣和彭哲的图片。

"调查法，生活轨迹梳理，区分江诣和彭哲的人格特质。"苏糖又指了指一张巨大白纸上写着的"大事件整理表"。

　　"统计分析法，我要好好研究研究我老公的作品。"苏糖说。老沈看到了厚厚一摞画册和资料，还有几个大箱子。

　　"案例分析法，也就是被害人分析。"苏糖又走到那一堆素描画前，特意用马克笔写了"时间""地点""被害人特征"几个大字。

　　"你这是看了多少书啊，还真是'速成侦探'啊！"老沈有点"吃不消"的样子。

　　"你老公真的不知道，你每天做什么吗？"

　　"他养伤养了三个月了。除照顾他之外，我也告诉他，莲姐想把咖啡馆做成连锁店铺，所以我需要出一套完整的设计方案。我在家里的工作室里，其实都是用手机在看电子书，看完之后就会删掉。"

　　"你这不过是'掩耳盗铃'，如果你老公真的是幕后人，你又怎么能逃脱？"老沈走到苏糖面前，再一次严肃地提出了那个建议，"你离开他吧，无论什么理由都好。"

　　"如果我老公不是凶手，他不会在意我在查什么。如果他是凶手……"苏糖突然语塞了。

　　"如果他是凶手，他现在应该正在酝酿如何杀死你。他费了那么大一番功夫，让林肖成为焦点，自己也受了重伤，你说他为了什么？"

　　"因为他爱我。"苏糖给了这个回答。

　　"呵……"老沈嘴角上翘，又露出了那种轻蔑的笑。

　　两个人沉默了一会儿，他们似乎都无法说服对方。老沈的眼神扫过苏糖挂起来的那些彭哲或是江诣的图片。

　　"你不是说，你老公告诉你，他是彭哲，而不是江诣。你为什么还要区分他们两个人的不同？"老沈看向苏糖。

　　"我没法相信一个人在我身边五年的时间里，一直都在装作另一个人。"苏糖也拉了一把椅子坐下。

　　"如果他说谎，他骗你说他是彭哲，又有什么用呢？"

"可能他认为，我心里最爱的人是彭哲。只要他是彭哲，再加上身世凄惨，我就会原谅他所做的一切。"

"如果他真是彭哲，他真是身世凄惨，他真是杀了很多人，你会原谅他吗？会包庇他吗？会在他身边吗？"

"我……我不知道……"苏糖忽然一下站起来，又从桌子上拽过一瓶纯净水，大口大口喝起来。

一个人的消失

"爸妈突然就走了，我以前从未想过，离别会是这样让人痛不欲生。虽然我们之前吵架的时候，我不止一次希望他们从我的生活中消失一会儿，不要束缚我。但当房子里真的永远只有我一个人的时候，我竟然觉得我是那么想念他们。我不知道，一个人这么生活下去，还有什么意义。

"对门搬来了一个男孩和他母亲。男孩很特别，不太爱理人，总是清清冷冷的样子。但是，有一天，我看见他在楼梯口吸烟，我就忍不住好奇多看了他一会儿。我总觉得他有心事，但他沉浸在自己世界里的感觉特别吸引我。可能，我能嗅到他和我都有一样的颓丧感吧。

"我终于能和他搭讪两句了，他的名字很好听，彭哲，和安静的气质也相符。今天，我上楼的时候，他正好下楼，手里还抱着一只流着血的狗狗。他衣服上和手上也都有血，他面无表情，看见我，也只是轻微点头示意。其实，我不是第一次看到他抱着带血的死亡的狗狗了，这让我觉得，他变得神秘了许多。我可能是变态吧，竟然对他有好感。

"最近好像神志不太清醒，我觉得自己像是产生了幻觉一样。我总感到有人在跟踪我，或者在某个角落盯着我。他们说，药在身体里就会变成这样。其实我也不想这样活着……

"我很害怕，那种感觉越来越清楚，他盯着我，像是诱惑，也像是威胁。我不知道，可一转眼，好像根本没有人。可没有人，让我更害怕。我是彻底错乱了吧？"

············

此刻，苏糖在"画世界"咖啡馆的地下室里听着莲文若的录音。

莲文若声音低沉，充满了消极颓靡的气息。她的录音笔里一共有二十四段录音，每一段都只有一分钟左右的自言自语，但是按照顺序听下去，苏糖基本上了解了这个女孩的心路历程：爸妈参加海外旅行团时在当地遇到沉船事故，双双离世，这让叛逆的莲文若感到痛苦绝望。后来她遇到了住在她对面、刚刚租房入住的彭哲，她对彭哲有一定的好感。情绪不佳的她丧失了对人生的希望，进而去吸食迷幻药或者毒品，以求摆脱痛苦，然后产生了幻觉，感到有人跟踪她。

莲文若是住在 403 室的女孩，她对门的 402 室住着彭哲，隔壁的 401 室住着林肖。曾住在彭哲旧居的苏糖以前从来不关心她的左邻右舍都有谁。

但有一天，当知道左邻右舍是谁的时候，那种震撼可能会超乎想象。

苏糖想起了前一天，她在协助警察进行调查的时候才知道，401 室和 402 室的真正业主是林肖，八年前，彭哲车祸身亡之后的两个月里，林肖陆续买下了 401 室和 402 室。不过，苏糖当年签署租房与购房协议的时候，却是和一个名叫周瑞的男人签的约。

纪骏告诉她，在房屋交易中心进行买卖时，只要她申请，其实就可以查到房屋的产权变更信息，但苏糖从未在意过这件事，又怎么可能去细心地查那类信息呢？警方经过调查得知，401 室和 402 室最初的业主名叫周瑞，他买下这两套房是为了他自己的三口之家和他父母的家距离近一点，照顾和走动也更方便。后来林肖给出的购房价格很不错，周瑞就索性卖掉了房子。林肖购买了房子之后，并未要求周瑞及时变更产权，也没有改动402 室的陈设布置，完完全全保留了彭哲租住房子时的所有细节状态。林肖改动了彭哲旧居的电路布置，也对 401 室进行了全面改造，把它变成了一个窃听者的密室。

苏糖之所以一直不知道 402 室真正的业主是谁，据周瑞的交代，主要是因为林肖拜托他继续以业主的身份接触苏糖，而且要求他尽力满足苏糖的所有要求。后来，在苏糖买下 402 室之前，周瑞也收到了林肖的短信，要求他把房子在房屋交易大厅再买卖一次，那一次只是形式上的交易操作，虽然周瑞并不明白为什么要这么做，但是林肖出了一笔不菲的报酬，他也就配合着做了。这种操作，也让苏糖完全不知道402室真正的业主是谁。

种种证据都显示，林肖是有预谋把苏糖变成他的"瓮中之鳖"的，他就是希望看到苏糖住进彭哲的房子，然后日复一日地偷窥她。

苏糖也感到困惑，在过去，无论她什么时候出门，她从来没有遇到过她的邻居，401室的门永远紧闭。而且无论是收费人员、广告人员还是社区人员去敲401室的门，也从来无人应答。在绝大多数时间里，她也没听到隔壁有任何声音，所以她一直以为隔壁没人住。是，她偶尔会听到一些细碎的动静，她也怀疑过，但是她的焦点根本就不在隔壁，她不在乎隔壁有没有人，或者是谁在住。

一想到林肖在过去的时间里，有可能日日夜夜"盯"着自己，苏糖就感到不寒而栗。

403室的情况也十分诡异。因为绑架案发生的当天，苏糖雇用的私人保镖们被苏糖的尖叫录音诱骗到了开着门缝的403室，之后被困，所以403室也成了警察重点调查的地方。

不过，403室的情况又和401室的情况不太一样。403室的业主是一个名叫莲文若的女孩，但女孩早在八年前就不住那里了。在林肖购下401室和402室的那两个月里，莲文若委托她的一个名叫詹雪的朋友帮她看管房子，还留下了一些费用，她自己则声称要去散散心。但她一走，就再也没有回来过。八年里，她就像人间蒸发了一样，杳无音信。

苏糖在公安局里协助纪骏进行调查的时候，遇到了去公安局协助调查的詹雪，两个人离开公安局之后，苏糖特意追上詹雪，还约她去了一间人很少的咖啡馆详谈。

"她父母不是本地人，努力了一辈子，才存钱买下那个旧房子。后来去旅行，还死于事故。命也是苦。他们家在本市没什么亲戚朋友，文若感到特别孤独无助，她在东北好像有个姑姑，那时候，她也许想去投靠她姑姑。她让我帮她看着房子，交各种费用，她的那些交款卡也放在了我这儿。

我就每年帮她做这些事。"詹雪回忆着。

"八年里，你有报过警吗？"苏糖问。

"其实头几个月联系不上她，我就觉得不对劲，也报过警。警察立了案，也做过一些调查，但没什么结果。活不见人，死不见尸。我就想，也许，有一天文若还会回来的，作为朋友，我能做的，就是继续帮她交各种费用。"

"一个人消失了那么久，可以申报死亡的。"苏糖突然想到了这一点。

"谁去申报啊？能够申报死亡的人，必须是她的亲属。他们家就像是个'孤立户'一样。"

"有没有可能，她因为父母的死而受到了很大的打击，所以自己找个地方去自杀……"

"我也这样想过。不过，我觉得，文若如果真的想死，她没有必要大费周折，让我给她看着房子，还拿钱给我，让我帮她交各种管理费用啊。"詹雪轻叹一口气，"也许，她真的只是找了个小镇，隐姓埋名地生活着……"

"你好像从来没去过403室，帮人照看房子，不用帮着打扫一下什么的吗？"苏糖问。

詹雪尴尬地笑了一下："她没给我钥匙。我想，她根本不想让任何人进入她的房子。我们认识好几年了，但我从来没去过她家。也许，我们真的还没有那么熟……"

苏糖也只能笑一笑，尴尬地耸一下肩膀。

又一个失踪的人。"失踪"，成了苏糖脑中最敏感的一个词。

正是因为这个词对苏糖来说太敏感了，所以她当晚就去了被警察封锁的403室。苏糖发挥了她"洁癖""强迫症"般特别细腻的能力，终于，在莲文若卧室里的那张木床倚着墙的死角边上，两块地板之间，发现了一支录音笔：超薄、超小、金黄色，和地板的颜色十分接近。

直到听到了录音笔中的最后一段录音，苏糖的脑中产生了一个想法：原来，一个人真的非常可能会突然从这个世界消失。就算她死了，她的房子还在，她的各种费用有人去交，警察很难调查出她在哪里，也没人会去申报她的死亡，她可以维持一切她好似活着的状态。

那么对于其他失踪的人呢？他们的失踪又引起了身边人的多大反响？真的有人在乎过他们吗？苏糖似乎嗅到了一点点共性。

亦真亦幻

别墅里，苏糖起身走去厨房，从保鲜柜中拿出一把菠菜，然后放在厨房的水龙头下去冲洗。水声哗啦哗啦的，苏糖却在思考一个问题：被绑架的那一天，诱骗了她的那段来自自己的尖叫声是怎么产生的呢？虽然警察分析过录音，发现录音明显被声音软件剪辑和编辑过，但从技术上来说，声音软件只能改变声音的音高、音强或者音速，是不能编辑音色的。也就是，林肖必须录下过她的喊叫声，才能最终编辑出那样一段可怕的持续的尖叫声。

我的确因为噩梦而惊醒过，醒来时，也发出过惊叫，无论是在402室，还是在这栋别墅里……苏糖洗好了菜，关上了水龙头。

咔嗒一声，客厅门打开了。苏糖走出厨房，看到了在玄关处换鞋子的彭哲。

"你回来了？……"苏糖打着招呼。

"晚餐好丰盛啊。"彭哲看到餐厅的桌子上已经摆满了各种各样的蔬菜和鱼虾。

"今天我们吃火锅。"苏糖蹲下来，摆好了彭哲换下来的皮鞋。

"我老婆真贤惠。"彭哲主动去牵苏糖的手，还在她的唇上深深地吻了一下，他拉着她一起向餐厅走去。

苏糖跟着彭哲，内心里却感觉很奇怪。过去，当她以为他是江诣的时候，他没少这么"老婆老婆"地叫着，打情骂俏或者热烈暗示的话也说了一箩筐。苏糖觉得那都十分自然，因为江诣就是那种会甜言蜜语的男人。但是当这个角色换成了彭哲之后，苏糖感到别扭极了。

"过去的彭哲总是克制和隐忍的，他即使表达好感也是迂回和低调的。这个人从什么时候开始完全变成了另一个人呢？不啊，如果八年前江诣就去世了，我怎么能了解江诣是什么样的人呢？"苏糖想着，她盯着咕嘟咕嘟冒着泡的火锅汤。等她的思绪收回来的时候，她却发现，彭哲正在向一个空盘子里夹着菠菜。

"你在干什么？"苏糖看着彭哲，她想起了他们的大学时代。

大学时，苏糖和彭哲一起吃饭的机会并不多，但是，他们曾经一起吃过一顿火锅。彭哲吃饭时总是安安静静的，不太说话。不过，他会在空盘子里码一根一根的菠菜，苏糖去看，就发现盘子里有用菠菜摆成的圆形。

"这是什么？"苏糖会问。

"美丽的星球。"彭哲就会停下来，用筷子夹着西蓝花、香菇、小鱼和虾放在菠菜盘子里，"这颗星球花团锦簇，绿色绵延，海水湛蓝，海产丰富，特别美好，让人向往和迷恋……这颗星球，就是你。"

谁说彭哲不会说情话呢？他说起情话来，更让人心甜。苏糖从回忆中抽离出来，她看到了桌上的盘子里摆出了和当年一样的东西。

彭哲端起盘子，递到苏糖的眼前："这颗星球，就是你。"

连表白的话都一样，苏糖情不自禁地微笑起来。

"不啊，眼前的人和过去的人，完全可以都是江诣啊！彭哲不是说过，他和江诣互换过身份吗？"苏糖脑中那个理智的声音又响了起来。

一秒钟的恍惚之后，苏糖又恢复了甜蜜的笑容："不过，我现在很饿，要吃掉这颗星球。"

"那我只好和你一起吃掉星球了。"彭哲拖过桌子上摆着的一罐啤酒，拉开拉环，喝了起来。

苏糖用余光偷偷瞥向彭哲，他喝了几口啤酒，然后放下了。虽然他面无表情，但她能感受到他失望的神情——那是一种用平静掩饰的沮丧——他会盯着桌子上的某一角，嘴唇还试图上翘一下，但很快就恢复到原位。

"他又露出了那样的表情……"苏糖脑中分析的声音再次响起。

"喂，你这样弄，很不卫生。"彭哲抗议。

"我找不到……"

"虾吗？"彭哲的筷子快准狠，他已经夹住了虾，举了起来。

苏糖做了个鬼脸："你还真知我心意呢。"

苏糖放下筷子，腰板挺直地坐回了椅子上。彭哲发现苏糖的表情变得严肃起来。

"彭哲。八年前，当你知道自己的孪生哥哥被撞死之后，你是什么感受？"苏糖问。

彭哲笑了一下，也放下了手中的筷子："你终于还是问了。"

"他可是你的孪生哥哥啊，你对他的死无动于衷吗？你怎么还能那么冷静地去冒用他的身份？"

"冷静？"彭哲冷笑一下，"车祸发生之后，我曾经拿着一把刀想要找林肖拼命。我们两个扭打在一起，那把刀刺伤了林肖，他也用刀刺入了我的胸口。"彭哲扒开自己的衬衫，指着伤疤，"你问过我这个疤是怎么来的，我骗你说是布置展厅的时候被展品刺伤的。其实这是林肖插进来的，位置再向里一点，我就没命了。"

苏糖看着彭哲的疤，没再说话。

"胸口汩汩流血的时候，林肖问我，与其这样死了，为什么不去改变自己的命运？那一刻，与死神最接近的一刻，我动摇了。为什么江诣可以拥有那么多，我的生活却充满苦难？为什么我要埋藏我对绘画的热爱，我要隐藏对所爱女孩的心动？命运，好像剥夺了我向往的一切！"

彭哲眼圈泛红，他脸部的神经仿佛都在抽动。他双手紧紧攥着拳头，但他似乎想尽力平复自己激动的情绪，他伸出手，在衣服口袋里翻来翻去，翻出了一盒烟，他抽出一支，点燃之后吸了起来。

"我不能说出，林肖是故意撞死江诣的。因为他知道了我不是江诣的事实。"彭哲大口大口急促地吸着烟。

"后来，我被送进了医院。我父亲来医院看我，当我告诉他，我是为了'彭哲'而去找林肖打架的时候，我父亲竟然说，我不能那么冲动，因为未来我还要接管他的生意。那时候，我觉得很不公平。江诣的命很珍贵，我的命就不珍贵吗？我也是他儿子啊！后来我才知道，江诣去法国读书，父亲给了他一大笔钱。那不仅是他的学费，那些钱完全可以保证他过上奢

185

侈的生活！后来林肖也来医院找我，他开始向我勒索，他说他需要钱。我就给了他钱。我居然，必须接受一个杀死我哥哥的人的勒索。

"搞定了林肖，我终于代替江诣去了法国，我本来也有艺术天赋的，我不比他差。虽然艰难，但我很快适应了那儿的生活。直到父亲突然离世，我回国接手他的生意，又重遇了你。"彭哲把烟头狠狠地戳在了盘子上，马上又点燃了一根烟。

苏糖一直默默地听着，她观察着眼前男人的一切。

"为了给 Forever 做宣传，新闻上有很多我的消息。尤其是你扇我耳光的那个新闻，林肖看到了，他来找我，竟然还是要钱，他说他和他女朋友的美容院要扩张，需要资金。我就又给了他钱。看吧，我为了保住江诣这个身份，只能这样忍受。"

"所以，他当初是用了你给他的钱买了你租住过的旧房子。而且他之所以买下房子，就是为了偷窥我？"苏糖一直保持的沉默被这个问题打破了。

"我真的不知道他买了那房子。"彭哲看到了苏糖完全不相信的眼神。

林肖的模型

酒吧里充满了暧昧的气息，三三两两的人坐在一起，沉浸在他们的小亲密之中，当然，也有独自一人品味迷离气氛的人。苏糖，就是独自一人寻找契机的那位。不过，她寻找的是调查苏敏慧的契机。

林慕曦穿着一身休闲西装走进酒吧，一眼就瞥到了角落位的苏糖，他走向她。

"这烟，我只是做做样子，根本就没吸进肺里。"苏糖发现林慕曦惊异的眼神了。

"你这是变身为卧底了？又是老沈教你的？"

"别废话，你消息准确吗？"苏糖追问。

"别的本事没有，跑新闻可是我老本行。"林慕曦端起酒杯就把酒喝了。

苏糖也给自己倒上一杯酒，一口灌进了喉咙里。

"和你老公吵架了？"林慕曦试探。

"他问我，那天绑架案发生的时候，救我的男人是谁。我看也瞒不住了，就索性告诉他，我找了私人侦探，查他是不是有了小三。"

"那到底有没有吵架？"

"没有啊。他只是把我们正在吃的火锅给推到地上去了，然后，就一声不响地上楼了。"

"当年彭哲也是这样的，他很多时候都很压抑，不过偶尔情绪很激烈的时候，他也会不声不响地吓人一跳。其实，苏糖……"林慕曦一皱眉，他看了一眼苏糖，有些欲言又止。

"你也要劝我，离开他吗？"苏糖似乎明白林慕曦要说什么。

"整件事，好像越来越奇怪了，你真的不怕吗？"林慕曦看着苏糖。

苏糖没有再说话，她回避了林慕曦的眼神，她只是时不时向四周张望，期待着妮可的出现。妮可，就是曾经在美容院接待过他们的女人，那时候，她是苏敏慧的助理。

之所以要找妮可，是因为苏糖从纪骏那里获取的一个消息。

五年前林肖第一次失踪之后，苏敏慧曾去报过案，当时的记录显示，他们之间发生过一次激励的争吵。五年前的报警记录上，并没有写他们吵架的原因。那一次，他们究竟在吵什么？为什么那次争吵导致林肖发生了那么大的变化？——这是纪骏，也是苏糖最关心的问题。

苏敏慧和林肖都已经死了，要想知道当年发生了什么事，调查的难度无疑加大了。不过，现在网络特别发达，要想"人肉"一个人，总是能获取一些蛛丝马迹。苏糖只要输入苏敏慧经营的美容院的店名，就能在某些网站和贴吧里看到一些"小道消息"。其中传得最轰轰烈烈的一条消息就是苏敏慧和某个知名富商的地下情。

有了这个方向，苏糖就拜托林慕曦通过资源去做进一步的调查。很快，林慕曦就从一位做过"狗仔"的朋友那里获悉了一个线索：苏敏慧当年在酒吧做过一段时间驻唱歌手，她确实和那位富商有非同一般的关系，他们还被人拍下了照片。照片后来并没有被暴出来，应该是被富商花钱搞定了。那个"狗仔"曾经对苏敏慧做过跟拍，发现她和她的闺密混在一起，专门寻找有钱人……一起混的闺密就是妮可，后来她们一起经营美容院，收入不菲。苏糖此刻所在的酒吧，背后真实的经营者也是妮可。

"她出现了。"苏糖看向吧台，林慕曦也看了过去。

妮可穿着紧身裙，身材妖娆。苏糖起身，走向吧台。

"帅哥，来两杯'烈焰焚心'。"苏糖点酒。

妮可拿出一支烟正要点燃，苏糖抢先一步，打火机亮了。妮可抬头看到苏糖，虽然把烟凑了过去，表情却十分冷漠。

酒调好了，摆在苏糖眼前，苏糖推了一杯到妮可面前。

"我只喝男人请的酒。"妮可吐出烟圈。

"请酒分男女，这个东西，不分男女了吧？"苏糖举起了一张支票在妮可眼前。

妮可看了一眼支票上的数字，拿过了苏糖请的那杯酒，一口就喝下了。

"我记得你，你去过美容院。"妮可拿了支票，把头转到苏糖一边，"你还真是简单粗暴啊。说吧，想知道什么？"

"苏敏慧和林肖的关系到底怎么样？五年前，我听说他们吵过一架，那事儿你知道吗？"苏糖问得直接。

"坦率说，林肖干过什么坏事，我确实不知道。但是他们两个人的感情，我倒是知道得很清楚。"妮可指了指酒吧的包间，"去那边说。"

苏糖和妮可进入了包间，这次交谈，让她了解到了林肖和苏敏慧的过往。

一个男人如果死心塌地爱上一个虚荣的女人，他的结局可能会十分悲惨。苏敏慧一直追求更好的生活，但林肖学历不高，家境贫寒，所以他始终无法得到苏敏慧的爱情。直到八年前，有一次，苏敏慧借了高利贷被人追债，林肖拿出一大笔钱帮她还了债，她才被打动。她也不是铁石心肠，只是她没法一心一意，林肖也许只是她的备胎之一。不过，林肖后来拿出钱给苏敏慧开美容院，苏敏慧还是挺开心的。

"五年前，也就是林肖失踪之前，我和敏慧在她和林肖同居的那个家里谈她和那个富商约会的事。结果，林肖提前回来了，还听到了我们谈的内容。他们两个人就吵了起来。敏慧是一个脾气很大的人，当时她几乎处于歇斯底里的状态。她动手砸了家里很多东西，还把置物架推倒了，有一张照片从影集里掉落出来。敏慧看到了林肖和一个年轻男人的合影，她认出那个男人，就顺嘴说出，她喜欢的其实就是像江诣那样的CEO，很富有，还有才华。结果，林肖打了敏慧一个耳光，敏慧就疯狂地尖叫，还告诉他，她其实从来没爱过林肖，她发自内心鄙视他。林肖好像被刺激到了，疯了一样冲了出去。从那以后，他就再没回过他们同居的房子。"妮可又抽完了一根烟，她看到苏糖，特意强调，"那时候，敏慧真的不认识你老公江诣，我们不过是在新闻上见过他的照片。她跟你老公真没什么。"

苏糖面无表情地站起身，向门口走去，快要出门的瞬间，她转头："钱你收好，不过，如果我还想知道什么，我会随时来找你。"

"放心，拿人钱财，替人消灾。"妮可也冷笑一下。

苏糖大步流星地路过了林慕曦，敲了他的肩膀一下，说："走，去'画世界'。"林慕曦马上起身，跟着苏糖离开了酒吧。

"老公，我今天要在'画世界'和莲姐商量设计稿，可能会通宵，不用等我，你先睡吧。"

苏糖给彭哲发了微信语音。

开着车的林慕曦听到了，无奈地叹了一口气。

苏糖现在的状态就像上了发条，邵珥珥把她这种情况界定为PTSD。邵珥珥的解释是，苏糖由于杀了人，所以心里产生了极大的阴影和压力。她逼迫自己找出真相所做的努力，她紧绷的神经，甚至她兴奋的劲头，其实都是一种创伤导致的异常状态。

林慕曦实在不放心苏糖在这个状态下又去熬个通宵想事情，他索性跟着苏糖一起去了地下室。

"苏糖，你到底是因为杀了林肖而内疚，还是不想面对你老公？"林慕曦倒是问得犀利。

"鬼知道!"苏糖一屁股坐在椅子上,对着她的线索墙,又忽地站起来。她走到线索墙前,把林肖的照片和那些失踪者的素描摆在了一起。

苏糖托着下巴,盯着林肖的照片,叨咕着:"原来苏敏慧就是个虚荣的女人,我早就感觉到,她隐瞒了什么……"苏糖把妮可告诉她的事讲给林慕曦。

苏糖拽过一支笔,在线索墙上写着:吵架刺激、报复女人、跟踪、绑架、谋杀……

"你在写什么?"林慕曦抱着手臂,盯着苏糖写下的几个词。

"林肖的杀人模型!"苏糖回头,"当然,一切都基于假设。他在绑架我、画我的时候说过,他喜欢那些女人,他嫉妒彭哲。"

"可是林肖那家伙显然就精神不太正常。"

"所有这些女人都和彭哲有一些关联。我在大学的时候喜欢彭哲;莲文若和彭哲住对门的时候对彭哲有好感;苏敏慧更是在吵架的时候看到彭哲和林肖的合影,误认为彭哲就是 Forever 的 CEO,而表示对有钱男人的向往;黎秋雨也在艺术家交流会上表现出对江诣的欣赏……林肖真的有可能把她们作为绑架和杀害的目标。"苏糖目光发亮,显得有些兴奋。

"听起来有点道理。"林慕曦看着兴奋的苏糖附和道。

"啊!"苏糖叫出了声,她双手抱着脑袋蹲在了地上,"我的头好疼!"苏糖发出了难受的挣扎声。

另一种可能性

"不行,你必须去医院,听说发生绑架案的时候,你的头撞在了门上。"林慕曦担心地说着。

"应该没有大碍。"苏糖搪塞道。

"你这种症状多久了?"

"其实,这三个月以来,我时不时就会头晕、头痛,我会吃点药,应该只是脑震荡后遗症而已。"苏糖反倒来安慰林慕曦。

"走吧，我们去医院挂个急诊。"林慕曦硬是拉着苏糖的手臂向外走。苏糖也只好跟着去了。

开着快车，两个人很快到了医院。挂了神经外科，值班的医生给苏糖做了详细的检查，又做了 CT，医生也要求苏糖留院观察。折腾一番之后，已经到了凌晨四点多。当苏糖和林慕曦办好手续要去住院部的时候，正对着神经外科的另一条走廊上响起了歇斯底里的喊叫声。

"放我回去！我要杀了她！"一个女孩被两个大汉拽着，身体却一直向外挣脱、撒泼、扭转，眼神一直恶狠狠地看着距离她不远的一个中年女人。很快，又来了几个医院的保安，几个人合力拽住才把她拖进了问诊室。

中年女人没有进诊室，只是一个人坐在走廊的长椅子上泪流满面。苏糖走了过去，从口袋里掏出纸巾递给女人。

"我知道会有这一天，只是没想到这一天会来得这么快。"女人啜泣着，"孩子的外婆就有精神病，当初医生就说是会隔代遗传。我女儿今年就要高考了，成绩一直很好，可今天夜里她去厨房取我给她做的夜宵时，突然就拿起了切菜的刀要砍死我，还说我是可怕的怪兽……"女人哭着，讲起了女儿过去的生活，她全然忘记了自己的手腕上还有伤口。

苏糖和林慕曦离开门诊部的时候，一直没说话的林慕曦突然感叹一句："原来，精神科，也有急诊啊。这世界上，还真有人会突然发疯的……"

苏糖瞪了一眼林慕曦："你有点同情心行不行？"

"我想说，除遗传之外，还有什么原因，能让人突然发疯呢？你刚才不是分析了，林肖的不正常也许是由于苏敏慧的刺激吗？"林慕曦的话锋倒是转换得快。

苏糖突然停下脚步，她想起了林肖要用匕首刺她的画面——他的脸上充满着狰狞，就像他在美容院第一次抬头终于看清楚她时的那种表情——那种狰狞和刚才突然精神错乱的女孩像极了。

"女孩的妈妈说，女孩觉得她是可怕的怪兽，才会用刀去砍她……"苏糖盯着林慕曦。

"啊？"林慕曦不知道苏糖在想什么。

"林肖的表情并不是凶狠，他只是害怕，他很怕我！"苏糖想明白了这点。

"他才是绑架杀人者，他为什么要怕你呢？"林慕曦反问。

"我现在还想不清楚……但我觉得，他不完全符合那个模型——因爱成恨，报复女人。"苏糖显得有点兴奋，她拥抱了林慕曦，"多亏了你的多嘴，给了我很重要的提示。"苏糖突然推开他，朝着医院大门跑去。

"等我一下啊……"林慕曦小跑着跟过去。

林慕曦见苏糖走到医院的停车场，直奔他们刚才停车的位置去了。

"你不是要留院观察吗？你这是干吗？"

"我们先回一趟'画世界'！"苏糖一副坚定的不容拒绝的姿态。

两个人又一路开着快车回到了"画世界"咖啡馆。

一到地下室，苏糖把她拍的林肖画的素描给拽了过来，放在桌子上。

右边是一个跳芭蕾舞的没有手臂的女人；一个女人的头部，她的左、右眼球上，分别插着一把餐刀和一把餐叉，血液顺着眼球渗流出来；黎秋雨、蕾雅、苏敏慧和其他女人的脸部特写；苏糖被绑在椅子上。

左边是一个穿着园丁服的老人手里捧着一束月季花，但是，老人从膝盖以下部分的双腿，已经没有了；一个表情充满恐惧的男人，不过，只有头部；一段小腿连着脚。

上边是一个人的身形轮廓，而且画出来的人还戴着像死侍一样的面具，只不过，整个面具都是黑色的，眼睛部位有两个洞。

下边是一双手捧着一颗心脏，而且，鲜血从心脏部位渗流出来；有一只手掌，却是支离破碎的，像是被什么分割成了一块一块的样子。

"画上的两个人，都是男人。"苏糖指着画，"失踪的，并不都是女人……也就是……被害人不只是一类人，所以凶手的模型，也不只是一种……"苏糖从抽屉里拿出一支笔和一盒便签。

女人，男人，面具人，身体部位。苏糖写了四个词，放在了四堆画旁边。

苏糖盯着面具人的画看，她想起林肖注视面具人时也显露出了深切的恐惧。苏糖把林肖绑架自己时画下的那张画从右边一堆画中抽出来，放在了面具人的旁边。

"面具人，还有我，都让林肖感到十分恐惧。"苏糖思考着。

"你说林肖看到你感到很害怕，他怎么可能对他要报复的女人感到害怕呢？而且他一直都在偷窥你，他为什么要偷窥一个让他感到害怕的女人呢？"林慕曦托着下巴，一副柯南上身的姿态。

"这一点确实很矛盾。林慕曦，你们男人会看一个女人看不够吗？有什么动力能让一个男人偷窥一个女人长达三年之久啊？"苏糖提问。

"男人都是视觉动物，想看一个女人，无非都是那点目的……"林慕曦发现苏糖正在很认真地听着他的答案，他的脸就突然一下红了。

"但林肖从监控视频上截取的图片，只是生活中各种姿态的我。我就是觉得，他偷窥我，好像并没有垂涎的想法……"

"哇，这更诡异了……"林慕曦十分困惑地拢了拢头发，他也想不出原因。

"一点一点，就收集了那么多。每当看到指甲，我就能想起日复一日、分分秒秒对她们观察时，她们在做的事情……"

毫无征兆地，苏糖的脑子突然联结到了伊藤京祥的犯案陈述，吓得她一激灵。

"可能……有些变态……想要杀一个人之前……就是想仔仔细细地……观察他们。"苏糖艰难地说出这个结论。苏糖感到脑子一阵眩晕。

伊藤京祥？苏糖眼前出现了那个日本变态连环杀人狂的样子，她吓得瞬间尖叫，拿起手边的笔就朝着眼前的人刺了过去。

"苏糖！"林慕曦惊叫一声，他迅速侧身，笔从他的肩膀擦过。

这一声惊叫让苏糖清醒了。她睁大眼睛，看着自己攥着的笔，马上把笔扔了出去。

"对不起！"苏糖去看林慕曦的肩膀，发现只是衣服被戳破了一个洞，人没受伤。

"你怎么了？"林慕曦反过来安慰苏糖。

苏糖一下就哭了，颓然地坐在椅子上："我最近真是觉得压力很大，头疼，头晕，做噩梦，感到恶心和心悸。我觉得，我好像到了崩溃的边缘。"

"苏糖，要不我们放手吧，别再理这些事了。"林慕曦递过纸巾。

"刚才我在慌神的时候，看到了伊藤京祥。我很害怕。下意识就去攻击，几乎没有思考的时间。对啊……"苏糖的眼睛突然亮了起来，"我记得，林肖看到我从地上站起来，他也是这样，瞬间十分恐惧，下意识地，就拿匕首来刺我。但是当我被绑在椅子上的时候，他就能很冷静地和我对话。所以他来杀我，并不是因为恨我，只是因为他太害怕没有了束缚的我！"苏糖一边皱眉一边笑，眼泪还挂在脸上，"上帝啊！我太感谢我的脑震荡了！"

林慕曦看得一愣一愣的："所以，你的意思是，脑震荡帮你推理了吗？"

"走，我们去医院。我要找精神科医生谈谈。我们也挂个精神科的急诊号！"苏糖说着就站起身向楼梯走去。

林慕曦翻了个白眼，一脸崩溃。

催眠的深情

苏糖看到了一个面具人，他坐在黑暗的角落里，只听"咔、咔、咔"的声音响起——那是剪指甲的声音。苏糖鼓起勇气逐渐靠近面具人，她看清楚了，面具人握着一只手，他在给手剪指甲，但是，手是被切割下来的，手腕部位还有未凝固的血……

"啊！"苏糖惊叫出声，突然睁开双眼，坐起身子。

"你醒了？"

苏糖听到了彭哲的声音，她轻微转头，看到彭哲在病床前守着她。

"好可怕！"苏糖惊慌失措。

彭哲一把抱住了苏糖："没事，你只是做梦了。"他抚摩着她的背，安慰着她。

这是哪儿？苏糖看到了点滴瓶，也闻到一股药水味，头部一阵剧痛袭来。

"你出了车祸。车子撞到了电线杆上。安全气囊弹出来，你才保住了命。医生检查过，你脑中有微量的淤血，上一次的外伤再加上这一次的撞击，让你的情况不太乐观。要是淤血不能自行吸收的话，可能需要做手术来清除。"彭哲告诉苏糖。

"林慕曦呢？我们两个一起开车去医院的，他肯定也受伤了。他在哪儿？"苏糖突然激动起来，挣扎着就要下床。

"林慕曦？他……他在别的病房。他是轻伤，并无大碍。"彭哲安抚苏糖。

苏糖又躺回到床上，她感到头又重又痛，眼皮也越来越沉。

当苏糖再次睁开眼睛的时候，她感到有人握着她的手。轻轻转头，苏糖看到了趴在身旁，已经睡着的彭哲。医院的窗帘拉着，四周十分安静，单人病房里，只有她和彭哲两个人。苏糖看着彭哲，发现他面色憔悴，胡子也没刮，他的手却紧紧握着她的手。

似乎感到了异动，彭哲也醒了。

"醒了？"彭哲从暖壶里倒了一杯热水，凉在桌上。

"脑子很沉，我好像又睡过去了。"苏糖突然想起了什么，"林慕曦呢？"苏糖的记忆中闪过了一只猫，还有一声碰撞的巨响。

"他在另一间病房，你现在最应该紧张的是你自己的身体。"彭哲安抚苏糖。

两个人陷入了沉默。

杯中的热水升起热气，彭哲盯着热气，脸色黯然。这种有些悲伤有些落寞的表情，苏糖已经很久没有见过了——这是江诣不会出现的表情。

"怎么了？还在生气啊？"苏糖抬起手，主动去握彭哲的手。

"上次，我把锅子推到地上，是我太暴躁了。对不起……"彭哲道歉。

"其实……这八年多以来，我最爱的人，始终是你。如果，你对我做的事感到失望了，能不能再相信我一次，再爱我一次？"彭哲一直低着头。

看着这样的彭哲，苏糖的内心感到一种无以名状的悲伤和心疼。确确实实，无论眼前的人究竟是谁，彭哲也好，江诣也好，他们都一样那么爱她，对她一如既往，情深专一。感情是骗不了人的，时间是最好的证明。她对他们也一样，爱得义无反顾，或者爱得后知后觉。

"是有点难以接受，但我也在调整自己。"苏糖看到了彭哲眼中的不安。

"为什么你和林慕曦一起去医院啊？"彭哲看了一眼苏糖之后，就垂下眼，掩饰他的不悦。

"我昨天画设计稿，刚好他去看我，刚好我人不舒服……"苏糖试图解释。

"他半夜去看你？为什么你不舒服，不让我陪你去医院？"彭哲依旧低着头。

"我们……"苏糖发现，她只是越描越黑。

"他在上大学的时候就很喜欢你了。他还没少借助新闻部部长的便利，邀请你参加学校的各种活动。"彭哲抬眼，发现苏糖盯着他看，他又马上低头。

"你记得还真清楚。"苏糖轻笑一下，看到彭哲的回避，她竟然感到一丝熟悉的甜蜜。大学的时候，彭哲也老是偷偷看她，却在她也捕捉到他的眼神时，瞬间回避开。

"当然清楚了……我们结婚的时候，他在台下，看着我的眼神很不友好。他对你肯定是余情未了。"

"是吗？你嫉妒啊？"苏糖看到彭哲的双手捂住玻璃杯，应该是水温不太烫了，他又对着杯子口吹了吹，杯子的热气上升，他额前的几缕头发飘了飘，这就是细心体贴的彭哲啊。有一次，她去他的宿舍找他，他给她倒水喝，也是这样吹凉水。

"喝点水。"彭哲一只手攥着水杯，一只手扶着苏糖坐起来。

苏糖接过水杯，喝下一口，感到水温刚刚好。

"你至少要在医院住上半个月。脑子里的淤血能不能自然吸收，这段时间至关重要。"彭哲叮嘱着。

听着彭哲的叮嘱，苏糖觉得自己的意志就像被催眠了一样。

"彭哲……"她放下了杯子，展开双臂，紧紧地抱住了彭哲。

"诶……"彭哲叫了一声，疼痛让他皱了一下眉，苏糖这才意识到，自己的手碰到了他的伤口，她的手马上避开了敏感的位置。

"不好意思，很疼啊？"苏糖看着彭哲。

"是有点疼，不过……"彭哲凝视着苏糖，满眼温柔，他的唇慢慢凑到了她的唇，他轻啄了她一下，"不过，很幸福。"

一股暖流穿过心房，好像这一吻，变成了止痛剂，她的头只感到了眩晕，却没有了疼痛。

"看我带来了什么！"彭哲拿过放在桌子上的包，他从里面拿出了一台微型的投影仪，然后按下了按钮。

投影在墙上，苏糖看到了几张海报：《触不到的恋人》和《暮光之城》系列。

"还记得吗？我们大学的时候，一起看过的。"彭哲指着投影，"这些天在医院，我们可以慢慢看。"

"我们？你不用上班吗？Forever 还有很多事情等着你决定呢。"

"放心吧。安妮会帮我处理很多事。而我呢，想好好陪你养病。"

"那我们先看《触不到的恋人》吧。"

"好。"彭哲按动遥控器，电影开始播放。他坐在床边，靠着墙，两只手臂揽过苏糖。

彭哲的怀抱很温暖，苏糖的眼前仿佛出现了他们两人当年在电影院一起反反复复看了四遍《触不到的恋人》的情景。那时候，他们只是不想分开，才会用电影的时间拖长他们相聚的时间。

那个镜头又出现了：女主角 Kate 遇到男主角 Alex 出车祸。Kate 十分感慨，她的独白很动人。

一个男人就在我的眼前被撞死了，死在我的手臂里。那时我想：情人节怎么可以这样呢？我想到了所有爱他的人、等待着他的人，他们都没有机会再看到他了。然后我想：如果没有这些人呢？如果在生命中没有守候着你的人呢？于是我又开车到湖边的房子，试图寻找一个答案，结果让我找到了你，我还迷失了自己，迷失在这美丽的时间黑洞里，但是这不是真实的……

恍惚之间，苏糖看到了自己在彭哲发生车祸那一刻的痛不欲生，看到了她一个人在他的旧房子里日夜思念他的悲伤不已。而此刻，她可以躺在彭哲温暖的怀里，那么清晰地感受到他的温度、他的存在。她失去过他一次，已经够了。如果命运给了他们一次久别重逢的机会，难道她不应该去牢牢抓住那个奇迹吗？

回忆、电影、失去、得到，交织迷惘的情绪中，苏糖听到了内心的声音：什么真相，什么过往，此时此地，在她心里都不重要了。曾几何时，她最向往的生活不就是这样吗：和彭哲谈恋爱，结婚，过着舒服的日子。

咚咚咚……

敲门的声音响起。

彭哲脸色一变，他按了下按钮，电影画面定格了，他放下苏糖，去开门。

"纪警官？"彭哲有些惊讶。

"我们有事要和苏糖谈谈，如果她身体情况有所好转，希望她能配合我们的调查。"纪骏也看了看坐在病床上的苏糖。

"发生了什么事？"苏糖向门口张望。

"请进吧。"彭哲展手示意。

"我们接到了邵珥珥报案。林慕曦失踪了。"纪骏一边说，一边递给苏糖一摞照片。

"失踪了?!"苏糖震惊地看着纪骏，接过他递来的照片。

照片上显示的是她的车子，车子撞在电线杆上，车头部位有凹陷。

"林慕曦失联已经有五天的时间了。医院的医生和护士可以证明，五天前，他曾和你一起来过医院看病。从那以后，就没有人再见过林慕曦。你可能是见过他的最后一个人。"

"他是和我在一起啊！他不是也被送进了医院吗？"苏糖十分不解地看着彭哲。

"路人发现你车子的时候，只有你自己在车里，并没有其他人。"彭哲皱起眉头，"所以你苏醒过来就问林慕曦在哪儿，我也很困惑，但为了安抚你激动的情绪，我只能骗你说他在另一间病房。"

"不对！不是这样的！"苏糖努力回忆那天的情况，"我因为有点兴奋，就开了自己的车，林慕曦没有坐副驾驶的位置，而是坐在了后排。他陪我去医院的住院部……后来，一只猫突然窜到马路中间，我躲闪不及，撞到了电线杆上，我就被撞晕了……等等，你说他失联了几天？"

"五天。"纪骏重复。

"我……我昏迷了五天？"苏糖不可置信地向彭哲求证。

"确实是五天。"彭哲点点头。

血袋的困惑

在得知林慕曦失踪之后，苏糖几乎一夜都无法入睡。彭哲一直陪伴在她身边，虽然几次试图安抚她入睡，但她都感到无比焦躁。坐起来，躺下，走到窗边，去楼下发呆……彭哲只能跟着照顾她。一直熬到了早上八点，脸色苍白、疲倦至极的苏糖终于感到困倦了。彭哲安抚她在病房睡下，苏糖才安静地闭上了眼睛。

咚咚咚，有人敲门。

苏糖本来闭上的眼睛忽地就睁开了。正在床边打盹的彭哲也被敲门声弄醒，他示意苏糖别动，自己去开门。走到门边，打开门，彭哲发现敲门的是一个护士。

"你们病房的快递。"护士把一个小盒子塞进彭哲的手里。

"谢谢。"彭哲接过快递，护士就走了。

"是什么？"苏糖十分敏感地从床上坐起来。

彭哲十分不解地看了看标签，上面确实写着苏糖的姓名、电话号和病房号，但是标签上没有快递公司的名字，也没有寄件人地址。

"谁会寄快递到这儿来？"彭哲从抽屉里拿出剪刀，拆开了快递的盒子。苏糖也困惑地看着快递盒。

快递盒很快被拆开，彭哲拿出了一个不大的袋子，里面是满满的红色的液体。

"这……好像是……一次性采血袋？"彭哲拿着袋子，举在眼前。

"给我看看！苏糖说。"

彭哲揪着袋子，他看清楚了袋子上贴着的标签上写了什么，他有点迟疑。

"给我看看！"苏糖坚持。

彭哲把袋子递给了苏糖。

苏糖接过袋子，看到了里面鲜红又浓稠的液体，她翻过袋子，看到标签上写着"林慕曦，200毫升"，还有抽取的日期。

"是林慕曦的血！"苏糖瞪着眼睛，全身微抖。

彭哲一把拿过采血袋，塞入了刚才的快递盒，然后抱住苏糖，不断安抚她："别怕，别惊慌，我们马上找纪骏，让警察验一验，没准儿只是恶作剧呢。"

"不是的！一定是有人抓了林慕曦，还给他抽了血！"苏糖惊恐地摇着头。

很快，彭哲联系了警察，纪骏带着法医和法证人员到了医院。

"那袋液体，还需要检验。我们要去调取医院的监控录像，还要找那位送来快递盒的护士，我们才能了解这个快递是怎么送来的。不过这几天，你们二位也要多加小心。"纪骏看到苏糖的状态，做了笔录之后，很快就带着其他人离开了病房。

时间一分一秒地过去，苏糖在焦灼中等待检验的结果。

警察去林慕曦的家里取了他的生活物品和掉落的头发与皮屑，经过DNA检测核实，快递来的那袋血确实是属于林慕曦的。送来快递的那位护士也是在医院的收发室里取的快递，她没有仔细看，就按着病房号把快递送了过去。接收快递的收发室没有监控，根本无法知道快递盒是谁送来的。

有了结果之后，纪骏又来到了苏糖的病房，并对林慕曦失踪一案做进一步调查。

"真的是林慕曦的血？"苏糖得知结果之后，非常困惑。

"那天凌晨，在去医院之前，你和林慕曦一起在'画世界'咖啡馆有没有遇到可疑的情况，比如发现有人跟踪、窥探之类的？"纪骏询问。

"没有……我只是让他帮我看看设计稿，然后我觉得头部不舒服，他就陪我去医院。"苏糖看了一眼彭哲，她知道，她不能说他们是在地下室做案情分析。

"为什么有人要抽林慕曦的血？为什么要将血送给你？"纪骏审视着苏糖。

苏糖垂下眼睛："我也想知道答案。"

"苏糖，已经这个时候了，你不能有所隐瞒，林慕曦很可能危在旦夕。"纪骏提醒。

苏糖抬起眼睛，点点头："我知道。"

苏糖的内心挣扎极了。她很想说出这一段时间以来她究竟做了什么，但如果说了，彭哲就会成为警察重点调查的对象，可是不说的话，林慕曦就命悬一线了。

"如果还有什么信息，希望你随时联络我。"纪骏起身，离开了病房。

随着门关上，苏糖像是突然泄了气的皮球，整个人瘫软在床上。她的头又开始嗡嗡作响。

"苏糖……那天夜里，你和林慕曦在咖啡馆里……到底在做什么啊？"彭哲走到苏糖的床前，也问了类似的问题。

苏糖转过来，看到了彭哲面无表情的脸。

"研究设计稿。"苏糖回答。

"半夜？"彭哲显然是不相信。

苏糖没有回答，她转过了身子，面朝着窗子，心情无比沉重。就在这时，又有人敲门。彭哲去开门，发现来的人正是邵珥珥。

"请进吧。"彭哲说着。

"苏糖，我来看你了。"邵珥珥走了过去。她发现屋内的气氛不太对劲，苏糖和彭哲之间似乎有一股"冷空气"。

彭哲轻叹一声，拿起衣服就往外走，走之前还叮嘱邵珥珥："你陪陪她，我出去透口气。"

看到彭哲离开了，邵珥珥坐在病床旁，苏糖也转过身："林慕曦出事了，他还被人抽了血！怎么办？"苏糖满脸焦虑。

"问题是，谁会对付林慕曦呢？"

"血是送给我的，一定和我有关！林慕曦失踪那天，我俩还在分析林肖的案子，我觉得案子还另有隐情。"

"可林肖已经死了，不管你查出了什么，都不应该再有人出事了啊！"

"珥珥，可能凶手不止林肖一个人！"苏糖又突然感到了头部一阵剧痛袭来，她双手捂着头，感觉头要炸裂了。

"苏糖，你怎么了？"邵珥珥看到苏糖的样子，马上说，"我去找医生！"

苏糖马上拉住了邵珥珥："先听我说，我们必须找老沈帮忙。这两天，彭哲一直在我身边，寸步不离，我没法联系老沈。你帮我联系他，告诉他最新的情况。"

"放心吧，我已经联系他了。因为彭哲在你身边，他也不方便联系你。"

"行。珥珥，我发现……"苏糖把她那晚分析出来的关于林肖的异常、图画的分类、面具人这些结论，都转告给了邵珥珥。

"放心吧，我会把这些告诉老沈的。"邵珥珥安抚苏糖。想到两个人之间的状态，邵珥珥追问了一句："你和彭哲怎么样了？"

"他和纪骏都很怀疑那一晚我和林慕曦在干吗。我觉得，彭哲好像有点嫉妒我和林慕曦……而且……我也越来越觉得，他就是彭哲。"

"这样吧，我找机会和他谈谈，如果他对我们高中时候的事情也清楚的话，就能证明他的身份了。"邵珥珥说着。

"也好，但要小心。"

自从收到那袋200毫升的林慕曦的鲜血之后，苏糖的噩梦就开始了。

连续六天，苏糖每天都能收到一袋装着林慕曦鲜血的采血袋。每次都是十分精准的 200 毫升，每个袋子上都有抽血的日期。警察虽然在医院的一些位置加装了监控探头，也调取了医院原本有监控探头的各个位置的监控视频，但无论怎样观看、分析，都无法找到是谁送来的快递盒。

"又是血？""怎么还是血？"……

每次收到林慕曦的鲜血，苏糖都感到崩溃无助，进而发展成歇斯底里。最折磨人的是：快递鲜血的人也从未表明他为何这样做、有何要求。好像这些血袋的出现，就是为了加速苏糖的崩溃而已。

"你不要那么激动，你颅内还有微量出血的情况，再这样下去，你必须接受开颅手术除去淤血才行！"医生叮嘱苏糖。

"医生！一个人失血多少就会没命？"苏糖抓着给她检查的医生问。

"一个健康成年人体内的血液大约在 3.8 升到 5.6 升之间。人体内失去 15% 的血量不会立刻让人觉得不适，可一旦超过这个标准，人的脉搏就会加速跳动，人会觉得晕眩发冷。如果失去 40% 的血量，就将影响血液流回心房，人会出现心动过速的症状。如果失血到 50% 的血量，也就是 1.9 升到 2.8 升之间，人就会死去。"医生给了十分专业的回答。

医生离开了病房，苏糖却在床上发呆。

"每天 200 毫升，已经连续七天了，就是 1.4 升，林慕曦的脉搏会加速跳动，他会感到眩晕发冷。他一定很难受、很害怕，他会觉得自己快死了！"苏糖的眼泪不知不觉就曼延在她的脸颊上。

惊恐的连接

嗡嗡嗡嗡……

一阵微信的视频通话提示音突然响起，苏糖被惊醒，睁开了眼睛。四周一片黑，只有透过窗帘的月光在屋内弥散着一点点光亮。彭哲没有在她身旁，单人病房里，只有她一个人。

嗡嗡嗡嗡……

提示音依然在响，苏糖伸过手，拿起了桌上的手机。发来视频通话的人竟然是林慕曦！苏糖马上按下了接通键。

"救我，救救我啊！谁来救救我……"

视频里的林慕曦面色惨白，软弱无力地靠在病床上，背后的墙壁上布满了喷溅的血迹。

"林慕曦！你在哪里？"苏糖激动得马上掀开了被子，跳下了床。

"这是哪里啊？我不知道这是哪里！"林慕曦声音嘶哑，全是绝望。

"我……我快受不了啦……"林慕曦慢慢闭上了眼睛。

"别睡！林慕曦！你别睡啊！"苏糖的心脏咚咚地剧烈跳动着，她告诉自己，一定要镇定一点。她仔细看了看林慕曦所在的地方：浅绿色墙壁、呼叫器、呼吸机、点滴架、采血袋。这些特征和苏糖现在所住的医院一模一样！

林慕曦就在这家医院里！苏糖意识到这一点，她对着视频大喊："林慕曦，你不要怕，我会去救你，一定会去！"苏糖冲到了房间的门口。

"林慕曦！你醒醒啊！你知不知道你在哪个病房？"苏糖奔跑在走廊上，她一直鼓励林慕曦，她发现林慕曦那张病床上挂着标签，标签上显示的房间号是：105。

"105 号房！"苏糖念叨着，进了电梯，视频突然断线了。"林慕曦！"苏糖喊着，她马上按下一楼的按钮。很快，电梯到了，苏糖冲出电梯。

"118……112……"苏糖跑过了医院的大厅，穿过了住院部的另一条走廊。

半夜时分，医院的住院部已经比较安静了，大多数病人都在休息，少数医生在工作站里忙碌，一楼的病房并不多，可苏糖找不到 105 号房。她看到了一个推着医疗车的护士，抓过护士的胳膊问："105 号在哪儿？"

"什么？105 号房？"护士露出不解的表情。

"我问你，105 号房在哪儿！"苏糖几乎是歇斯底里地咆哮着。

"对面的走廊，左拐！"护士吓得不轻。

苏糖放开护士，向着她所指的方向冲了过去。

走廊尽头的最后一段，连顶灯都没有，黑黑的，就像能吞噬人的邪恶黑洞。苏糖奔进黑暗，她借助手机的光亮，看到了门上的门号：105。

砰！苏糖推开门，走进去，里面依旧漆黑一片，一股潮湿发霉的味道扑鼻而来。苏糖举着手机，在微弱的光亮下，她看到病房的窗子紧挨着一片外墙，这几乎相当于窗子被封死的状态；病房里还有左右排开的几张病床。

砰！病房的门又关上了。苏糖吓得一哆嗦，手机就从手里掉了下去，光亮没有了。苏糖摸索着拾起手机，却发现手机已经摔坏了。苏糖有些害怕，她打算出去。转身，迈步，啪的一下，苏糖觉得自己的脚被什么东西绊住了，身体失去重心，摔在地上。

苏糖觉得自己的腰和脚都受了伤，痛得不得了。她挣扎几下也没起来。倒下之后，她刚好可以看到病床下面的位置。

哗，一闪，一颗被切割下来的人头，死者的表情充满恐惧。

"啊！"苏糖发出惊叫，她马上扭头，不去看。

哗，一闪，一只手掌，被分割成了一块一块的样子。

"啊！"苏糖又是下意识地惊叫，再扭头。

哗，一闪，一段小腿连着脚。

"啊！"苏糖发现变换眼睛看的角度根本没用，每张床底下都有那些残肢。她干脆捂住了自己的双眼。

冷静！一定要冷静！那些都只是照片而已，照片而已……苏糖鼓励自己，她还能分辨出来，那些可怕的内容不过是被拍下的照片所呈现出来的。

苏糖使尽全身力量，用双手使劲儿支撑自己的身体，她终于站起来了，一瘸一拐向门的方向走去。

哗！哗！哗！哗！哗！……

闪！闪！闪！闪！闪！……

苏糖惊恐地发现，在105号病房里，上上下下，左左右右，布满了各种各样人类残肢的照片。而那些不断闪烁的，好像是相机的闪光灯。

苏糖觉得自己身体里所有的血液都涌到脑子里了。

"你究竟是谁！林慕曦究竟在哪儿！求求你，不要伤害他！"苏糖痛苦地跪在地上，她已经痛得走不了路。她知道，那些照片和林肖笔下的素描如出一辙，原来，照片才是场景的母版！这也意味着，真的有人死了，真的有人被肢解了！

　　"只要你，只要你不杀林慕曦，我答应你，我再也不查了！什么都不查！不查！"苏糖崩溃地倒在了地上，她感到自己的脑中有一股发热的感觉，瞬间就失去了意识。

隐匿之强烈

爱一个人，就像爱一件艺术品。没有原因，只是直觉。

真的平静了吗

五个月以后。

7月，盛夏，正是一切美好灿烂绽放的季节。透过落地窗，就能看到那一墙粉色的月季花，娇艳芬芳、摇曳多姿，美得令人陶醉。

苏糖在别墅二楼工作室的两面墙壁之间拉起了一条绳子，绳上用夹子夹着一张又一张插画。

第一张：彭哲疯狂地砸门，房门上赫然出现了105这个门号。

第二张：苏糖倒在105病房的地上，四周除了几张旧的病床，什么也没有。

第三张：彭哲抱着苏糖在医院的走廊上奔跑。

第四张：苏糖昏迷不醒，被护士们推进手术室，彭哲一脸焦虑。

第五张：苏糖手术成功，头部包着纱布，躺在病床上，彭哲在床边陪伴。

那个惊心动魄的连续惊恐之夜已经成为回忆。颅内出血之后，苏糖并不知道她是如何被抢救的，她只是凭想象画出了那个过程。但是，她清清楚楚地记得，她醒来之后的第二天就收到了一个写着她病房号的文件袋。

苏糖又打开了那个文件袋，一张又一张放大的特写照片那么明晃晃地出现在她眼前。

她在困惑之中充满惶恐，她被惊吓，她被绊倒，她奔逃，她不知所措，她愤怒，她大喊，她无力挣扎，她绝望……她……昏倒……

每张照片上都有编号，按照顺序看下去，就是一连串的表情释放。

多么熟悉。曾几何时，摇滚歌手米思聪的"惊恐连拍"也是如此。

苏糖继续看向绳上挂着的插画。

第六张：警察在一个破旧的废屋里找到了失血过多的林慕曦。

第七张：林慕曦在医院里抢救。

第八张：林慕曦已经康复，蜷缩在长椅上，接受邵珥珥的心理辅导。

第九张：林慕曦坐在窗前发呆，眼神中充满"劫后余生"的阴影和无助。

第十张：林慕曦、邵珥珥、苏糖，三个人围坐在咖啡桌旁，相对无语。

一切，终于风平浪静了吗？

苏糖看着自己笔下的画面，又看了看她收到的"惊恐连拍"，开始动手收拾起来：收起画，收起照片，收起册子，收起一切不甘心，收起一切好奇心。

她还记得，在那个夜晚之前，她收到了邵珥珥发给她的微信，那是转自老沈的结论——

"苏糖，我知道了你让邵珥珥转告给我的分析。我的推测是，一个连环杀手，只有从特定的行为中才能得到快乐，一旦改变模式，他便无法获得满足。对比林肖杀死苏敏慧的方式和林慕曦被抓被抽血这种行为，两者极为不符。因此，凶手每天寄给你一袋血，目的也许不是杀死林慕曦，很可能是因为你的调查威胁到了他，他才用这种手段给你压力。可如果凶手能够知道你的调查开始逼近真相了，那他肯定不会距离你太远。他是你身边的人，只是你无法确定是谁。你必须找一个机会，让他明白，你不会继续调查了，你不会威胁到他杀人这件事。这也许才是能救下林慕曦唯一的方法。但我不能保证这种推测一定符合事实，就像每一座沙滩上的城堡都有可能存在一样，你只能赌一把，试试。"

老沈的这个分析，在苏糖已经崩溃的瞬间像一道灵光一样乍现在她脑中，当苏糖觉得身体里的全部血液都涌到脑子里的时候，她大喊了那句求饶："只要你，只要你不杀林慕曦，我答应你，我再也不查了！什么都不查！不查！"

多么万幸！昏迷前的最后一句话，她喊出去了。多么万幸！老沈猜对了，魔鬼就在她附近，魔鬼听到了她的求饶，魔鬼放了林慕曦。

林慕曦没死，难道不是上天对她最大的恩赐吗？不！不是上天，是凶手给她的最大的恩赐！

苏糖收拾好了所有的东西，放在一个四方形的盒子里。苏糖的眼睛瞥到了那些她收集的书：《犯罪心理分析》《微表情研究》《物证技术学》《刑侦科学》《法医现场勘查》《暗影的秘密》……苏糖把它们统统从书架上拿了下来，整整齐齐地放入盒子里。

"干吗呢，苏糖？"彭哲站在门口，一脸笑意地看着苏糖。

"清理一些不要的东西。《全民大侦探》都更新完了，电视台也出了通告，说是不会再拍新的一季。看来，我养病的这半年，错过了很多精彩的好节目啊！"苏糖盖上了盒子的盖子。

"你现在痊愈了，也有时间，可以把之前错过的几期都看完啊。"彭哲走了过来。

"不看了。我现在对那种侦探推理的节目也不感兴趣了。我现在只想平静地过日子。原来，人能好好活着，并不是一件容易的事。"苏糖感慨起来，再抬眼，眼圈也微微泛红。

"你看，短头发的你，还是那么漂亮。放下那些费脑子的节目也好，接下来的日子，你只需要花心思来照顾我，就够了。"彭哲两只手摸了摸苏糖的酒窝，又在她额头上轻轻一吻。

"哎……我老公油腔滑调的风格又回来了！"苏糖甜蜜地笑。

"没办法。装了那么多年的江诣，我恐怕已经变成了江诣。"彭哲抱起桌子上的盒子，"好重啊，我帮你扔出去吧！反正我要开车去趟公司，会路过一个大的垃圾回收站。"

"你怎么知道，江诣就是你装成的那个样子呢？你们那么多年都没有生活在一起。"苏糖的这个问题一出口，彭哲迈着大步走出去的脚步就停顿了一下。

"我确实不算了解江诣，我只是尽量表现得不像你熟悉的彭哲。这就够了。"彭哲慢慢转身，他看到了苏糖凝视着他的眼神。

苏糖看着彭哲离开的背影，内心里涌现出一种迷惘。

苏糖从书架上抽出一本精美的手账本，打开来，一页一页翻过去，上面画着的、记录的，都是她再次邂逅彭哲时的心情。那时候，彭哲还是"江诣"。

"苏糖，我喜欢你！苏糖，我爱你！"

"苏糖，我不介意成为替代品，我不介意成为备胎，我只求你给我一个机会，一个让我爱你的机会！"

"那首歌不是那么唱的吗？我越爱，我越贱。我就是那么毫无保留地宠着你，我就会很快乐。我不是一个无私的人，也不是一个善于为别人付出的人，但只有你，让我觉得我自己竟然变得挺伟大的……"

"能让我变成野兽的人，可真是不多。你应该自责，你唤醒了一头野兽。"

"因为你沉浸在死亡定格的永恒里，因为你怀念的时候会微笑。"

"有人说，人在失恋的时候，会变得特别有诗情画意。也许你怀念别人的时候，会显得更迷人。"

"老婆大人，你真好！你总是这么细心地照顾我，会把我惯坏的。做这么多琐碎的事，不累吗？"

"Sugar，不知道为什么，这几天，我真的挺想你的。人家都说久别胜新婚，好像真的有点道理啊……"

"爱一个人，就像爱一件艺术品。没有原因，只是直觉。在我心里，你就是达·芬奇的蒙娜丽莎，你就是毕加索的特蕾莎，你就是莫迪里阿尼的珍妮。我第一次遇到你，就爱上了你。"

…………

每一幕回忆，都被苏糖画在了手账本上。"江诣"的热烈与疯狂、"江诣"的艺术与神秘、"江诣"的柔情与蜜语，都萦绕在苏糖的脑海，挥之不去。

彭哲已经不是"江诣"很久了，他恢复了安静、沉稳、隐忍的状态，这却让苏糖无所适从。

尽管在她养伤的这五个月里，彭哲对她照顾得无微不至，熬汤、煮茶、做饭、按摩、擦身……事无巨细，他做得温柔体贴，这是过去的"江诣"绝对做不到的。可是，苏糖在感激的同时，内心里竟然生出了遗憾。

是啊，今天彭哲的"油腔滑调"让苏糖情不自禁地想念起过去的"江诣"，她原来是那样想念着"江诣"啊！可她不能这样啊，她不能知道谁去世了就爱谁啊！难道非要是得不到的，才永远是最好的吗？

"苏糖，如果彭哲没死，我们两个同时在你身边，你会选择谁？"

苏糖还记得那个问话，这一刻，她发现她无法得出答案了。

"你就是我心中的棉花糖，甜蜜的梦想……"

苏糖的手机铃声又响了起来。苏糖接通电话，打来的人是老沈。

"苏糖，我找到那个署名为'遗憾之泪'的摄影师了。知道她是谁，你一定会惊讶……"老沈的声音传来。

"我知道了。"苏糖挂了电话，她内心里就像平静的湖水有一块石头投了进去。

苏糖还记得，手术之后的第四个月，苏糖曾借口去看莲姐的新咖啡馆开张而离开了医院。那一次，她是去见老沈的。老沈问过她，是不是还会继续调查下去，犹豫不决的苏糖就委托老沈去调查为米思聪摄影的那位摄影师——"遗憾之泪"。

"如果能找到她，我就继续调查。如果不能，我就永远放弃。"

"你会离开彭哲吗？"

"不会。"

"那好，我去查'遗憾之泪'。"

"老沈，你为什么变得执着了？"

"因为你很执着，你不肯离开彭哲。"

收回思绪，苏糖其实很清楚自己几乎到了放弃的边缘，但是，老沈已经查到了"遗憾之泪"。苏糖轻叹一口气，合上了手账本。

交叉分析

苏糖打开了安妮的 ins，一页一页翻下去，就像在倒带一样回放从现在到过去的电影，她在安妮的 ins 上看到了江诣的"事业成长史"，准确地说，是在安妮陪伴下的"事业成长史"。

她和他一起在法国留学；她和他一起回国接管 Forever；她协助他完成一场又一场时间极短、难度极高的 show；她帮他统筹资源；她为他设计宣传推广方式；她和他一起参加多种活动，见各种合作者……

"了解，是一种绝望啊。是谁说过，爱一个人，就像爱一件艺术品。没有原因，只是直觉。"

苏糖还清晰地记得，在 avant 推广上市的发布会上，安妮就站在她身后，发出那样的感慨。苏糖其实从未真的在意其他女人对江诣的"觊觎"，这个"其他女人"里当然也包括安妮。

当老沈在电话里告诉苏糖，署名为"遗憾之泪"的摄影师就是安妮的时候，苏糖确实十分惊讶。

"安妮，中文名袁婉菲，二十九岁，BLOSSOM 策划公司的老板，也是 Forever 艺术中心最忠诚的合作伙伴。早在三岁那一年，安妮随全家人移民法国，她的一家都从事艺术类生意。但六年前，安妮毅然决然地回国创业。目前为止，BLOSSOM 的业务中有 80% 的服务都是提供给 Forever 的。不得不承认，安妮回国，以及她在事业上的打拼，完全都是因为一个男人，就是你老公，江诣。哦，或者说，彭哲。"

老沈一边冲泡着玫瑰花茶，一边观察着苏糖的反应。

苏糖脸上漾出一抹微笑："我更想知道，你是怎么查到'遗憾之泪'就是安妮的……"

"交叉分析法。"老沈像是洞悉了苏糖的小心思。

老沈扯过一张纸，拿出笔，在上面写了几个元素：女性摄影师、与林肖有关、与艺术（绘画）有关、与彭哲有关、了解苏糖的举动、知道医院 105 号病房的使用情况。

"女性摄影师因为力气小，扛不动器材，所以更倾向于人像摄影，而且她们更能展现人像的细节。"老沈拿出了有米思聪面部特写的摄影册，翻出那一页，指给苏糖看。

"但是，女性摄影师实在太多了。要怎么确定呢？"苏糖问。

"你让邵珥珥传递给我的消息是，你认为林肖可能有共犯，或者是被控制来实施罪行的，那这个人必然是和林肖有关的人。"

"嗯。"

"林肖通过画画来展现被害人被凶杀与肢解的场景，共犯或者主谋，也脱不开与绘画这种方式的关系。"

"嗯。"

"在林肖的绘画中，你认出了蕾雅、黎秋雨和苏敏慧，这三个女人在一定程度上和彭哲有关联——蕾雅胎记形状的手账本、黎秋雨画室中遗落的豹脸胸针、苏敏慧和林肖吵架时提到的对江诣（彭哲）的倾慕。"

"嗯。"

"而且，我们通过林肖的绘画发现，被害者还有男人。比如楚洛和米思聪。所以，男性和女性被害者或多或少都和彭哲有些关联，即便关联很弱。"

"嗯。"

"最重要的一点，你被诱骗到 105 号病房的时候，你大喊，你不再调查了，后来林慕曦确实被放出来了，说明我们赌对了，也说明，凶手肯定在你身边，才知道你调查的进展。知道你调查进展的人包括我、林慕曦、邵珥珥，我们三个不可能出卖你。"

"对。"

"所以只能再扩大一点范围——有可能知道你调查进展的人，就是距离你很近、在你生活里出现频率很高的人。这个人我们假定是 X。"

"X 确实对 105 号病房十分了解。X 能够在短时间内将各种肢解残肢的照片放置在病房里，还布置了多个摄像头，还能在我昏倒以后其他人到来之前，把所有照片和摄影头撤走。如果不是特别了解那个病房，了解医院内部对病房的处置方式的话，X 是决然做不到那么精准、那么快速的。"

"的确。X能够在医院设局，知道105号病房因为潮湿和技术原因被暂停使用，并且病房所在的位置靠近走廊尽头，十分偏僻，窗外还正对一片封死的围墙，屋内和屋外的位置又是监控死角。还有，那个病房在半年前发生过一起医闹，病人家属在病房里捅死过一个医生。医院里的工作人员对那个病房多少有些忌讳。X还拿到了105号病房的钥匙。"

"X很有可能就是一个普通的护士，或者技术维修人员啊。"

"当然可能了。这样的话，我们的'怀疑名单池'就会被扩大。但别忘记了，我们要做交叉分析，所以这个X首先要满足前四项标准：女性摄影师、与林肖有关、与艺术（绘画）有关、与彭哲有关。这四个元素，能帮我们把筛选范围缩小。"

"的确。"

"我们拿到了医院的职工名单和第三方合作服务商名单，然后，一个赫然的名字出现了：BLOSSOM策划公司。"

"安妮的公司！"苏糖盯着老沈。

"没错。BLOSSOM的业务中有80%的服务都是提供给Forever的。但还有20%的业务是和其他机构合作的。你住的那家医院刚好有一个打造'舒适病房'的项目，项目目的就是利用视觉与装饰的作用缓解住院病人的心理压力。安妮的公司竞标成功，他们要为医院提供全套的视觉与软装改造设计。"

"这样说来，安妮是可以拿到整个住院部的图纸的，而且一定对每个病房的情况都了如指掌。"苏糖眼睛亮了。

"在发生连续惊恐的那个晚上，我们在医院的监控视频里看到了安妮的身影。她是以一个非常低调的病人家属的身份出现的。但我们确实在监控视频里看到她的身影了。"

老沈对着他们前面的监控视频墙按了按钮，一段安妮乔装成老妇人的视频出现了，那只是从医院的走廊上一瞬间经过的镜头。

"我们的脸部识别软件非常灵敏，当我把脸部信号预定为'安妮'的时候，安妮就逃不过我们的搜索。"老沈指了指定格的镜头。

"你们是怎么拿到医院的名单和监控视频的？"苏糖突然问起这个。

"既然做私人侦探，当然既有关系，又有手段了。"

"黑客？"苏糖挑眉。

老沈微笑，没有回答。

"可安妮不算是那个特别近距离出现在我生活里的X，我怎么也想不通，她怎么能知道我的调查进度呢？"苏糖不解。

"问题可能出现在林慕曦身上。"

苏糖恍然大悟，她双手扶住自己的脑门："我太大意了！那一天夜里，我的确没有用电子狗给林慕曦做全身扫描检查。"

苏糖又仔细看了看老沈写的那张纸，上面的几个元素，她都认可了。

"刚才的一切，也都是基于交叉比对的分析思路。但依然需要根据'安妮'这个结论来做反向推测，就是要回到给米思聪摄影这件事上——安妮要是一个摄影师，并且摄影手法和米思聪脸部特写的拍摄方法相同、风格一致。

"可以说，我和我的下属，对安妮做了几乎是'地毯式'的调查。我们找到了安妮在法国读书期间拍摄的摄影作品。当时她的署名就是这个。"老沈示意苏糖看监控屏幕。

屏幕上出现了一幅男性的人物脸部特写摄影图片，图片下方还有一个法文签名。

"我不懂法文。"苏糖摇摇头。

"准确地说，这不是一个人名，这是一部法国电影的名字，也就是《遗憾之泪》。在那段时间里，她的那些摄影作品，署名都是'遗憾之泪'。"

"可我使用'遗憾之泪'这个名字在网上搜索过，我没有找到确切的和这个名字相关的摄影师和电影名……"

"那是一部20世纪70年代的法国小众文艺电影。没有中文引进版，连中文翻译都没有。你又怎么可能想到用法语搜索？当然找不到了。"

"这么说来，X是安妮。可安妮为什么要杀那些人呢？她和林肖是什么关系？共犯？还是分了主次？还是操纵者和执行者？"苏糖看着老沈。

"不……X 的可能性，不仅仅是安妮。你别忘了，还有一个人也符合我们所说的所有条件。"

苏糖看了一眼纸上写的内容：女性摄影师、与林肖有关、与艺术（绘画）有关、与彭哲有关、了解苏糖的举动、知道医院 105 号病房的使用情况。

"还有谁？"

"女性摄影师这一点，是可变量。女性，是我们基于经验，主观推测出来的。男性摄影师也不是做不到。"老沈提醒苏糖。

苏糖叹了一口气："安妮是彭哲最好的助手，他当然会知道安妮公司在做的项目。"

苏糖没法再回避 X 的另一个可能性了。

"绕了一圈，彭哲依然脱不了干系。"苏糖认命地点点头。

"上课上了那么久，真是很无趣呢。走吧，带你参观一下我的家。"老沈伸手示意。

遗憾之泪

老沈的家，就是"画世界"咖啡馆地下室的另一个复制版。他在近郊地带买下的带有地下室的联排小别墅，被他利用各种科技手段设计成了一个既有娱乐感又有工作功能的住所。黑白灰主色调的软装风格配上美式工业风的硬装风格，让寓所处处透露着直男简约的特色。

和老沈参观了一圈他的家之后，苏糖感慨一句："你是把你的办公室搬回家了吧？"

"你不知道，用一整面监控墙看电影的感觉，真的很棒！"老沈示意苏糖坐在客厅的沙发上，他自己则拿起遥控器对着满是监控屏的监控墙按了按键。很快，屏幕上出现了一段老电影的影像。

"电影在说什么，完全听不懂啊！"苏糖抗议着。

"不就是《遗憾之泪》吗？电影是在讲述一个很怪异的爱情故事。"老沈指了指屏幕。

217

虽然听不懂，但苏糖还是产生了兴趣。

"女主爱上了男主，很可惜，男主却爱上了另外一个女人。"老沈就像一个翻译员，一边看着电影，一边做着旁白。

苏糖看到了这些情节：女主想尽各种办法去跟踪、偷窥男主爱上的女人。渐渐地，她对那个女人简直了如指掌。她还投其所好地成为那个女人的朋友，她甚至总结了那个女人的特点用来面对她爱的男主。她一直酝酿着有一天，她能取代那个女人，变成男主爱上的人。可即便她模仿了那个女人，男主依然没有爱上她。女主绝望地发现：爱情，也许没有理由，只是深切的直觉和共鸣。

在电影结尾的时候，女主流下了一串眼泪，她还用法文说了一句独白。

"她在说什么？"苏糖问老沈。

"爱一个人，就像爱一件艺术品。没有原因，只是直觉。"老沈翻译着女主的台词。

苏糖就像被电击了一下，她挺直了后背，僵直地坐在沙发上。

"安妮说过和女主一模一样的话。"苏糖感到一阵寒意。

苏糖的脑中无法抑制地开始自动放映起她和安妮结识的一幕一幕。

安妮约她吃饭、逛街，和她一起做美容、买衣服；安妮会主动给她提供艺术史的资料，还教她如何做一个策展人；安妮在每年节假日或者某个特别的纪念日都会送礼物给她，还经常和她分享那些自己用起来觉得不错的化妆品、生活用品；偶尔不太忙的时候，安妮也约她去做个短途旅行；有时候，苏糖和江诣之间出现了一些问题，安妮也会扮演成一个"调节者"……

安妮确实是一个相处起来很舒服的人：理性、周全、谨慎、富有创意、善于交际、性感、活跃、把控力强。安妮的优点很多，在苏糖的眼里，她确实是自己老公最好的合作者、支持者和后盾。

即便如此，苏糖对安妮也从未太在意过。

就像《红玫瑰》里的那句歌词：得不到的，永远在骚动，被偏爱的，都有恃无恐。

老沈发现苏糖在发呆，就又按了一下按键，切换了屏幕上的画面。

屏幕上出现了一幅男性人物脸部特写摄影图片，图片下方还有一个法文签名。

果然，这个画面吸引了苏糖，因为被拍摄脸部特写的男人就是江诣——当年在法国读书的江诣——他坐在大学的图书馆里，静静地望向窗外。

"不，她拍摄的人不是江诣，是彭哲。"苏糖自言自语。

"你怎么知道是彭哲呢？"

"感觉而已。"苏糖起身告辞，"很晚了，我得回去了。"

"你在嫉妒。"老沈突然来了这么一句。

"你说什么？"苏糖反问老沈。

"你嫉妒他们一起走过的青春岁月和奋斗时光。"老沈终于戳破了苏糖的小心思。

开车回家的路上，苏糖脑子里还盘旋着各种疑问。

越陷越深，甚至好友和自己都差一点面临死亡的境地，难道还不足以选择逃脱吗？苏糖明明感觉到自己已经到了可以承受的极限，可无法自控地，她想对安妮与彭哲的关系一探深浅。

一转方向盘，突发奇想地，苏糖把车子开去了 Forever 艺术中心。

到了 Forever，秘书告诉苏糖，老板还在会议室和安妮商讨最新的画展策划案。当秘书要拨直线电话通知会议室里开会的"江诣"时，苏糖阻止了她："别打扰他们，我在外面等一会儿吧。"秘书点点头，给苏糖倒了一杯咖啡。

秘书下班走了，只留下了苏糖。

会议室的外墙是玻璃墙，如果开会的内容不便于让外界知道，开会的人就会拉下会议室的百叶窗，这样就形成了一个视觉上的阻隔。苏糖端着秘书给她的咖啡，站在会议室外边，透过百叶窗的一个缝隙，苏糖看到了一点里面的情景：会议室里只有安妮和彭哲两个人，他们的前方有一台笔记本电脑，彭哲认真地盯着电脑屏幕看，安妮的一只手十分自然地搭在了彭哲的肩膀上，另一只手指着屏幕上的内容。他们两个确实在讨论着什么，时不时地，还对视一下，或者相视而笑。他们表情投入，气氛和谐。

虽然听不到声音，但表情和动作是最好的演绎。苏糖感受到了两个人之间的默契。那种默契，让苏糖感到了一丝从未有过的失落。

"也许……真的是这个女人想要吓死我；或者，在彭哲的旧居，一直在窥探我的人，就是她？"苏糖脑子转着。

忽然之间，会议室里的百叶窗帘被拉开了！安妮的脸毫无预警地出现在苏糖眼前，与她只有一扇薄薄的玻璃之隔，她甚至能清楚地看到安妮脸上的每一寸皮肤。在脸对脸的时刻，安妮微笑地看着苏糖，就像往常一样，但苏糖分明在安妮的眼中看到了咄咄逼人的深邃和掩饰极佳的不满。

苏糖只能硬着头皮伸出手摆了摆，算是和安妮打了招呼。

苏糖走进了会议室，安妮迎过来。

"来接你老公了？"

"是啊，安妮姐。"

"不过，我们的方案还有一些没讨论完。估计还需要点时间，没准儿又得熬夜了。"安妮说着。

苏糖看了一眼桌前的彭哲，彭哲还盯着电脑屏幕，十分专注地思考着什么，完全没注意到苏糖来了。

"我要去仓库确定一下我们这次画展的作品，你和江诣聊聊吧。"安妮说完，看了一眼彭哲，就离开了。

"好。"苏糖答应着。

"安妮，我觉得你这个创意很好，如果能配合上这幅作品，放在展厅门口的位置，应该会锦上添花，你把这幅画也拿来，我们摆摆看……"彭哲一边说一边抬头看到了来人，他看到是苏糖，就改口，"苏糖，你来了。"

"听安妮姐说，你们可能要熬夜……"苏糖走过去。

"是啊，这个画展筹备的时间有点紧张。苏糖，你等我一下，我得去仓库拿一幅画。"彭哲站起身来。

"是这幅画吗？我帮你去仓库拿吧！"苏糖绕到彭哲的身边，看到了电脑上展示的方案，是彭哲刚刚修改过的。

"好，谢谢老婆。"彭哲指了指电脑，"正好，我可以再改改方案。"

苏糖走出会议室，直奔艺术仓库。

再现的油画

Forever 的艺术仓库位于地下一楼，足有几百平方米。苏糖来到了仓库，通过保安人员知道了安妮所在的库房位置，径直去了 Room 5。库房门上贴着标签：avant 产品库。苏糖在门外扫描虹膜，库房门打开，苏糖进入了库房。

"安妮姐？"苏糖一进库房就寻找着安妮的身影。"安妮姐？"苏糖看了看，没有发现安妮。但是她记得在彭哲的电脑上看到的那幅画的作品编号，于是她自顾自找起那幅画来。

"哇！"苏糖停下了脚步，在她面前出现了一幅长、宽都在 2 米以上的大幅油画，画中是一个摇曳多姿的在风中跳舞的女人。

"确实，如果把这幅作品放在主导位置上展出，效果会非常震撼。"苏糖肯定着，她的眼光又扫过了挨着这幅画的另一幅油画。

那是一个少女的全身像：她身着华丽的长裙，以舞动独特的姿态出现在绚烂的舞台背景上。这是一种巴洛克绘画的风格，而作品的大幅尺寸，让整体画面显得美丽梦幻。但整幅油画作品最为特别的一点是：画面并没有止于巴洛克风格，少女所在的橙黄色舞台背景上还布满了细碎奔放的彩色颜料，就像中国画法中的"泼墨"一般。

"这女孩，是我吗？"苏糖震惊地盯着画。

苏糖觉得画上的自己穿着的长裙是那么眼熟：蝴蝶和碎花相结合的裙摆。

"是楚洛的设计稿！"苏糖想起来了，就在她大一的那一年，楚洛参加了学校举办的服装设计大赛，并邀请苏糖做他的模特来展示他的设计。而那次苏糖穿的就是和画中一模一样的长裙。

"嗯？"苏糖感到了诧异。她注视着那舞台背景上滴洒的颜料，唯有暗红色是渗透进画布里的，而其他颜色的颜料都能感觉到略微凸起的状态。

"波洛克的'滴洒法'……"苏糖伸手摸了摸画上的颜料。

苏糖有些慌了，但她安慰自己，一定要镇静。

苏糖掏出手机，对着画拍了一张照片。

苏糖马上走去了旁边的电脑桌，打开电脑。在库房的统计软件上可以查到所有存储物品的信息，输入作品编号，被扫描的作品档案文件马上呈现出来。

作品名称：《绚烂》。创作人：袁婉菲。完成时间：2011 年 8 月 28 日。委托人：楚洛。

"你们觉不觉得这幅画挂在这儿，有点怪……"

"好像……挂在这个地方，显得有点小了……"

"这幅画和楚洛的凶杀案有关系吗？"

"没有……我就是觉得这幅画挂在这里和别墅的风格不符。"

苏糖想起了她和林慕曦以及邵珥珥去楚洛遇害的别墅"考察"时，他们看到的挂在客厅走廊尽头显得与周围风格极不相符的那幅画。苏糖可以肯定，此刻，她绝对不是神经敏感，因为画的档案上已经赫然出现了楚洛的名字。

8 月 28 日……苏糖想着：楚洛遇害的那一天是 8 月 30 日，也就是这幅画完成之后的第三天楚洛就被杀死了……

"Sugar？"

安静的仓库内，苏糖听到安妮在叫她的名字，她握着鼠标的手哆嗦了一下，但她很快镇定下来，转身看向安妮："'江诣'让我来找一幅画，说是要放在展厅门口的位置，应该是一会儿你们布展的时候要用。"

"这幅吗？"安妮指着《绚烂》问道。

"不……是旁边那一幅。"苏糖一边说，一边关掉了画的档案，"不过，这幅《绚烂》真的很特别……我没想到……"苏糖的慌张都要溢出来了。

安妮看着苏糖："没想到自己成了这幅画的主角？不过……当年定制这幅画的客人再也无法收下这幅画了……"

"为什么呢？"苏糖明知故问。

"定制它的人，已经死了。看报道说，他身中多刀，死状恐怖，他死亡的别墅里到处都是血迹。如果这幅画挂在那座凶宅里，也许并不会比存放在我们的仓库里更好……"

"他的家人也不想要这幅画吗？"苏糖继续试探。

"人死得那么惨，房子也变成凶宅了，哪还有心情去追究一幅画。听说，定制这幅画的客人也是一个学设计的男孩。我当时照着照片画的时候就很好奇，到底男孩是留恋他自己设计的长裙，还是留恋穿着长裙的女孩呢？"安妮说着。

苏糖故作惊讶地转头："安妮姐竟然画得那么好！"

"……这幅《绚烂》可能是我此生唯一正式画过的作品了。"

苏糖想了想，说道："反正也放置那么久了，可以试着再次拍卖。"

"既然你那么喜欢，画的又是你，你可以把它买下来啊。"安妮一直盯着苏糖。

"我？"

"还是不要买了，毕竟，它是属于一个死人的，不吉利。江诣可能也觉得它不太吉利，而且是另一个男孩对你的寄望，所以他一直把画放在仓库里。"安妮指了指另一幅画，"走吧，我们把它搬出去。"

那个傍晚，苏糖很识趣地告辞，提前回家，只留下了彭哲和安妮两个人在一楼的展区规划布展的事情。但她其实还有另外一件十分重要的事要做。

苏糖开着飞车去了老沈的家，把她寄存的分析资料和文件统统翻了出来。苏糖把她拍下的《绚烂》的照片传到电脑中，通过PS的处理，那些分布在背景上的暗红色画迹就十分清晰地形成了一道道飞溅的形态。

苏糖把那些她曾经画过的还原楚洛案发现场的图画全铺在桌面上，在仔细观察每一处血迹喷溅的状态之后，苏糖几乎可以肯定，楚洛最后倒下的位置就是《绚烂》放置的位置，只不过，按照血迹喷溅的状态，画应该是被摆在了地上，还没有挂起来。

"如果能够想办法证明这幅画上的暗红色痕迹就是楚洛的血迹，就说明，这幅画曾经出现在案发现场，而送这幅画的人，就是杀死楚洛的凶手！"苏糖指着电脑显示出来的画作。

"我们一定要安排人买下那幅画。"苏糖目光坚定。

"你有没有想过，如果幕后的凶手真的是安妮，在 105 号病房暗算你的人也是安妮，那么，你之前对凶手做出的'不再调查'的承诺就被打破了。很可能，凶手是故意利用这幅画来试探你的。你再采取任何行动，基本上都是在向死亡奔赴。"老沈提醒苏糖。

苏糖认命地点了点头。

江诣、林肖、楚洛、莲文若、蕾雅、米思聪、黎秋雨、苏敏惠……还包括林慕曦和她自己，死亡、失踪、监控、囚禁、受伤……千丝万缕，诡异微妙。苏糖本来打算放弃了，但这么多人命，这么多人失踪，她真的能彻底不理，安稳生活吗？

残忍也不失慈悲

夜里两点十五分，苏糖依然无法合眼。安妮的眼神和老沈的警告成了她陷入纠结状态的根源。

微弱的月光透射进卧室里，一个身影走到了床边，低下头，轻吻了苏糖的额头。

"怎么还不睡？"彭哲柔声细语。

"我老公还没回来，我怎么睡得着！"苏糖看到彭哲松了松领带，他十分疲倦地靠着床头坐了下来，"很累吧？"苏糖也爬起身和彭哲肩并肩靠在床头。

"累，不过，画展的布局都规划好了，也算有成果。"彭哲揉了揉眼睛。

"有安妮帮你，应该会很顺利。"苏糖还是无法避免地提起了安妮。

"Forever 这些年发展很好，安妮是有一半功劳的。"彭哲伸了一个懒腰，眼看就要不洗澡直接睡下。

"安妮漂亮、性感，有能力，也很有个性。这些年来，你为什么没有爱上她啊？"苏糖还是问了。

几乎半眯着眼睛、困倦极了的彭哲听到这个问题，眼睛一下睁大了，像是清醒了起来："苏糖，你怎么了？"

苏糖也觉得自己很唐突。

"没有……我失眠，脑子就会胡思乱想。你累了，赶紧洗澡，然后睡觉。"苏糖一边说一边下床，"我去帮你弄洗澡水。"

一只手拉住了苏糖的手腕，她顺势就被拽进了彭哲的怀里。

"你是吃醋了吧？这些年来，我老婆还是第一次因为我而吃醋了呢。"彭哲说得平静温和，苏糖却听得有些慌张。

"安妮……知道你……不是江诣吗？"这几乎是苏糖最好奇的问题了。

彭哲翘起嘴角，忍不住笑了一下："你到底想说什么？"

"我觉得，安妮可能很欣赏那个热情神秘的江诣。但她其实不知道，本来的你，不是那样的……本来的你是低调、沉默的。"苏糖不敢抬头看彭哲。

"看来，江诣在你的评价里，是个很有魅力的男人啊。相反的是，彭哲倒变成了一个不值得女人去喜欢的男人了。"

"哪有……我只是觉得安妮那样的女人不会喜欢彭哲那样的男人。"苏糖说得实在。

彭哲慢慢放开了拥抱着苏糖的手臂，然后一个人下了床，颓然地靠着床沿坐在地板上。苏糖有一种说错了话的感觉。

"其实情况恰恰相反。"彭哲从口袋里摸出一支烟，用打火机点燃，烟头在黑暗里一明一灭地闪现。

"安妮知道我不是江诣。恐怕，她是这个世界上，第一个识别出我不是江诣的人。"彭哲依旧是平静的语气。

苏糖感觉到自己的心沉了一下，但她没有再说话。

"那一年，我伤还没有痊愈就回了法国。我没有江诣的基础，人生地不熟，也不会法语。无论在生活上还是学习上，都遇到了很大的困难。在那段时间里，都是安妮在帮我。"彭哲娓娓道来。

浪漫而热情的江诣曾对在同一所大学读书的安妮颇有好感，同为出身艺术之家的富二代，安妮对江诣并不感兴趣。相反，新学期开学以后，安妮发现，过去总是撩拨她的江诣仿佛突然变了一个人，对她十分疏离，这反倒激发了安妮的好奇心和好胜欲。两个人的局面发生了对调，安妮变成了主动的那个。

彭哲虽然遇到了很多困难，但他毕竟非常聪明，他那种安静却智慧的气质深深打动了安妮。那时候，她给彭哲拍了很多照片，几乎都是在他不注意时，她的照片就拍出来了。安妮发现，自己彻底沦陷了，爱上了那个冷峻疏离的男孩。

"其实，因为怕别人识别出我不是江诣，我几乎断了和所有人的关系。但有一天，安妮来我租的公寓找我，她说，她知道了江诣在国内还有一个双胞胎弟弟叫彭哲。而且彭哲遇到车祸身亡的消息，媒体也有报道。她就问我，我是不是彭哲……"

"你会把身份的秘密告诉她？"苏糖惊起，坐直了身子。

"我当然不能承认啊。但是她很笃定，我不是江诣。"

"既然你和所有人都断了关系，为什么还和她保持着朋友的关系？"苏糖心里那种不舒服的感觉几乎膨胀到了不可抑制的状态。

"在法国，我很孤独，甚至有时候，也很无助。我也需要个朋友。从朋友或者事业搭档的角度来看，我对安妮也非常好。"彭哲站起身，在烟灰缸里戳灭了烟头。

苏糖点头："我去给你放洗澡水，你这么累，泡个澡，可以缓解疲劳。"

苏糖走向了浴室，她内心里感到一种悲伤，她嫉妒安妮在法国"雪中送炭"一样的存在，她又心疼彭哲改换身份之后重新适应生活的孤独无助。而在那些岁月中，她自己，是不在他身边的。

洗澡水哗啦啦地从水龙头里流进浴缸，苏糖却在思考着：如果安妮推测出了彭哲的身份，她难道不好奇彭哲为什么代替江诣吗？她难道从没怀疑过江诣的死吗？

"都溢出来了！"彭哲的声音打断了苏糖的思绪。

"啊？"苏糖这才发现，浴缸里的水已经从里面溢出来了。她马上去关水龙头。

彭哲蹲在苏糖面前，捧起苏糖的脸，他让她与他对视："听着，无论过去、现在还是未来，我爱的人，只有你一个。我知道安妮很好，对我也好，但我不爱她。"

"可是，在我发疯了一样思念你的那三年时间里，你却在另一个女人的身边啊。"苏糖也知道自己陷入了执拗的"想不开"境地。

"所以我回国了，最重要的事，就是和你重逢！"

"你是故意在那条马路上出现的？"苏糖渐渐露出笑颜。

"当那一刻，你突然抱住我，然后泪流满面，我就下定决心，今生今世，再也不会离开你。"

苏糖眼圈红了，却又突然转换话题："快洗澡吧！水要凉了！"

"一起啊！"彭哲抱起苏糖，扑通一下就把她丢进了浴缸。

春光旖旎，柔情蜜意。

第二天上午，彭哲去上班，苏糖一个人在别墅里整理房间的时候，接到了邵珥珥的电话，约她去喝咖啡。

下午两点，苏糖按照邵珥珥提供的地点，找到了一家地处偏僻的咖啡馆。整间咖啡馆没什么人，在角落的那张桌子边，苏糖看到了邵珥珥、林慕曦，还有伍教授和纪骏，以及一个看起来眼熟的男人。这一桌人的组合，让苏糖有些意外。

"你不是要找个精神科医生谈谈吗？当初还想挂个急诊号。"林慕曦展手示意，介绍起身边的男人来，"资深精神科主任医师，梁启志医生。"

"梁医生和伍教授一起做过联合研究的课题。"邵珥珥做着介绍。

"给那个女高中生治精神病的梁医生！"苏糖惊喜。

"我们今天主要谈谈林肖这个人。"伍教授切入了正题。

梁医生也参与过对林肖的精神评估。当时，他为林肖做过全身体检，得到了各项生理数据指标的报告，还对林肖进行过访谈以及观察。

"林肖并没有受到脑外伤，也没有神经系统的退行性疾病，所以我推断他的异常状况是外界环境的改变和极端的刺激所造成的。而且林肖的情况跟我早些年遇到的一个病例十分相似——那是一个被人贩子拐卖到偏远地区的十七岁少女。她被解救出来的时候，已经是五年以后，那时她几乎已经不能够正常流利地表达自己的想法了。她的所有行为模式，都取决于那个买下她的暴力男人的意愿……"梁医生从包里拿出一个文件夹，打开来，抽出几张照片给苏糖看。

　　苏糖看着照片。有的照片中，女孩的眼神中充满惊恐；有的是洗着衣服却似有戒备；还有一张是她用皮带勒住了狗的脖子。

　　"惊恐、警惕、暴力，都是由囚禁状态下的刺激造成的。购买少女的那个男人，很喜欢吃狗肉，所以，男人总在她面前杀狗，并且多次威胁，如果她逃跑，他就会像杀狗一样杀掉她。即使她被解救以后，她在街上仍疯狂扑向一只小狗，还想用皮带勒死狗。"梁医生解释着每张照片的现场背景。

　　"为什么会这样？"苏糖问。

　　"男人胁迫过女孩杀狗，而且让她帮他处理给狗剥皮或者切割狗肉这样的事。久而久之，女孩就形成条件反射，看见狗就会疯狂地想要杀死狗。"

　　"斯德哥尔摩综合征。人质为了求得自身的安全，反过来帮助或者讨好囚禁他的人。"苏糖也记得她研究过的那些案例。

　　"没错！但和一般的斯德哥尔摩综合征不同的是，由于女孩被囚禁得太久，她已经由暂时的心理症状变成了错误的联想和条件反射，也就变成了一种难以治愈的精神疾病。"伍教授做了补充。

　　苏糖仔细回想了林肖的种种状态，他确实和被拐卖被囚禁的那个少女的情况十分相似。区别是，少女杀的是狗，林肖杀的是人。

　　"我还记得，那天凌晨，我和你一起出了车祸。当我醒来的时候，我已经被关进了一座废屋里。囚禁我的人戴着面具，和林肖画上的'面具人'一模一样。他全程没有和我说过一句话，只是把要求写在纸上。我的手腕被绑在床沿上，但是也可以写字，我也会把我的要求通过写字告诉他。他没有要杀死我，但他每天给我抽血，一部分用来快递给你，一部分用来喷在墙上。我每天看到墙上的血液，就很恐惧。我深切地感受到，我的生命在消逝。这就是一种潜移默化的心理暗示。"林慕曦回忆着那可怕的几天。

"这么分析看来，林肖的背后，的确有一个囚禁他、驯化他的人。"苏糖一想到苏敏慧的死状，简直感到不寒而栗。一个人能把林肖驯化成那样杀死自己女朋友的疯子，这个人得多么恐怖啊！

"你推测得很对。所以，无论如何，那个人一定要落网，否则，还会有更多的被害人出现。"纪骏目光坚定地说。

非一般的情敌

苏糖注视着铺了一地的素描画：女性、男性、身体部位、面具人。她思考着：如果是女性杀手，她们通常在体力上并不占有优势，所以她们往往会使用更加省力、巧妙的方法来制服被害人。苏糖在面具人的画上写了"操控者"三个字。

如果面具人驯化了林肖，他只需要遥控林肖为他捕捉"猎物"即可。假定，这个驯化者真的是安妮，那安妮就需要机会接触林肖、囚禁林肖，可安妮也是在彭哲接手Forever的时候才随着他一起回国发展的——没错，林肖也是在那时候突然失踪的……苏糖在另外一张白纸上分别写下了安妮、林肖两个名字，她要把安妮的时间线和林肖的时间线进行比对。

"不过当年，江诣说他父亲的公司接到了一个订单，问我想不想试一试，还能赚一笔外快。所以这幅《绚烂》可能是我此生唯一正式画过的作品了。"苏糖想起了安妮的话，于是在安妮的时间线上添加了完成《绚烂》的时间。

"后来林肖也来医院找我，他开始向我勒索，他说他需要钱。我就给了他钱。"

"搞定了林肖，我终于代替江诣去了法国。"

苏糖想起了彭哲告诉他的过往细节，于是在林肖的时间线上添加了"勒索"的时间。

苏糖脑子转着，她想起了还有另外一个重要的点：林肖买下了401和402两套旧居。

安妮画了楚洛定制的油画，楚洛被杀，江诣被撞死，林肖勒索彭哲，林肖买下两套房，对了，还有邻居莲文若失踪。苏糖写下了同一段时间内发生的事。

苏糖在两套房的位置画了一个问号：林肖买下两套房，真的是为了偷窥我吗？花了这么大的力气去监控一个人，还要等时隔多年以后才去杀她？

监控，不是为了猎杀……苏糖无法自抑地想起了《遗憾之泪》，她内心的直觉告诉她，林肖的窥探也许不是他本意，而是来自背后的操纵者。

"是安妮，真正想要窥探我的人是安妮。"苏糖没办法不那么想。

林肖替安妮实施窥探的操作，再把影像传给远在法国的安妮，在技术上，也不是不能实现。

"我总觉得他有心事，但他沉浸在自己世界里的感觉特别吸引我。"

"我总感到有人在跟踪我，或者在某个角落盯着我。"

莲文若录音笔中叙述的细节也跳入苏糖的脑海之中。

"莲文若对彭哲有好感，失踪之前，又觉得有人跟踪她。既然安妮能窥探我，她也可以注意到莲文若。"苏糖写下了"情敌"二字，还画了一个问号。

"不对！时间上不吻合！安妮是在彭哲去了法国之后才渐渐识别出他不是江诣而是彭哲的，才爱上了气质完全不同的彭哲。在那之前，她怎么可能视我或莲文若为情敌呢！"

苏糖叨叨咕咕，就像自己在给自己摆条件、讲道理。

"你怎么知道，安妮一定没有把你当成情敌呢？就如同现在的彭哲怎么能知道当年的安妮一定没喜欢过当年的江诣呢？"老沈的声音响起，像是神一般的启示。

苏糖回头:"你这屋子这么安静,你的噪音又响亮,真是吓人一跳。"

"这里,好像是我家啊!"老沈走了过来,两只手各端着一碗面,每碗面上还摆着一双筷子。

苏糖毫不客气地从老沈手里拽过一碗面,拿起筷子大口吃起来。

"小王子,我就是来甜你的糖。"

"'牛奶糖',我就是来爱你的王子。"

一边吃面,一边回忆,苏糖想起了第一次邂逅江诣的情景。苏糖甜蜜地笑了一下,面就打结一样,滑进喉咙,把苏糖噎了一下。

"春心荡漾啊,又想起什么了?"老沈盘腿坐在地板上,和苏糖面对面吃着面。

"彭哲和江诣两个人很早之前就有过身份的互换。如果在'牛奶糖时期',江诣确实对我一见钟情,他会把美好的记忆打包带回法国。安妮要真是也喜欢江诣,她也许真会发现我,把我想成情敌呢。"苏糖说得一本正经,突然面也不吃了,脸色不好起来,"彭哲说,安妮不喜欢总是撩拨她的江诣。这江诣难不成是见一个爱一个?既撩安妮,又对我有好感?"

老沈一口面差点没喷出来:"只有你们女人,才会想这么无聊的问题吧!"

"虽然无聊,但这些确实在情理上说不通。这就证明了,至少在楚洛被害之后那段时间里,不是安妮指使林肖来窥探我的!"苏糖反击得很有力。

"你不能凡事都从感情角度出发,抛开那部《遗憾之泪》的电影背景,抛开爱情的视角,也许安妮指使林肖窥探你,还有其他意图。"老沈拽过纸巾擦着嘴。

苏糖点头:"客观点说,安妮有两个途径知道我,一是通过江诣,二是通过那幅《绚烂》。"

"总之,安妮能够接触到你的信息,这是事实。而且,杀人方法越是怪异的凶手,往往杀人的动机也越是诡异。对于安妮,我们肯定还有更多'功课'要做。"老沈放下碗,走到桌边,打开抽屉,拿出一个文件袋,然后递到了苏糖眼前，"这是之前查'遗憾之泪'时，我们搜集到的信息，你可以研究研究。"

苏糖接过文件袋，放在身边。

离开老沈的家，又是傍晚的时间了，苏糖开着车，拨通了彭哲的电话。

"老公，今晚还要加班吗？"苏糖问。

"是啊，布展的事情肯定要盯着，不过，今天应该可以比前几天早点到家。"彭哲的声音从电话中传来，苏糖还听到了安妮的声音。虽然没太听清楚说的是什么，但这声音引起了苏糖的注意。

"老公，那我去看看你吧，你这么辛苦，我带你喜欢的咖啡去慰问你。"

"好啊，谢谢老婆！"

挂了电话，苏糖转了方向盘，开去了 Forever。

到了 Forever 艺术中心，员工基本上都下班了。苏糖知道 avant 的画展正在布展阶段，彭哲应该又在大家走了之后，跑到展厅里去找"感觉"了，便买了彭哲喜欢喝的黑咖啡，拎着去了展览大厅。

"你的眼光不错，果然，这幅画放在入口的位置，效果很震撼。不过，我担心苏糖她不喜欢这么张扬吧？你还希望她来做个压轴表演，我怕她会拒绝。"彭哲说着。

"自从手术之后，Sugar 也很闷吧，接触一下新的工作，能让她的生活丰富一点。说起张扬，她当年可是当着所有媒体人的面狠狠打了你一耳光，对我们宣传活动起到了不小的作用呢。"安妮游说着。

走到门口的位置，苏糖一眼就看到了那幅《绚烂》。这画就像一记重击，震撼了苏糖。由于停下了脚步，苏糖听到了安妮和彭哲的对话，稍微探头，苏糖就看到他们的手里各自握着一杯咖啡。

"老公。"苏糖走进大厅，香气四溢的咖啡味扑鼻而来。

"来了，老婆？"彭哲看到了苏糖手里提着的咖啡，又看了看自己手里握着的那杯，十分抱歉地说："安妮刚收到了从南非邮寄来的咖啡豆，一时没忍住，就……"

"怪我。'江诣'说你要送咖啡来，可新豆子的诱惑力太大了，我就煮了一壶。还有一杯，要喝吗？"安妮微笑道。

一股无明火蹿了起来。苏糖知道，这只是小事，甚至都不算什么事：不过是安妮在她送咖啡之前先煮了咖啡给彭哲喝嘛。但苏糖感到愤怒。

"没关系，味道不一样嘛。也喝喝这杯，'画世界'的莲姐从印尼新进的豆子，味道很独特。"苏糖也保持着甜美的微笑递咖啡给彭哲。

"不好意思，老婆，我真有点喝不下了……"彭哲略微皱眉。

"哦，那就不要喝了。"苏糖把咖啡放在了展台上。

"不能放这儿，要是洒了，会污染我们的展品。"安妮马上拿开了咖啡纸杯，但她一回头，就看到了苏糖不太好看的脸色。

彭哲也发现了苏糖不好的脸色，马上转了话题："对啊，056号展品怎么没在？"

"那幅作品今天刚到，现在它还在我办公室，不过有点重，你帮我一下？"安妮又马上改口，"Sugar，要不……你帮我搬一下那幅画？"

"好啊。"苏糖十分勉强地挤出一个微笑。

两个人一前一后走去安妮的办公室，一路上，两个人都没再说一句话。

一种隐形的不和谐在两人之间漫延。

"安妮姐，是你提议要把那幅《绚烂》放在主导位置的？"苏糖问安妮。

"我还打算把当年楚洛的案子拿来炒作一下呢。毕竟，案子那么轰动，对我们的绘展来说，也是最好的话题之一。"安妮斜睨着苏糖。

"你还希望我在 avant 的展览上做个表演？"

"风流时尚之子的梦中情人、灵感缪斯，Sugar 的表演一定会把话题推向劲爆啊！"

两个人已经到了安妮的办公室，那幅056号作品就靠墙放着，但安妮并没有要直接把画搬走的意图，相反，她走去了自己的书柜，打开来，说着："朋友从韩国带回来一种新的粉底液，听说特别好用。送你一瓶。"安妮拿出粉底液，举着。

苏糖只能走过去，接过了那瓶粉底液，克制着自己的情绪，说了句"谢谢"。她的眼睛扫到了书柜里的一个本子，这本子一下就引起了苏糖的注意。手账本的封套是皮质的，上面的图案是三朵铁线莲。

苏糖手里握着粉底液，却处于一种纠结的状态。她知道，那封套曾经吓得她跑去求助老沈，后来却被证实是猪皮。安妮也注意到苏糖的眼神聚焦到了本子上，苏糖想掩饰似乎也有点来不及了。

"那个本子很漂亮。"苏糖还是说了出来。

"自己做的，我很喜欢铁线莲。"安妮把本子拿了出来，递给苏糖。

苏糖接过手账本，手却被什么东西扎了一下。"啊。"苏糖翻过手账本一看，才发现手账本的背面皮套上别着一枚胸针，那熟悉的图案顿时让苏糖紧张起来。

胸针是少了一小块的豹脸，苏糖记得太清楚了，那是彭哲亲手制作的，而且，缺失的那一小块，就是苏糖在黎秋雨的画室里发现的那一小块。

苏糖的指尖被扎出了血，她把指尖放在唇边舔着。苏糖内心无比慌张，表面却尽量保持镇定："豹脸好像缺失了一块，不是我碰掉的吧？"

"是啊，少了一块，不过是江诣亲手做的，还是值得收藏……"安妮盯着苏糖，露出了一抹胜利者的微笑。

经过总有痕迹

看到那抹微笑，苏糖的手一滑，手账本连同豹脸胸针一起掉在了地上。啪的一声，豹脸胸针碎成了几块，手账本也摔散了页。

"不好意思！"苏糖一边道歉，一边蹲下去捡本子。

散落的本子内页进入苏糖的视线，那上面画着的都是跳芭蕾的女孩：小踢腿、小弹腿、控制平衡……都是经典的芭蕾舞基本动作。女孩的身边还标注着三围尺寸、手臂长、腿长。其中一张脸部素描特写上，也标注着脸部的比例尺寸，以及分隔清晰的每一块脸部结构和对应的分析文字，比如：眼部轮廓稍窄，下巴完美。苏糖一眼就认出，本子上画的女孩就是蕾雅。

苏糖能感到自己的紧绷慌张，但她还是佯装自然地以最快的速度收好了散落出来的本子内页，握成一叠，然后站起身，连同手账本的皮套递给安妮。

"抱歉。"苏糖一脸尴尬，但指尖传来的感受是：皮套的皮质十分细腻，和彭哲送给她的那本比较起来，手上的这本只是没有那块胎记。

安妮像是吃了仙人掌，不悦和难言融合在一起，冷冷地接过苏糖递给她的东西。安妮蹲下身子，一手攥着本子内页，一手捡起了那些豹脸碎片。

"这世界上总有些人，肆无忌惮，挥霍着他们拥有的一切。不过，我不是那样的人，我善于珍惜，珍惜每一分、每一秒、每一样东西。"安妮抬头微笑了一下，"没事，你看，拼凑起来，它就还是过去的样子。"

苏糖看到安妮把碎裂的几块豹脸又拼成了原来的样子。

苏糖知道安妮话里有话，但她不能追究，只能转换话题："耽搁了这么久，我们还是把画搬下去吧！"

"好。"安妮从书架上拿过一个礼品盒，把散了的手账本和胸针的碎块都放了进去。

两个人没再说话，抬着油画，朝着展示厅的方向走去。

离开了 Forever，苏糖驾车返回了家。一路上，她都在思考，为什么安妮对蕾雅有那么详细的"研究"呢？她甚至标注了蕾雅身体比例的尺寸……特别是其中一页，苏糖觉得很眼熟。"那个舞台背景……对，我在蕾雅的脸书上看过相同背景的照片！"

进入家门，上了二楼，坐在工作室的椅子上，苏糖打开电脑，进入了脸书上蕾雅的主页。

蕾雅是一个有很多粉丝关注的女孩，苏糖翻看着蕾雅关注的和关注蕾雅的好友。显然，在这两类好友中，苏糖都没看到安妮的头像和姓名。

蕾雅当年邂逅了一个中国男孩，她很喜欢他。大二那年的暑假她去了中国，据说是去看望她的中国男友，但去了之后就一直没有消息了——苏糖想起了她上一次打探时获得的消息。

男孩！苏糖一条一条翻看着蕾雅发过的记录，还有粉丝们的评论。

中央剧场，第一次出演《天鹅湖》——蕾雅，翩若惊鸿——欧阳轩。

学校剧场，排练《胡桃夹子》——蕾雅，轻盈袅娜，飘飘欲仙——

欧阳轩。

复活节派对上——蕾雅，如同璀璨的夏日之花，不凋不败，妖冶如火——欧阳轩。

看午夜场《遗憾之泪》——蕾雅，一寸相思一寸灰——欧阳轩。

…………

"遗憾之泪！"这个名字触动了苏糖的敏感神经。

苏糖发现了一个名叫欧阳轩的人，他和蕾雅是互相关注的关系，他对蕾雅的脸书的评论使用的都是英文，简练而优美，可以看出，他的每一条评论都是针对蕾雅参加的各种演出和活动。

苏糖看了看欧阳轩的头像：一个清秀的华裔男孩，看起来也就二十岁出头。

苏糖给自己重新注册了一个脸书的账号，她还在网上找了一个中国模特女孩的图片作为头像。有了"新身份"的她点击进入了欧阳轩的主页。

欧阳轩把自己的全部消息都设置成"公开"的状态。一般情况下，愿意把自己的状态设置成"公开"的人，几乎都是很自信的人，他们需要一定范围内粉丝的关注。这么做的人，很喜欢拍自拍照，把各种美美的生活侧面展现出来。但欧阳轩不同，苏糖翻了他几乎所有的消息，每一条都是特别文艺的场景或物件，不过除头像之外，照片上完全没有他本人的存在。

苏糖回到了蕾雅的主页，把所有带有欧阳轩评论的那一条都做了截图。

天蓝色的椅背、螺旋形吊灯、彩虹图案的彩蛋、金色海报栏……

只要细心观察，就能在欧阳轩的主页上发现很多与蕾雅主页上的照片相呼应的细节特写照片。

"这么看来，蕾雅所在的现场，欧阳轩也在。欧阳轩会是蕾雅的男友吗？"苏糖又去点击欧阳轩的好友列表。

欧阳轩关注了 18 个好友，关注他的好友有 4852 个。大概浏览一下，苏糖没有在这些好友中找到安妮的头像或者姓名。

"会不会，欧阳轩，就是安妮的'马甲'呢？"

"嗯，用图片搜索法试一试。"苏糖另存了欧阳轩的头像图片，然后在各类搜索引擎中导入照片，等待搜索结果。

有效的搜索结果只有一条，就是欧阳轩的脸书主页。

"他至少没有盗用别人的头像……"苏糖感觉到一阵头脑发涨，她拿出了一瓶降压药，吃下两粒。自从颅内硬膜出血的手术之后，苏糖就受到了血压波动的困扰。每当情绪激动和特别劳累的时候，她都会感到头昏脑涨，血压飙升。看了看表，已经是凌晨两点多了。苏糖打算关掉电脑，明日再战。

"嗯？"就在她要关掉脸书主页的时候，苏糖看到了一个头像，那是关注欧阳轩的好友中的一个，很显然，也是一个华裔女孩。

朱蒂！苏糖被女孩的头像弄得清醒了，这不是之前离职的彭哲的秘书吗？

"在黎秋雨失踪的那个上午，她的手机打过一个电话到Forever的秘书办公室。"

"我们找到了朱蒂，也套出了话。她说，当时打来电话的人是黎秋雨本人，她在征得老板江诣的同意之后，就把电话转接到了江诣的办公室。"

"他们通电话的那天，黎秋雨画室所在的区域停电了，所以她的画室在那一天并没有对外营业。而且朱蒂也说，她的老板接过电话之后，就离开了公司……"

苏糖想起了老沈曾经调查到的信息。

"蕾雅、欧阳轩、朱蒂……"苏糖还无法知道这三个人之间实质的联系，但这奇妙的联结，足以让苏糖吃惊了。

苏糖继续拖拽好友列表，好友的数量在这个刷新的动作下竟然发生了变化。

关注他的好友，19个。他关注的好友，4853个。多出了一个互相关注的人。这个人的头像显示，她是一个女人，名字叫瑞贝卡。

"瑞贝卡？"苏糖在头像照片上看到了那个金色长发的年轻女人。

"你就是我心中的棉花糖，甜蜜的梦想……"

手机铃声响起，吓得苏糖一哆嗦。苏糖从包包里拿出手机，来电显示是一个完全陌生的号码。

纠结了一下，苏糖按下了接听键。

"喂……"苏糖试探着。

"Hello, I'm Rebecca.（你好，我是瑞贝卡。）"

一个女人清脆的声音，在凌晨两点多的时候，从手机的另一端传来。

"Are you looking for me?（你在找我吗？）"

"No!"苏糖感觉到全身的汗毛都竖了起来。"No!"苏糖几乎发出了歇斯底里的否定之声。

惊弓之鸟

几乎是无法自控一般，苏糖马上挂了电话。她把手机扔在桌上，也马上关掉了她正在浏览的脸书主页。

四周十分安静，空气仿佛凝结，苏糖感觉到头脑发涨，心律失常。

"你有没有想过，如果幕后的凶手真的是安妮，在105号病房暗算你的人也是安妮，那么，你之前对凶手做出的'不再调查'的承诺就被打破了。很可能，凶手是故意利用这幅画来试探你的。你再采取任何行动，基本上都是在向死亡奔赴。"

苏糖想起了老沈的警告。

嘀嘀。苏糖手机短信的提示音响起。

犹豫了几秒，苏糖又从桌上拿起了手机，打开短信去看。

"I'm outside your house.（我在你家门外。）"

"门外？"苏糖马上起身，奔向工作室房门，把门锁好。又转身奔向落地窗，把几扇窗户都锁好，也把窗帘重新拉好。她从抽屉里掏出了防狼喷雾，从书架后面抽出棒球棍握在手里，又马上回顾了一下老沈教她的打斗技巧"趁其不意，攻击关键部位，以巧取胜……"

嘀嘀。提示音又响了。苏糖再次拿起手机。

"I'm in your house.（我在你家里。）"

"咔嗒，咔嗒。"苏糖听到了一楼别墅大门打开之后又关上的声音。

"不要让敌人找到你，要趁乱逃走。"苏糖想起了老沈的另一条策略。她马上关掉了工作室的灯，屋子里顿时一片漆黑。

几十秒的时间而已，苏糖全身都湿透了，她忍不住瑟瑟发抖。

"咔，咔，咔，咔……"苏糖听到了从一楼逐渐传到二楼的脚步声。

突然间，脚步声停下了，就在她二楼工作室的门口位置。

"笃，笃，笃。"有人轻叩房门。

一滴冷汗流进了苏糖的眼里，她马上用手背擦了一下。

嘀嘀。提示音再度响起。"啊！"苏糖吓得叫了一声，漆黑一片之中，桌上她的手机屏幕突然亮起。

苏糖壮着胆子走了过去，拿起手机，查看上面的短信。

"Truth or death?（要真相，还是要死亡？）"

忽一下，手机屏幕的光亮熄灭了。

"啪啪啪……"工作室的门被人疯狂地砸着。

苏糖举起了棒球棍，做好了拼死一战的准备。

"苏糖，是你吗？你在里面吗？"门外传来了彭哲的声音。

"彭哲？"苏糖就像绝境中的人看到了神之光。

她奔到房门处，打开门锁，用力拽开门，看到了一脸焦急的彭哲。苏糖扔下了棒球棍就跌入彭哲的怀里，眼泪瞬间汩汩流出。

"你为什么回家了，也不叫我啊？静悄悄上楼梯，吓死人啊。"苏糖抱怨着。

"已经很晚了，我怕吵到你，才会轻手轻脚啊。我发现工作室反常地锁着门，又听到你叫出声，才猜到你在里面。到底发生了什么事啊？"彭哲紧紧抱着苏糖，感觉到她全身都在颤抖。

"我……"苏糖不知道该怎么和彭哲解释这诡异的局面，"我……我又想起 105 号病房的事，我很害怕。"苏糖很快找到了借口。

"你到底在 105 号病房看到了什么？"彭哲问苏糖。

虽然十分恐惧，但苏糖知道，她不能告诉彭哲，她那天到底看到了什么。

"我不是说过了吗？有人把我骗到了 105 号房，我觉得那个房间里还有人，我吓得昏倒了……"苏糖推开了彭哲的怀抱。

"苏糖，为什么有人要绑架林慕曦，还要用他来威胁你？你们到底有什么事不能让我知道？"彭哲看着苏糖慌张的表情。

苏糖这一刻似乎清醒了许多，她怎么能告诉彭哲他们一直以来的怀疑呢？

嘀嘀。提示音突然又响了起来，安静瞬间被打破，苏糖一激灵。她正要回头去拿自己的手机时，却发现彭哲从衣服口袋里拿出了他自己的手机。

"瑞贝卡？"彭哲看了手机，念出了这个名字。

"瑞贝卡！"苏糖被这个名字惊到了。

彭哲似乎对于苏糖过度的反应感到困惑，他把手机举了起来，还滑动了几下，展示给苏糖看。彭哲的微信上是安妮发过来的一个模特的简历，简历的名头显示着瑞贝卡这个名字。

"你认识她？"彭哲问。

苏糖点开了瑞贝卡的简历，很快，她在第一页就看到了瑞贝卡的头像。

瑞贝卡的相貌和苏糖刚刚在脸书上看到的头像是同一个人。

苏糖惊恐地看着照片，又看了看彭哲困惑的表情。"她……是谁？"苏糖问。

"再过几天，就是 avant 的画展，我和安妮在挑选来助阵画展的模特。她今天发了好多备选模特的简历给我……"彭哲翻阅着安妮的微信，上面有好多 PDF 版本的模特简历。

彭哲按动微信的对话键："安妮，我觉得瑞贝卡的形象和气质都很符合我们设计的秀，明天，邀请她来公司面试吧。我还要看一下她的现场表现。"

"OK。"安妮很快在微信上做了简单的回答。

彭哲收起手机，拉着苏糖的手："走吧，去睡觉。你需要好好休息。摆脱阴影还需要一些时间，但一切总会过去的。"彭哲安慰着。

"等我一下。"苏糖跑回工作室，拿了手机，放下防狼喷雾。

虽然跟着彭哲走上三楼的卧室，但苏糖一直在按自己的手机，她发现，她的手机无论如何也打不开了。

"我真的很累了，你也要好好休息，别再胡思乱想。"彭哲照顾苏糖躺下，给她盖好了被子，自己也扯过被子，打算睡下。

两个人安静无声地躺在床上。对于苏糖来说，药起了作用，她感觉好了一些。彭哲伸过手，揽过她的腰，脸靠在她的手臂上。

"彭哲，你了解安妮吗？毕竟，你们认识那么久了……"苏糖问。

"我们接触的时间，都是工作时间，私下里，没什么交往。尤其在回国之后，我更不想和她扯上让她有想象空间的事……"彭哲说着。

"那在法国读书的时候，她是什么样的女生？"

"家庭条件好，人漂亮，又才华横溢，但她很理性，不像一般学艺术的女生那么疯狂……"

彭哲睡着了，苏糖能感觉到他的疲倦和劳累。

嘀嘀。彭哲的手机亮了，他有一条新的微信。苏糖伸手去床头柜上拿到了他的手机，发现依然是安妮发来的微信。

"晚安。"微信上只有简短的两个字，还有一张照片。照片上，安妮站在画布前正在画着苏糖的脸，她正在创作的作品，就是那幅《绚烂》。

迷幻的画布

第二天一早，苏糖做好了早餐，她在端着煎好的鸡蛋走进餐厅的时候发现彭哲刚刚挂了电话。

太阳蛋、烤面包、热牛奶摆上了桌，苏糖想到了昨天夜里彭哲说的瑞贝卡面试的事。她觉得，她应该看看这个瑞贝卡到底是何方神圣。

"苏糖，今天和我一起去公司吧，安妮……想邀请你做个开场表演，今天刚好所有面试的模特都会来，你们也正好配合一下。"彭哲说着，似乎有些小心翼翼。

苏糖本来就想提出要去公司的，正好，彭哲先提出来了。

"看来你这个做老板的，还真听安妮的话呢！"苏糖淡笑一下。

"其实这个展览的开场秀真的很特别……"彭哲讲起了安妮的创意。

吃过早餐，两人一起开车去 Forever 的大楼。进了一楼大厅，苏糖才发现，工作人员早就在紧锣密鼓地筹备着 avant 的彩排了，而且展厅里的所有展品规划都到位了。

尤其是在展厅的入口处，那幅名为《绚烂》的大型油画被挂在主墙上，在射灯的照耀下光彩夺目。但苏糖看着那幅画，依旧感到心惊肉跳。

展厅里，安妮正在指挥"全世界"做最后的彩排准备。在安妮的设计中，这场 avant 的展览主题为"献给挚爱的礼物"。

开场秀中，男模特扮作艺术品的买家，女模特扮作他们的挚爱，展品就是送给挚爱的礼物。音乐响起时，男模特会手捧展品出场，女模特等在展位上，男模特献出礼物，女模特接过礼物并展现惊喜，整个展厅呈现出一派精彩又艺术的氛围。

"开场秀的所有模特都到位了吗？"彭哲问安妮。

"就差你欣赏的那位瑞贝卡没有来。"安妮翘一下嘴角，一抹傲慢显露又收起。

安妮摸了摸自己的衣服口袋："我把手机忘在办公室了。"她对身边的秘书说，"现在马上联系一下瑞贝卡的经纪公司，和他们确认一下怎么回事。"

秘书拨通了电话，又表情不悦地挂了电话。

"怎么了？"彭哲问。

"瑞贝卡的经纪公司说，她已经两个星期没和他们联系了。他们现在也找不到她。如果这个人的行程他们都不能保证，为什么要把简历推荐给我们啊！太离谱了！"秘书抱怨着。

"我还有几位候选的模特，他们随时 standby（待命），我现在联系他们的经纪人。哎呀，手机在办公室！"安妮皱着眉头。

"我去帮你拿吧！"苏糖主动要求。

"谢谢。"安妮看了苏糖一眼，伸手递过办公室的钥匙。

苏糖感觉得到，安妮的眼神充满敌意，虽然她掩饰得很好。苏糖转身去往电梯的方向，听到身后安妮拍着手，大声喊了一下："彩排马上开始！"

到了五楼，苏糖出了电梯。这一层，主要是彭哲和安妮办公的地点，他们两位的秘书显然也都在为 avant 的彩排帮忙而不在位置上。整个楼层显得静悄悄的。苏糖走向了安妮的办公室。

一进去，苏糖就看到了翻倒在角落里的垃圾桶，垃圾桶里还有一堆撕成几大块的碎纸。苏糖一眼就认出那是瑞贝卡的简历，那张昨晚她在彭哲手机上看到的简历上的全身照实在太显眼了。苏糖蹲下来看了看："安妮这是把瑞贝卡的简历给撕了……"

苏糖起身，去了安妮的办公桌，她的手机就在笔记本电脑的旁边充着电。苏糖拔了充电线，拿起手机，刚要走出去，就注意到安妮桌上一个挂着她首饰的小树雕塑，那上面有一副螺旋形的耳环吸引了苏糖的目光。

"这和瑞贝卡戴着的耳环一样啊……"苏糖眯着眼，仔细看着。

嘀嘀。安妮手机的提示音响了，苏糖发现手机上显示有一条新的短信，发短信的人是瑞贝卡。

"瑞贝卡！"苏糖惊讶。她很想知道，瑞贝卡到底发了什么，但是手机需要密码才能打开，苏糖试了几次，都没法打开手机。

苏糖不断尝试着各种密码。安妮的生日、彭哲的生日、Forever 的周年庆祝日……就在几乎绝望的时候，苏糖突然想到了那部小众电影《遗憾之泪》：女主希望自己能取代情敌。苏糖输入了自己的生日，十分神奇地，手机打开了！

苏糖点开了那条瑞贝卡发来的短信，上面出现的依然是那句英文："Are you looking for me?（你在找我吗？）"

苏糖顿时紧张起来，她警觉地看了看四周，然后找到删除键，把短信删除了。

盯着手机，苏糖还是无法平静，她看到了安妮手机上显示的"照片"软件，按了进去。她翻了翻安妮存储的图片和视频，看起来都是艺术品和模特。其中一条视频的缩略图上显示出了那幅《绚烂》。

苏糖点开了视频，看到了那幅已经完成的《绚烂》靠在墙边，与现在的成品唯一的不同是：背景上没有用"滴洒法"洒落的颜料。

"噗"！一股血飞溅起来，喷在了画布上。

这一瞬间，看得苏糖心惊。

"叮"！走廊的电梯门打开的声音响起，苏糖警觉地抬头，透过玻璃墙，苏糖瞥到了安妮——她正从电梯里走出来！

苏糖马上关闭了视频，又按了手机的开关键，手机瞬间就显示成黑屏的状态了。

安妮推门走了进来，看到了拿着手机的苏糖，她盯着手机看了两眼，然后径自走向书柜，打开来，从其中一层拿出一个长方形的礼盒。

安妮的行动牵引着苏糖的目光，紧绷的神经让她无法放松。

"我是来拿这条裙子的。彩排的重头戏，可少不了它。"安妮一边说，一边打开礼盒，从礼盒中抽出一条长裙。

蝴蝶和碎花相结合的裙摆，苏糖知道，那是楚洛曾经设计的作品。

"这裙子怎么在你这儿？"

"因为你穿着它，实在太美了。好东西，当然值得收藏。"安妮举着裙子，比在苏糖的身前，她微笑，苏糖却感到害怕。

"走吧，楼下还在彩排！"苏糖转身向门口走，逃也似的。

等电梯，电梯到了，电梯门打开，进入电梯，电梯到一楼停下，电梯门再次打开，这再正常不过的过程，苏糖却觉得十分漫长。安妮抱着裙子，偶尔盯着苏糖，两个人没有说话，苏糖觉得空气都凝结了。

到了一楼展览厅，所有人都在鼓掌，苏糖听到彭哲说："第一轮彩排效果不错！"

苏糖快步走到彭哲的身边，下意识地拉住了彭哲的手。

"我相信，第二轮有了 Sugar 的加入，一定会更精彩。"安妮依旧展露着职业性的自信微笑，她把裙子递在了苏糖的面前，"换上裙子吧。"

苏糖向后退了一小步，彭哲也注意到了裙子，他皱了一下眉："这条裙子？"

"画中人，人中画。献给挚爱的礼物，一定是最美的挚爱。只有这条裙子，才能和那幅画相得益彰。"安妮振振有词。

几乎所有人的目光都聚焦到了裙子上，大家纷纷感叹："好漂亮的长裙！"

无奈之下，苏糖只能接过裙子："我去那边换一下。"

再次穿上了当年楚洛设计的裙子，苏糖感觉到怪异极了。她忐忑不安地走出了更衣室，走进了大厅，走到了众人的注视下。

灯光变幻，整个展厅中，苏糖成了焦点。红色魔幻的灯光打在了苏糖的身上，世界变得奇幻而美丽。

"好漂亮。""真的很美。"……

称赞的声音从四周传来。

"Sugar，你就像过去走秀一样，放松心情，走出你的风采就好。"安妮凝视着苏糖，摆出秀场督导者的姿态。

苏糖轻微点头，退到了展厅模特出发的位置。音乐响起，苏糖踏着模特步向着展厅的入口位置走去，她的目标是走到那幅《绚烂》的前面，在那里，还有彭哲以主办方 boss 的身份等待迎接她，然后开启整场展览的序幕——这是安妮设计的开场秀。

音乐迷幻而优美，红色的灯光点点洒下，苏糖却再次感受到心律失常、头脑发涨的不适之感。

"噗！"一股血飞溅起来，喷在了画布上。"噗！"再一股血飞溅起来，喷在了画布上……

苏糖眼前浮现出了满身是血的楚洛，还有一把挥舞着的匕首。匕首落在楚洛的身上，然后一股股血喷溅在油画上。

苏糖一步步走向《绚烂》，她看到彭哲正微笑着面对她。但一瞬间，彭哲变成了全身是血的楚洛，满脸痛苦和挣扎。

终于，苏糖走到了《绚烂》的前边，她看清楚了，站在油画旁边的人不是楚洛。苏糖就像看到了救星，一把抓住了彭哲的手臂，要不是彭哲及时扶住了她，她可能会摔倒。

"我好难受……"苏糖说了这句就向着更衣室跑去。

现场的各位面面相觑，大家不知道发生了什么状况。

更衣室里，苏糖换下那条长裙，她感到恶心，她觉得裙子上有股血腥的味道。她拿起桌上放着的一瓶纯净水，大口大口喝了下去，喝完了一整瓶水，才感觉好了一点。

推门走出更衣室，苏糖听到隔壁的储物室有争吵的声音。

"你为什么要买下那条裙子？"

"难道裙子只有她穿才漂亮吗？这些年来，无论我做什么、付出多少，你的心里永远没有我。她就那么高贵，那么独一无二？"

"安妮，我们一直是工作上的合作伙伴，你知道的！"

"可我一直都爱你，你也知道的！"

"OK！我们不要再争论了！拆伙，你离开Forever！"

"为了Sugar，你赶我走？"

苏糖听到了安妮哈哈大笑的声音，砰的一声，门打开了，安妮冲了出来，她看了看苏糖，眼神中充满了憎恨。狠狠地撞了苏糖的肩膀之后，她扬长而去。

苏糖看到了屋子里留下的彭哲，彭哲也看到了苏糖，两个人对视，意味复杂。

她离开以后

晚上十点，苏糖还在Forever的大楼里忙碌着。安妮就那样赌气离开了，留下了马上就要开始的avant展览以及一大堆等着她去完成的工作。顿时有一点焦头烂额的彭哲在这个时刻得到了苏糖自告奋勇提供的工作协助。

会议室，成了苏糖的临时办公室。笔记本电脑上展示着安妮之前设计的新活动的方案。那是一个名为"植物生活家"的策划案，是与知名园艺家共同打造别墅住户的艺术花园的联合项目。园艺家负责提供设计图和植物播种建议，Forever 负责提供花园里需要的各种雕塑与摆件。这个项目会与"励豪地产"合作，主要服务对象是购买了励豪独栋别墅的客户。

为了这个项目，安妮精选了一些艺术家的作品作为备选，如被选中，公司就会买下作品的版权，并将具有版权的雕塑和摆件进行批量定制。在翻看着艺术家们提供的作品推介时，一个眼熟的雕塑引起了苏糖的注意。

那是一尊白色的老年男性半身雕像，穿着园丁服，手里拿着浇花的喷壶。苏糖马上去翻自己手机相册里存储的照片，她找到了那张在秦明轩的花园里看到过的雕塑照片。苏糖还记得林肖画过的那幅画：一个穿着园丁服的老人手里捧着一束月季花，但是，老人从膝盖以下部分的双腿，已经没有了。

"雕像和图画十分神似，而且都没有腿……"苏糖回想着，她翻回了设计雕像的那位艺术家的简介。

炎宜辛。雕塑艺术家。作品以美感、残缺、独特为主体风格。提倡以浓缩的部分来展现整体的情绪。

介绍非常短，只有两行字。而且，没有艺术家的照片，没有工作室地址，没有联系方式。

苏糖去问了安妮的秘书，还有彭哲，他们也不知道炎宜辛的情况。很显然，这绝不正常。

此时，会议室里的电话铃声打断了苏糖的思绪。内线电话里传来了安妮秘书的声音："Sugar，我们合作的园艺家颜夕打来电话，想要和负责人讨论一下项目的进度。""好，接进电话吧。"苏糖应允。"您是颜夕？我特别喜欢您的设计理念，我还有一本您的签名书呢。"

颜夕邀请苏糖到她的园艺工作室洽谈，苏糖很快驾车来到了指定地点：面积不大却十分别致的独栋小别墅——励豪地产提供的样板别墅。

"很高兴认识您。"苏糖礼貌问候。

"我见过你先生，他说你特别喜欢我的书……"颜夕也礼貌应答，她看起来是个虽然人到中年却姿态优雅的女士。

完成了工作上的洽谈，两个人又恢复到了闲适的状态，她们交流了对花园打造的心得，苏糖还特意问起了颜夕的园艺家之路。颜夕也拿出了一本影集，上面有她历年来花园设计成品的图片。苏糖一页一页翻着，也不停感叹着。

"每一个花园都匠心独运……"

当翻到其中一页的时候，苏糖突然停住了，她看到了那个画面——老年的园丁在浇水，夕阳西下，余晖在有弧度的水流上形成了小小的彩虹光晕。真是美极了。但苏糖看在眼里的不是美，而是令人惊悚的巧合。

"这位是？"苏糖指着照片问。

"我的园艺老师，张农园。旅居海外多年，他对花园建设很有见解。"颜夕闪过一丝悲伤的神色。

"有机会很想见见他，和他学习一下。"苏糖看出了颜夕神色的变化。

"这恐怕有点难……张老师在一年多以前就……"

"不好意思。"苏糖露出了歉意。

"不，你别误会，他不是去世了。他只是……失踪了。"

又是失踪！失踪，已然变成了一个魔咒，变成了一张神秘之网上的无形结点。

苏糖显露出悲伤的情绪，她轻叹一口气："我有一位阿姨，也是在两年前走失的。我们后来才从她的主治医生那里得知，阿姨被确诊了阿尔茨海默病，只是她不愿意告诉我们……"苏糖知道，她不能一直追问张农园失踪的事，否则显得太突兀，只能撒个小谎。

"张老师的情况并不是那样。他神志清醒，没有导致精神恍惚的疾病。但是他没什么家人，偶尔会感到孤独。不过，他可不是什么抑郁。作为他的弟子，我们四处寻找无果，后来还报了警，可是直到现在他还是下落不明。"颜夕合上了相册，她似乎也不想再多说，"你那位阿姨，后来找到了吗？"她倒是追问了一句。

"没有，依然下落不明。"苏糖摇摇头。

此时，苏糖的手机响了起来，电话是安妮的秘书打来的。

"好，我马上回去。"苏糖挂了电话，起身告辞。

"张老师所在的那家花园很美，您能告诉我，是哪家的吗？有机会很想去拜访学习一下。"苏糖临走前提出请求。

"我要找一下资料，然后把花园的位置、主人的电话发到你微信上吧。"颜夕起身送苏糖出去。

"谢谢。"

很快，苏糖开车回到了Forever，原来是明天开始的avant展览在筹备时出现了一些状况：忙乱之中，场地执行人员把展出的其中一面墙壁刷错了颜色，这导致背景、配合的展品要重新做位置安排。

进入一楼展览厅，所有人都在忙着：模特走位重新排练，展品位置挪移，灯光架设改变方向……苏糖也马上加入繁忙的工作队伍中。

"不行，你的表演真的和这幅画极不相符……"彭哲一直皱着眉，看到一个混血模特站在大幅的《绚烂》之前，他频频摇头。

"他怎么这么烦躁？"苏糖小声问彭哲的秘书。

"可能是因为这些被炒作的新闻。"秘书打开手机，滑开网页给苏糖看。

原来，安妮确实用了当年楚洛的凶杀案来做焦点引入，还把苏糖穿上楚洛设计的长裙彩排表演的照片也发到了网上。

"算了，别逼她了，还是我上场。"苏糖斩钉截铁，"新闻都发出去了，如果我们临时改变方案，会造成对大众的欺骗。"

"可是……"彭哲面露难色。

"就这么定了吧。"苏糖坚持道。

经过连夜的奋斗，墙面颜色出错的插曲总算弥补上了。整场展览和秀的表演也会如期进行。

第二天早上，各界的媒体朋友、艺术家、先锋人物、城中知名人士都到了Forever的展厅。展厅被布置得简约却也五彩缤纷，尽显浪漫气息。尤其是展厅入口的那幅《绚烂》，在灯光的照射下，给人极大的震撼视觉享受。开幕的音乐响起，苏糖穿着当年楚洛设计的蝴蝶碎花长裙出现，成为全场的目光焦点。她迈着优雅的步伐，走向《绚烂》，人们仿佛看到了画中人出现在现实中，而现实中的那个人却是一幅行走的油画。

人们关注，人们欣赏，闪光灯不停闪现。在雀跃激荡的人群中，也有一个同样为之震动的人，这个人，就是沈嘉扬。

苏糖站在画前，彭哲牵起她的手，一个穿着飞舞的长裙，一个穿着精致的礼服西装，彭哲单膝跪地，送出一束精美鲜花，苏糖接过鲜花，展开手臂，鲜花的花瓣化作闪光的流星，从包装中闪耀飞舞，形成璀璨痕迹。

美景流转之间，主持人的声音响起。

"作为整场展览中，第一幅被拍卖的油画，我们将以200万为起点进行竞拍。这也是本场中起拍价最高的一件拍品。各位，你们准备好了吗？"

接连的竞价开始了！每位到场的竞价者都举起了手中小小的礼盒，礼盒上写着他们愿意付出的价格。

300万！350万！400万！450万！480万！500万！

"500万一次，500万二次，500万三次，恭喜这位先生！"主持人大声道贺。

所有的目光聚集到了沈嘉扬的身上。

沈嘉扬微扬嘴角，露出一抹胜利姿态，他目光炯炯地看着那幅《绚烂》，又把目光移向了彭哲，两个男人对视一眼，意味深长。

苏糖内心想着，老沈终究还是来了，他终究还是配合她，买下了这幅画。

灯光暗淡，再度转亮，一声微信的提示音响了起来。苏糖滑开手机，微信上安妮发来一张照片。

那是失踪了一段时间的模特瑞贝卡。她整个人倚靠在一个角落里，身体瘫软，头部歪斜，眼睛注视着前方——苏糖太熟悉这种感觉了！她在米思聪的照片连拍上也看到过——那是濒死时的表情。

嗖！这张照片在苏糖看清之后，想要保存之前，被撤回了。

苏糖看着远处端着红酒站在《绚烂》前的老沈，感到心情无比沉重，像要窒息了。

慰藉之源

这世界上总有些人，肆无忌惮，挥霍着他们拥有的一切！

他的爱

坐在车里，苏糖的眼睛一直盯着前面那辆黑色的轿车。那辆车是沈嘉扬的，他能否安全到家，是此时此刻苏糖最关心的。因为他的车里有那幅花高价买下的《绚烂》。

彭哲开着车，但苏糖丝毫没有注意到彭哲的状态。

"我觉得，那个沈嘉扬好像爱上你了。"彭哲说了一句。

苏糖听到这话，突然转头看了一眼彭哲："不过就是买了一幅画而已……"

"他很有钱吗？500万对他来说，可不是一个小数目。"彭哲不紧不慢吐着烟圈。

"你怎么知道人家有多少钱啊。"苏糖敷衍着。

彭哲没再说话，吸完了一根烟，又点燃了一根。

十字路口，红灯，停车，所有车子都在排队。苏糖知道，过了这个路口，他们的车就不得不和前面老沈的车"分道扬镳"了。

上了快速路，老沈的车消失在苏糖的视线里，但她紧绷的神经并没有一丝放松。在收到安妮撤回的那张照片之后，苏糖曾试着拨打安妮的电话，不过电话始终无法接通。现在，老沈带着那幅画，就像抱着一颗开关掌控在别人手中的炸弹。

终于，到家了。苏糖进入别墅的客厅。

"我去做饭。"苏糖走向厨房。

水龙头哗啦啦出着水，苏糖却满脑子都是老沈：他现在安全吗？他不会出事的……

时间一分一秒走过，苏糖却度日如年，熬过了做饭、吃饭，熬过临睡前的晚上……终于，她可以躺在床上，好好睡觉了。

"你就是我心中的棉花糖，甜蜜的梦想……"

手机铃声在半夜一点多的时候响起。

苏糖猛然睁开眼睛，从床头柜上抓过手机，彭哲也被铃声惊醒了。

"苏糖，老沈出事了，现在在医院急救。"电话那头是莲姐的声音。

"我马上到！"苏糖挂了电话。出奇平静的语气却掩饰着非常不平静的心。

穿衣，飞车，直奔医院，这一系列动作，苏糖一气呵成。彭哲虽然一直跟在她的身旁，却仿佛变成了一团透明的空气。

哒哒哒，苏糖的高跟鞋踏着医院走廊的地面发出急促不安的声音，她看到了等着她的莲姐，从莲姐那里得知，老沈的手术已做完，她才打电话通知了苏糖。

"他怎么出的事？"苏糖急切地问道。

"车祸。你也知道，老沈的家地处偏僻，在他快到家的那段路途上，突然有车子冲了出来，和老沈的车侧面相撞。他刚拍下的一幅油画被偷走了，人也被撞成重伤。他清醒的时候告诉我，撞他的是个女人。"莲姐告诉苏糖。

"重伤？"苏糖顿时感觉到一阵眩晕。

莲姐一把扶住她："放心吧，手术很成功，只是他要在医院好好躺上一阵子了。"

苏糖如释重负，面露一丝慰藉的笑意："太好了。"

"老沈还在 ICU 观察，你看他一眼就回去吧，我看，你老公脸色不太好……"莲姐示意苏糖身后的方向。

苏糖回头，看到了倚靠在墙边的彭哲，他低着头，闷声不语。

苏糖走到彭哲身边："老公，我看一眼就回来，然后我们一起回家。"

苏糖跟着莲姐去了ICU，透过病房的窗户，苏糖看到了身上缠着纱布、手腕上打着点滴、口鼻上罩着呼吸面罩的沈嘉扬。

苏糖想着：现在，有人偷了画，老沈也果然出事了。这就说明《绚烂》一定是楚洛被杀的重要证据。看来，安妮发来又马上撤回的那张瑞贝卡的疑似死亡照片，就是一种威胁：非要拿到画，就是死路一条。

"沈嘉扬，我不会让你白白牺牲的。"苏糖下定了决心。

苏糖回来后，彭哲一脸不悦地拉过苏糖的手。

"他对你来说，真的那么重要吗？"

"虽然是我委托他调查你是不是有婚外情的，但是，也是他提醒我：我很爱你。我和他只是普通朋友。"苏糖推开了彭哲的手。

"普通朋友，你会大半夜这么紧张赶过来？"彭哲冷笑一下，"他提醒你？我们相处这么多年，需要他提醒你，你才知道你爱我？"

苏糖看着彭哲那冷笑的表情："这么多年？在这么多年里，我都不知道你究竟是谁啊！"

彭哲本来咄咄逼人地盯着苏糖，听到这话，就像突然被人抓住了把柄的自卑小孩，马上回避了苏糖的眼神，没再回应。

回到别墅，已经是凌晨两点多了。虽然十分疲倦，苏糖还是把彭哲一个人留在了卧室，自己去了二楼的工作室。

锁好了工作室的房门，苏糖从保险柜里拿出了一个文件袋，那是老沈给她的关于安妮的调查资料。

"撞他的是个女人。"苏糖想起莲姐告诉她的信息。

苏糖翻开了安妮的资料，然后，拿出打火机，对着资料点了火。

在资料燃烧的过程中，苏糖仿佛看到了还是少女的安妮。

关于安妮，有两个重要事件引人注意。第一件事，安妮的亲生姐姐在十八岁那一年死于一场家中发生的火灾，火灾之后，安妮成为她父亲唯一的继承人。那一年，安妮十六岁。

第二件事，疑似虐猫的"意外事故"。安妮喜欢养猫，也收留了不少流浪猫。但有一次，安妮离开租住的公寓长达两个月，被她收养的八只流浪猫因为饥饿而发生了互相啃食的惨剧。当管理员因为楼上漏水而去她家查看的时候，才在窗子里发现了一堆恐怖的猫骨。事后，安妮声称，她以为朋友帮她喂养了猫，而她的朋友则说自己没有收到安妮的托付留言。那一年，安妮十八岁。

没有证据显示，烧死她姐姐的那场大火，是她放的；也没有证据显示，留下八只猫，任凭它们互相啃噬，是她故意的。就像没有证据显示，她有带有蕾雅胎记的手账本，有彭哲的豹脸胸针，有楚洛委托定制的油画，有楚洛设计的长裙，她撕碎了瑞贝卡的简历，发来瑞贝卡的疑似死亡照片——这些都和一系列失踪案有关一样。

安妮……她究竟，是一个什么角色呢？苏糖眯起眼睛，神色凝重。

诡异别墅花园

苏糖慢慢睁开眼睛，发现自己坐在一张木椅子上，而距离她不远的地方看一面花墙，花墙上有一块木牌格外显眼：嘉里路 252 号。

"嘉里路 252 号……"苏糖觉得这个地址十分眼熟。猛然间，她想起来了，那是园艺家颜夕发给她的地址——张农园失踪前设计过的一个家庭花园。

苏糖向四周张望，果然，花园里的木栅栏、小鱼塘、园艺木桌椅，还有各种花草的布局都和张农园的那张照片十分吻合。这花园与独栋别墅完美融合，大扇的落地窗成为花园与别墅客厅的分隔。

苏糖觉得自己的脑子有些混乱，她努力回忆自己到底是怎么来到这个家庭花园的，片段开始一点一点清晰起来。

早上八点多的时候，她接到了纪骏的电话，油画《绚烂》上的确检测出了人类的血迹，DNA 比对结果显示：血迹来自楚洛和安妮。能够比对出安妮的 DNA，还得归功于苏糖提前藏起了安妮喝过咖啡的纸杯。这个电话之后，苏糖又收到了颜夕的微信，上面给她留了她上次索要的那个家庭花园的地址。

"但是……我还没打算去花园啊！"苏糖心头一惊。她又想起了一些细节：收到花园地址之后，她已经穿戴整齐，准备去 Forever 上班。但是，她没有和彭哲一起去，彭哲忙于一个项目，一大早就去了公司。苏糖一个人开车到公司附近的时候，因为没吃早餐，太饿了，就停车买了蛋糕和咖啡。她在车里吃了蛋糕，喝了咖啡，之后的记忆就断片了。

"肯定是咖啡里被人下了药……"苏糖实在想不起来了，但她知道，她被暗算了。

苏糖起身想要离开，又向四周望了一圈，她需要找到花园的出口。

"那是什么？"苏糖的目光扫过了一个人。她试探着走向落地窗，终于，她看清楚了。

"啊！"苏糖的手捂住了叫出声的嘴。原来，她看到的并不是一个人，而是一尊真人大小的雕塑：一个女人，穿着蝴蝶碎花的长裙，一双手捧着一颗心脏，而且，鲜血从心脏渗流出来。与如此恐怖的状态形成鲜明对比的是女人的表情：她目光楚楚，眼神凄然，两行眼泪滑落脸颊。

女人，是安妮；碎花长裙，是楚洛设计的长裙。

雕像百分之百复原了安妮的真容，很容易辨认，就连安妮哭泣的样子也那么生动形象，完全就是真的安妮在哭泣的姿态。雕像是全白色的，只有安妮手捧的那颗心脏所渗透出来的血液是红色的。白与红，十分显眼，对比鲜明。

苏糖全身的神经都紧绷起来了！她四处走动、张望，她必须找到出口，不能多留一秒。

"这不会是安妮的家吧？"苏糖根本没看到有门，看来，要出去，必须通过别墅的门才行。苏糖甚至想从花园的围墙跳出去，但围墙看起来很高。无奈之下，苏糖拉了拉落地窗的把手，吱嘎一声，把手旋开，落地窗就打开了。苏糖迟疑了一下，但还是硬着头皮走入了别墅的客厅。

进入客厅之后，苏糖还是寻找门的位置，张望了一圈，却感觉客厅里的状态更加诡异了。墙角里、桌子上、书架上、沙发旁……到处摆放着各种大小不一、形态各异的雕塑。无一例外，雕塑的脸都是安妮。苏糖看得背脊发凉。

眼前雕塑的形态不就是自己在 402 室被监控时截取的场景吗！但这一次，很显然，它们都是升级版的，它们不再是平面图了，而是栩栩如生地立体再现。

苏糖的姿态配上安妮的脸，多么诡异，多么令人无法理解！

渐渐地，她对那个女人简直了如指掌。她还投其所好地成为女人的朋友，她甚至总结了女人的特点用来面对她爱的男主。她一直酝酿着有一天，她能取代女人，变成男主爱上的人。

苏糖想起了《遗憾之泪》的剧情，她感到毛骨悚然。

"我得求助！"苏糖开始翻自己的衣服口袋，但是，翻来翻去也没发现手机。她再次打量客厅，寻找电话这类东西，很可惜，依然没有！

"不行，我得马上离开这里！"苏糖又张望一圈，当眼光掠过卧室门口的时候，她看到了熟悉的照片：一个人倚靠在一个角落里，身体瘫软，头部歪斜，眼睛注视着前方。那是安妮发出又撤回的瑞贝卡的死亡照片。

苏糖走进了卧室，在一面相片墙上，看到了一组连贯的瑞贝卡的脸部特写：她在困惑之中充满惶恐，她被惊吓，她被绊倒，她奔逃，她不知所措，她愤怒，她大喊，她无力挣扎，她绝望……她死亡……

苏糖擦了擦额头上的汗，她看到了相片墙下的位置有一张电脑桌，桌上摆着笔记本电脑，电脑的屏幕定格在一个停止的画面上——画面被暂停了。苏糖走近一点，按下了播放键，画面开始动了起来。

"啊——"

画面来自监控视频，视频上一直发出刺耳尖叫的人是林肖。因为拍摄角度的问题，视频只能看到林肖的状态，他像是被关进了一个房间。在房间里，他鬼哭狼嚎，坐立不安，一会儿堵耳朵，一会儿捂眼睛。房间里没有什么特别的东西，但是，监控视频的一角，能看到一双手捧着一颗心脏的雕塑——不过，看不到整尊雕塑，只能看到局部的特写。

"和安妮的那尊雕塑一模一样！"苏糖认出了那个局部特写。

“太可怕了！”苏糖心里千万遍这么喊着。她转身奔出了卧室，她终于看到了大门。苏糖冲到大门的位置，旋动几个旋钮，还好，几道锁都能打开，她并没有被反锁，可以逃出去了！

“咔哒”一声，门打开了，映入苏糖眼帘的却是别墅的前院——整个花园的另一部分。苏糖管不了那么多，她奔了出去。

“那是？”苏糖看到半人多高的绣球花丛后面有一双脚，脚尖位置朝上，脚跟着地，很显然，脚的主人应该是躺在地上的。

“不，不要去……”苏糖告诫自己，“赶快找到前院的大门！”但她还是不由自主地朝着那双脚的位置走了过去。

一个女人横躺着出现在苏糖的眼前。她梳着短发，穿着波希米亚风格的长裙，裸露的脚踝上套着漂亮的凉鞋。她面部朝上，双眼圆睁，一动不动。她的后脑部位流出一大摊血，血把花草都染红了。

苏糖在看到女人的第一眼，就已经认出了女人，但她需要再确定一下。她蹲了下来，这样可以近距离地看到女人的脸。

“朱——蒂！”苏糖惊呼。她知道，那是彭哲曾经的女秘书，老沈他们还和朱蒂交流过，在脸书上，关注欧阳轩的好友中，也有朱蒂。苏糖探了探朱蒂的鼻息，果然，已经没了呼吸。

苏糖顺着朱蒂的血迹看过去，大概五米远的位置还有一个土坑，土坑里好像有一只鞋子样的东西在翘着——但是，那似乎是男人的鞋子。苏糖站起身，向土坑的位置走了过去，很快，她已经走到土坑的边上了。

苏糖鼓足勇气，向土坑里看。土坑里的确有一只鞋，但是穿着鞋的，可不是一条腿，而是一段小腿骨！很显然，鞋子的主人尸体已经腐烂，只剩下了骸骨，鞋子没腐烂，保存完好。

巧合再一次出现了，苏糖又想起了林肖的画：一段连着脚的小腿。林肖画中的特写部位就和苏糖此刻看到的骸骨如出一辙。

看看朱蒂的尸体，再看看骸骨，苏糖发现，距离土坑很近的地方，还有一棵苹果树苗。她脑中出现了这样的场景：朱蒂在花园里劳作，本来打算栽种苹果树苗，结果在挖土坑的时候挖出了一段骸骨。她应该十分恐惧，手足无措。但有人发现她看到了骸骨，于是攻击了她的后脑，把她打死了。

"谁！是谁！"苏糖忽地站起来，快速地向四周巡视了几圈，不过，她没有发现花园里还有其他人。

天气炎热，阳光暴晒，朱蒂的鲜血发出了浓重的味道。苏糖对这味道格外敏感，她感到非常恶心，就像穿上了那条楚洛设计的长裙一样。

"是安妮！"苏糖意识到巨大的危险来临，她已经被死亡的巨浪裹挟。

白热化

"那是大门！"苏糖看清楚了，有一扇灰色的与墙体颜色几乎融为一体的大门。苏糖奔了过去，但她发现，大门根本打不开，即使是从里面向外打开大门，也同样需要密码。

"不管了！"苏糖奔回别墅，搬出来两把椅子，她要把它们摞起来，然后翻出墙外。

"Sugar！"

苏糖听到了安妮叫她名字的声音，她猛地回头，看到了手里握着一把铁锹的安妮。

安妮警觉地看着她，又看了看倒在地上的朱蒂，她把手里的铁锹握得更紧了。

苏糖瞥了一眼身前摆好的椅子，又看了看距离她只有不到五米的安妮，苏糖想起老沈曾经教过她：生死时刻，保命最重要，分散敌人注意力，抓住万分之一秒的机会逃生。

"你偷窥我，还做了那么多和我一样姿态的雕塑，你以为，你模仿我，就能取代我吗？"苏糖抓起地上的一把花土朝着安妮扬了过去，花土飞扬，安妮顿时被糊住了眼睛。

苏糖趁着空隙时间，立马登上椅子，攀上了大门的顶部。她两只手刚抓住大门凸起的装饰物，就只听脚下的两把椅子被安妮的铁锹拍散了。苏糖已经是悬空状态，只能靠两只手死命抓住大门的凸起部位，将整个身体支撑住，然后翻越出去。

"啊！"苏糖感觉到自己的小腿被铁锹击中了，腿上的皮肤顿时裂口，骨头就像断了一样。

生死一线，苏糖使出了平生最大的运动能量，就像登山时已经到了最陡峭的悬崖一样，硬是借助抓力和臂力将自己的身体拽了上去。她翻过去了！啪的一声，她狠狠地摔落在地上。腿疼得撕心裂肺，但苏糖听到了安妮按动大门密码的声音，她马上就会出来！苏糖站起身来，一瘸一拐向前奔跑。

烈日下，苏糖大呼着："救命！救命！"她只有一个念头，无论如何，先跑了再说。

在苏糖奔跑到绝望的时候，一辆轿车从远处行驶过来。苏糖几乎直挺挺地就伸展开双臂，像一个无助的稻草人晃晃荡荡。轿车停了下来，一个男人走出车子，看到了崩溃的苏糖。"报警！快报警！"苏糖死命地抓住了男人的裤腿，她整个人已经瘫软在地上了。

"有人要杀我！快带我离开这里！"苏糖歇斯底里。

"好！"男人把苏糖快速扶了起来，带着她进入车子。

苏糖抓过男人车子里的手机。男人却还是一脸发蒙的状态。"快开车！危险！"苏糖喊着。

"喔！"男人启动车子，估计他也是第一次遇到这种事，虽然有点手忙脚乱，但车子还是飞速地开了起来。

"喂！纪骏……"苏糖快速讲明了情况，又提供了出事的地址。

"你真的报了警？"男人转头看苏糖。

"嗯！"苏糖一脸冷汗，满眼疯狂，腿上还流着血，男人也警觉起来。

"对不起，谢谢你。"苏糖说着。

"可是……你跑过来的时候，你后面没人追你啊！"男人扭头看一眼苏糖，那眼神意味着：这不会是个精神病患者吧？

车子已经开出去很远了。

很快，纪骏联系到了苏糖，他和他的同事都到达了现场。男人也开着车把苏糖带回了出事的别墅。直到看见警车，男人才相信了苏糖。

别墅大门口，除大门开着一道缝之外，一切显得平静如初，像是没发生过任何事。纪骏和他的下属靠近大门，已经做好了打斗和抓捕的准备。

苏糖坐在男人的车里，眼睛紧张地盯着车外，纪骏他们进入别墅之后，没有发生任何异常的声音。一段时间以后，纪骏他们出来了。

苏糖下了车，走向纪骏。

"没在别墅里发现安妮。除了朱蒂的尸体和另外一个人的骸骨，再没有其他人了。"纪骏告知苏糖。

"安妮跑了……"苏糖感觉到事情不妙。

"虽然是你报的案，但你也出现在案发现场，有一定的嫌疑，你需要协助我们进行调查。"纪骏义正词严。

别墅里，法医初步验尸，警察现场拍照取证，纪骏向苏糖了解当时的情况。

"我一醒过来，就已经在这别墅的花园里了……"苏糖回忆着。

"那她为什么要把你带到这里呢？"纪骏问道。

"可能，她要杀我。我知道，她一直对我老公有很深的感情。但是前几天，他们因为我而发生了矛盾，还拆伙了。"苏糖这样回答。

纪骏一直保持沉着冷静，他只是提出关键性的问题，同时记录着苏糖的陈述。苏糖还带着他看了一遍带有安妮脸孔的雕塑，这些都在证明着安妮的怪异企图。纪骏在电脑上看到了那段关于林肖的视频，这又把安妮和林肖扯上了联系。关于林肖的各种"悬而未决"似乎又多了一个突破口。

经过初步调查，排除了苏糖是嫌疑人的可能性。同时，警察也查出，苏糖被困的别墅，真实的房主就是安妮。而死者朱蒂是安妮的表妹。多年来，朱蒂都替安妮看管别墅，照料别墅中的花花草草。

安妮成了杀死朱蒂的重点嫌疑人。纪骏带队，联系了安妮可能会联系的所有人，也调查了安妮可能会去的几乎所有地方。不过，经过几天的密集追踪，安妮就像凭空消失了一样，音信皆无。根据火车站、机场等部门提供的行程信息，可以肯定，安妮并没有离开国境，甚至没离开本市。

在多日搜寻未果的情况下，安妮的通缉令出来了。在找寻她遇到困难时，纪骏必须调动更多资源和力量。但这份通缉令的发布也使得各大媒体炸开了锅。作为公关高手，游走在时尚圈、娱乐圈、艺术圈的安妮这几年来可是声名鹊起，大众多半会在各种娱乐活动现场、艺术展览现场和知名时尚杂志上看到安妮的身影和新闻。但这一次，竟然是在通缉令上看到她！结合 avant 展览之前安妮炒作的关于楚洛当年的凶杀案，媒体和大众更是纷纷猜测：安妮本人就是隐匿极深的杀人者。

安妮作为 Forever 的合伙人，朱蒂作为 Forever 总裁的前秘书，一个为通缉犯，一个为被害人，媒体可以猜想的故事太多了！媒体挖出了楚洛当年在大学时对苏糖的倾慕之情，甚至挖出了《绚烂》那幅画的作者就是安妮。无法避免的是，Forever 艺术中心、彭哲、苏糖都被牵涉到了越传越神的新闻炒作之中。

因为安妮仍然在逃，彭哲为苏糖的安全考虑，聘请了私人保镖，时刻保护着苏糖的安全。苏糖受伤的腿被缝了十几针，虽然没有骨折，但是伤口总是隐隐作痛。加上最近的紧张氛围，苏糖也尽量待在自己家中，Forever 的工作项目也都暂时放下，只保留了一小部分可以在家完成的内容。

苏糖是害怕的。这些天，她一闭上眼，就能看到各种带着安妮头像却做着她的姿态的雕塑。一个无逻辑的疯子远比一个有理性的杀手可怕。苏糖无法逼迫自己进入那种怪诞的思维模式。可越不理解，就会越恐惧。

就在通缉令发布的第七天晚上，彭哲处理完工作上的事回到了家里。

"回来了？很累吧？"苏糖接过彭哲手中的皮包，像过去一样，把它挂好，又拿出了拖鞋。

"晚餐好像不错啊，闻起来好香。"彭哲走到餐厅，看到了一桌子的美味：牛排、意大利面、田园沙拉和红酒。

"这些可是你的拿手好菜，不过，今天换我来做。"苏糖向酒杯里倒着红酒。

餐桌两边，他们一人坐一边。

虽然是满桌子的丰盛菜肴，但是吃饭的两个人似乎并没有享受这顿美味的心情。苏糖显得心事重重，彭哲则充满疲惫。

两个人默默相对，没有吃饭，只喝下了一杯红酒。

"彭哲……我真的想不通，安妮到底是个怎样的人。"苏糖感慨着。

"我看安妮这是疯了！"彭哲眉头紧锁，一口接着一口抽着烟。

"她不仅想取代我，还可能杀了朱蒂，她院子里还有另一个人的骸骨。"

"现在 Forever 也被她的事推到了风口浪尖上，弄得天天有一堆记者要采访我，很烦……

"其实这些年，我一直都在奋斗，Forever 的影响力很大，赚了很多钱，我也有点累了。我想结束 Forever，带着你去另一个国家，我们过隐居的日子，怎么样？"彭哲熄灭了手中的烟，露出了一抹温柔笑意，"到时候，我们在湖边买一栋房子。我可以做一个恣意的艺术家，而你，可以继续画你喜欢的绘本。"

"听起来不错，就像《触不到的恋人》。"苏糖因为喝了几杯红酒，有点微醺。

"不一样。我们，是可以触到的恋人。你在 402 室的那种生活，才是触不到的。"彭哲又给自己和苏糖倒上了酒，他举起酒杯，"就这么说定了，我们放下这里的一切，移民去法国，重新开始。"

苏糖笑而不语，内心里一片荆棘。

一座完整的城堡

丹尼尔，英国人，两年半前来到中国度假，不过，从那以后，他也音信皆无，凭空消失在这个世界上了。这样一个只有二十六岁的年轻人到底是怎样变成了被埋在安妮家花园里的白骨的呢？苏糖翻看着丹尼尔的脸书，她看到了一个活跃、帅气的男人，当然，她还找到了一张丹尼尔和安妮在海边度假时的合影。根据骸骨的 DNA 检测得出的结论，死者就是丹尼尔。

"看什么，那么入神？"老沈龇牙咧嘴地挣扎着从病床上坐了起来，他被撞断的肋骨部位疼得他每做一个动作都是一种煎熬。

苏糖合上了笔记本电脑，赶忙走过去扶住老沈。老沈则看到了病房的地上堆放着几座由乐高积木堆积起来的城堡。

"你是来看病人的，还是来玩积木的啊？"老沈终于靠着枕头坐稳了。

"你这儿最安全，跟你讨论事情，又没人会打扰。"苏糖瞥了一眼窗外，几个保镖还在门外"值班"。

"那幅《绚烂》都已经有了检测结果，想必也不会再有人为了一幅赝品来杀我了吧。"老沈苦笑一下。

"朱蒂，做过彭哲的秘书。黎秋雨打来的那个电话，会不会被朱蒂转接给安妮，而不是彭哲呢？"苏糖问老沈。

"啊？你思维还真有跳跃性！"老沈一摇头，肌肉又牵动了骨头，他疼得皱眉，"确实有这个可能。既然朱蒂是安妮的表妹，她把'疑似情敌'的电话转给表姐，也算合理。"

"既然豹脸胸针在安妮那里，那么通过朱蒂得知了黎秋雨的邀请，再假装回应说彭哲会去，其实去的人是安妮，这个过程也说得通。而且安妮还戴着胸针去了黎秋雨的画室，胸针掉了一块，她事后发现了，很可能也不知道是在哪里掉的……"苏糖直勾勾盯着窗框，她又开始推理想象了。

"那幅《绚烂》也成了最有力的证据。她肯定想不到，我们最终还是能验证那幅画。"老沈的手背扶了一下冒冷汗的额头，他始终在忍着痛。

"谢谢你，老沈。"苏糖转过脸，认真看着因为疼痛而表情略微痛苦的老沈。

那幅《绚烂》虽然被抢走，但依然可以检验出楚洛的血迹，主要是缘于苏糖的"调包计"。在 avant 画展筹备的最后时间里，墙体颜色刷错而导致的"一团混乱"其实是老沈故意安排的，目的就是制造混乱，方便苏糖在混乱之间把真假两幅《绚烂》调包。所以，在展览上，老沈买走的那幅只是赝品，真的那幅，早被苏糖从后台转给林慕曦，又由林慕曦转给纪骏了。为了掩人耳目，老沈的戏份要做足，他依旧带着赝品回家，目的也是引出真正的凶手。

"你看清楚撞你的人了吗？"苏糖问老沈。

"是个女人。她很专业。撞我，抢画，破坏行车记录仪，擦掉指纹，所有能证明她身份的证据，一样也没留下。"

"有你的眼睛啊，你不是看到了她！"

"事情发生得太快，那一瞬间，我只看到，是一个女人。身形，确实像安妮，但是……"老沈凝神而思。

苏糖没有再继续说什么，她只是盯着自己用乐高积木堆积起来的三座城堡，然后指着其中一座说道："现在，我要去检验这一座，如果不对，还有第二座、第三座。"

"你真的要这么做吗？推倒和重建哪一座，都是生死的考验。"老沈提醒苏糖。

"你平安就好。我要回去了。"苏糖一边说着，一边走过去，把地上堆放着的乐高积木都装到一个大的纸盒子里。

苏糖抱着纸盒子离开了老沈住的医院。走出住院部，去地下车库取车的时候，保镖们也一直跟在她身后。即便如此，苏糖并没有十足的安全感。

几个人上了车子，保镖启动车子。

"好像有车在跟着我们的车。"苏糖紧紧盯着倒车镜，老沈的那句"生死的考验"让苏糖更觉如履薄冰。

"是！注意到了。那辆白色的车子。坐稳！"保镖目光坚毅，身手灵活，一打方向盘，车子在一个岔路口突然变道，吱一声开向了另一个方向。

这一招果然好用，一直跟着他们的白色轿车来不及变道，又被其他车辆挡住，转眼间，再想跟随苏糖的车子，已经不可能了。

一路总算有惊无险，安全到家。保镖们也做了"交接班"，一拨去休息，另一拨顶上。

苏糖抱着纸盒子，到了自己的工作室。

她打开纸盒，堆好的城堡已经有些凌乱了。她索性把所有的城堡都倒在地上，又把它们快速拆开。

苏糖开始思考分析。

我发现了林肖可能不是唯一的凶杀者，他还有共犯甚至是操纵者。接着，林慕曦出事，我被引到医院的105室。我被吓昏，表示不再调查，林慕曦安全归来。从"遗憾之泪"开始，安妮进入了我的视线，仓库中就出现了油画《绚烂》，安妮拿出楚洛设计的裙子，还炒作楚洛当年被杀的新闻来吸睛。接下来安妮的办公室出现了和蕾雅有关的手账本和豹脸胸针。脸书上蕾雅的好友列表中出现了欧阳轩和朱蒂。再接着，模特瑞贝卡乍现，安妮也和彭哲闹翻了。老沈买下画，我收到瑞贝卡的死亡预告。老沈出了车祸，还被偷走了《绚烂》。我接手了安妮的工作，接触了园艺家颜夕，又发现了张农园的失踪。张农园设计的花园竟然是安妮的家。我被弄晕，进入安妮的家，发现了怪异雕像、林肖的视频、死亡的朱蒂和丹尼尔的尸骸。

苏糖一边整理着事情发展的经过，一边搭建着乐高积木，积木已经被苏糖搭成了一座高大优美的城堡。

"事态转折的契机……一切的一切，配合得刚刚好，简直是天衣无缝……"苏糖审视着搭出来的城堡，她产生了一种奇异的感觉：就差一个合理的动机了，其余的一切都是完整的，甚至是完美的。

"你这城堡，搭得可真漂亮。"

苏糖听到了彭哲的感慨。

"要不是玩玩乐高积木，我可能就要崩溃了。"苏糖耸耸肩膀。

"上次我的提议，你考虑了吗？"彭哲走进来，和苏糖肩并肩坐在了地板上。

"也好。换个环境，换个心情。"苏糖仰着头，看着窗外的月季花墙。

"既然你也赞同，那我就尽快处理一下 Forever 的股权转让事宜。一切弄好之后，我们就去法国，重新开始。"彭哲揽过苏糖，两个人一起看向窗外。

"彭哲，找一天，你能陪我回一次那个公园吗？"苏糖缓慢说着，"第一次遇到你，就是在那儿。离开之前，很想再回味一次。"

"'牛奶糖'和'小王子'？"

"对。"

"可你在那里，也初次遇到了江诣啊！你到底是去怀念和他的邂逅，还是和我的邂逅呢？"彭哲带着一丝玩味和犹疑。

挥霍的人

别墅里，彭哲从纪骏的办公室回到家，看到焦虑等待他的苏糖。

"我们谈谈。"彭哲说。

两个人面对面坐在沙发上，空气也显得过分沉重和安静。

"纪骏他们查到，在楚洛被杀的前几天，安妮曾经买机票来过中国。纪骏问了关于那幅画被定制的来龙去脉，还问我在那几天里有没有见过安妮。"彭哲先开了口。

"纪骏怀疑安妮和楚洛的死有关，也合理。"苏糖应和着。其实，她深知，最能证明安妮的证据其实是滴洒在《绚烂》上的血迹。

"我怎么可能会见过安妮！但那时候，我确实听江诣提起过，说他有个在法国的同学来中国度假。我也很不理解，安妮那时候，跑中国来干什么。"

"你也说过啊，那时候，她并不喜欢江诣，她应该不是为了江诣来的。"苏糖看着彭哲，彭哲则从茶几的抽屉里拿出了一盒烟。

"谁知道呢。可能是为了委托她画画的楚洛而来，也可能是为了画中人——你，而来。"彭哲手里捏着的烟指了一下苏糖。

"安妮似乎不是一个正常人，谁能猜到她的动机啊。"苏糖也从彭哲的烟盒里抽出了一根烟。

"和她在一起工作了这么多年，现在真是有点后怕。"彭哲一把抢下苏糖抽出来的那根烟，"你什么时候染上了抽烟的坏习惯了？"

苏糖没再挣扎，而是乖乖地放下了香烟："安妮家还有林肖的视频，安妮又是怎么认识林肖的呢？真是谜一样的联结啊。"

"我回国以后，林肖来勒索过我。我是不会让安妮知道我的身份的，更不可能让她知道我被勒索的事。"

"但她不仅知道了，还控制了林肖。安妮在法国的时候，就已经怀疑你的身份了。如果她顺藤摸瓜地查下去，知道了你和林肖的关系，她也完全有可能和林肖接触。"

彭哲苦笑了一下："我老婆看来没白看《全民大侦探》，那些推理的书也学得不错。"

苏糖抬眼："你还有心情挖苦我……"

"纪骏还问起了丹尼尔。说实话，我和安妮只是合作关系，我不会特别关注她的私生活。不过，我们在一起工作这么多年，我确实没看见过她和其他男人在一起。现在想来，也挺惊悚啊。她偷偷交了男朋友，然后又杀了人家……"

"我们有时候，真的无法知道每天和我们朝夕相处的人，究竟是一个什么样的人。"苏糖感慨。

转眼间，又过去了一个星期。苏糖基本上都足不出户。时间久了，这种日子过得就像被软禁。

苏糖实在有些受不了，趁周末，她希望彭哲陪她出去走走。他们去了当初参加牛奶糖促销活动的那个公园。

公园的草坪上，一组雕塑引人注意：一个美丽的女孩穿着牛奶糖纸样子的连衣裙站在四方形礼盒中，女孩的另一侧，是一个围着围巾、穿着风衣的男孩，他手捧一束鲜花。

"天啊！这组雕塑……"苏糖简直有点兴奋了，她跑过去，就像一个发现了新大陆的孩子。

"真没想到，SWEET公司把当年的广告做成了雕塑，这里甚至变成了打卡胜地。"彭哲看着小王子的雕塑，他完全不像苏糖那么激动，相反，眼神里有一丝怅然。

苏糖也克制了自己的兴奋状态，她知道，当年扮成小王子和她一见钟情的人是江诣，而不是彭哲，那一瞬间的美好，并不共属于她和眼前的人。

苏糖去拉彭哲的手，指着雕塑的另一个方向："那天大雨之后，你就站在促销车那里，我以为你是江诣，我还亲了你……"苏糖捂住了自己的脸，"哎呀，现在想起来，也很害羞呀……"

"突然有个漂亮的女孩来亲我，还真是受宠若惊了。"彭哲终于展露笑颜，在苏糖的嘴唇上轻啄了一个吻。

一双注视的眼睛进入了苏糖的视野，她看到了一个披着长发、戴着鸭舌帽、向她和彭哲这个方向注视过来的女人——苏糖一瞬间就认出了她，那是安妮！

瞬间的警觉也让苏糖的身体出现了瞬间的僵硬。

"怎么了？"彭哲也似乎感觉到了什么。

苏糖慌乱地向四周张望，声音颤抖着："我们……回去吧。"

"好。"彭哲也向四周看了看，他牵着苏糖的手，向着公园大门的方向走去。

走到了车子旁边，在就要打开车门的时刻，一辆白色的轿车突然从路口冲了过来。

"快上车！"彭哲大喊一声。苏糖一下就跳上了车子，彭哲也钻进了车里。

时间太紧急了，几个刚才在路边休息的保镖还没来得及上车，彭哲的车子就启动了。

他们停着车子的公园西门所对应的马路，恰恰是最僻静的，人少又宽敞。就像电影里的追击大戏，彭哲的车在前面，白色的车紧随其后。为数不多的几个行人看到疯狂开着的两辆车子都被吓得魂飞魄散，连忙躲闪。彭哲虽然极力避免后面的车子撞到自己的车，但也要顾及马路上零星的行人。不过，后面的车子却完全是豁出了性命要和他们相撞，简直就是一副玉石俱焚的姿态。

吱——呜——

车轮不断发出尖厉刺耳的和马路地面摩擦的声音。

砰——哐——

车子的后面、侧面，不断遭到各种刮擦和碰撞。

"啊！……不要！"苏糖发出一声声尖叫。她的身子左扭右摆，像是失控的太空人。即使情况十分紧急，但苏糖还是尽力看向撞过来的车子，她看到了驾驶位置坐着的女人——长发、鸭舌帽，正是她刚才瞥见的安妮！

"安妮，你冷静一点！"苏糖大喊着，虽然她明知道，安妮可能根本听不见。

"十字路口了！要变灯了！"苏糖发现他们的车已经开到了十字路口，眼看着绿灯就要变成红灯了。

几乎就是一秒钟的时间，彭哲的车冲过了十字路口。

砰！一声巨大的响声，就像一颗小型炸弹被引爆。

砰——砰——砰——哐——哐——哐——

他们身后传来车子被撞翻之后又向前几次翻倒的声音。

吱——

一阵急促而刺耳的刹车声戛然而止，大卡车终于停住了，安妮的车子却因为撞车而损毁严重。

"停车！停车！停车！"苏糖疯了一样大喊。

彭哲的车停下了。苏糖打开车门，疯狂地冲出车子，冲向了刚刚出事的十字路口。彭哲也跟着跑了过来。

"安妮！"苏糖奔到了安妮已经碰撞变形的车子前，整辆车四轮朝天躺在马路上，车窗也因为剧烈的撞击而破碎。

安妮满身满脸都是鲜血，鸭舌帽已经不知去向，散乱的长发和鲜血贴在脸上。安妮已经奄奄一息，却十分倔强、毫不屈服、很不甘心地瞪着苏糖。

"这世界上总有些人，肆无忌惮，挥霍着他们拥有的一切……他们……他们……"安妮喷出一口鲜血，血点在脸上四溅，"他们……应该受到惩罚！"

"安妮！那些人，是不是你杀的？是不是？"苏糖蹲下来，看着倒扣在车子里的安妮。

"那些人！那些人……"安妮又喷出一口血，情绪激动，一句话没说完，已经一动不动了。

安妮满眼含泪，血泪模糊在脸上，死状悲惨而又恐怖。

"安妮！"苏糖歇斯底里地大喊。

彭哲使劲拉着苏糖，大喊："快走，车要爆炸了！"

"车要爆炸了！""快跑啊！""吓死了！"……马路上少数的行人也看到了这种情况，纷纷四散逃开。

"安妮！"苏糖依旧歇斯底里，她把手伸进车窗，拍打着安妮满是鲜血的脸。

"快走！"彭哲几乎用尽全身的力气，才将发了疯不肯走的苏糖抱起来，快速逃离车子爆炸会伤及的范围。

砰！一声巨响，车子发生了爆炸，彭哲抱着苏糖也被巨大的爆炸冲击力给震倒了。

在失去意识之前，苏糖看到彭哲把自己紧紧地护在了他身下。

分解屋

"这世界上总有些人，肆无忌惮，挥霍着他们拥有的一切！他们应该受到惩罚！"

苏糖耳边回响起安妮的"遗言"，她突然睁开了眼睛，看向四周，确定自己十分安全地躺在自家卧室的床上。

从床上爬起来，苏糖从床头柜上拿起一瓶纯净水，打开盖子，咕咚咕咚地灌了下去。

彭哲听到了声音，也从被子里爬了出来，两个人肩并肩靠在床头。

"其实，Forever 发展到今天，安妮也有很大功劳。昨天开始整理一些她经手项目的文件……那感觉还真是……"彭哲感慨。

"有点难过？"

"虽然不是爱情，但我们也是'战友'。"彭哲苦笑一下。

"我帮你整理余下的工作吧，你知道的，我很擅长整理任何东西。"苏糖故意逗彭哲，两只手捏着自己的酒窝。

"是，你很擅长整理自己的可爱。"彭哲揽过苏糖，沉默了一下，说道，"前几天，我收到了绮菲艺术学院的邀请，他们希望我能在学校开设一门艺术鉴赏课程。大概为期两个月，我有一点犹豫……"

"做大学老师？不错啊。能分享你的经验，还能放松你的神经。"苏糖表示了赞同。

"好吧，反正移民手续办妥之前，也还有一段时间。那我就去'分享经验'，'放松神经'。"彭哲嘴角微翘，伸了一个懒腰。

安妮车祸离世了，保镖们也被解散了。

两个人吃过早饭，彭哲开车带着苏糖一起去 Forever 上班。

到了 Forever，苏糖一头扎进了安妮遗留下来的各类文件文书中。

安妮的办公室、Forever 的艺术仓库、各个曾经的合作伙伴的联系……对于苏糖来说，这种感觉就像在整理一个人的"遗迹"。

"0106、0107、0109、0110……"苏糖左右看了看满书架排列好的文件夹，她没有发现 0108 号文件夹。

此刻，苏糖正在安妮的办公室里对所有文件进行最后的整理。安妮是个严谨的人，对她经手过的每一个项目，她都会制作一个完整的总结报告。报告上有每次艺术展或活动的背景、流程、市场分析和活动照片。苏糖也是一个有强迫症的人，她必须把所有的东西按照顺序排列规整才能保持继续工作的心情。文件少了一份，对苏糖来说，就是一个"不可原谅、不能放过的卡壳"。

"2014 年？"苏糖翻看了 0107 号和 0109 号两份文件，它们都是2014 年的项目，因为文件都是按照时间顺序来排列的，所以可以肯定，0108 号文件上记录的也是 2014 年的项目。

"为什么少了这个项目？"苏糖回忆着 2014 年发生的事。那一年，彭哲和安妮刚刚回国，那时候的项目相对不太成熟，也十分零散。

苏糖又找了安妮留在公司的电脑，电子版的文件库中也没有 0108 号文件。

"那时候，彭哲的秘书应该是朱蒂。"苏糖想道。她去 HR 部门调取了朱蒂的离职文件。

打印了朱蒂的离职文件，苏糖一页一页翻看着，到了"交接工作"那一栏，苏糖看到了一串长长的项目列表。

"2014 年……远图地产的推广宣传……"苏糖看到了一个项目，是在安妮已有的文件中没有出现过的项目。

苏糖顺藤摸瓜，联系了远图地产的公关经理，进而亲自去拜访了那位经理。苏糖得知了一个信息，原来，当年安妮帮他们公司搞的推广活动十分成功，公司为了感谢安妮，以非常优惠的价格卖给了安妮一套房子，但是，也许为了避嫌，房子名义上的屋主是朱蒂。

伊园佳景，苏糖一边翻看着房子的宣传手册，一边想出了一个问题：为什么安妮买下的房子总在偏僻人少的位置呢？

"最近几年，我们的房子也不太好卖了，虽然近郊地带新开发的区域环境很好，但配套设施和交通依然是个问题……"公关经理继续说着。

"安妮买的是哪一栋？"

"她那栋，真是不错，还带有地下酒窖，就是位置偏了点……"公关经理回忆着。

…………

告别了公关经理，苏糖给纪骏打了电话。根据苏糖提供的线索，纪骏带队来到了伊园佳景高级公寓区。

"公寓的位置十分偏僻，说不定里面会有和案件有关的线索。"苏糖和纪骏说着。由于苏糖分别涉入了苏敏慧、林肖和安妮的三个案子，所以纪骏也同意她和他的工作团队一起进入安妮名下的公寓。

在物业管理处的协助下，安妮名下那套位于一楼的住宅大门被打开了。苏糖跟着纪骏一起走入公寓。

公寓面积在九十平方米左右，三室两厅。房子里的一切装饰布置都极为简单：灰色的墙面、复古漆色的地面；几乎没什么家具，仅有一条长沙发、一张茶几、一张电脑桌、一把椅子；还有一台电脑。整间房子看起来根本就不像住人的状态。

不过，吸人眼球的是，每个房间的灰色墙壁上都挂着各种人像写真：痛苦的、犹疑的、迷惘的……也有微笑的、思考的、面无表情的……所有的写真都视角独特，意境深邃，甚至——扑朔迷离。

纪骏按动了墙上的开关。啪，灯开了。墙壁顶端和四角的射灯照射下来，形成了独特的光影效果，让每一幅摄影写真更显出深刻的意境和美感。

苏糖一步一步走着，她穿越在这些或生动或凝练的写真之间，竟然感觉到了一丝不寒而栗。因为她几乎认识墙上挂的每一个人：莲文若、蕾雅、米思聪、黎秋雨、苏敏慧、林肖、丹尼尔、张农园、瑞贝卡，还有彭哲和苏糖自己……

哗！哗！哗！哗！哗！……

闪！闪！闪！闪！闪！……

苏糖的眼前仿佛又出现了那日在 105 号病房里看到的那些铺天盖地的肢解特写的照片。

熟悉的背景颜色、光的亮度、拍摄的视角……苏糖的脑中自动联结了每一张写真上的脸孔与每一块肉体的残骸。

"这儿应该是通往地下酒窖的门！"纪骏敲了敲位于客厅一角的一块带有花纹的大理石地砖，他一使劲，挪开了地砖，就看到了一个通往地下酒窖的楼梯。

大家顺着楼梯走了下去，前面的纪骏在楼梯一侧发现了灯的开关，他打开了地下室的灯。苏糖也紧随其后。

地下室面积并不大，只有三十平方米左右。正对着楼梯的一面有一张木桌和木椅，木桌上面同样放着一台电脑。木桌前方和左右两面的墙上都贴着照片，照片上是每一个人的正面照，照片上还用红色的粗笔画着一个很大的叉，每张照片上都写着一句话。

莲文若：挥霍感恩。蕾雅：挥霍关注。米思聪：挥霍机会。黎秋雨：挥霍才华。苏敏慧：挥霍真诚。林肖：挥霍信任。丹尼尔：挥霍生命。

张农园：挥霍艺术。瑞贝卡：挥霍青春。彭哲：挥霍真爱。苏糖：挥霍深情。……

"这世界上总有些人，肆无忌惮，挥霍着他们拥有的一切！他们应该受到惩罚！"

苏糖想起了安妮临死前留下的那句匪夷所思的话。

"原来，这就是'挥霍'的含义！"苏糖倒吸一口凉气。

"纪骏，我在105病房看到的肢解照片和这些人的写真照片在拍摄风格上几乎一样。我在想，会不会……这些人……就在这栋房子里被……"苏糖实在说不出"肢解"两个字，她一想到那个画面就感到毛骨悚然。

"懂。"纪骏领会了苏糖的表达，他吩咐下属，"打电话给法证人员，让他们来这里。"

不多时，法证人员赶到了现场。他们在房子里的各个位置都进行了血迹测试。

"我这儿有血迹反应。"

"我这儿也是。"

…………

并没有耗时太久，整间屋子，包括用来做地下酒窖却被改造的地下室，都被测试过了。初步测试结果显示：地下室和洗手间的位置都有人类血迹。

"看来，这儿确实曾经是'人间炼狱'啊。"纪骏感到了一种沉重。

另一个视角

她恣意地扭动身躯，恣意地吐出烟圈，恣意地伸展眉头、翘起嘴唇，一个有意无意的眼神，一个似笑非笑的表情，就把暧昧传递给了身在另一个角落里的男人。但下一秒，她一转身，摇曳生姿，若即若离，态度不明确，却充满光彩，自然迷人。对！她是一个发光体，闪动着所有傲人的青春，释放着所有肆无忌惮的魅力，挥霍着她高高在上的优势……

这是一段对瑞贝卡的描写，文字的上方，还有写明的主题"瑞贝卡"。

就像那部日本的恐怖片一样，分段式的影片叙述之前，都有一个以人名来命名的小主题。在安妮的"猎杀日记"里，也有以每个人的人名命名的主题。主题下方，是连续多页的文字描述。文字是一段一段的，支离破碎，并没有前后的逻辑联系，更像是一种近似于"意识流"的叙述方式。每一小段，都展现出了关于某人的一个场景：在咖啡馆喝咖啡，在酒吧喝酒，在派对上跳舞，在墙角处抽烟，在路灯下脚步匆忙，在黑夜的车里凝思，在霓虹灯下迷离……

描述的文字笔法细腻、详尽，甚至优美，但充满了主观性的臆断，处处烙印着写作者的判别。如果把关于每个人的所有段落都阅读一遍，就会感觉到，写作者就像一个探索者，他研究着笔下每个人物的生活，试图判断他们释放的信号，解析他们的人生。

就在一个小时以前，法证检测的结果显示出安妮的公寓里充满了人类血迹以后，纪骏和他的同事们打开了安妮放在一楼的电脑。电脑里存储着一个文件夹，里面有不同的文档，以不同的人名命名。打开文档，就看到了那些描述文字。

"能让我也看看吗？我看过安妮所有的文案，对她的文字风格十分熟悉和了解。"苏糖提出请求，纪骏考虑一下之后答应了。

然后，苏糖坐在电脑桌前，一篇一篇打开那些文档，阅读了所有的文字。阅读之后，她并不怀疑，那文风出自安妮的手笔。作为一个具有极强艺术鉴赏功底的策划和公关总监，安妮的文字一向精致又自成特色。

"安妮的文字就是一种艺术。不过我觉得这些描述的视角，不像是正面的赏析，更像是侧面的观察。"苏糖说着。

"谢谢你提供的线索。"纪骏回应。

"地下室那台电脑检查完了吗？"纪骏问他的下属。

"电脑里有很多条偷拍的视频。不过，初步看来，视频都是一些琐碎的生活片段，行走、开车、喝咖啡……"下属回答。

"日记和视频，我们需要带回去仔细研究……"纪骏说着，他注意到苏糖的状态不太对劲儿。

此时的苏糖正站在位于客厅一角的墙面前，她再次看到了关于自己的那组照片：她在困惑之中充满惶恐，她被惊吓，她被绊倒，她奔逃，她不知所措，她愤怒，她大喊，她无力挣扎，她绝望……她昏倒……

"难道，欣赏别人的恐惧和绝望是一种乐趣吗？"苏糖皱着眉心问。

"谢谢你今天提供的线索。接下来的事情，我们会跟进处理。你回去好好休息。"纪骏提出了他的安排，"不过，今天配合我们进行的调查和这里的一切，你不能擅自向外披露任何信息。"纪骏提醒。

"知道。"苏糖点点头，朝着门的方向走去。

苏糖依旧协助彭哲整理着安妮的项目，整理着所有的文件资料。但是在每天工作之余，苏糖还给自己安排了一项特别的任务。

"林慕曦下了车，他向着送他回来的同事摆了摆手，脸上有一抹戏谑的笑。同事开走了车子，林慕曦进入小区大门，独自走在林荫道上。树影在路灯的照射下，在路上透出影子，它们在微风中轻轻晃动，地上的影子就像暗处攒动的魔。林慕曦走走停停，四下张望，转头的频率透出警觉的姿态……"

苏糖对着录音笔，说出这段描述性的文字。

"谁？"林慕曦听到了细碎的声音，他猛然回头，看到树的暗影下还有一个人影。

一束手电筒的光亮陡然亮起，晃得林慕曦睁不开眼睛。

"是我，林慕曦。"

"苏糖？"

苏糖举着手电筒，走到了林慕曦的身边。

"刚才还和同事谈笑风生呢，轮到你一个人的时候，就怂了？"苏糖盯着林慕曦。

"大晚上的，不带这么吓人的啊！"林慕曦挤出一丝尴尬的笑容。

"我从今天晚上六点钟就跟着你了。晚饭，你是和邵珥珥一起吃的。而且你这些天，总是和她一起吃饭。大概晚上八点，你又和做新媒体的同事约在另一家酒吧见面，两个人谈了要爆料的内容。然后，他开车把你送回了你家的小区。"苏糖指了一下前面的凉亭，林慕曦就跟她一起走了过去。

"你这是在查我啊？难不成，你是爱上我了？"林慕曦故作戏谑。

"这些天，你都没有开车。你的车估计在你家楼底下都放掉渣了。最重要的是，你一直不敢开车，是因为你的 PTSD 又犯了。因为上一次咱们俩是在撞车之后你才被绑架的，所以你的心理阴影导致你无法开车。"苏糖分析得头头是道。

"说吧，为什么跟踪我、调查我？"林慕曦一屁股坐在石凳上，跷着二郎腿，瞪着苏糖。

"还有……你总是去找邵珥珥，虽然她可以帮你缓解心理压力，但更重要的是，你对她已经产生了一种无法摆脱的依赖。从你们大学时第一次在医院的病房相遇，到后来你因为目击楚洛的死而产生心理焦虑，再到你被绑架之后产生心理阴影……你和邵珥珥之间就牵扯出了一段看似理智互助实则暗生情愫的'恋人未满'的关系。"苏糖根本没打算正面回答林慕曦的问题，她只是一直在揣度着他的想法。

"哎，苏糖，你别仗着我大学的时候暗恋过你，就老戏耍我啊！"林慕曦完全一头雾水，不懂苏糖是何用意。

"你就说，我分析得对不对吧？"

林慕曦整理了一下自己的衣领，表情十分不自然，最后叹一口气，轻轻点点头："嗯。你分析得倒像是那么回事。"

本来还站着的苏糖，在听到了林慕曦的肯定后，反倒如泄了气的皮球，一下子坐在了石凳上，一脸忧虑。

"怎么了？"林慕曦也收起了玩笑的表情。

"其实，只要是有心人，有一点技术和小设备，想跟踪一个人，了解一个人，并不是太难。只需察言观色，结合背景仔细推敲，一个人生活的轨迹和状态就都暴露无遗了。更何况，我们还会在网上留下很多痕迹。微博、微信、论坛、贴吧、热门文章评论……所有这些，都能让我们轻易看到一个人的所到之处、所思所想。"苏糖感慨起来。

"是啊，像我们新媒体人、记者、狗仔，也都是洞悉一个人的窗口。"林慕曦也有同感。

"所以呢，如果我是一个想要杀死你的人，只要我做足了准备，下足了功夫，把你研究透彻之后再把你杀死分尸，可能也不会太难。"苏糖眼神迷惘，表情飘忽。

"啊？"林慕曦又向四周张望，他突然觉得有点冷，下意识地抱紧了肩膀，"那个……你……不是遇到了……什么精神上的困扰了吧？"

"放心，正常着呢。我只是……把自己代入了……别人的角色。"苏糖收回了涣散的眼神，专注地盯着表情很囧的林慕曦。

"谁啊？"林慕曦问。

"不告诉你。怕你再犯 PTSD。"苏糖起身，丢下一句"走了"，就大步流星朝着小区的大门方向走去。

"哎，到底是谁啊？你把话说清楚啊！"身后，留下了林慕曦好奇的问题。

回到别墅二楼的工作室，苏糖又拿出了她的画笔和素描纸，她画了一堆小人儿，还写着：偶然发现目标，跟踪目标，精确掌握目标，掳走，杀害，分尸，藏尸，多个失踪者之间没有明确关联，每个失踪者都缺乏真正关心他的人。操纵他人，遥控作案和自己作案相结合。

苏糖写出了安妮的作案模式——那是她对安妮的分析。

一千个哈姆雷特

"我们调查了安妮公寓的墙壁上挂着的那些照片，照片上那些人的身份基本都可以确定。其中有很大一部分和林肖画过的素描画上的人物是一致的。我们也比对了在安妮公寓里发现的血迹，证实了那些血迹属于一个名叫瑞贝卡的模特。"

"只有她一个人的血迹吗？"

"只有她一个人的。"

苏糖坐在老沈家的餐厅里，虽然桌子上摆着丰盛的午餐，她面前还有三个一直盯着她的人，但她脑子里却在回想协助纪骏进行调查时的对话。

其他失踪的人，没有尸体，没有血迹，无法确定生死，调查起来就非常困难。既然前期把杀人隐蔽得那么好，为什么又突然像是把证据喷涌而出地展示出来呢？

"安妮杀死朱蒂依然是个'劲爆的转折点'，为什么安妮突然变了呢？"苏糖一边想问题，一边把意大利面往嘴里塞。

"一般情况下，一个连环杀人者都会维持一定的杀人模式，因为只有那种特定的模式才会使他感到快乐或者获得安慰。但他可能会迭代自己的杀人模式，以求更大的感官刺激和心理满足。但如果模式不是迭代而是发生了倒退，则说明他受到了巨大的刺激，或者他本人也感受到了无比的厌倦。也就是，他放弃了自己的人生，甚至是生命。"老沈放下叉子，卷起来的意大利面完完整整地蜷缩在盘子里。

"你不是说安妮和彭哲发生了争吵，两个人还要拆伙吗？应该是那件事最终导致了安妮的崩溃，所以她干脆不再深思谨慎，而是破罐破摔。"邵珥珥说完，把面条送进了嘴里。

"一个女人，付出了多年的感情，可依然得不到心爱的男人，确实是会绝望崩溃的。就像我这么多年都得不到我的梦中情人一样，看到她都会感到崩溃。"林慕曦一本正经地发表着意见，同时对着苏糖胡乱表白。

"邵珥珥，我跟你说，林慕曦这家伙喜欢上你了。我说，他可能根本在大学的时候就对你有好感。要不然，为什么这么多年，他老缠着你，和你做朋友啊！"苏糖的沉思状态突然转台，转到戏谑台了。

"啊？"邵珥珥刚吞进口的意大利面差点没喷出来。

"我跟你说，邵珥珥，苏糖这几天老跟踪我们。然后就把一股子瞎猜的结论硬往我们身上塞。"林慕曦窘迫得脸一阵白一阵红的。

"苏糖……你……竟然跟踪我们？"邵珥珥很不自然地用手摸了摸自己的脸。

苏糖微笑着点点头，没再接话。其实，她确实也跟踪过邵珥珥，苏糖可是完美地躲过了邵珥珥的注意，丝毫没有引起她的警惕。

苏糖不能拆穿，其实，她看到了几次邵珥珥和彭哲的单独见面。但不管出于什么原因，其实邵珥珥都没有必要有所躲闪。除非，在邵珥珥的心里，还有"未竟的心愿"。

"看来，那套易容术、换装术、盯梢技术，你没白学啊。"老沈适时发声，消除了暂时的语境尴尬。

苏糖吃完，放下了叉子，用餐巾纸擦了擦嘴："面吃完了，我也要回去了。毕竟，我是借口来看你，才能和大家一起商量事情的。"

听到苏糖要走，其他三个人都放下了叉子。四个人顿时陷入一种紧张、凝结又紧绷的状态。

"老沈，失踪者的基本情况调查就靠你的手下了；珥珥，其实我不会在意你多找彭哲聊聊；林慕曦，谢谢你提供给我的关于句法和文风的资料。"苏糖起身，看了看坐在餐桌边的三个人。

苏糖没有理会他们关切的目光，一个人朝着门口走去。

是的，即使事态发展到了今天的这一步，苏糖也依然没有放弃最初的猜想。

苏糖依然协助彭哲去处理 Forever 众多文书的整理归档工作，当苏糖在安妮的办公室里打开自己的笔记本电脑时，其实在很多时间里，她都在做着另外一件事——反复观看在安妮家发现的各个失踪者的照片和安妮电脑中留下的"猎杀日记"。

苏糖的衬衫上、连衣裙上、卫衣上，总有一枚漂亮的胸针，而无论胸针怎么变换，那里面都隐藏着微型照相机。那一天，她和纪骏刚进入安妮的公寓时，她就拍下了公寓墙壁上所有的照片，也拍下了安妮电脑中的每一页"猎杀日记"。

苏糖非常清楚，作为一个普通公民，有哪些信息是她不能获取的，但她没有办法，也不甘心。而且她知道，那些失踪者的照片和安妮的日记都是破解谜团的关键参考资料。

莎士比亚曾说，一千个观众眼中，有一千个哈姆雷特。这句话，说明了阅读的神奇和理解的多元化。对于苏糖来说，解读"猎杀日记"会是僵局的激活口。

"这世界上总有些人，肆无忌惮，挥霍着他们拥有的一切！他们应该受到惩罚！"

如果惩罚那些所谓的"挥霍者"就是安妮杀人的动机，那么安妮应该是一个精神变异者，她以造物主的姿态，高高在上地处决了一个又一个她认为越过了"界限"和"标准"的人。就像伍教授在《暗影的秘密》中提到的，有一类连环杀人者追求"极致的权力"，这种"权力"让他们认为自己可以控制世界、控制生命。按照此种思路推理，安妮应该是厌恶所有失踪者的。

但下一秒，她一转身，摇曳生姿，若即若离……

"猎杀日记"上对瑞贝卡的描述，却又是充满感情的。

"如果因为他们挥霍人生而对他们实施了残暴的惩罚，但又为什么用那么优美的笔触去描绘他们呢？"这是苏糖的疑问。

苏糖知道，失踪者分析，是她下一步最重要的任务。是否推翻第一座城堡，搭建第二座城堡，就看分析结果了。

他们与痛的记忆

莲文若，失去父母，孤苦无依，内心脆弱，精神空虚，吸毒成瘾，颓废迷茫。

米思聪，混迹酒吧，独自打拼，孤高清冷，不被理解，因为愤世嫉俗而错失一些成名的机会。

黎秋雨，成名画家，与姐姐关系恶劣，仿佛生活在孤岛，虽然周围全是人，自己却跳不过隔离的海洋。

张农园，热爱园艺，性格古怪，整天待在花园，不与人接触；中年时，妻子儿女丧生于车祸，从此以后失去生活的热情，变成死灰一堆。

…………

苏糖翻看着老沈提供给他的调查资料,有趣的是,老沈对每个人都做了简短而准确的点评。

"你凭什么那样评价他们?"苏糖挑衅老沈。

"这是建立在大量的信息收集基础上所做出的综合推测结果。"老沈嚼着甜甜圈,大口大口吃得很满足。

对家人、亲戚、邻居和其他亲近的人的访谈;通过微博、微信、贴吧、论坛,对其各种抒发性、评论性语言的收集;对其从事过的职业、住过的居所、经济状况的调查……所有这一切,肯定都是耗费人力物力的,苏糖清楚地知道这个过程并不容易。

"比如,瑞贝卡,你的结论是:看起来条件较好,肆无忌惮,却内心惶恐、无助,游戏人生。为什么?"苏糖又把一批炸好的甜甜圈从炸锅里捞出来,并给甜甜圈裹上了一层白巧克力。

"瑞贝卡在少女时代亲历过发生在剧院里的恐怖袭击,目睹最好的朋友被枪击之后死在自己身边。只要留心,在瑞贝卡的脸书、ins 上都能看到她的心声,再查找当时的社会新闻视频,甚至能看到当时在枪击现场的逃离人群中就有瑞贝卡的身影。"老沈竖起大拇指,"你做的甜甜圈真好吃,甜而不腻。"

苏糖把已经裹好了白巧克力的甜甜圈放在晾网上。

她关了炸锅的开关,接着老沈的思路:"鉴于她是一位模特,你们又在她所在地的区域内找到几家出名的模特公司。你们发现瑞贝卡在其中一家公司工作过两年,十分成功,却突然无故毁约,不惜赔了违约金也要离开。然后她来了中国。她是一个为了逃避恐怖袭击的阴影而逃离自己国家的人。你们还调查到她有一个当心理医生的朋友,虽然她不是他的病人,但可以推测,她需要心灵的安慰。所以瑞贝卡肆无忌惮地释放魅力,却不屑于男人的情感,源于她根本就不觉得生命有意义。"

"哎……我就说,名师出高徒。"老沈端起玫瑰花茶,品了一口,笑呵呵地看着苏糖。

"你家的厨房可真大……"苏糖用两根手指夹起甜甜圈吃了起来。

"可不是吗，你都把我这儿当成你自己家了。"老沈叹一口气，举目望去，他看到厨房里摆着的都是失踪者的照片；透过厨房的玻璃门，还能看到客厅里摆着的都是苏糖画出来的各种线索图示，沙发上、茶几上、地板上，到处都是。

"所以这不给你做甜甜圈，感谢你的友情支持嘛。"苏糖抓起一个甜甜圈递过去，"再吃一个。"

"友情支持？命都搭上了！"老沈接过甜甜圈塞进了嘴里。

拿到了老沈提供的调查资料，苏糖几乎可以更加肯定自己之前的推测：失踪者都或主动或被动地选择了隔绝的生活状态，或是独居，或是少有亲人朋友在身边。这种状况导致了他们即使被跟踪、绑架，或者谋杀，也处于孤立无援的境地。而且，在他们失踪以后，也鲜少有人真正执着地在乎和追究他们的下落。

但也并不尽然，苏糖审视着厨房里挂着的、摆着的，到处都是的失踪者的照片，她觉得所有失踪者还有另外的共同特征——也许，那才是使他们成为被选择对象的原因。

老沈闷声不响地坐在厨房的餐桌前，他观察着正在观察失踪者照片的苏糖。老沈知道，他自己曾经因为伊藤京祥的案子而遭受了心理创伤，并且从此以后逃避面对此类恶魔，可苏糖比他勇敢，哪怕这种勇敢掺杂了一些对爱情的痴狂、对人性的幻想、对命运的赌博，但这种勇敢还是打动了老沈。时至今日，他在不知不觉间就陪着苏糖进入了最危险的沼泽，他拔不出脚来了，他们都拔不出来了。

在老沈凝神而思的时候，苏糖却在一页一页翻着彭哲当初的绘画笔记：连续八页都画着猫的彩铅画。不同的猫，随意地分布在画纸上，以各种角度，相同点是，猫的表情都十分狰狞和痛苦，所以看起来也十分恐怖。整整三十二只猫，和埋在公园里的猫骨数量完全吻合。

"他说，埋猫，让他感到放松。"苏糖抬起头，看了老沈一眼，突然来了这么一句。

"嗯？"老沈感到不解，他看到苏糖又低下了头，即使刚才看他一眼，其实眼神也没聚焦。

苏糖想起了那部《致痛的记忆》，也想起了他们看那部话剧时彭哲难以抑制的悲痛情绪。

"从没有任何一种力量会像'痛'一样释放了我所有的理智，也释放了我所有的疯狂。"苏糖重复着那句经典的台词。

苏糖想到了那幅彭哲少年时可怕又可悲的画作——满是针孔的手指。

"他母亲绝对不允许他画画，只要发现他画画，她就会毒打他，甚至用缝纫机的机针刺入他的手指！"苏糖迅速抬头，眼睛瞪得很大，像是发现了新大陆。

"老沈！"苏糖说着，"你知道'蒙娜丽莎的微笑'吗？"

"达·芬奇的名作啊，这谁不知道！"老沈觉得有点莫名其妙。

"蒙娜丽莎的微笑，作为一个观赏者，如果你在沉静时看，她的笑就是清水出芙蓉；如果你在欢欣时看，她的笑又冰清玉洁；如果你在心情悲戚时看，她的笑似乎又与你有着哀绪的共鸣……"苏糖娓娓道来。

"啊……然后呢？"老沈仍不明所以。

"所有失踪者的共性，就像是蒙娜丽莎的微笑，你可以从无数个角度去感受。这就是艺术的魅力。解读它的人永远都是站在自己的视角去解读，也许只有少数人，甚至没有一个人能够接近创作者在创作它的那一刻的想法。"苏糖提示老沈。

"你的意思是……凶手试图利用别人对失踪者的特征解读来引导出错误的答案？"老沈明白苏糖想表达什么了。

"是的！所有失踪者，可以概括为'因为挥霍的特质而被惩罚'，也可以概括为'因为痛苦的本质而需要得到解脱'。"苏糖向左伸出一只手，向右伸出一只手。

"你想说的人是……"老沈明白苏糖的意思。

"一个人年幼时代遭遇虐待，少年时代埋下猫，那么成年以后，等他更有能力的时候，就可能会埋下人。"苏糖把两只手向中间合拢，手心朝下做出一个掩埋的手势。

"可你这也可能是过度联想，也就是瞎猜。"老沈说得直接。

"绝大多数失踪者遗体没被发现，没有音信，是生是死都无法确定，更何谈确凿的证据，不靠大胆假设小心求证的方法，还怎么能找到真相！"苏糖有些激动。

"你这是义正词严地瞎猜啊！"老沈一咧嘴，"不过你说得很有道理。看来，你已经推翻了第一座城堡，现在，正在检验第二座城堡。"

苏糖点了点头。

慰藉之源

"其实在九年前，我就期待过这样的画面：和彭哲在大学相遇，然后告诉他，这么多年以来，我一直在等他，我一直很喜欢他。我参加两次高考，也都是为了能和他在同一所大学，可当我拼尽所有，终于可以见到他的时候，我等来的，却是他的尸体……"

"彭哲在你心里，真的很重要。"

"其实，每当我看到你的脸，我都情不自禁地想到彭哲。我甚至……疯狂地幻想着……你，就是他。"

"珥珥，谢谢你。总是在我脆弱茫然的时候，听我说话，安慰我，鼓励我。"

在绮菲艺术学院的展览馆里，透过门缝，苏糖看到了彭哲和邵珥珥，他们对望，充满犹豫和挣扎，但他们越靠越近，直到面对面，她的唇吻上了他的唇。苏糖没有推门而入，她不想打断，她甚至想知道，这个吻会不会继续，或者会继续多久。

他们没有停下，那犹豫却缠绵的状态，让苏糖的内心里涌现出十分复杂的情绪。

抬起来要推开门的手，又放下了。一转身，苏糖离开了展览馆，拼命地向绮菲艺术学院的大门奔去。

夜里两点十五分，别墅的客厅里一片漆黑，只有落地窗中洒下的月光给客厅里带来了一丝丝微弱的光亮。昏暗间，一点烟火忽明忽暗，那是彭哲手指间夹着的烟头。

"咔哒"，客厅的密码锁被打开，苏糖回到了家。她没有开灯，在关好门之后，她只是颓然地靠着门，一点一点瘫坐在地板上。

"你回来了？"

黑暗里，烟头亮着的位置，发出了一个声音。

"你去哪儿了？这么晚才回来。电话不接，最后手机还关机了。"

彭哲继续发话。

"我和老沈在一起。"苏糖回答。

"呵呵……这么快就肆无忌惮了吗？"彭哲掐灭了抽完的一根烟，又在黑暗里点燃了另一根烟。

"是啊。你不也和邵珥珥在展览馆里接吻吗？"苏糖摸索着她的包，也从包里掏出一根烟，点燃了。

"你来大学找过我？"

"不去找你，又怎么能看见你们的亲密互动啊。"

"沈嘉扬今天上午也来大学找过我，他是来和我摊牌的。他说他爱上你了，希望我能成全你们。他还说，你依赖他，比依赖我多。"

"所以呢？沈嘉扬上午和你摊牌，你下午就和邵珥珥接吻吗？还真是一报还一报啊！"

两个人都没有再说话，只有两个烟头在黑暗中一明一灭地交替。

苏糖狠狠地把烟蒂戳在了地板上，在掐灭烟头之后，她看到黑暗中彭哲的身影向自己奔了过来。

一个扼喉，苏糖的脖颈被彭哲紧紧扣住，彭哲的手使了劲儿，他要掐死她。苏糖没有反抗，甚至没有发出声音，只是任凭彭哲扼住她。

彭哲能够感到苏糖呼吸越来越困难，直到一滴泪滴落在彭哲的手背上，他才突然松开了手。

"咳咳……"因为被掐得窒息之后突然又被松开了，苏糖一直干咳不停。

彭哲跌坐在地上，好像浑身的力气都被卸掉了。

"为什么不反抗？你真的以为，我不会掐死你？"

"死？九年前，发生那场车祸的时候，我的心，已经死过一次了。六年前，再遇到你，我又活过来了。后来，林肖要杀死你的那一刻，我的心又死了。再后来，你在病床上苏醒，告诉我，你是谁，我的心又活了过来……就这么生生死死、起起落落，我都习惯了。"

彭哲听到了苏糖苦笑的声音。

"苏糖，你最近总是去见沈嘉扬吧？不对……应该是，你知道我是彭哲以后，你就经常去见他。"

"是啊，我总去找他，因为我很迷惘。彭哲，这个身份的转换，让我迷惘。"

"我也很迷惘。所以邵珥珥来找我，我就会和她聊聊天，她就像安慰剂，让我的焦灼变得冷静。"

"其实她接近你，是有目的的，她怀疑你是彭哲。"苏糖十分平静地说了出来。

彭哲本来垂下的头却突然抬了起来，即使是在微弱光亮下，这个动作也十分明显。

"你把我的事，告诉邵珥珥了？"

"嗯。不过，是在很早以前。"

"多早以前？"

"从我买回黎秋雨的那幅画开始。我还在你的旧居发现了你送我的礼物，那上面的图案和黎秋雨的一幅画很像。我以为你有了外遇，我找林慕曦和邵珥珥商量过，可林慕曦提起了楚洛的案子，他看到你在案发现场出现过。从那时起，我们开始怀疑，我身边的'江诣'也许就是已经因车祸离世的'彭哲'。"

"从那以后，你们在查我？"

"是的。我还发现了旧居的监控设备，我身上戴了改装的跟踪器，如果我没估计错，你也应该知道我在查。"苏糖依旧语气平静。

"那你查到了什么？"

"一系列失踪的人。林肖、安妮、楚洛定制的画……而且这些，也都和你有千丝万缕的联系。"

"你怀疑……我是连环杀人者？"

苏糖从口袋里掏出手机，点击相册，翻到一张照片，然后递到彭哲的眼前。

照片上呈现的是当年在法国读书的江诣——他坐在大学的图书馆里，静静地望向窗外。

"这是安妮拍摄的照片。但我知道，她拍摄的人不是江诣，是彭哲，是你。图书馆里正在办一个有关于凡·高的画展，背景上依稀能看到画展的宣传条幅，我查过，那个画展举办的时间，是在楚洛遇害之前的几天。也就是说，那几天，在鸿远大学的人，是江诣；在法国巴黎美术学院的人，是你。"

在手机的光亮下，苏糖能看到彭哲微妙的表情，他似乎平静，却又抽动眉心，抽动嘴角。他一直盯着手机屏幕，直到黑屏。

"你那时候，就接触过安妮。后来，发生了楚洛的死、'彭哲'的车祸、林肖的失踪，还有黎秋雨他们一系列的失踪。我很难不把这些联想到一起。"苏糖继续试探。

"你怀疑，我操纵了这一切？"

"虽然所有证据最初指向了林肖，后来指向了安妮，但你脱不了干系。"

彭哲没有回答。两人又陷入了沉默。

苏糖感到窒息，虽然这次并没有人扼住她的喉咙。

"如果，你发现，你最爱的人是一个隐匿已久的恐怖连环凶案的凶手，你会怎么做？"

彭哲突然说出了这句话——《全民大侦探》的导语。

"如果是你呢？你会怎么做？"彭哲的脸突然凑到了苏糖的跟前，苏糖能感受到彭哲呼出的热气。

"那要看我有多爱他……"苏糖依旧是那个答案。

"那你有多爱我？"彭哲追问。

"爱到……即使你用手扼住了我的喉咙，要掐死我，我也不会躲。"苏糖的声音变了调，那是流泪造成的啜泣之音。

彭哲伸出手指，擦了擦苏糖的眼泪，他跌坐回地板上，轻叹一口气。

"那天，安妮在图书馆遇到我，邀请我去她的公寓。我们进门，看到了一堆死在地上的猫的残骸。八只中，只有一只因为吃了同伴而活了下来。但它伤痕累累，几乎全身血肉模糊。它很痛苦，但攻击性依然很强。在它向安妮扑过去的时候，安妮顺手抄起了桌子上的水果刀……猫血瞬间喷射出来，飞溅到那幅油画上。猫死了，它的痛苦也结束了。"

彭哲陷入回忆中，他的语气轻描淡写。

苏糖也想起了她在安妮的办公室里偷看到的安妮手机里的那段视频。

"我过去埋过很多猫，还有狗。它们流浪，孤独无依，被虐待，被伤害，或者要忍受饥饿和疾病。那时候，我就想，结束它们痛苦最好的方式，也许，就是死亡。"

"杀了那些失踪者，就像杀了那些猫狗一样？"

"有时候，杀戮，并不都是残酷的。它可能更像是一种救赎。死亡，是他们的解脱之道、慰藉之源。"

"杀人……你怎么下得去手？"

"从法国回来之后，我收到了楚洛发来的短信，他邀请我去他家别墅参加一个派对。我知道那是一种示威，他把家里布置成了表白的气氛，是特意想羞辱我，他要向我证明，他一定会得到你。我很愤怒，看到了桌子上拆快递盒子的刀，拿起来就刺入了他的胸口。可那一刀刺入之后，我就看到了站在门口的安妮。"

"然后呢？"苏糖几乎屏住了呼吸。

"然后，安妮推开了震惊的我，她从楚洛的胸口拔出了刀子，又在楚洛的身上不断地挥刀。一刀，两刀，三刀……不知道多少刀。她越刺越疯狂。她告诉我，每刺一刀，都是在解除楚洛的痛苦。于是我想起了那些被我埋过的猫狗。"

苏糖胡乱地摸索衣服口袋，她终于找到了一根烟，点燃之后，猛地吸了几口。苏糖夹着烟的手有些发抖，好半天，她吐出一句："你们简直就是疯子。"

生者对死者无动于衷

这，究竟是一种怎样的博弈！

生者对死者无动于衷

画面上是一条长 4 米的鼬鲨，它张着嘴巴，露出巨大而尖利的牙齿，仿佛下一秒钟，它就要将身边的弱小鱼类吞噬。但它的威慑力也只凝固在那张开嘴巴的一瞬间。因为，它死了。

鼬鲨，被浸泡在稀释了的甲醛溶液中。为了巩固鲨鱼的外形，它还被两百根针穿进身躯里。是的，栩栩如生的鼬鲨是一件艺术品。它长 213 厘米，高 518 厘米，宽 213 厘米，耗资 5 万英镑。

投影屏幕上呈现着英国概念艺术家达米恩·赫斯特于 1991 年创作的装置艺术品《生者对死者无动于衷》。站在投影屏幕前的人是穿着浅灰色休闲西装，相貌英俊、风度翩翩的彭哲。

绮菲艺术学院的第三阶梯教室里，三百多个座位座无虚席，所有的学生都眼望前方。自从彭哲成为艺术鉴赏课的客座讲师之后，每次他上课，各个院系的学生都来听课，甚至外校的学生都赶来听课，常常"一座难求"。

苏糖一直旁听彭哲的课，这不是学生对讲师的崇拜，也不是妻子对丈夫的欣赏，而是猎物对猎人的分析。

"尽管这鲨鱼大得能把你吞掉，但是，当它远离了深海时，当它变成了泡在防腐溶液中的尸体时，你就可以不再惧怕它，甚至可以靠近它，围观它。你对它的不惧怕和无动于衷，就是死者和生者的距离。"彭哲长舒一口气，他热情澎湃的讲解让所有学生都屏住了一口气，他们也随着他的舒缓而舒缓了。

此时，苏糖脑子里徘徊的画面可不是那条巨大鲨鱼的死，而是血肉模糊的楚洛、只有一条小腿的丹尼尔、眼球上插着刀叉的苏敏慧、倒在血泊之中的朱蒂、动脉喷血的林肖和充满惊恐表情的米思聪与瑞贝卡。

她，能对他们的死无动于衷吗？可彭哲为什么能够对他们的死无动于衷呢？

那天夜里，彭哲的解释声声入耳。苏糖清晰记得，在他的言论里，一系列谋杀的实施者是安妮。而彭哲呢，他至多就是一个深知内情却不去揭发的变相纵容者。

"我刺楚洛的那一刀，其实并不致命，他不会死。是安妮，安妮杀了他。我知道，那天，安妮去见楚洛，也只是想看看自己第一次费尽心力的作品挂在客户家中的样子。但没想到，她撞见我刺楚洛一刀。

"后来，我们两个离开了楚洛的别墅，走远了，才想起来，那幅画上喷了血迹，安妮也怕别人看到画会怀疑到她，所以我们返回去，想拿走画。但我在门口看到了林慕曦，我还踢倒了门口的花瓶，我怕他发现我，就拼命跑开了。

"我只知道，安妮杀了楚洛；我也知道，林肖在勒索我之后就失踪了；但其他人的失踪或者死亡，我真的不知道。

"你说的蕾雅是谁？我真不认识。手账本？手账本其实是安妮送给我，然后我又送给了你，手账本不是我做的。

"豹脸胸针？你是说，我丢失的那枚胸针，一直在安妮那儿？我真不知道。

"黎秋雨，我确实见过她。在一次艺术家交流会上，她表示出对我的好感，但我不想和她扯上任何关系。至于你说的，她约过我去她的画室，可我从来没有接受过她的邀请啊！我怎么会知道，为什么黎秋雨的画室里有豹脸胸针的碎片呢？"

……………

苏糖冷笑了出来。在一众鼓掌的学生们中间，苏糖一边冷笑，一边跟着鼓掌。她祝贺彭哲的又一次完美的讲课，就像恭贺彭哲近乎毫无破绽的说辞。

这世间有多可笑，明明两个人已经摊牌了，最可怕最残酷的事实都摆出来了，苏糖也打出了自己的底牌，可真相，真相依然是谜团。

这，究竟是一种怎样的博弈！

就像一个法证学家说的：在确凿的证据出现之前，真相，只是一个被揣测的故事。

苏糖选择了沉默。因为沉默，是她唯一能持有的态度。这个态度代表了什么呢？代表了距离，代表了爱的消逝，代表了较量的真正开始。

掌声停息了，彭哲宣布下课。有些学生却围着台前的彭哲，争先恐后地提问，彭哲面带微笑耐心地回答。

苏糖只是安静地整理着自己的笔记，把录有彭哲讲课内容的录音笔放入了口袋。

整理好了笔记，苏糖拿出素描本，打开来，一笔一画开始勾勒图画的轮廓，直到学生们慢慢地离开，讲台中央只留下彭哲一个人。

彭哲面带笑容地走过来，看到了在画画的苏糖。苏糖捧过彭哲的脸，在他的唇上轻啄了一下。然后，她把手探进了自己的包里，拿出了一根验孕棒递给彭哲。

彭哲有些困惑，但他伸手接了过来，两条红线那么明显地揭示着一个事实。

"刚才……大课开始之前，我去了学校的洗手间……然后，就发现了这个结果。"

苏糖举起自己正在画的画：三个人。有彭哲，有苏糖，还有新生命。

彭哲表情复杂地看着那张画，然后把苏糖揽入怀中，紧紧地抱着她。

两个人手牵手离开了大学，彭哲开着车子，载着苏糖向着他们别墅的方向开去。

"苏糖，你说，咱们的孩子，会更像你，还是更像我呢？"彭哲一边开车一边问。

"我在想，咱们的孩子，是会继承你的科幻力，还是江诣的艺术力呢？"苏糖笑呵呵地说。

空气，好像突然被制冷了。车里没了声音，彭哲的脸色也暗沉下来。

苏糖意识到自己好像说错了什么话，慌忙去看彭哲。

彭哲却在僵硬的气息里展露出一丝笑容："那你希望，咱们孩子更像谁啊？"

"其实……我挺想念'江诣'的。"苏糖犹豫了一下，"一直以来，在我还不知道你是彭哲的时候，我总是觉得，我不太爱'江诣'，无论他多么热情如火，多么才华横溢，我心里就是死心塌地怀念着彭哲。直到……直到有一天，你告诉我，你是彭哲而不是江诣，我才发现，'江诣'这个人，早已经进入了我的心里，深入了我的骨髓，凝结在了我的每一个细胞之中。"苏糖用手指快速抹了一下就要溢出的泪。

彭哲眉头紧锁，脸上凝重得就像盘旋着一团浓雾。

"'我不介意做替身。因为我相信，迟早有一天，你会爱上真正的我，而不是因为我有一张和他一模一样的脸！'——这是你当初扮作江诣时说过的话。还有，你过去总是问我，'难道五年的时间，都敌不过那短暂的初恋吗？'我现在回答那时你提出的问题：五年的时间，早已让彭哲一点一滴地消逝了，最后留在我心里的，是每天都在我身边的'江诣'。"

彭哲冷笑了一下，又苦笑了一下。

"苏糖，对你来说，是不是因为江诣是个没有少年时代的屈辱、没有扭曲、没有身份调包、没有掩盖杀人罪行的人，他干干净净，他一帆风顺，他风光无限，你才发现，比较起那个有着污点的彭哲来说，你更爱江诣？"

"不是的。对我来说，谁更爱我，谁给了我更多的快乐，我就会更爱谁。爱情，是最自私、最自我的感受。我说不了谎，因为我也左右不了我的心。我爱'江诣'，很爱。"苏糖侧头看了一眼在开车的彭哲，彭哲却一直两眼直视前方，但眉头的那团浓雾没有消散。

车子继续开动着，窗外的风景一路飞逝。两个人都没再说话。

车子在他们居住的别墅前停了下来，苏糖刚要下车，彭哲开口了。

"那你爱'江诣'什么？"彭哲转头问苏糖。

"热情如火、奇思妙想、灿烂疯狂、甜言蜜语、温柔有趣，而且他爱我，比彭哲还爱我，他宁愿和一个死去的人竞争，也不肯放弃一个不太爱他的人。他执着、坚定，从不吝惜自己的付出。"苏糖看着彭哲，认真地回答着他的问题。

彭哲低下头，沉默地转身，推开车门，走了出去，只留下了在车子里凝神静思的苏糖。

不欢而散

嗡嗡……

微信的视频通话提示音响起，苏糖看到发来视频请求的人是她远在澳大利亚的母亲，于是她马上按下了"接通"键。

"妈，这么早就起床了？你那边应该才早上六点多。"苏糖在视频里看到了围坐在桌边正准备吃早餐的父母。

"糖糖，我们可知道了一个好消息哦。"苏糖的父亲带着那种"知道隐情"的笑。

苏糖轻叹一口气，假装嗔怪："一定是'江诣'那个大嘴巴告诉你们的……"

"哎哟哟，还不好意思了。快做妈妈了，这是多幸福的事啊！"苏糖母亲看起来特别高兴。

"对了，糖糖，听'江诣'说，你们正在申请移民法国的手续？"苏糖父亲问道。

"是啊……"

"也不错。那过一段时间，你就远在法国了，爸妈也不在你身边，你可要多照顾自己……"苏糖老爸说着说着，眼圈就有点红了。

结束视频通话后，苏糖内心感到十分沉重，她发自内心觉得自己对不起父母。

苏糖用指尖擦擦眼角，对着窗外的花墙整理了一下自己的情绪，然后再次打开微信。犹豫一下之后，她还是发了两条微信给邵珥珥和林慕曦，约他们去楚洛家的别墅见面。

中午时分，天空突然阴沉起来。乌云压顶，阴暗弥散，清水湾地区在暴雨来临之前，有一种"末世无援"的恐慌感。

咔——咔——咔——

苏糖看到了一道天边的闪电，它划破黑色的天际，又牵扯出另外一道闪电，然后是第三道闪电……闪电裂开就像一张电网，黑色天际被多次割裂，恐怖异常。

苏糖的车子终于开到了楚洛家的别墅前。熄火，停车，拿着雨伞冲出车子，以最快的速度去开别墅的大门，但是倾盆大雨依然把苏糖淋湿了。

打开客厅的门，苏糖发现沙发上坐着一个女人，正是邵珥珥。

"你到了，苏糖。"邵珥珥看到了苏糖，苏糖也看到了邵珥珥手里捏着酒杯，茶几上还有已经喝空的红酒瓶。

苏糖把雨伞晾在地板上，然后径直走到沙发前，和邵珥珥面对面坐下。

邵珥珥放下酒杯，缓了缓："苏糖，我对不起你。"

"为什么？"苏糖一下子没反应过来。

"其实从我们那天在'心咖啡'聊天，怀疑'江诣'可能是彭哲之后，我就开始找各种借口，刻意接近他了。"

"刻意接近？"苏糖看着邵珥珥。

"在你不知情的情况下，我找各种理由去见他。我不得不承认，我那就是对彭哲的不甘心。"

"呵……你终于说出来了。我那天，看到你们在学院的展览室里接吻了。"苏糖说得轻描淡写。

"苏糖，那天的吻，已经是我们之间的极限了……其实我也没想和他怎样，我就是……有点执念……"邵珥珥忙着解释。

"你说什么？你和彭哲接过吻？"说话的人正是刚刚进入客厅的林慕曦。林慕曦几乎全身都被大雨淋透了，他一下子跌坐在沙发上。

"我昨天才刚约你见面，然后和你表白过，你今天就告诉我，你还惦记别的男人？"林慕曦一脸怨怨。

"谁告诉你我惦记别人了？"邵珥珥看向林慕曦。

"你们别扰乱我思绪！"苏糖镇定了一下情绪，"楚洛不是彭哲杀的，但他确实捅了他一刀，其余那些刀伤，都是安妮干的。"

"啊？"林慕曦和邵珥珥被苏糖突如其来的这句话震慑得安静了下来。

好半天，两个人才意识到苏糖今天约他们在楚洛家的别墅见面到底为了什么，她是要告诉他们，楚洛案的真相。

"那天夜里，我向他摊牌了……"苏糖把她和彭哲之间谈的内容都告诉了眼前的两个人。

"所以，我当年看到的人，真的是彭哲？"林慕曦问。

"所以，你告诉了他，我们一直在查他？"邵珥珥的表情就像要哭了一样，"如果这样，他就会认为我一直接近他，不过是为了查他。怪不得后来我再怎么约他，他都找各种理由不再和我见面了！"

"你还想和他见面，你不是一直对我有好感吗，邵珥珥？再说了，彭哲怎么会看上你，要是能喜欢你，九年前就喜欢了，还能等到现在？你看看你自己怎么和苏糖比？"林慕曦急了，语气里尽是挖苦。

"是啊，我是不能和苏糖比，九年前，你还不是癞蛤蟆想吃天鹅肉，只不过人家苏糖也没看上你。别说苏糖没看上你，我也看不上你！"邵珥珥也不甘示弱。

"那也比你暗地里勾引人家老公好吧？"林慕曦回击。

"你！"邵珥珥气得忽地从沙发上站起来，咚咚咚踏着高跟鞋就跑到了门口，拉开客厅的大门冲了出去。

"外面还下着瓢泼大雨呢，你赶紧去追她吧，她也没带伞。"苏糖提醒林慕曦。

"哦！"林慕曦从沙发上站起来，捡起苏糖放在地板上的雨伞就冲了出去。

客厅里一下子安静了，苏糖揉了揉太阳穴，十分疲惫地靠在了沙发上。客厅里此刻黑沉沉的情景，就像荒山古堡。

咔——咔——咔——

闪电一直在闪，苏糖看向窗外，有点心惊肉跳。

"头好……好涨！"苏糖突然痛苦地在沙发上翻来翻去，她整个人都从沙发上滑落下来，她挣扎着去够茶几上放着的皮包，但她使劲睁了睁眼，手却没有力气够到。

"救……救救我"苏糖有气无力地喊着，昏倒在地上了。

吱嘎一声，大门打开了，一个穿着雨衣的人走了进来。雨衣人疾步奔到苏糖跟前，伸出手去摸苏糖的额头，然后一使劲，把苏糖抱了起来。

"肯定是脑出血的后遗症，妊娠会导致血压升高，再加上本就有高血压，会很危险！"抱苏糖的人嘴里叨咕着。可苏糖双眼紧闭，看起来，完全失去了意识。

当来人紧抱苏糖就要走到门口的时候，"失去意识的"苏糖在那人耳边开口了。

"彭哲，我没事。我刚才是装的。"苏糖缓缓地睁开了眼睛。

苏糖狡黠的眼看着彭哲恍然大悟的眼，对视的瞬间，像是彼此洞悉了对方的一切。

"他们争吵、离开，都是假象？"彭哲放开了抱着苏糖的双臂。

"是的。我就是想知道，监听了他们那么久，这一次，你是不是还在监听。"苏糖从彭哲的怀里跳了下来。

"呵呵……"彭哲发出了一阵冷笑。

我要杀了你！

电闪雷鸣，倾盆大雨。屋内阴沉，世界末日般寂静。苏糖和彭哲两个人面对面坐在沙发上，就像他们中间隔着的不是一台茶几，而是楚洛的尸体。

"你为什么说，我在监听他们两个？"彭哲先开了口。

"从我和林慕曦一起出车祸、他被绑架开始，我就反思和推测，漏洞应该在林慕曦身上。既然林慕曦身上有漏洞，邵珥珥应该也逃不了被监听。"苏糖冷静地回答，她脑子里自然而然就闪现出了一系列时间线。

苏糖戴着的首饰上都有监听器，这样，彭哲就知道了苏糖、林慕曦和邵珥珥三人最初在"心咖啡"的对话。从他们开始怀疑楚洛的死和彭哲有关时起，彭哲就知道"完美谋杀世界"开始坍塌了。

苏糖整理思路，给林慕曦和邵珥珥分配了"调查任务"，彭哲便开始知道两人也有份参与。

邵珥珥因为留恋彭哲，心有不甘，开始找借口接近"江诣"，彭哲顺水推舟，和她拉近了原本疏远的关系，并利用某次见面的机会，给邵珥珥的手机植入了监听程序。

苏糖、林慕曦和邵珥珥去了楚洛的别墅，分析了当年的场景，彭哲感到威胁的逼近。

在彭哲的旧居里，老沈摘掉了苏糖身上的监听器，还拆掉了旧居的监控设备。但即便苏糖从此以后多加小心，也只能保证自己不被监听。

彭哲开始在邵珥珥和林慕曦身上动更多的心思，事实上，一个厉害的黑客，八秒钟就能破解一台智能手机。

从被监听开始，只要有邵珥珥和林慕曦出现的调查机会和场合，所有信息都会在彭哲面前暴露无遗。

"一开始，一切的怀疑不过是模糊状态，肯定也想不到你在邵珥珥和林慕曦的手机上动了那么多心思。后来，逐渐发现了更多的失踪和死亡，再后来，林肖成功地绑架了我，接着就是所有证据都'严丝合缝'地指向了安妮，我就反思，幕后人肯定知道我们调查的每一个步骤、每一个过程和结论。"苏糖拿起沙发上的皮包，从里面掏出了一个素描本，翻开来，递给了彭哲。

彭哲接过本子，看到其中一页上画着一个时间轴，上面是苏糖和邵珥珥见面的时间以及交谈的主题——就像一个细致又详细的会议记录。

"我把这个时间轴和安妮出现的'犯罪迹象'做了比对，有了惊人的发现。"苏糖提示彭哲翻到下一页。

彭哲目光凝重地看了一眼苏糖，然后，他翻到了下一页。下一页上标注着两组对比文字。

在邵珥珥心理工作室内，苏糖推测出楚洛的血迹分布和被害过程中的表情变化，由此推测出米思聪的连拍照片——在105号病房被安妮设计威胁，拍下连动惊恐表情照片，与米思聪的照片如出一辙，从而引出拍摄者"遗憾之泪"。

与邵珥珥在"心咖啡"谈论在黎秋雨的画室发现一块豹脸胸针——安妮也有同样的胸针。

与邵珥珥在秦明轩家谈到了带有蕾雅胎记的手账本皮套是猪皮制作的——安妮也有同样的手账本。

与邵珥珥在楚洛家分析凶杀过程，谈到了那幅不合时宜的挂在楼梯口的画——在Forever的仓库中发现了《绚烂》，发现创作人是安妮，从而推测安妮和楚洛的死有关。

…………

"很详细。"彭哲抬眼，面无表情。

"我一直在想，会不会真的是安妮操控了林肖，也许，林肖是能帮我找到真正凶手的一个途径。于是，我就给林肖也做了时间轴。"苏糖又指了指素描本。

彭哲继续翻下去，他看到苏糖给林慕曦也做了时间轴的分析，再翻下去，就是苏糖对林肖时间轴的分析。

林肖撞死江诣，第一次勒索彭哲——彭哲拿钱给林肖，林肖支持女友开了美容院。

三年后，林肖失踪——因为勒索而被彭哲囚禁。

林肖曾短暂回归，但后来又失踪——囚禁之后的放生练习，考察猎物是否会主动回归。

五年后，林肖再次出现，神志不清，画下神秘素描——彭哲把失踪者引导到林肖身上。

林肖杀死苏敏慧后逃跑——彭哲用苏敏慧的死证明林肖真的会以残忍手段杀人。

林肖跟踪我——彭哲的指令要求，就像被爱吃狗肉的男人囚禁的杀狗女孩一样。

林肖将我诱骗至401室并实施绑架——林肖的智商和神志很难支撑他完成高难度的诱骗，除非这主导者是彭哲。

林肖把我转移到偏僻平房，彭哲出现，为救彭哲，我杀了林肖——利用我的手解决了可能的"嫌疑人"，以"正当防卫"之名，以彭哲的"舍身相救"为证。

"你对林肖的标注，肯定就是安妮的所作所为，你为什么要把她做的事情放在我身上？"彭哲脸露怨色。

"那你怎么解释，在林肖把我转移到平房的时候，你非常及时地出现了？"苏糖追问。

彭哲坐在沙发上，凝视着窗外阴沉的天空、暴雨和闪电，他轻叹一口气。

"我不是说过了，是林肖发短信通知我的。"彭哲回答。

"斯德哥尔摩综合征是指被绑架者因为害怕受到危害而主动讨好绑架者的一种病症。如果真的是安妮操控林肖绑架了我，林肖的心里对安妮充满了恐惧，他又怎么敢通知你呢？毕竟，他可是个对自己的女朋友都能按照指令去杀害的疯狂之人啊。"苏糖紧追不放。

"呵……"彭哲笑了，笑得没有一丝温度，"那些心理学的书，没白看啊。"

"那么，你为什么要去那个偏僻的平房？"

"我猜是安妮让林肖发短信给我的。你杀了林肖，我受了重伤。后来，安妮去医院看过我。她曾不止一次感慨，生死关头，我和你之间的感情非常深。很可能，她故意这么做，是对我们的一种戏耍。"

"我想，想利用林肖杀死我的人，不是安妮，是你吧？"苏糖问出了这句。

"你在说什么呢？"彭哲突然目光尖利地看向苏糖。

"因为……你才是一系列失踪案和凶杀案的主谋。你知道我已经开始怀疑了，所以你监听我，监听我的朋友，还把焦点转移到林肖和安妮的身上。"苏糖瞪大了眼睛，就像一只具有攻击性的斗鸡。

"好啊，那你说说，我为什么要杀人？"彭哲倒是从尖锐变得冷静起来。

"那你先告诉我，你用刀子去捅楚洛的那天，他到底说了什么？你又是怎么想的？"苏糖紧紧盯着彭哲。

"那一天……"彭哲凄然地冷笑一下。

那一天，彭哲接到了楚洛打来的电话，楚洛说他要向彭哲证明什么人才配得到苏糖的感情。彭哲按照地点和时间赴约了。他一到楚洛家，就发现楚洛家的别墅客厅布置得格外漂亮，客厅的石花瓶里，有超大一束玫瑰花，茶几上是香薰蜡烛拼出的心形图样。彭哲当时就意识到，这是一个用来表白的现场。

"你看看，这就是我为苏糖准备的一切。一大束进口玫瑰花，可能你打工一学期也买不起吧？要不你照照镜子，看看自己的样子有多寒酸！

"你知道吗？穷，并不是最令人讨厌的。最令人讨厌的是，你那股子又穷又酸又假清高的劲儿。谁看到你，都能看到'自卑'两个字。你别以为你装得清高，我们就嗅不到你的自卑。你那股卑贱简直就是越藏越明显。

"但苏糖不一样，她出身不错，没经历过什么挫折，顺风顺水，自有一股娇滴又高雅的气质。她这样的女孩要是配了你这种男生，走在街上都让人看不顺眼。一个自带高贵，一个自带卑微。

"你跟我比不了，我不用努力奋斗，也能拥有一切。但你呢？别以为你是个所谓的高才生，你就厉害。你再翻腾，也得吃苦，你希望苏糖和你一起吃苦吗？她不是一个能吃苦的女孩，你看她平时用的口红，估计你做一年的家教也买不起两支那样的口红。什么是幸福？幸福就是为了你而降低生活标准吗？

"一会儿，她来了，我就向她表白。我还定制了一幅画她的油画，简直是美极了！只要她喜欢，我可以为她设计一千条裙子，以我们家的财力，可以把她捧为最红的模特。我能给她她喜欢的一切。哈哈，说不定，今天一高兴，她就陪我共度良宵了！哈哈……就算不是今天，她也早晚是我的。我就不信，她不虚荣？"

彭哲回忆着那一天发生在别墅里的一幕一幕，即使已经时空变换，即使已经事隔九年，但回想起当初楚洛的讥讽，彭哲的记忆还是如此清晰和深刻。彭哲忽地站起来，他气得几乎全身都在发抖，他恨恨地盯着沙发的一角，眼圈通红，满脸愤怒，他转身看向茶几，他的手在茶几上胡乱地摸索着，虽然茶几上此刻什么都没有，只是盖着防尘的白布。

"我要杀了你！我要杀了你！我要杀了你！……"彭哲几乎是歇斯底里地一遍又一遍喊着这句话。

苏糖被彭哲失控的情绪吓到了。外面电闪雷鸣，暴雨如注，彭哲站在阴沉的客厅里，就像一头狂暴巨兽。

苏糖起身，奔过去，扑向彭哲，一把从身后抱住了他。苏糖感受到彭哲全身冰冷，他一直打战，大口大口喘着粗气，然后就是啜泣的声音传来。

美梦与噩梦的抉择

"凌乱而稠密的颜料线条构成的背景；背景的中央位置是一双睁开的眼睛，眼神里充满了沉静与悲苦，还有一滴隐藏在眼角的泪；背景的四周分散着一根又一根手指——我记得那幅《痛》，那是你内心最痛苦的写照。"苏糖紧紧抱着彭哲，她的声音听起来是那样轻柔美妙。

"26次，我母亲，用缝纫机的机针扎了我26次。你知道那有多可怕吗？我的手指被塞在机针下，母亲就踩了踏板，我眼睁睁看着又尖又长的机针穿过我的手指，顿时疼得撕心裂肺。我每被扎一次，就在画布上画一根手指,那被切掉的不是手指……"彭哲的眼泪滴落在苏糖的手背上,苏糖的心一惊,她感受到了来自彭哲的撕裂心肺的疼痛。

"一切的痛苦都会结束的,它们已经结束了。"苏糖把头埋入了彭哲的后背,眼泪已经浸湿了彭哲的衬衫。

彭哲紧紧地闭上了眼睛,又努力地睁开眼睛,迟疑了一下,他开口了。

"有一次,我看到一只流浪猫,它看起来那么小,它还是一只小猫崽。它全身的毛都被胶水粘住了,一瘸一拐,应该是有条腿被打断了。它那么痛苦,却只能发出微弱的猫叫声。然后我把它带到公园,拿起大石块砸向它。它没有太多痛苦,一下子就死了。我把它埋在公园的长椅那儿。我坐在长椅上,竟然感到一种慰藉。"

"鲜血,已经不再是'残忍'的代名词,反而是'结束痛苦'的象征了,对吗?"苏糖像是洞悉了某种内涵。

彭哲的两只手抓住了苏糖抱着他的手臂,他的手把她的手从自己的身上拿了下来。一转身,他把苏糖推开了,还迈开一大步,就像迅速划清了界限,他不想她再靠近他。

"我刚才说的,就是你杀人的理由,对不对?"苏糖也没有再靠近,她隔着距离问他。

彭哲显得有点手足无措,他一会儿看看窗外的狂暴雷电,一会儿又看看苏糖,眉宇间满是纠结。

"在你的绘画笔记上,你画过很多猫。那些猫,应该就是被你杀死以后,你给它们画下的'遗像',就像你让林肖给那些失踪者画下了遗像。"苏糖继续试探着道。

"哈哈……"彭哲突然发出了奇怪的笑声,那笑声里净是苦涩和苦痛。

他颓然地瘫坐在沙发上,两只胳膊拄在膝盖上,头却埋在了两只手掌里,苏糖只能听到粗重的喘息声。

"他们无意间遇见了你,你又在无意间发现了他们的生活状态,于是,你想办法跟踪他们,更深入地了解他们。你知道了他们是一群充满痛苦的人。他们孤独,与世隔绝,无处宣泄,彷徨迷惘。你给他们拍下了很多照片,每一张照片都是苦痛的写照。你描写他们的句子，充满了感情，那是你对他们的同情和悲悯。"

"不要再说了……"彭哲不停摇头。

"他们在你眼里，就像那一只又一只被虐待的弱小的猫崽一样。于是你决定杀死他们，然后埋葬他们……"苏糖和彭哲并排坐在了一起，她把头凑近了他的耳朵，"但这远远不够……"

"为了便于埋葬他们，为了让他们的尸体不被找到，你必须肢解他们。跟踪，拍照，掳走，杀死，肢解，画像……这是一个完整的过程，就像一个结束痛苦的仪式。"彭哲缓缓抬起头，又把头扭到了苏糖的一边，他淡淡而凄苦地笑着，那笑容却令苏糖感到恐惧。

"你，就是凶手。林肖不过是因为勒索你而被你绑架的人，他看到了你肢解的过程，在你的逼迫下为那些死者画像。渐渐地，他彻底疯了，在斯德哥尔摩综合征的状态下，他甚至可以在你的指令下杀人。还有安妮，她从头到尾都不知情，却一步一步被你设计成了凶手，早在你下定决心要去杀人的时候，你就把她变成了你的'替死鬼'。在九年的时间里，你不断在她的身上埋下线索，就是为了有一天，当你的杀人行为败露时，有一个'备份'凶手。可惜，安妮对你的爱，要了她的命。"苏糖感觉到自己的心脏都要跳出来了。

"你觉得，我有那个本事吗？"彭哲眯着眼，眼角却有淡淡的泪渗出来。

"在401室一直监控我的人，不是林肖，不是安妮，而是你，彭哲。"苏糖盯着彭哲，就像在黑暗之中凝视着深渊。

"我能想象得到，你在402室的三年，究竟经历了怎样的生活。"彭哲突然抓住了苏糖的肩膀，又在她的唇上狠狠地吻了一下。这一吻，让苏糖彻底惊愕和困惑了。

"那是一种不屈不挠的想念，你沉浸在你幻想出来的、有他同在的世界里，你和他一起吃饭，一起看电影，一起听音乐，一起阅读小说，一起讨论，分享每一天。你，爱上了一个'死人'！那种思念的姿态，如此打动人心，就像一出鲜活的戏剧，形成了一个个凝结的动态的充满美感的场景。就算是思念成狂的疯魔，也像黑洞一样，把人吸入沉醉的深情。"彭哲的眼泪平静地滑落下来。这一次，他的泪，不是因为被羞辱的愤怒，而是因为被感动的心碎。

"你这是终于承认了吗？在监控器另一侧监控的人，是你。是你本人，看到了我对你不折不扣、无穷无尽的想念。"苏糖的心就像被撕裂一般，那时的悔恨、无助、思念、痛苦、绝望、心碎共同袭来，拧成一股巨大的力量，几乎将苏糖吞噬。

"我说过，我能想象出来，我没说是我看到了。"彭哲怔怔地看着窗外的大雨。

"你监控着那些失踪者，是不是就像监控着我一样？你看着他们痛苦，就像看一出出真实的戏剧。你能不能告诉我，你把他们杀了以后，把他们埋在了什么地方？"苏糖揪起彭哲的衣领。

"呵呵……"彭哲又发出了那种凄苦又恐怖的笑声，"原来，我老婆这么具有想象力啊！呵……《全民大侦探》没白看，那些推理的书更没白看。故事编得合情合理，剧情弄得起伏跌宕。我真是怀疑，你真的爱我吗？如果爱我，为什么会把我塑造成一个如此扭曲的连环杀人者？那些细节、那些推理，你是怎么套用在自己老公身上的？"

"那你说，如果没有监听邵珥珥和林慕曦，你怎么知道我约了他们两个到楚洛的别墅来？在我'昏倒'之后，你跑过来救我，肯定是认为我昏迷了，不会知道是你吧。"

彭哲没有回答，只是静静地看着外面逐渐变小的雨。

"你为什么要监听他们？除了你本人就是凶手这个答案，我实在找不到第二个合理的理由。"

彭哲依旧没有回答，只是又踱步走向了窗边。

"还有，安妮那么爱你，你怎么能把她设计成你的替死鬼？"苏糖看着彭哲的背影，她很想知道，这个男人如海深的内心世界。

彭哲沉默着。

"我杀死林肖的那一次，你原本的指令，是让他杀死我吧？但关键时刻，你后悔了，你还爱我，所以你出现了，救了我。"苏糖感觉到眩晕，脑子发涨。

"如果，你发现你最爱的人是一个隐匿已久的恐怖连环凶案的凶手，你会怎么做？"彭哲又重复了那句话，"这真是一个有趣的综艺节目，连导语都那么吸引人。"

"苏糖，你现在有两个选择。"彭哲继续说，"一是你继续沉浸在这个幻想里，把我想象成一个连环杀人者。但是你无凭无据，你的想象只能让你自己疯掉。最重要的是，你的想象还破坏了我们之间的感情。这样，不仅我们会分开，我们的孩子也会一出生就没有了父亲，或者没有了母亲。"

彭哲走向苏糖，他蹲了下来，看着坐在沙发上发呆的苏糖。

"二是你结束这个幻想，我们要把那些和幻想有关的因素去除掉，然后我们开开心心地移民到法国去。我做我的艺术家，你画你的插画，还有我们的孩子也能在那个浪漫的国度快乐地生活和长大。有一幅非常美妙的未来的图景在等待着我们一家三口。"

"那你会不会在我们到了法国之后，就把我杀掉啊？"苏糖问得认真。

"呵呵……"彭哲再次笑了出来，"如果，我真的是连环杀人者，我应该早就把你杀掉了，还用等那么久，绕那么大一圈？"

"你是爱我的，对吗？你舍不得我死。"

"苏糖，其实有时候，这个世界并不是那么真实的。我们就像在做一场梦，真真假假，互相渗透。不过幸运的是，你可以按照你的意愿去拼凑。你可以组合成一个美梦，也可以组合成一个噩梦。但人生的乐趣，不就是这样吗？"彭哲抬起手，摸着苏糖的小腹，"无论怎样，我很期待，我们一家三口的美好生活。"

苏糖搂过了彭哲的脖颈，她的头紧紧贴着他的头："你也应该知道，我很爱你。因为爱你，才不会离开。"

一股眩晕感袭来，苏糖抱着彭哲的手臂无力地松开了，彭哲大喊了一声："Sugar！"

无形之手

"1917 年，杜尚将一个从商店买来的男用小便池匿名送到了美国独立艺术家展览馆，他要求把小便池作为艺术品展出。这件事，成为现代艺术史上里程碑式的事件。如果小便池被放在厕所里，那么小便池就是小便池，可如果它与杜尚联系在一起，还有了名字，那么，它就是一件艺术品了。杜尚的这个叛逆的行为，向世人揭示了一种全新的艺术理念：概念艺术！"

彭哲依旧神采飞扬，沉稳之中带有一些热情。台下的大学生们则看着投影屏上的那张小便池的照片，充满惊奇。

"看吧，各位同学，如果有一天你也成了像杜尚一样了不起的大艺术家，说不定，你家狗狗拉的屎，放在艺术展馆里就能被命名为《生命》，因为所有生命确实需要不断地吃，不断地排泄，来维持自身的存在。"

台下的学生们顿时哄笑，他们还使劲鼓起掌来，为眼前的客座老师那精彩又幽默的表达点赞。一群听课听到嗨的学生中间只有一个人目光黯然，神情忧虑，憔悴得就像一朵在狂风中即将凋零的花。苏糖也跟着大家一起鼓掌，但她麻木得就像一个上了发条的玩具人。

"什么是概念艺术？马塞尔·杜尚给了我们最好的诠释：一件艺术品到底是什么？是绘画？雕塑？不，从根本上说，艺术品是艺术家的思想。所以，观念可以取代实物。概念艺术是艺术摆脱物质的艺术品。正是因为这样，《生者对死者无动于衷》可以拍卖出天价，欣赏者看中的艺术价值是作品所传达出来的来自艺术家的哲学思想。"

彭哲的讲解在学生们中间引发了一阵啧啧称奇之声，一片感叹。

"艺术品，不过是艺术家用以传达自己对这个世界如何理解的一种媒介，它们最重要的意义其实是一种哲学的价值。"彭哲做了精辟的总结。

苏糖面无表情地低下头，认真地做着笔记，在众多学生之中，她像是最仔细、最努力的那一个。

"你说，她真有那么爱她老公吗？还天天跑到大学来听她老公的课。"

"谁知道呢？报道上不是有她和另外一个男人在一起的照片吗？她老公又帅又有才华，还那么有钱，她为什么还要出轨呢？"

两个女生偷偷看向苏糖，还小声议论着。

苏糖其实听得很清楚，但她就当作没听见，依旧整理着自己的笔记。

炎宜辛。雕塑艺术家。作品以美感、残缺、独特为主体风格。提倡以浓缩的部分来展现整体的情绪。

薛鸣。手工匠人。以精工细作打造创意独特的小物件，让伴随日常之物衍化为一股股生命灵动的气息。

欧沁。画家。作品以抽象肖像画见长。在浓缩甚至是扭曲的情绪中，表达人类的喜怒哀乐，令观者回味无限。

费奇·布朗。概念艺术家。一张面罩、一只皮靴、一副耳机、一支口红……都在传达他对人类复杂情绪的理解。

这些人都是与 Forever 合作过的艺术家，他们有一个共同的特征：低调、神秘。在推介资料里，介绍语都是寥寥几句，不透露工作室位置，不透露以往作品成绩，好像他们毫无功利之心，不求成名，只求展出，只求与欣赏者共鸣。

现在，这些艺术家的名字再次被苏糖统筹起来。苏糖抬起头，看着彭哲越来越富有激情的讲课风格，她几乎已经肯定了心中的"第三座城堡"的模型。

苏糖向着邻座的一个男同学问道："同学，你的笔记能借我一下吗？老师讲得太快，我没跟上。"

"好啊。"男同学把笔记本给了苏糖。苏糖翻开了他的笔记，认真看起来。

"今天，我们的艺术鉴赏课已经接近了尾声，很高兴，能有这样一个机会让我重返校园，和大家一起踏上这趟艺术之旅。最后，请大家记得，最卓越的艺术家，是所有艺术品的导演，艺术家与观者之间的距离，是最有趣、最隐秘的享受。希望以后我能在国内外的艺术展馆中看到在座各位的作品！"

再次掌声雷动，学生们久久不愿散去，他们围绕着彭哲热烈地讨论各种问题。

苏糖已经整理好所有的东西，提着背包，静静地站在外围等着彭哲了。

微信的视频通话请求响起，苏糖接了起来，屏幕上出现的是她的父母。

"糖糖，你和'江诣'几点能到家啊？我们已经在准备晚饭了。"苏糖的母亲正在他们家别墅的厨房里煮着东西。

"已经下课了，大概四十分钟左右吧。"苏糖回答。

"那行，你们两个快点回家，今天晚上，咱们一起尝尝我从澳大利亚带回来的红酒。"苏糖的父亲举着一瓶红酒，但脸上明显带有一丝担忧。

"好！"苏糖就要挂断视频。

"糖糖，我们今天上网，看到了关于你的消息……那个男人……"苏糖的母亲也显出一副发愁的样子。

"妈，我现在还在阶梯教室呢，不方便说，我们回去再聊啊！"苏糖马上终止了视频通话。

焦虑毫无预兆地将苏糖包围。这种感觉就像她今天早晨打开大门，突然在门口看到父母一样，让她那么震撼，那么不安。

"Surprise！"

"惊喜吧？知道你有宝宝了，我们就想来看你，'江诣'替我们安排好了，他说要给你一个惊喜，我们就没告诉你！"

苏糖想起了早上的一幕，对她来说，父母的突然出现，更像是一种危机。

彭哲殷勤地招待了岳父岳母，还给租了一套距离他们别墅很近的房子，至少在他们移民法国之前的两三个月，苏糖的父母都会留在中国陪伴她。

终于，阶梯教室里的学生们都散去了，偌大的教室里只剩下彭哲和苏糖两个人。

"怎么样，听我的课，很有收获吧？"彭哲走过来，拉住了苏糖的手。

"嗯。就像当年，我在鸿远大学听你讲外星球的故事，你还是那么神采奕奕。"苏糖跟着彭哲向外走。

两个人在学校的停车场取车，苏糖拉住彭哲："我和沈嘉扬的传闻，我爸妈看到了，晚上吃饭的时候，你帮我安慰一下他们。"

"行。挺可笑的，我还得帮我情敌说好话。"彭哲拉开车门。

"什么'情敌'！我和他根本没什么！"苏糖一脸严肃。

"我可能是和你得了同一种病，就是善于幻想。放心，我不会让爸爸妈妈太操心。"

"你为什么要偷偷地把他们叫回国？"苏糖声音开始放大，但她没有意识到。

"这不是要给你一个惊喜吗？和父母团聚，不好吗？"彭哲淡淡地笑着。

"你是故意的！"苏糖瞪着眼睛，一只手还揪着彭哲的衣领。

"你发什么疯！"彭哲看了一眼四周，发现有几个学生在看向他们这边，"有事回家说！"彭哲拖着苏糖，绕过车头，把她塞进了副驾驶的位置。

两人一路无话，气氛有些尴尬。

到了家，苏糖的父母摆上了一桌好菜。一家四口围绕桌前，但吃饭的气氛却很奇怪。苏糖的父母担心小两口闹别扭，担心苏糖太招风，太吸引男人；苏糖则有苦不能言，她极力劝说父母赶快回澳大利亚，但是父母像是铁了心，坚持要待到他们顺利移民法国。一顿饭吃完，苏糖感觉到巨大的压力，最后，她干脆不说话了，总是眼神直勾勾地看着某个方向，或者麻木地应对父母的问题。

晚饭之后，彭哲又殷勤地把苏糖的父母送到了给他们租住的房子。安顿好了父母的住宿，彭哲和苏糖开车返回自己的别墅。

路上，彭哲打开了音响，放出的是那种令人心烦意乱的大提琴曲。苏糖的余光偷瞥彭哲，却感觉到他脸上漫延着怪异的悠闲。

"为了便于埋葬他们，为了让他们的尸体不被找到，我必须肢解他们。跟踪，拍照，掳走，杀死，肢解，画像……这是一个完整的过程，就像一个结束痛苦的仪式。呵呵……"彭哲突然说出了这句话。

苏糖惊讶地扭头看向彭哲。

"Sugar，我竟然也跟着你就那么当起了编剧。你看，我说的剧情，是不是很符合你的想象。"彭哲也扭头，对着苏糖笑了一下。

"我们不是说好了，不再提过去的事，让一切重新开始吗？"苏糖感觉到惴惴不安，她尽量让自己保持镇定。

"好。"彭哲没再继续说，只是开着车子。

苏糖嗅到了"不信任"，其实从那一晚开始，他们之间就彻底改变了。只不过，苏糖还不能完全清楚，彭哲在酝酿着什么。

彭哲的手机响了，他戴上蓝牙耳机，接通了电话。

"不客气，您二老用着吧，这样，和糖糖也方便联络。"

挂断了电话，彭哲把车子停在了路边。他摇下车窗，摸出一根烟，吸了起来。

"你给他们送什么东西了？"苏糖问。

"手机啊。他们需要一款在国内使用的手机，而且需要新的手机卡。"彭哲平淡回答。

"哦……"苏糖皱眉。

"不过，我在手机上安装了炸弹。只要我现在打个电话给他们，或者他们打了电话给彼此，炸弹立刻就会被引爆。别以为这是恐怖分子才会玩的把戏，事实上，普通人完全可以把这研究透。不信你上网看看，自制手机炸弹的人还真有……"

"你开玩笑吧？"苏糖看着吐着烟圈的彭哲，"你为什么要这么做？"

"那天你晕倒，我带你去看医生，医生检查出你并没有怀孕。为什么要骗我？"

苏糖的心顿时一沉。

彭哲拿出了手机，举在苏糖的眼前，他按下了一串号码。

"看到了吗？这是给你老妈买的新卡的号码，只要我按下拨通键，炸弹引爆，他们就完了。"

"不要！不要按！"她去抢夺彭哲手里的手机，两个人厮打起来，但苏糖根本不是彭哲的对手，苏糖眼睁睁看着彭哲按下了拨通键。

"不！"苏糖歇斯底里地大喊。

"砰！"彭哲夸张地展开手臂，"哈哈……"然后就是一阵狂放的大笑。

"疯子！你这个疯子！江诣！"苏糖狠狠抓住了对方的脖颈。

"啊！你知道了！"江诣一只手捏着烟头，一只手捏着手机，从容应对。

接近死亡，感觉如何

苏糖感觉到脸颊上有一股温热的气息，睁开眼，她竟然看到了一片广阔的蓝天和一股刺眼的阳光。全身感觉到酸痛，脖颈好像睡觉落枕了，她觉得脑子一阵迷糊。

一转身。"啊！"苏糖发出惨叫声，伴随着叫声，她整个人已经悬挂起来了。她感觉到自己的左手腕传来了撕裂般的疼痛，整个身体的重量也完全系在了左手腕上。而她的右腿膝盖也传来了钻心般的疼痛。两只腾空的腿扑腾几下，她向下看了一眼，这才意识到，她脚下是小得像玩具一样大小的行走的人和车子。原来，她是躺在天台极窄的边缘上，这大楼足足有十五层甚至是二十层。摔下来的时候，因为左手腕在里侧，被绳子和一根钢管系在一起，所以她不至于一翻身就从楼顶摔下去而粉身碎骨，但是她身体翻下去的时候，右腿撞到了巨大广告牌架上，撞击力太强，膝盖像是被撞碎了。

"救命！救命！……"苏糖拼命呼喊，但这个声音对于楼下的人们来说微不可闻。

有眼神好的人扫视到了楼顶的变化，不禁也喊了起来："我的天啊！那是一个人吗？她是要跳楼吗？"

苏糖觉得自己唯一与大楼天台还有连接的那条左胳膊就快要从自己的肩膀部位被硬生生撕裂了。剧痛一直提示着，她正以极其危险的状态吊在楼顶。

"谁来救救我！"苏糖憋得满脸通红，她本来扑腾的左腿也停了下来，她觉得自己不能再乱动，否则增加坠力的恶果是胳膊继续被上刑。

苏糖挪回了自己同样悬空的右臂，发挥学习攀岩时的功力，右手紧紧地扣在天台边缘的墙壁内。虽然左手腕很痛，但她还是把两只手都死死扣住了墙内侧。

"1，2，3！啊！"苏糖使劲向上蹿跳。不成功！受伤的膝盖还又被撞了一下。

眼泪瞬间因为剧痛而流了出来。再试。"1，2，3！啊！……1，2，3！啊！"终于！苏糖的身体搭上了天台边缘，再使劲，她整个人翻了进来。

"啊！"因为左手腕被系住的方向和翻进来的方向不一致，她的胳膊都是扭着的，非常疼痛。苏糖咬着牙，忍着疼，把那根系在手腕上的绳子解了下来。

苏糖靠着天台边缘墙壁喘着粗气，这情况发生得太突然、太危急了，她甚至都没反应过来是怎么回事。她镇定了情绪，努力回忆，才想起来，昨天晚上，她和江诣送父母去租住的房子，他们在回家的途中吵了起来，苏糖揭穿了江诣的身份。

江诣用一块布捂住了我的嘴，然后我就昏了……苏糖想起了昨晚的细节，她的心忽地收紧，手机炸弹！她想起了江诣的威胁。

"你就是我心中的棉花糖，甜蜜的梦想……"

手机铃声突然响起，苏糖马上翻口袋，发现手机不在身上，原来，手机就在距离她不远的地上放着呢。苏糖要站起来拿，但是膝盖的剧痛立刻袭来。无奈之下，苏糖俯下身子，趴在地上，几乎是爬到了手机旁。

"喂！"苏糖接通了视频电话。

"接近死亡的感觉怎么样？"江诣的影像出现。

"真是你干的？"苏糖竟然笑了出来，笑容凄然而惨烈。

"马上应该会有消防和救护人员上去救你，到了医院之后，恐怕还会有记者跑去跟新闻。希望你到时候能照我给你的'台词'回应他们。"江诣一边说，一边十分悠然地端起了咖啡喝着。

"你都要杀我了，我还配合你？"苏糖笑着哭。

"要我给你父母打电话吗？你忘了？砰！"江诣展开手，又比画了一下，吓得苏糖一哆嗦。

"不，你别吓唬我！你不会用炸弹杀人的，爆炸太明显，太容易暴露了！"苏糖盯着视频里的江诣。

"Sugar，你就是太聪明了！你为什么要这么聪明呢！聪明，是会害死人的！"江诣啪的一声把咖啡杯摔在了桌子上，他激动得有点青筋暴出，但他努力平息着自己的情绪，"对！手机炸弹是我蒙你的，我确实不会那么张扬。但我会让他们无声无息、无缘无故地消失。我已经安排好了。只需我一个指令，我敢保证，你再也看不到他们了。"

苏糖想起了那天撞车偷袭老沈的女子，她毫不怀疑，江诣雇了什么人，替他干些见不得人的事。她也想起了那些生不见人、死不见尸的失踪者，她也毫不怀疑，江诣会干净利落、低调神秘地处理掉任何他想处理掉的人。

"行，我会照你的要求应对。"苏糖妥协了。

透过屏幕，苏糖静静地看着江诣，江诣也静静地看着她。对峙之中，两人彼此间都有太多的了解，也有太多的不解。

江诣先挂了视频电话。

苏糖收到了一段文字，她冷笑着明白了一件事：自己也许大限将至。

果然，楼下看到苏糖的人报了警，消防和救护人员很快赶到现场。苏糖被救，被送到医院，医生检查，江诣到场，一堆媒体记者闻讯赶来，苏糖被推出手术室之后，局部麻醉的她还是可以清醒又清楚地听到江诣是如何应对记者们的。

"你太太这次自杀，是不是和你们的婚姻出现问题有关？"

"有人在艺术学院的停车场看到你们吵架，明显感情不和……"

记者们喋喋不休，一直追问。

"我太太最近一直受到传闻的困扰，她精神状态不太稳定。

"她确实有在服药，但没想到她会想不开，是我疏于照顾……"

即使苏糖被送入了病房，记者们也没放过她。他们希望她能说几句，似乎他们非常希望了解苏糖悬在天台的心路历程。面色苍白的苏糖十分简短地说明了心意：本来想寻死，但趴在天台边缘的她犹豫了，后又有了求生之念，便自己挣扎着上来了……对自己还活着感到愧疚，但又要为老公继续好好活下去。

所有闹剧都结束了之后，时间已经到了下午。江诣给苏糖包了单人病房，房间环境安静舒适，苏糖躺在病床上，觉得一切荒谬得像个笑话。

"满意了吗？我是按照你的台词去回答的。"苏糖看着自己粉碎的膝盖上裹着的纱布，麻药过劲后，钻心的疼痛让她有种生不如死的感觉。

"医生说，你需要做二次手术。我在美国帮你订了一副人工膝关节。你放心吧，将来，你还是能恢复走路功能的。"江诣坐在床边，从苏糖的身后抱着苏糖。

"你能放开我吗？我现在真是没有一点力气把你挣脱开……"苏糖额头上都是冷汗。

江诣很体贴地拿着湿巾给苏糖擦汗，他还在她的额角吻了一下："别生气了，这段时间，我会一直陪着你的。Forever 找到了新老板，艺术学院的课程也告一段落，我们终于有时间好好相处一下了。"

"绯闻、婚姻不合、抑郁、企图自杀、自杀未遂……你不就是铺了一条路，为了将来有一天，即使我真的死了，你也能名正言顺地以'自杀'来解释死亡事件吗？"苏糖翘起嘴角，是那种艰难而凄然的笑。

"Sugar，你还是有选择权的。美梦还是噩梦，依旧在你一念之间。"江诣紧紧地抱住了苏糖，"我从来就不想失去你。"

苏糖感到一种无力感，她现在也真是痛得无法挣脱这个"满含爱意"的拥抱。

就像那一次苏糖和林慕曦撞车一样，江诣依旧发挥了他超级无敌好丈夫的功效。这次他几乎寸步不离地照顾着苏糖，无微不至，温柔体贴。不过，和那次不同的是，这次他不允许任何人看望苏糖，就连苏糖自己也表现出了"因为抑郁情绪而需要静养的姿态"。除苏糖的父母来过一次医院之外，其他的朋友统统吃了"闭门羹"。

苏糖的父母知道苏糖"做了傻事""没了孩子""碎了膝盖"这些悲剧之后，受到了沉重的打击。他们更是发自内心地觉得对不起"戴了绿帽"的江诣，又被江诣的"宽宏大度"深深感动着。他们十分放心地把苏糖完完全全交给江诣来照顾。

是的，苏糖在这个过程中，也确实没表现出任何的破绽，她照着江诣的剧本演下去，这是她暂时自保的唯一方式。

果然，苏糖在医院里接受了二次手术，美国来的人工膝关节很好用，它被植入了苏糖的膝盖部位。手术之后，苏糖被江诣接回家休养。

苏糖更憔悴了，她在别墅里一整天一整天地不说一句话。她最常做的事就是，坐在轮椅上，在二楼她自己的工作室里翻看过去的手账本。

苏糖有一个粉色的长方形储物盒，里面整整齐齐地摆着这些年来她使用过的手账本。

"1、2、3……7、8、9……"苏糖默默数着，这些都是她用心记下的"爱的日记"。而最近一本她在使用的，就是有着蕾雅的胎记、用猪皮制成封套的那本曾经吓坏了她的手账本。

拿出彩绘笔，苏糖翻开手账本的空白一页，画下了坐在轮椅上的自己。

"晚饭做好了。我做了你喜欢吃的夏威夷比萨和水果沙拉。"江诣走了进来，双手放在轮椅扶手上。

苏糖放下手账本和彩绘笔，还把其他的手账本也整整齐齐在盒子里放好了。她把盒子放在自己的双腿上。"我知道你在哪些天杀人了。想不想聊聊这件事，正好可以让我们无聊的晚餐有点乐趣。"苏糖开了口。

"难得啊，今天和我说了这么多话。好啊，那就聊聊。"江诣推着苏糖的轮椅向着一楼的餐厅走去。

那些流逝的岁月

"Sugar，你是什么时候发现我是江诣的？"

"应该说，我一直都存有怀疑。"

"那你是配合我在演戏了？"

"是。从林肖的死，到你说你是彭哲，再到所有目标都聚集在了安妮的身上。"

"为什么？"

"只有你展露得更多，我才能了解更多。"

"看来，演这出大戏，是我自作聪明了。"

别墅的餐厅里，餐桌的两边，一边坐着江诣，一边坐着苏糖。桌上依旧摆着牛排、比萨、意大利面、水果沙拉和红酒，还有装着手账本的盒子，从客厅的音响中传来巴赫的大提琴无伴奏组曲。

"2011 年 7 月，在法国读书的你，应该马上就要放暑假了。你在安妮的公寓里看到了楚洛委托她画下的那幅《绚烂》，看到画的时候，你再次确认了，你的的确确爱上了画中的人。可八只互相残杀的猫中，最后一只残留的猫被安妮刺伤，鲜血喷溅到《绚烂》上，那一刻，激发了你隐藏在体内的扭曲的兴奋。后来，你按捺不住激动，说服了彭哲，让身在中国的他去了法国，而身在法国的你回了中国。"

苏糖说着，而江诣拿着刀叉，很利索地切割下了一块牛排，塞进了嘴巴里。

苏糖从盒子里拿出了一个手账本，翻开了其中的一页。那是 2011 年 7 月 8 日的日记，上面画着坐在电影院里的男孩，男孩侧脸清秀，面容平静，眼睛里却有一股隐匿的深情。这一页上，还有两张《触不到的恋人》的电影票票根。

"所以，是你，陪我看那部《触不到的恋人》的。"苏糖把手账本递给了江诣。

"安妮知道了你对画中人的迷恋，她特别想亲自看看，到底画中的女孩是个怎样的人。所以她在暑假的时候来了中国——这倒成了她日后被怀疑为杀死楚洛的凶手的契机。"

江诣给自己切了一块比萨，切割精细，动作麻利。

"去楚洛家的别墅想要看那幅画的人，应该是你。画上的猫血勾起了你的兴奋，所以你向楚洛挥刀，第一刀，就在画上再次形成血迹，你更兴奋了，于是第二刀，第三刀……直到楚洛伤痕累累，奄奄一息。也许你就知道自己很会杀人，即使这一次算是临时起意，但你还是能从容不迫地不留下证据。后来你离开了案发现场，可你又返回去了，也许是你觉得还有什么没掩饰好。可你碰到了别墅门外的花瓶，响动引起了林慕曦的注意，所以你逃开了。"

江诣嚼着比萨，脸上露出了对美味的享受。

"2011 年 9 月，彭哲已经去世了，因为你安排林肖在'无意之中'撞死了冲向马路的彭哲。可你对他不是一点感情都没有，你会有愧疚和难过，于是你在那个阶段画过一幅油画。后来我们谈恋爱，我帮你整理画室的时候还看到过那幅画，但我没太在意。不过，我用拍立得拍了一张帮你整理油画的照片，你知道的，我有强迫症和洁癖，拍下照片的时候我给每幅画做好了顺序标签。后来我发现，那幅油画的内容和莲文若录音笔里描述的细节几乎一样。"

苏糖从盒子里拿出另一本手账本，翻开来，递给江诣。

手账写于 2012 年 5 月，在一堆排好顺序的油画中，最下面能看清的一张是：一个男孩坐在后楼梯，手里抱着一只流着血的狗狗，他衣服上和手上也都有血，他面无表情。

"彭哲刚去世的时候，你应该遇到过莲文若，那时候的她在嗑药，整天迷迷糊糊的，你们应该谈到过彭哲和流浪狗的事。你对彭哲的愧疚和对再次杀人的渴望，让莲文若成了第二个'被消失'的人。"

江诣用叉子在水果沙拉里叉了一块黄瓜，然后又看了一眼苏糖递过来的手账本。

"2012 年 10 月，彭哲离世一年了。住在他的旧房子里，我还是很想念他。那时候，我把《暮光之城》的四部曲看了无数遍。我就想，要是彭哲和我都是吸血鬼该多好，那样我们可以永远在一起，也没有生与死的距离。所以，我用笔刷在墙上写过两个英文词——love forever，但后来我用白色乳胶漆把它们涂掉了。不过，这件事，我也画在了我的手账本里。"苏糖再拿出一本，递给江诣。

"我写手账的时间是2012年10月3日，和蕾雅失踪之前，在脸书上最后一条动态的日期是一样的。蕾雅穿着芭蕾舞裙和铁线莲的合影，她的留言也是'love, forever'。后来，她去中国见的男孩应该是你，你的化名是欧阳轩——脸书上那个神秘的人。不用说，蕾雅的失踪，又是你的杰作。"苏糖一直没有吃饭，满桌子的美味佳肴，根本不是她关心的内容。

"这儿，我又做了多情的设想。回国探亲的你，在401室监视我的你，看到了我的思念，你也感觉到一种苦闷，苦闷不是激发了你的情绪，就是激发了你的灵感。总之，它成了你去杀蕾雅的动力。"

江诣拿起红酒，拔开瓶塞，给自己倒了一杯。

"2014年，你大学毕业，紧急接手你父亲的生意。我们再次相遇，然后一起准备'锐芽'活动。你当众表白，我扇了你耳光。你很苦闷。后来，对照那个阶段，纪骏找到了一个做了失踪人口登记的日本女人——美穗子。她是一个出现在我们城市的背包客，喜欢看艺术展，但也永远地消失在了我们的城市。"

苏糖从盒子里再拿出一本手账本，翻好后递给江诣。

"'锐芽'活动结束后，你又搞了一场'番外展'，我也去参加了，还用手机拍了几张照片，打印出来放在手账本里。我以为我拍下的都是展览，但其实我拍的都是你。你神情落寞，心事重重。有个女游客似乎也对你有点关注——她就站在你身后……"

江诣看到那页日记上写着：打了江诣，为什么我心里那么难过？我究竟在逃避他，还是在坚持我自己不可以爱上别人的执念？看到他神伤，我竟然心痛。

江诣抬起头，冷笑一下，把杯中的红酒一饮而尽。

"再后来，到了5月20日，你在酒吧向我再次示爱，我们终于在一起了。你很兴奋，其实我也很激动。去年我在彭哲的旧居发现有人登录过彭哲的电脑，登录的时间，也是 5 月 20 日。所以，那个代表着'我爱你'的日子，一定给了你很大的冲击力。米思聪，也是在 5 月份失踪的。我想，得到爱情的你，内心里其实也有隐藏的愤怒。"

苏糖提示江诣把手账本翻页。

在 2014 年 5 月 20 日那一页上，苏糖画着两个紧紧拥抱在一起的人。她还写着：我想，我是喜欢江诣的，他的热烈、他的勇敢，都让我雀跃，让我幸福。

江诣又给自己倒了一杯红酒，这一次，他不是一饮而尽，而是一点一点地品味。

"2015 年，Forever 的工作很忙，但是我们的感情进展顺利。我们去攀岩，在夜里飙车，在海里冲浪，热烈疯狂，灿烂无限。那一年，没有人失踪。"

苏糖拿出 2015 年的手账本，哗哗地翻动着，那上面都是她画下的、拍下的，她和江诣两人开心的时刻。她就像陷入爱情的所有女孩一样，记录着爱的每一刻美好时光。

其中一页，苏糖写着：如果再这样沉溺下去，我应该就彻底背叛彭哲了。虽然我可能还是搞不清楚，我是不是只把江诣当成彭哲的替身。

"可接下来的 2016 年，是特别不顺心的一年。Forever 推出的几次展览，反响都不太好，但你不肯承认是自己选择的艺术家不被认可。我那时候也想和我父母一起移民去澳大利亚，所以向你提出了分手。那一年的夏天，我去了澳大利亚陪我父母，看看我能不能接受在澳大利亚的生活和没有你的日子；同时，来中国发展的丹尼尔认识了安妮，但他再也没有机会发展什么事业和爱情了，因为他被你杀了。"

苏糖把 2016 年的手账本递给江诣，那一本上，写满了苏糖的纠结和挣扎。本子上有苏糖画的澳大利亚风光，但是写着这样的句子：思念，像轻轻的海风，也温柔，也折磨。

江诣喝完了第二杯酒，拿着餐巾擦了擦嘴角。

"2017 年，我终于选择回到你身边。那一年，Forever 的发展也特别顺利。你在酝酿 self art mall 和 avant 的项目，玩偶先锋的活动也空前成功。那一年，我跟着你，在你身边学习艺术鉴赏，和你跑去世界各地看了很多艺术展，也开始协助你完成 Forever 的一些策展工作。同样，那一年，没有人失踪。"

苏糖把她 2017 年的手账本递给江诣。

苏糖那一年的手账几乎就是"旅行手账"，因为她和江诣去了巴黎、罗马、维也纳、首尔、东京等地。手账本上写满了看艺展的心得和陪伴江诣的快乐。其中一页是这样的：原来，毕加索一生中经历过很多女人，她们都是他的灵感缪斯。但我不想做江诣的灵感缪斯，因为那样的热情太容易消逝了，我只希望做他爱的人，也许平淡，但十分长久。

爱的起伏跌宕

"0316，是我们家其中一道门的密码。我以为，那是为了纪念我们在 2014 年 3 月 16 日的第一次邂逅。但是，当我翻看 2018 年的手账时，我才发现，在 2018 年 3 月 16 日那天，其实是你向我第一次求婚。只是我装作糊涂，让你硬生生把那个念头吞了回去。"

苏糖从盒子里拿出了倒数第二本手账，盒子里只剩下一本了。

江诣接过本子，翻到了 2018 年 3 月 16 日那天。

苏糖清晰记得那一天，江诣邀请她去餐厅吃午餐。服务员端来一个心形的容器。容器的边缘有闪亮的钻石在发光，容器里面盛满了飘香的红酒。江诣拿出了一枚圆形的指环，然后他沿着心形容器的边缘一颗一颗摘下小小的钻石，又把它们一颗颗地镶嵌在了指环上。每镶嵌一颗，江诣就问苏糖一句："Will you marry me？（你愿意嫁给我吗？）"最后，指环上出现了一颗牛奶糖的样子，闪亮璀璨。这颗光芒闪闪的钻石牛奶糖被苏糖画在了她的手账本上。可惜的是，那一刻，苏糖的答案是"sorry"。

"你送我的那颗'醉心糖'，我相信，你一定把它收藏在了某个地方。虽然你第一次求婚失败，但你不知道的是，我嘴上说着no，心里却在喊着yes。只是那时候，我还有些茫然。我还记得那天，我们吃了午饭之后回到公司就得知，Forever拍卖出去的一幅油画竟然是赝品，那件事差点毁了Forever的声誉。那天，你的心情糟透了。我那时还不知道，你已经偷偷买了我们现在住的这栋别墅，而且你请了张农园先生为你设计别墅花园的植物布置。当你晚上回到别墅的时候，也许约见了张老，虽然我不太肯定你是那天杀死他的，但是他确实是在三月份失踪的。"

江诣站起身，从餐桌旁的边柜里拿出了一盒烟，抽出一根，点燃了。

"0718，也是我们家门的密码。2018年7月18日，是你求婚成功的日子。"

苏糖还清晰地记得那一天。

"嫁给我吧，Sugar，毕竟，我在这个园子里做园丁都做了大半年了。

"没办法，我就是对你上瘾，我没吸毒，但我吸糖。

"能让我变成野兽的人，可真是不多。你应该自责，你唤醒了一头野兽。"

苏糖红着眼圈，凝望着江诣，在烟雾缭绕之中，江诣面无表情地翻着手账本。

苏糖在7月18日的日记上画了江诣精心为她准备的花园别墅。虽然她曾经画过这栋dream house，但是再一次在日记上画出来，却有着"梦想实现"的幸福感。苏糖还在日记上写下了她在他耳边呢喃的那句：我们就幸福地在这dream house里生活，我想好好照顾你，直到永远，永远……

"也许我真的唤醒了一头野兽。你那天很兴奋。三天之后，有个女孩打电话报警，说7月18日的夜里，她有个来自韩国的交换生女同学裴恩菲夜里没回宿舍，从那夜之后，再也没有人见过她。纪骏从报警登记和失踪情况调查中找到了那个女生的情况。在林肖的素描中，有两个女人的肖像素描一直没找到人物原型，也许是林肖画得不像吧。但我推测，那两个人应该是美穗子和裴恩菲。是不是，杀死她们，就像你现在吸着手上的烟一样，不过也是一种寻找慰藉或者乐趣的方式？"

江诣继续翻着手账本，他看到了他和苏糖举行完婚礼的傍晚，苏糖画下了那一刻。在手账本上，他们两个人站在窗口，望着窗外的月季花墙，他们相互依偎，那么甜蜜。

"但是结婚以后的生活，似乎让我们都陷入了迷惘。尤其是那一次，我看了电视台播放的《全民大侦探》，其中有个镜头是一个男孩被车撞死，鲜血淋漓地倒在马路上。我一下子想起了彭哲，眼泪被触动，思念也被勾起，一切猝不及防。"

听到这里，江诣再度给自己倒了一杯红酒，他拿起酒杯，静静地抿了一口，又放下了酒杯。虽然他面无表情，但苏糖能感受到他失望的神情——那是一种用平静掩饰的沮丧——他盯着桌子上的某一角，嘴唇还试图上翘一下，但很快就恢复到原位。

"你又是这样的姿态，就是这个姿态，太容易出卖你了。无论你怎样伪装成自己是彭哲，在某些瞬间，我还是看到了来自江诣的不甘心。"苏糖看着江诣，江诣略微蹙眉。

苏糖还记得江诣曾经问她的那句。

"五年了，为什么我还是觉得，你没有全心全意地爱我呢？"

"如果我一直全心全意地爱你，你早就对我厌倦了吧？"

苏糖能感受到江诣的无奈和隐怒。

"彭哲，是我的心病，也是你的心病。结婚的生活，虽然空间上，我们接近了彼此；但在心理上，可能我们还不算太近。也许你也很寂寞吧，那时候，黎秋雨出现在了艺术家交流会上。她收藏过彭哲的那幅画，也在胡蕴天的影集中见过少年时代的彭哲，她见到你，就像见到了彭哲。她和你搭讪，表达了对你的欣赏。不久以后，她就失踪了。"

江诣在苏糖 2018 年的手账本中翻到了一张黎秋雨的名片：正面是简洁抽象的线条，背面才是人名和所属公司。只有把名片倾斜 45 度，才能发现，那上面画着的其实是一个女人的头像。把名片翻过去，上面显示着十分简单的信息：黎秋雨。秋雨画室。闵文路 152 号。

　　江诣摆弄着名片，听到了苏糖的叹息之声。

　　"这张名片，是我们两个命运的转折点。我那天要给你洗风衣，然后从你的口袋里掏出了这张名片。"苏糖满是惆怅，她想起了她和沈嘉扬那时说过的话。

　　"可我……就算现在停下来，当作什么都没发现，我们的生活真的会回到原来的样子吗？"

　　"苏糖，有时候，这个世界就是这么残酷。也许神在捉弄人类，某一刻，它让人与人之间的关系发生改变。自此，命运变成了一场悬而未决的戏剧。那一刻，如果是神的旨意，我们谁能抗拒得了？"

　　苏糖当然知道"神"捉弄人类的一刻，比如彭哲死在她面前的一刻，比如她发现黎秋雨名片的一刻，比如她感到江诣的眼神怪异的一刻。那都是她逃不过的命运。

　　江诣举起了名片，他呵呵笑了起来，然后是哈哈大笑，接着是歇斯底里的狂笑。最后，他拿出打火机，点燃了黎秋雨的那张名片，火烧得很快，几乎都烧到了江诣的手指，但他好像不知道疼一样。

　　终于，名片烧完了，极小的、黑色的灰烬，从半空中飘落下来，随着名片的烧尽，江诣也再次平静下来。

　　"最后一本，是我 2019 年的手账本。它才被写了一半而已。也许，我没有机会把它写完了。"苏糖面色凝重。

　　"这些手账本里，记录了所有关于你、关于彭哲的细节。那些都是我的心声，我把它们叫作'爱的日记'。直到后来，我才发现，这些日记上记录的不仅有我的爱情故事，也有你的情绪起伏。当我把这些情绪起伏和那些失踪案进行对比的时候，我才发现了两者之间的关联性。虽然，你是一个对'杀人'这件事冷静的、无动于衷的人，但这扭曲行为的另一面，也有你作为一个正常人、普通人的喜怒哀乐。你也会十分在乎你的事业，你也会爱上一个人。而那些失踪和谋杀的发生，就是你作为普通人的情绪'晴雨表'。"

苏糖做了总结。

江诣熄灭了手中的烟，他拍了拍手，算是他给苏糖的鼓掌。然后，他耸了一下肩膀，说道："吃饭吧。你看啊，牛排都凉了，比萨也凝了，意大利面都硬了，沙拉也化了，红酒也变了味。但你饿了，还是要吃饱肚子。"

"是啊，说了这么多，我真的饿了。"苏糖拿起了手边的刀叉。

苏糖一块一块切着冷了的牛排和比萨，或者叉着水水的水果沙拉，然后塞进嘴巴，也喝了一杯变了味的红酒。只不过，她一边吃，一边喝，一边默默流泪。

巴赫的大提琴旋律此刻也十分应景地转向了悲凉和凄苦。

江诣只是静静地看着苏糖吃那些冷了的食物。

吃完后，苏糖拿起餐巾，擦了擦嘴角。她抬头看着对面的江诣，似乎产生了一种幻觉：她是那只被猎豹爱护的小猩猩。

"一个扭曲的人，永远不按常理出牌。即使他爱你，那种爱也是不稳定的，是危险至极的。猎豹的本性就会使它吃掉小猩猩，只要它足够饿，或者失去了耐性。"

苏糖的耳边回响着老沈的话，她的眼皮越来越重，她感觉到困倦，她看到江诣变成了一头猎豹。

猎糖

猎豹最后还是没有吃掉小猩猩。

有趣而隐匿

　　苏糖从睡梦中醒来，她竟然感觉到一种难得的"精力充沛"。

　　苏糖去摸床头灯的开关，摸到了，她按下开关，啪的一声，灯就亮了。

　　一个巨大的鱼缸赫然出现在了苏糖眼前！鱼缸里并没有游着的热带鱼，在鱼缸底部坐着一个头发四散飘开、张着嘴巴、瞪着眼睛的女人！

　　"啊——"苏糖顿时发出了撕心裂肺的尖叫声。

　　苏糖的脑子有一种发麻的感觉，然后是肿胀感，然后是耳鸣声，她觉得自己的身体飘忽起来了。即使没有血压计，她也知道，她的血压在飙升。对于受过脑外伤的她来说，这惊吓几乎是致命的。

　　"瑞贝卡？"苏糖慢慢下床，还没康复的膝盖又出现了钻心的疼痛。忍着痛，苏糖走近了鱼缸，她想起了安妮发出又撤回的那张照片：瑞贝卡倚靠在一个角落里，身体瘫软，头部歪斜，眼睛注视着前方——那是濒死的表情。

　　苏糖看向四周，她发现自己身处一个密闭的环境里，眼前的房间看起来有六七十平方米。房间里有一张床、一个床头柜、一个巨大的鱼缸。其他的，什么都没有了。水泥的墙壁和地面显示着——这是一间毛坯房。

　　吱……两台投影仪从顶棚延伸出来，两道光影分别打在了左、右两面墙壁上。

"Hello, I'm Rebecca."

"Are you looking for me?"

投影上显示的是瑞贝卡，影像里的她还活着，她后面也是一堵水泥墙。她神情诡异，眼睛一眨都不眨。

"I'm outside your house."

"I'm in your house."

"Truth or death?"

苏糖一会儿看看投影上还活着的瑞贝卡，一会儿看看鱼缸里泡着的瑞贝卡。苏糖的脚步一点一点向后挪动，直到她的脚跟儿碰到了墙壁，她无路可退了。苏糖的身体紧紧地贴着墙壁，脑子依然发麻，恐惧将她吞噬。

和那天晚上的情形一模一样！根本不是安妮在搞鬼，搞鬼的人是江诣！苏糖大喊："江诣！你出来！"

"Hello, I'm …"瑞贝卡的影像定格住了，她瞪着诡异又茫然的眼睛被定格在一瞬间。

霎时间，瑞贝卡的影像消失，投影上出现了一组照片：看到瑞贝卡尸体那一刻的苏糖，走近鱼缸确认的苏糖，投影仪响动那一刻的苏糖，瑞贝卡影像说话时的苏糖，紧紧靠着墙壁的苏糖，意识到江诣搞鬼的苏糖，疯狂大喊江诣名字的苏糖。

"Sugar，你看，多么生动有趣的表情！这些表情，是你在平常的生活里绝对不会有的。你恐惧和机警的样子，都那么迷人。"江诣的声音传来。

苏糖扫视一圈，并没有看到江诣的身影，倒是在棚顶的墙角处看到了音箱——江诣的声音是从音箱里传来的。

"江诣，你要干吗？"苏糖再次警觉地向四周张望。

"Sugar，你不是一直在查找真相吗？你不是一直想知道我在做什么吗？"

苏糖立刻明白了：他在她的食物里下了药，然后她感到困倦，沉沉睡去。当她醒来的时候，他已经把她带到了他的杀人密室。

再看一眼鱼缸里的瑞贝卡和墙壁上自己的九宫格成像，苏糖告诉自己要冷静下来，她想起了决定在楚洛被害的别墅里约见邵珥珥和林慕曦的前一天，老沈的告诫。

"连环杀人凶手会形成自己的杀人模式与风格，那是因为，只有那样的模式才能刺激他们的大脑，让他们感到无比欢畅和兴奋。他们会在一次又一次的谋杀中改善他们的方法，比如对于谋杀目标有更加灵敏的嗅觉，对于虏获猎物采用更加有效的手段，在谋杀过程中使用更能引发兴奋的方式，以及为了不暴露自己采取更巧妙的掩饰。他们不断在迭代自己。"

老沈翻开了那本《暗影的秘密》，他读着第九章的内容，然后合上书，怔怔地看着苏糖："你真的要去摊牌？你会死的！"

"伍教授也写了，他们在迭代自己，他们的破绽越来越少。只有不断刺激他们，他们才会失控，才能暴露更多！"苏糖看着老沈家摆着的满屋子的素描纸、线索纸、文件纸、照片……点了点头，"我觉得，我已经发现了他的杀人模式。"

江诣平静冷漠的声音将苏糖拽回现实："Sugar，你说得没错，我也是个普通人，所以在任何起承转合的情绪过程中，我需要发泄的渠道。但你别忘了，我还是个艺术家。我并不想只是杀死他们而已。"

"我知道，他们是你的猎物，也是你的灵感来源。"苏糖回答。

"其实，他们本身也很痛苦，我不过是帮了他们。"

墙壁上投影的影像继续变动，苏糖的九宫格影像消失，转而出现了瑞贝卡的影像。

画面的视角看起来是隐匿跟拍的，有些晃动，但尚能看清楚拍摄的内容。瑞贝卡像是在一个酒吧举办的派对上。她坐在吧台抽烟，姿态婀娜。她向一个男人妖媚地笑着。但很快，她收起了笑容，冷了脸，转过身，又陷入自己的心事之中。

江诣富有磁性的声音从音箱中传来："她恣意地扭动身躯，恣意地吐出烟圈，恣意地伸展眉头、翘起嘴唇，一个有意无意的眼神，一个似笑非笑的表情，就把暧昧传递给了身在另一个角落里的男人。但下一秒，她一转身，摇曳生姿，若即若离，态度不明确，却充满光彩，自然迷人。对！

她是一个发光体，闪动着所有傲人的青春，释放着所有肆无忌惮的魅力，挥霍着她高高在上的优势……"

画面和画外音的描述配合得刚刚好。

然后，投影上又出现了不同的片段：瑞贝卡在咖啡馆喝咖啡，在酒吧喝酒，在派对上跳舞，在墙角处抽烟，在路灯下脚步匆忙，在黑夜的车里凝思，在霓虹下迷离……

影像再次发生转变，其中一面墙壁上依然投影着瑞贝卡的视频，另一面墙壁上却变成了一幅又一幅瑞贝卡的摄影照片。

"视角独特，意境深邃。"苏糖给了简评。

"Sugar，那些日子，我也很苦闷。你老是抓着蛛丝马迹不放，安妮又总是纠缠我。有一天，我在酒吧一条街的后巷遇见了瑞贝卡。她坐在后巷的灯柱下面，头发被风吹得四散开来，眼睛瞪大了注视着前方。那一刻，真的很有意境。"江诣的声音传来。

"然后，你看到她进了一间酒吧，你也跟着进去了，还打开了你的匿拍设备。你想知道，她为什么发呆，为什么痛苦。你越想知道答案，就越觉得有趣。"苏糖觉得自己已经冷静了许多，至少头皮不再发麻了。

"你很了解啊。"

"是！因为我也玩过几天跟踪别人的把戏。当你隐匿了自己去观察其他人的时候，你可以发现他们的秘密、他们的两面性，还有更真实的他们。这比任何一部电影都好看。"苏糖一瘸一拐地走到床边，整个人躺了下去，因为她的膝盖实在有点支撑不了长时间的站立。

眼睛盯着天花板的时候，苏糖看到了监控探头，江诣应该可以通过这些探头，清清楚楚地看到她的状态。

"的确，就像你住在彭哲旧房子的三年里，我也会那样隐匿地看着你。"江诣承认了。

两面墙壁的投影影像又发生了改变。一面出现了一个戴着面具的人，另一面是被关起来的瑞贝卡。

面具人，是那个面具人出现了！苏糖转过身，看到了墙上投影的男人。

"那么，看见自己最好的朋友死在自己身边是什么感觉？"面具人用英文问瑞贝卡。

"I feel very sad. She didn't want to go to the theatre, I forced her. She shouldn't have died. It's my fault ...（我感到很难过。我朋友不想去剧院的，我强拉着她去。她不应该被枪杀的，都是我的错……）"瑞贝卡回答。

苏糖想起了老沈调查到的瑞贝卡的背景：瑞贝卡在少女时代亲历过发生在剧院里的恐怖袭击，目睹她最好的朋友被枪击之后死在自己身边。

面具人一直问了瑞贝卡很多问题，瑞贝卡一开始还充满恐惧和不安，像是被强迫着在回答问题。可渐渐地，瑞贝卡显露出颓废感，她甚至希望自己有个机会可以死掉，而不是苟活着。

墙壁一侧的投影影像再次改变，变成了瑞贝卡的九宫格表情特写。再之后，表情特写消失了，出现了蜷缩在角落里的瑞贝卡。

"亲爱的，你可以去见你朋友了。"视频上出现了面具人的身影，他死命掐着瑞贝卡的脖子，瑞贝卡一开始还试图反抗，但很快，她挣扎不动了，也像是放弃了反抗。她窒息而死了，死的时候，眼睛瞪着。

"Sugar，你知道吗？我把瑞贝卡的尸体放在角落里很久，她终于僵硬了，可以维持死亡时候的状态了。然后，我把她泡在鱼缸里。对，泡进去之前，我还给她拍了面部的特写。你也看过那张照片的。"江诣的声音传来。

苏糖的头转向鱼缸的方向，看着头发四散飘开、死不瞑目的瑞贝卡。十分神奇的是，苏糖的恐惧竟然减少了一些。

"这就是生者对死者的无动于衷。泡在溶液里的尸体，甚至更像一件艺术品。"投影上的面具人摘下了黑色的头套，露出了一张英俊又平静的脸——江诣。

戏剧式谋杀

砰——吱嘎——

房间的门打开了，两边的投影也在房门打开的瞬间被关闭了。一阵躁动的摇滚乐声响了起来。

苏糖挣扎着从床上起来，忍着痛，一瘸一拐向着门口走去。

隔着一条长长的昏暗的走廊，墙壁上的投影再次出现了，那是摇滚歌手米思聪在酒吧的舞台上狂放地歌唱。苏糖终于找到了声音的来源。

唰，一道墙壁的射灯亮起；唰，再一道；唰，第三道……忽明忽暗，却也光亮绚烂，令人迷惑又眼花缭乱。

摇滚乐的声音戛然而止，随即传来的是一阵急促又粗重的喘息声。

苏糖在墙壁上的投影影像中看到了一个在黑暗与光线交织的走廊中跌跌撞撞奔跑的男人，他正是米思聪。

噗！匕首从后肩抽出来的时候，血迹喷溅出来。面具人握着的匕首又长又锋利，匕首上还有导血的凹槽，这使得血迹一条一条整齐地飞溅。

噗！噗！噗！……匕首不断插进去又不断抽出来。米思聪在艰难地奔逃，面具人却从容地猎杀着。

"啊！你他妈……到……到底是谁！"

"不回答我问题，我就继续捅。"

"谁？""不要！""求你放我走吧！""啊！""你到底是谁！""救命！"……"好！我回答！"

"在酒吧混了多年，一直没有出人头地的机会，一定很懊恼吧？"

"是！我他妈的……恨透了……这个……世态炎凉的环境。不装孙子……赚不到钱，装孙子……就没有尊严！"

"谁让你要为理想活着啊？"

"对！是我自找的，没两把刷子，也没那个……好命。你他妈的是谁？有能耐……你……把面具摘了！"

面具人一边杀戮，一边激怒米思聪；米思聪一路奔逃，一路被刺，一路狂喊，简直惊心动魄。

突然，声音又戛然而止了。投影的视频也定格不动了，很快又变化成了九宫格的面部特写。

他在困惑之中充满惶恐，他被刺伤，他奔逃，他不知所措，他愤怒，他反抗，他无力挣扎，他绝望，他死亡。

摄影展上曾经展出的照片再一次清晰无比地展现了出来。

九宫格图片消失，画面切换为动态视频，米思聪体力不支，全身是血地靠在了墙壁上，面具人把最后一刀狠狠地插入了米思聪的胸部。这一下彻底要了他的命，他瞬间死亡，死不瞑目。可一路以来，面具人即使刺伤他，也保证了飞溅出来的血迹不会喷溅到他的脸上。

视频定格在全身鲜血淋漓的米思聪靠在走廊的墙壁上死亡的一幕。

四周特别安静。苏糖放眼望去，在凌空的射灯光影之间，走廊两侧的墙壁上都是被喷溅的血迹。一道一道，已经因为干涸而变成了铁锈红色。

苏糖一瘸一拐地穿过了走廊，她仿佛能听到米思聪的各种求饶声、惊恐呼叫声和怒骂声。

在走廊的尽头，苏糖在墙壁上看到了一摊一人多高的交织在一起的血迹。血迹的四周还有画出来的人的形状。苏糖知道，那是米思聪最后被一刀毙命的地方。

"……闭眼这个动作，是需要中枢神经、面部神经和肌肉协同来完成的精密过程。所以突然死亡时，可能大脑在最后一刻没法把'闭眼'的信号发给眼轮匝肌。这样，人就会睁着眼睛死亡。"

苏糖想起了她通过摄影展上米思聪的照片所分析出来的"死亡"的一幕，没想到，这竟然是真的！

"看吧，这是多么有力量的作品！"江诣的声音传来。

的确，在摄影灯光影之下，两侧墙壁喷溅的血迹和一摊死者最后所在位置的血迹，构成了一幅诡异又奇妙的画卷。

"愤怒、残酷、宣泄、死亡。这是作品要表达的意蕴吗？"苏糖啪啪啪拍了拍手。

"多么生动啊！他的每一个定格的表情、每一声呐喊、每一滴飞逝的鲜血，不都是带劲的摇滚吗？这也许是他这一生唯一一次这么痛快淋漓地宣泄自己的怀才不遇或者控诉命运不公。"

十分熟悉的话语，这让苏糖想起了她和江诣摊牌的那一刻。

"你，爱上了一个死人！那种思念的姿态，如此打动人心，就像一出鲜活的戏剧，形成了一个个凝结的动态的充满美感的场景。"

苏糖和老沈说过，凶手是一个有仪式感的人，他在追求一种近似于癫狂状态的"戏剧高峰体验"。无论是米思聪的表情连拍，还是她自己在105号病房的亲身经历，无不显示出凶手在行凶过程中为自己设计的情绪的起伏跌宕和过程的曲折离奇。

"你需要寻找的是癫狂与动态凝固的瞬间。就像米开朗琪罗雕刻的大卫。其他人表现的大卫都只是大卫战斗结束后的情景，但米开朗琪罗表现的大卫眼含愤怒，肌肉中的血管偾张，那完全是一种静中有动的伟大表现力。"苏糖盯着米思聪的表情摄影。

"哈哈哈……"

江诣发出大笑，所有的射灯都在顷刻间熄灭了，随之而来的是耀眼无比的聚光灯，在墙角里，一尊白色的雕塑出现了，那是一个在奔逃状态下的男人，在聚光灯下，他眼中透露出的恐惧和愤怒栩栩如生，身上的每一处伤口还流着血，血液仿佛在流动。

唰，再一组聚光灯被打开，另一个角落中出现了一个白色的男人的头颅像。

"啊！"苏糖叫出了声，因为这头颅像太让人猝不及防了。

男人的头颅维持着死亡一刻的不瞑目状态，眼神里充满了愤怒、哀伤和不甘心。

苏糖马上想到了林肖画过的那幅素描：一个充满恐惧的男人的头颅。

惊恐、警惕、暴力，都是由囚禁状态下的刺激造成的。但和一般的斯德哥尔摩综合征不同的是，他已经由暂时的心理症状变成了错误的联想和条件反射，也就变成了一种难以治愈的精神疾病。林肖的背后，的确有一个囚禁他、驯化他的人——梁医生的推测句句回荡在苏糖的脑海。

"你……你……你切割了米思聪的头……而且，你让林肖看到了……"苏糖简直无法想象，要是她亲眼看到了江诣切割米思聪的头部，她会不会当场吓死。

"林肖是我的'画师',他要想活命,就得给我干这个活儿。谁让他敢来勒索我。"江诣依旧轻描淡写。

那一日,在老沈家,苏糖在厨房里贴满了失踪者和死者的素描,她曾得出一条分析,那就是,凶手选择那些人为目标应该是"随机的",也许那些人在某一刻或某一次与凶手的邂逅中,引发了凶手某种特殊的感觉,于是,他们进入了凶手的猎杀名单,被凶手盯上了。但这种"随机"里也一定有某种"必然"。类似于一个艺术家会偏爱于选择某种类型的模特去临摹、去雕塑、去创作一样。

"普通的'模特',呈现在艺术家眼前的更多是'外在的信息',但是,那些失踪者在凶手的眼中,也许有更多'内涵'。所以他会给他们拍照,用感性的文字描述他们。他享受着这种了解和表达他们的过程。但最可怕的是,他们在他的定义中,可能都不算是人,是虽然还活着却被物化了的假体。"苏糖用这种艺术风格的语言向老沈表达了她对凶手选择被害人的风格的分析。

"这种对生命的物化其实是和普通的连环杀人凶手一样的,他们把生命的价值看得极低,低到和让他们取乐的一首歌、一支烟没有区别。"老沈是这样回应苏糖的。

那尊白色的整人雕塑和那个孤零零的头颅雕塑,无疑都是照着米思聪被虐杀的过程来塑造的。可是,两尊雕塑的面部都让人无法分辨原型是米思聪。苏糖平复了一下情绪,一瘸一拐地在两尊雕塑之间走一走,她发现江诣很好地保留了米思聪凝固的表情与神态,却也完全地剔除了米思聪的可识别的人脸特征。这样,即使两尊雕塑明晃晃地摆在任何一个展览馆的展厅里,谁又会想到那就是照着失踪的米思聪来创作的呢?

多么狡猾而恶毒的操作!苏糖苦笑。

凶手极其谨慎小心,他绝对不会让死者的尸体被发现,这样,所有的死者就都沦为了活不见人死不见尸的失踪者。而且,即便是猎杀目标曾经引起了凶手的猎杀兴趣,他对目标还是有所筛选的,他尽量挑选那些无论在距离上还是情感上都与他人比较疏远的人——这就降低了日后死者的亲朋执着地去追查的可能性。

　　不断被发现的失踪者和莲文若的录音，是苏糖最终给凶手选择猎杀目标的标准做出定论的判断依据。正是因为知道那些失踪者的遗体也许永远不会被找到，他们的失踪也永远无法定性为"谋杀"，苏糖才迫不得已必须想出办法来找到他们的遗体——这也迫使苏糖只能让自己陷入"杀人魔窟"，才能发现确凿的死亡证据。

　　"江诣，林肖看到你的这些'杰作'之后，他疯了。但我知道，你和他不一样，你是艺术家，你的'疯'是与众不同的，是有价值的。"苏糖说着。

　　"说得没错，看来，你懂我。"江诣在音箱里回应道。

　　苏糖听到"吱嘎"一声，走廊尽头的门打开了。看过去，一间宽敞而光亮的大厅出现了，就像一座艺术展览馆。

魔鬼与天使之爱

　　苏糖走进了明亮的大厅，音箱中传来了好听的英文女声的轻柔歌唱。苏糖一听便知，是那首她非常喜欢的 *Sometimes When We Touch*。

　　苏糖有点不敢相信自己的眼睛，她看到了什么？她看到了对着镜子微笑的她、洗脸时脸上沾满了水珠的她、抱着一袋子面包的她、煎蛋的她、练习瑜伽的她、写日记的她、穿着长裙走秀的她……它们是一张张或有趣，或明艳，或深邃的素描、油画、版画。大厅四周白色的墙壁上错落有致地挂着各种各样以她为原型的作品。

　　不过，更令人惊奇的是，大厅的各个位置都有姿态各异、神态不一的白色雕塑。苏糖看到了真人大小的自己：她笑而不语，她凝神而思，她黯然神伤，她悲喜交集，她冷若冰霜，她狂喜疯癫，她小家碧玉，她慷慨大气，她宛若尘烟，她坚如磐石，她温柔如水，她缱绻情深，她梨花带雨，她浅眉若盼……

　　"这些……这些……都是我吗？"苏糖发出感叹。她一瘸一拐地走在

341

绘画和雕塑之间，简直不能相信眼前看到的都是真实的。她不是在做梦吧？要不然怎么会有这般迷幻又绚烂的景象？

苏糖的心被一种特别复杂奇异的感觉占据了：她感动得想哭，却又恐惧得想逃。

苏糖清楚地记得当发现彭哲的旧居里到处安装着监控设备的时候，她多么震撼。

"你在这个房子里住的时候，平时都会做什么啊？"

"我真的不知道，这平平凡凡甚至琐碎无聊的每一天，有什么可窥探的。我在这个屋子里，没有任何秘密，也没藏有任何宝藏，到底那个人在监控什么呢？"

苏糖想起了那次星球展，她曾问江诣为何爱她。

"可我觉得，你是有天赋的艺术人才啊，我只是平凡的普通人。"

"爱一个人，就像爱一件艺术品。没有原因，只是直觉。在我心里，你就是达·芬奇的蒙娜丽莎，你就是毕加索的特蕾莎，你就是莫迪里阿尼的珍妮。我第一次遇到你，就爱上了你。"

似乎，这一刻，苏糖找到了答案。

"那是一种不屈不挠的想念，你沉浸在你幻想出来的、有他同在的世界里，你和他一起吃饭，一起看电影，一起听音乐，一起阅读小说，一起讨论，分享每一天。你，爱上了一个'死人'！那种思念的姿态，如此打动人心，就像一出鲜活的戏剧，形成了一个个凝结的动态的充满美感的场景。就算是思念成狂的疯魔，也像黑洞一样，把人吸入沉醉的深情。"

"你这是终于承认了吗？在监控器另一侧监控的人，是你。是你本人，看到了我对彭哲不折不扣、无穷无尽的想念。"

是的，苏糖的直觉没有错，从一开始，她就意识到一直在监视她的人是江诣。只是她实在找不出监视她如此长的时间，最确切的动机到底是什么。

"那三年里，我总觉得……我能听到隔壁的声音……"

"那三年，我偶尔会回去，偶尔会隔着屏幕看着你。墙壁上挂着的大部分画，都是那三年里画的。"

"你！你到底把我当成了什么？喘着气的雕塑吗？"苏糖依然是那种复杂又怪异的感觉。

"我……我也不知道……是这幅画……"江诣充满了犹疑的声音从音箱中传来。

投影仪又出现了，一道投影在布满了挂画的墙壁上投射出来，是安妮的那幅《绚烂》。

"你不会知道，我第一次在安妮的公寓里看到这幅画的感受。它太美了，一下子抓住了我的心。而那股猫血，简直是锦上添花，让我的感觉攀上了山峰之巅。我……搞不懂……为什么那无法自拔的迷恋和难以抑制的杀欲能那么完美地融合在一起。"江诣的声音变得低沉而迷惘。

"连环杀手通过杀戮来获得欲望与情绪的极致满足，但通常，这种快乐体验都来自错误的兴奋联想，比如看到流血时的心理状态，比如看到窒息时的安慰平静，这些体验与情绪的联结是常人难以想象和理解的。但这些扭曲的联结又变成了一次又一次被不断加强的'神经反射'，进而把他们培养成了顽固不化、没有悔意又恣意妄为的'冷血动物'。"

苏糖想到了伍教授在《暗影的秘密》中那段特别经典的阐释。她可以完美无缺地套用在江诣的身上。

苏糖看着《绚烂》上穿着碎花蝴蝶图案长裙的自己，她甚至痛恨画上的自己，更痛恨那第八只活下来的猫，还有安妮刺死猫导致猫血飞溅的巧合。这是多么荒谬又致命的联结！

"哈哈……"苏糖为这荒谬的联结发出大笑。

"在你的概念里，我应该是被你首选的猎杀对象吧？你看着我，就像狼看着羊。"苏糖几乎一针见血。

"可惜的是，狼爱上了羊。日复一日，隔着屏幕看着你，竟然变成了习惯，就像扎进血管里的毒品，越陷越深，终于，停不下来。"江诣的声音轻得就像来自天边。

"呵……你的爱真荒谬！"苏糖嗤之以鼻。

"荒谬？那你对彭哲的爱不是更荒谬？"江诣反击。

是啊，苏糖想一想，她和彭哲的那场初恋，连一年的时间都不到，他们那些蜻蜓点水、浅尝辄止的倾心却成了彭哲去世之后最令苏糖怀念的回忆。可回忆已经模糊了吧？回忆已经被想象升华了吧？为什么会这样？是因为死亡吗？死亡让苏糖愧疚不已，死亡提醒她不能忘记。其实，苏糖已经意识到这一点。这爱的迷惘正是江诣利用的工具，所以他扮成了彭哲，他想消磨苏糖寻找真相的意志。

事情的转折发生在苏糖研读伊藤京祥的那一晚：江诣工作室里的巨大响动和用彭哲日记本上的信纸画着的恐怖母亲，都在引导苏糖把彭哲的影子代入江诣的身上。

"江诣，你太了解我了！"苏糖颓然地靠在其中一尊白色雕塑上，她感到疲累。她明白，从一开始，她和江诣就陷入了一场"心战"。

"Sugar，你也比我所预料的更了解我。"江诣的声音还是飘忽的。

"江诣，你到底是什么时候和彭哲取得联系的？你怎么能忍心杀他呢？"苏糖问出了一直想知道答案的问题。

"十四岁那一年，我路过一个画室，在窗口，我看到了彭哲的那幅《痛》，莫名地，那幅画深深地吸引了我。就像是一种心灵感召，我快步绕过路口，看到了一个和我长得一模一样的男孩。他坐在路口的石头台阶上默默地流泪。那是我们分开多年以后，第一次相遇。我看到，他的食指上有伤口，他说是被机针刺穿了……"江诣的声音传来。

苏糖想起了那天，她和江诣回到彭哲的旧居，江诣的身体抖动得厉害，他脸色苍白，眼圈发红，说话艰难。

"你听到了吗？有个孩子在哭！他哭得撕心裂肺，他哭得像在号叫……

"甚至……她甚至为了严惩我画画……而用……她竟然用缝纫机的机针刺入我的手指……

"所以，我小时候，每次看到这台缝纫机就会吓得全身发抖……"

真是一场逼真到感人肺腑的表演！但即使是表演，也有表演的价值！

苏糖相信，在江诣演绎的彭哲身上，一定有许多她并不了解的过往，而这些过往是苏糖需要的"素材"。她需要去寻找江诣和彭哲各自的生活轨迹，从而推断出他们思维模式和行事风格的不同。

"从十四岁相遇以后，我们就取得了联系。不过，我们只是偶尔通通电邮，我们甚至不聊QQ，不打电话。彭哲说，不想让母亲发现我们还有联系，甚至他每次发电邮给我，都是在网咖发送的。"江诣带着戏谑的口气，"我们就像交换情报的特务。"

应该就是这"交换情报"式的通信使江诣知道了彭哲许多成长故事和生活细节。

苏糖记得邵珥珥给她传递的信息："我们眼前的'彭哲'知道很多过去那个彭哲的事，但每当我追问细节的时候，他就会自然而巧妙地回避过去。"苏糖就会追问邵珥珥是什么"细节"，那些"细节"不是情窦初开，不是两情相悦，不过是彭哲给她讲过的一个又一个科幻故事。

"江诣，你一定想不到，彭哲的那些科幻故事，也是你暴露身份的一个破绽。"苏糖甚至笑了一下。

"Sugar，你真的希望我暴露身份吗？你真的希望我不是彭哲吗？"江诣问得直接。

回忆再一次凌厉地闪现，在星球展的大厅里，在那些平行宇宙的星球之间，江诣曾经问过苏糖类似的问题。

"苏糖，如果彭哲没死，我们两个同时在你身边，你会选择谁？你能诚实地回答我吗？"

"你说过，我沉浸在死亡定格的永恒里。彭哲的死，是我一生最大的遗憾。如果能用我的命来换彭哲的命，我愿意为他而死。"

苏糖被这个回忆、这个答案惊到了。那一刻，江诣应该也感到十分绝望吧。

苏糖提醒自己，一定要保持理智，她现在已经陷入死亡的边缘，她必须知道真相！

"江诣，你还是没有回答我，你怎么忍心杀死彭哲？"苏糖追问。

"命运，我只能说，一切都是命运。那一天，我本来要坐晚上的飞机回法国的。可下午的时候，我很想去楚洛的别墅看看那幅画着你的油画。作为油画的供应商，我当然知道楚洛家的地址，就连招呼都没打，直接开车去了他家。"江诣语气平静，像是讲一个故事。

对于苏糖来说，从一幅画引发出来的杀意，始终是一个谜团。江诣为什么要对楚洛痛下杀手呢？

"Sugar，你猜，我在楚洛家的别墅门口，听到了什么，看到了什么。"江诣呵呵笑了起来。

苏糖内心里升起一种不好的感觉，冥冥之中，她的回忆为她自动跳转到了那个她在楚洛家的别墅里和江诣摊牌的时刻：江诣忽然地站起来，他气得几乎全身都在发抖，他恨恨地盯着沙发的一角，眼圈通红，满脸愤怒，他转身看向茶几，他的手在茶几上胡乱地摸索着，虽然茶几上此刻什么都没有，只是盖着防尘的白布。

"我要杀了你！我要杀了你！我要杀了你！……"江诣几乎是歇斯底里地一遍又一遍喊着这句话。

苏糖的心脏咚咚咚地强烈跳动着，她感觉自己全身的神经系统都在抖动。

"楚洛，一直在欺辱彭哲，他不停地挖苦他，讽刺他，辱骂他。然后，彭哲拿起了茶几上的水果刀，向楚洛的胸膛刺了过去！一股血喷在了彭哲的脸上，他吓得马上扔了刀子，疯了一样，从客厅的后门冲了出去。"

彭哲，真的是因为我，而被楚洛欺辱，而要去杀了楚洛！苏糖被这个念头占据了，她的眼泪瞬间就喷涌而出，这一刻，苏糖甚至有点六神无主了。

"我能给她她喜欢的一切。哈哈，说不定，今天一高兴，她就陪我共度良宵了！哈哈……就算不是今天，她也早晚是我的。我就不信，她不虚荣？"

苏糖捂住了自己的耳朵，她不想听见楚洛当时刺激彭哲的那些话。

"彭哲……他真的很在乎你吧。那种强烈的、出于本能的愤怒让他想要刺死楚洛。可是，他那一刀并没有刺死楚洛，却激发了我内心的冲动。我推门进入了别墅的大厅，看到了那幅《绚烂》，想起了那股猫血和喷溅在彭哲脸上的楚洛的血，我就很想很想让鲜血再飞溅一次。也许，一次不够，那就两次，三次……最后，不知道是多少次了！"江诣的声音听起来越来越激昂。

"是你虐杀了楚洛，是你！"苏糖歇斯底里地大叫。

"杀了他，我很过瘾。那种感觉，简直是前所未有的畅快淋漓。他死了以后，我清理了现场，本来一切完美无瑕。可我离开以后才意识到，那幅《绚烂》上喷溅了楚洛的鲜血，那是多好的纪念品啊！我又返回去取画，你猜，我又碰见了谁？"江诣的戏谑口吻又来了，"我看到被吓跑的彭哲又返回来了，他嘴里还念叨着，他要救楚洛。但不幸的是，彭哲偏偏在门缝里看到了林慕曦，还在门口碰倒了花瓶。那他只能一路狂跑啊！谁知，那个傻瓜吓得要命，自己跌下了山。真是上天给我机会，我顺利地回到了别墅，拿走了那幅《绚烂》。"

原来，林慕曦当时看到的人，真的是彭哲！苏糖一激灵，她意识到了一个更加令人心碎的事实！

如果，林慕曦说出了看到彭哲的事实，警察找彭哲去调查，就会发现，真正杀死楚洛的人，并不是彭哲。无奈之下，江诣只能让彭哲死掉。这样，不管林慕曦说不说出目击的事，彭哲都是杀死楚洛的凶手了。

林慕曦！你害死了彭哲！苏糖内心呐喊着，她痛苦地倒在了地上，感叹命运是一个残酷的恶作剧使者。

猎杀的艺术

一瞬间，大厅的灯全部都熄灭了，四周一片漆黑，伸手不见五指。

一道光亮出现了。正对着苏糖的墙壁上有另一道门，光亮来自那道打开的门。

苏糖双手支撑着地面，勉强让自己站了起来。虽然每走一步都有来自膝盖的疼痛，但苏糖也只能循着光亮走过去。

"一件艺术品到底是什么？是绘画？雕塑？不，从根本上说，艺术品是艺术家的思想……"

江诣在艺术学院的客座讲演的场景出现了！投影仪在墙上投出了姿态优雅、神采飞扬的江诣老师的讲课风采。

"Sugar，欢迎来到我的艺术馆！"江诣的声音响起。

首先映入苏糖眼帘的是一幅大型油画。油画上有两张脸孔和两只手掌。一张脸孔的表情飘飘欲仙，沉迷而陶醉；另一张脸孔则张开嘴巴，面目狰狞。画上的两只手掌看起来十分触目惊心，因为它们是支离破碎的——看起来手掌上的手指像是被切割了，渗出的血迹却呈现出夸张的五彩颜色。整幅画的用色都显得浓重而强烈，大片对撞色的应用增强了画面的视觉冲击力。

苏糖对这幅作品是熟悉的，它第一次出现是在 Forever 的"星球展"上。这幅画叫《平行宇宙的向往》，完成时间是 2011 年 9 月，创作者是炎宜辛。

"画上的两个女人虽然都承受着手指的剧痛，但一个陶醉，一个痛苦。就像平行时空出现的两个不同的她，即使际遇一样，感受也可能有天壤之别。这是作品要表达的主题寓意。"江诣的声音传来。

在苏糖的分析中，油画的创作手法是表现主义——运用对现实扭曲和抽象化的做法来表达恐惧的情感。《平行宇宙的向往》与莲文若失踪的时间非常吻合。按画面推测，莲文若应该遭到了凶手切割手掌的酷刑。而她脸上形成的不同表情，一个是在吸毒状态下，一个是在毒瘾发作时。失去了毒品的庇护，她对于疼痛的感知就产生了巨大的差异。

看到这幅作品，苏糖的脑海中就会浮现出关于莲文若的"谋杀画面"。每次构图都令人不寒而栗。

拖着行动不便的腿，苏糖继续前行，三米之外就有另一组展品出现了。那是一组公仔，名为《生命旋舞》，每个公仔都呈现出人形，它们以跳着芭蕾舞的姿态排列在展台上，八个公仔，每个公仔表现一个动作的瞬间：小踢腿、小弹腿、控制平衡……好像来上一段音乐，就能构想出一个女孩在舞台上做出这一连串优美又轻盈的动作。不过，每个公仔都有一项残缺，或者少了一条胳膊，或者少了一条腿。

每个公仔都有十厘米左右的高度，苏糖忍着膝盖的痛感，俯下身体，保持着与公仔同一高度的视线。真皮公仔，伸手去摸，皮质细腻光滑，其中一只有一块花蕊形状的胎记。公仔的手感和胎记让苏糖背脊发凉。苏糖知道，这组作品的作者是薛鸣，它们曾出现在"玩偶先锋"的活动上。作品完成时间是2012年10月。这个时间和蕾雅失踪的时间吻合。

"生命，起起落落。有极致的美，也有极度的痛，残缺与圆满，都只是一个短暂的瞬间。但我们依然可以在际遇的转折中完成自己的生命之舞。"江诣进行解读。

薛鸣是个手工匠人，他作品的风格偏向于街头艺术，利用公仔设计和涂鸦色彩在作品中表达深刻的含义，这是他与众不同的创新之处。苏糖对这个人的作品可是下了一番功夫去研究的。但是，一旦把他的作品和蕾雅的死挂钩，公仔就变成了恐怖片中的鬼娃。不，比那更恐怖：肢解、包扎伤口，跳舞，再肢解，再包扎伤口，再跳舞，直到生命殆尽。

苏糖以她能前行的最快速度离开了这组公仔的展览区，她觉得哪怕多看它们一眼，她都会感到心痛、恶心、揪心。

狂跳的心脏、颤抖的脉搏和疼痛的膝盖让苏糖站立不稳，差一点就摔倒在地，还好，她及时抓住了一块墙上的凸起。苏糖感到头涨、眼花，她背靠在墙上，却因为墙上的坑洼而感到后背难受。离开墙壁，转过身，苏糖看到了一组浮雕。

作品长6米，宽2米，材质是水泥。在这一整面的水泥墙上，浮现出许多张脸孔，每张脸孔都不是写实的脸部特写，而是运用抽象的线条和凸起，来表达喜怒哀乐、嬉笑怒骂、五味杂陈。好像有无数种情绪在起承转合，就像一个情绪的万花筒。因此，这件作品被命名为《情绪之镜》。

苏糖当然记得这件作品，它曾经出现在推荐新锐艺术家的"锐芽"活动上。那也是苏糖第一次和Forever合作，以模特的身份和行为艺术的方式展现"锐芽"的理念。当时，《情绪之镜》并不是如此巨大的浮雕作品，而是一组墙绘艺术品。在活动现场，作品接受 VIP 客人的私人限量定制。艺术家可以根据墙体的大小做出适当的调整。而定制这作品的客人会把作品装饰在别墅的客厅或长廊的墙壁上。

"2014 年 4 月"，苏糖注意到了《情绪之镜》的首次完成时间。日本的背包客美穗子也在那段时间内无故失踪。而创作《情绪之镜》的费奇·布朗却是一个从不露面的神秘艺术家。他强调将艺术概念融入真实的生活。在作者简介上，他总是用寥寥数语来表达他的想法，却没有任何描述他自己的语句。

"她迷失在艺术展馆中，感到迷惘和恐惧。她自觉已到生命尽头，于是回顾自己的一生，看到了各种回忆，也产生了各种情绪。她体现了情绪的浓缩与凝结。"江诣解说道。

充满美感的语言，并不能掩盖真实的情境。苏糖推测出来的画面可是一个女人被掳走被绑架之后的手足无措和痛苦恐惧。她被关在了这个地方，或许看到了诸多的谋杀和肢解的画面，也接受了来自面具人的"访问"。她感受到了生命安全的威胁，在命不久矣的恐慌中回想了自己短暂的一生。

面对着一整面墙壁各具表情的脸孔，苏糖的惊恐之心竟然渐渐平静了许多。也许，当人类的情绪被刺激到极限时，情绪也会出现反弹式的麻木。苏糖想起了她曾在"画世界"咖啡馆的地下室里抱着江诣的作品去研究，在多种风格的切换中，她看出了玄机。

表现主义、立体主义、解构主义、街头艺术、概念艺术、堪的派……江诣不是一个一生只能专注在一种风格上的创作者。他永远都在尝试新的风格、新的创意。他的作品并不是太多，可每一件都比较精致，不过他并不太想在公众面前展出自己的作品。苏糖过去并不太懂，那是江诣的谦逊，还是他足够低调。现在苏糖悟出了一个事实：也许，江诣的那些能够以真姓名和真面目示人的作品，都是他不够满意的作品；而他足够满意的作品，却是他不能以真姓名和真面目展示的作品。

苏糖环视了展览大厅一圈，更加证实了自己的推测。

一组雕塑和一组油画让苏糖的推测到了精准的程度。

人头与飞鹰的组合、腿部与猎豹的组合、手臂与猿猴的组合，雕塑所展示的场景让观者感受到了一种动态的力量与美感。但是，人头上所展示的面部表情却是一种痛楚与狰狞的结合。

"《戴着镣铐的闪耀》……"苏糖冷笑一下，她还记得她在听江诣讲课时在笔记上记录的那一段：解构主义和超现实主义的结合铸就了完美的艺术表达。作品中的形象组合不符合人类的正常视觉感受，利用"嫁接"所表现出来的怪诞效果，以扭曲以及局部的极度夸张所展现的意境，最终构成一种非现实的魔幻般的意象。

这个系列的作品应该可以在 self art mall 项目中看到，现在，它的缩小复制版就摆在商厦中的七楼大厅。所有在商厦中闲逛的人们都能看到这组作品。

"人生，就像戴着镣铐的跋涉过程。现实的压力、传统的规则、人际的冲突……都是你的镣铐。你痛苦迷惘，你失去斗志，但你终究会焕发出一股力量，仿佛生灵的翅、臂与腿，它们与你融为一体，带你冲破束缚，迎来全新的自我。"江诣的解说充满力量，竟然给人以鼓舞。

作品的创作者为曲深明，雕塑艺术家，作品以解构主义为主体风格，展现出独特与魔幻的艺术美感。作品的创作时间是 2016 年 6 月。来到中国，希望重新开始一番事业的丹尼尔失踪了，他不再有机会在中国发展他的事业，因为他被活活肢解，失去了宝贵的生命。戴着镣铐的他肯定无法闪耀了，只有恐怖的凶杀和死前的折磨。

苏糖慢慢转身，一步一步，一瘸一拐，走向角落里的一组油画。当她靠近油画区域的时候，一首钢琴曲响了起来。那是日本音乐家弹奏的《人间失格》。

"软弱的灵魂，承载不住人间太多的痛苦，即使不断地自我放逐，却依然逃脱不了孤独、冲突和悲哀的命运际遇。但所有的迷惘与哀愁也透露出一种生命的深意与美感……"江诣的声音富有磁性，又因为轻声细语而带有一种飘忽感。

苏糖看到了一个柔美的女性形象，她的身形和脸孔都是抽象的线条，那些线条与五线谱和音符融合在一起，难分难解，有一种诡异的和谐。

"她很抑郁，她经常用刀子在自己的身上刻下伤口……所以，干脆在她身上刻下五线谱，抑郁让她自残，也让她失去痛感。简直是残酷的美感，残酷的和谐。"江诣就是魔鬼的诗人。

作者：欧沁。作品名称：《迷惘与哀愁》。作品风格：立体主义。作品完成时间 2018 年 9 月至 10 月。那段时间，女画家黎秋雨失踪，外界一直怀疑她因为抑郁症而出走并自杀。

苏糖当然记得，《迷惘与哀愁》的多个复制版都在 avant 的 App 上有拍卖记录。尤其是中产小家庭，他们特别喜欢买下这幅画，挂在客厅、卧室或者餐厅。他们一定不会知道，这幅画的创作场景源于一个女画家被全身文上音符时的痛苦。

这是猎杀的艺术，在不同的艺术风格中不断变换，每一个被害人都变成了创作之源，他们的生命、他们的肢体，成为艺术表达的方式。这是苏糖摸索研究出来的让她感到难以置信、不寒而栗的真相。苏糖一开始不理解江诣的做法，但几经波折，她最后还是锁定了那些荒谬的真相。

福尔摩斯曾经说过：当你排除了所有可能性，还剩下一个时，不管有多么不可能，那就是真相！

无法遏制的感觉

苏糖进了电梯，电梯门关上，她按下了电梯里的负一层按钮，她完全是按照江诣的提示在进行。很快，电梯停了，电梯门打开，苏糖走出了电梯。

这一层，不同于楼上的艺术展馆风格，它更像一个艺术家的工作室，至少，首先进入苏糖视线的区域里就摆着画架、画板、素描纸、碳铅、炭笔、水桶、一大堆凌乱放置的颜料、油画笔、油画刀……

很显然，这是江诣进行艺术创作的区域，看起来和普通的艺术家工作室没有两样。不过，一道突然亮起的投影马上推翻了苏糖的感受。

瑞贝卡蜷缩在墙角，她眼神中充满惊恐和哀伤，她已经没有了反抗的力气，她甚至连站起来的力气都没有了。面具人站在她身前，缓缓蹲下，伸出戴着黑色手套的双手，然后扣住了瑞贝卡的喉部。眼睛可见的，那双手越来越用力，瑞贝卡满脸憋红，青筋暴出，她叫都没有叫出一声，很快，她的眼睛不动了，维持着张开的状态，面具人放开了手，瑞贝卡整个人也不动了。时间一分一秒过去，瑞贝卡坐在墙角，因为死亡而一点一点僵硬。

镜头切换，巨大的鱼缸中，颜色鲜艳的热带鱼游来游去，灯光照射下，形成了一种幽静的美感。面具人抱着瑞贝卡——由于尸体已经僵硬，她维持着死亡一刻的姿态——把她投入鱼缸中，她缓慢沉底，头发在鱼缸中随着鱼的游动而飘来飘去。她的眼睛依旧瞪着。

苏糖走去了画板的位置，她仔细看了看油画板上还未完成的作品：那是瑞贝卡，她沉在鱼缸底部，眼神哀怨如樱花，头发四散如游鱼。如果不是看过瑞贝卡的尸体，只是单纯第一次看这幅油画，画面竟然给人一种哀伤却也惊艳的美感。

"他在反复回味着她的死亡，才能保持着创作时的感觉。"苏糖因为知道了这个状态而感到惊悚和痛心。

再向里走，苏糖看到了一片雕塑制作的工作区。简直有点像个小型工厂，因为区域内摆着捣泥机、切割机、角磨机、电钻这类机械用具，还有一些整块整块的泥模堆在地上，那些雕刻要用的雕塑刀、石雕凿、石雕锤、比例弓把和点型仪也都被零散地扔在了地上。

"你到底是谁？你是江诣？啊——疼——"

苏糖听到了突如其来的声音，循声望去，她看到了另一台投影仪也在工作。

"你不是来买画的，你早就想好了要把我从画室带走，是不是？"

"啊——"

"呜……"

"是啊，死，也没什么不好……"

投影的视频上是被全身捆绑的黎秋雨，面具人握着文身针在她的身上文下了五线谱和音符。黎秋雨在剧痛之时发出了惨叫，面具人却无动于衷，依旧十分仔细地用文身针在她的皮肤上创作着。

视频是分段剪辑又拼接在一起的，它再现了黎秋雨从活着到死亡的过程，声声惨叫和最后认命的绝望都十分清晰地展现在苏糖的眼前。尤其是叫声，简直能撕裂人的心，而苏糖那感同身受的神经也使她觉得，那一针一针仿佛就游走在自己的皮肤上。

就在隔着几米的位置，苏糖看到了一尊未完成的雕塑作品。她走过去，看到了雕塑泥模上刻着五线谱和音符。泥模的旁边有一台银色的冰棺。透过冰棺的玻璃向里看，苏糖看到了已经冻得全身都是白霜的黎秋雨的尸体——身上的文身图案依旧清晰可见。

苏糖抱紧了肩膀，她感到非常冷，有点分不清到底是她的内心寒冷，还是她所处的环境寒冷。她抱着肩膀，打着哆嗦，一瘸一拐，艰难前行。她几乎屏住了呼吸，连喘气都不太均匀了。她觉得自己好像闻到了什么味道，那味道令她头涨又恶心。

灯光忽然变得黯淡下来，随即又出现了一道道五彩斑斓的亮光。美妙空灵的女子歌声响起了，伴随着光影的闪动，一切显得迷幻美丽。原来，墙壁里镶嵌的巨大水族箱构建了眼前的美轮美奂。

头颅、四肢、胸膛，或者是完整的一个，总之，那些泡在水族箱中的都是人类残破的尸体。

苏糖只要瞥一眼就看到了，她的眼睛无法欺骗她。苏糖在水族箱前停下，擦了一下从额头渗下来的汗珠，她盯着水族箱中游来游去的漂亮的热带鱼，终于验证了心中的猜想：鱼，都是假的；但是尸体，却是真的。那看起来清澈的，也不是水，而是保存尸体的防腐溶液。

"你对它的不惧怕和无动于衷，就是死者和生者的距离。"

江诣课堂上讲的那句话回响在苏糖的耳边。

苏糖看到了张农园，那个老年园艺家，他的上半身保持完好，可下半身的腿部与上半身分离了。他泡在溶液里，闭着眼睛。如果秦明轩知道出现在他家别墅花园里的雕塑原型此刻被分尸躺在水族箱里，他恐怕一辈子也走不出这个恐怖阴影了。苏糖这样想着，她多么不希望自己的分析是真的，但眼前的事实就是对她推测的残酷印证。

"Sugar……"

苏糖听到江诣叫她的名字，但这一次，声音不是来自墙上的音箱，而是就在她的身旁。苏糖吓得一激灵，全身抖了一下。

啪——啪——啪——啪——

墙壁上的灯开始熄灭，水族箱里的灯一盏一盏灭掉，空间越来越黑暗，苏糖吓得要原路返回，她拖着疼痛的膝盖拼了命地跑着。

"Sugar……Sugar……Sugar……"

江诣的声音一直在苏糖身边飘荡，像个魂灵不散的魔鬼。

"啊！……别靠近我！……放开我！"

苏糖感觉到有人拍了她的肩膀，但离开了；有人抓住了她的手臂，但放开了；有人从身后把她抱住了，但又放开了。最后，她还是没有逃脱，因为有人把她拦腰抱起来，扛在肩上，带着她进了电梯，又把她扛出了电梯。他把她塞在了一把椅子上，还用绳子把她固定在了椅子上。

啪！灯亮了，苏糖看到了身处在无数"苏糖"中的男人——他缓缓摘下了面具——他是江诣，他带着苏糖回到了属于苏糖的那个展览大厅。

墙上各种画着苏糖的油画，地上各种以苏糖为原型的雕塑，此时此刻有一种强烈的对比之后的讽刺感。

苏糖被牢牢地绑在了椅子上，她和江诣四目相对，默默无言。

"其实，在我很小的时候，有一天，在放学回家的路上，我看到有个叔叔用石块砸死了一只流浪猫。那个叔叔在猫咪死后就离开了。我走过去，蹲下来，看到猫咪头上都是血。不知道为什么，看到那血，我就感到很快乐……那感觉太神奇了。我知道从那次以后，那种感觉就埋在了我的心里，它就像随时都会被挑拨的热情，跃跃欲试，不可遏止。但你相信我，我真的试过，去压抑那种快乐。要不是安妮的那只猫，它的血飞溅到你的画像上……我真的可以一直压抑的……"

江诣看了看自己的手，然后把手举到苏糖的眼前。

"我……我……相信。因为……你也是每次……在情绪剧烈起伏的时候，才会特别想去……"苏糖没有说出"杀人"两个字。

"说来也怪……无论是喜悦还是沮丧，我总能遇到一些人，他们的某一瞬间那么打动我，让我忍不住想要了解他们，然后'创作'他们！"江诣叹了一口气，他看起来十分茫然和无奈。

"'创作'……"苏糖重复了这两个字，她想起了那幅自画像：用色怪异，脸部扭曲变形，色调暗沉压抑，画面上还布满了红色颜料溅成的痕迹。

"不知道为什么，我突然之间就很有激情，很想把颜料都喷上去。"

"你又'入境'了，发疯了。"

那幅江诣的自画像，那猩红的颜色，给了苏糖很大的启发，她开始分析江诣的创作风格。尤其在苏糖接手了安妮的工作之后，她发现了低调神秘的艺术家炎宜辛，当时就嗅到了一些异样的端倪。她分析了 Forever 几乎所有的项目：锐芽、玩偶先锋、星球艺术展、植物艺术家、avant、self art mall……Forever 经营的六年，22 个大型项目，287 位合作艺术家，5825 件展品、艺术品、商品，45 个合作伙伴，苏糖把这些资料统统做了整理和对比分析——她发现了一些惊人的现象。那就是，像炎宜辛那样的艺术家不止一位，按照他们参与 Forever 主办的展览的时间来列表，苏糖还能找到遗憾之泪、炎宜辛、薛鸣、费奇·布朗、欧沁……这些低调艺术家的创作目的都不在艺术作品的拍卖或销售上。他们每次的简介都是寥寥数语，他们的作品也总是摆在不显眼的角落。

为了验证心中的猜想，苏糖研究了这几位艺术家的作品和他们对应参与的项目，另外一个诡异的巧合就发生了：他们的作品总是有着和失踪者相关联的细节。比如摄影展上的表情连拍照片、秦明轩家的半腿园丁、星球艺术展上的油画……这样，苏糖就把江诣不断改变更迭的创作风格与炎宜辛、薛鸣、费奇·布朗、欧沁、遗憾之泪的作品风格进行对照，他们的创作风格与江诣不断尝试的创作风格总是有着惊人的相似。苏糖把他们的简单资料交给了老沈和纪骏。

"同学，能借我一下你的笔记吗？老师讲得太快，我没跟上。"

"好啊。"

那次在江诣的课堂上，苏糖就是利用借笔记的方式和老沈派来的"接头人"做了"线索的交换"。

我们调查过炎宜辛、薛鸣、费奇·布朗和欧沁，他们注册的工作室的地址不是仓库，就是废弃多年无人居住的房子。这是写在笔记本上的信息。

苏糖心里很清楚，那么多失踪者活不见人，死不见尸，只有找到杀人屋或者藏尸处，才能证实杀人行为，才能定罪。

在几乎绝望的情况下，根据江诣的艺术鉴赏课，苏糖想到了 Forever 在转让股份之前推行的最后一个项目：self art mall（上海）。这个项目中增加了一个和广州的 self art mall 不同的艺术家：曲深明。作为一个概念艺术家，他的风格是江诣近期最欣赏的。

于是，苏糖在"接头人"的笔记本上写下了"曲深明"这个名字。这是苏糖最后的推测，也是最后的希望。

"是的！创作！你为什么一定要干扰我的创作？我们本来可以幸福地生活在一起，长长久久地在一起的！为什么，你要抓着不放啊？"江诣忽地站起来，忽地走到了苏糖的座椅前。他的脸就像特写一样，进入了苏糖的视线，苏糖能感觉到江诣无比愤怒的呼吸。

猎豹与小猩猩

"如果，我真的是连环杀人者，我应该早就把你杀掉了，还等那么久，绕那么大一圈？"

苏糖记得江诣在那个雷电暴雨的下午是怎么对她说的。是啊，他是不是绕了一大圈呢？他是不是那只真心爱着小猩猩的猎豹呢？

"江诣……你……从什么时候开始，想杀我的？"苏糖的眼睛盯着江诣的眼睛。

"嗯？这是一个好问题。"江诣慢慢收回了自己愤怒的脸孔，他站直了身子，环视四周，又发出了那种怪异的笑。

苏糖感觉到自己就像一个躺在铡刀上等着刽子手行刑的人，而且他随时手起刀落。

"那天夜里，我站在花墙的阴影里，想着，是应该杀死你，还是让你觉得我是彭哲呢？哎……这真是一个艰难的决定。

"林肖跟踪你时，我也在想，是应该杀了你，还是把林肖塑造成你一直以来寻找的凶手呢？

"放出那只猫，让你和林慕曦的车子相撞的时候，我又想，是应该把你和他都杀了，还是抓了他逼迫你放手不再调查下去呢？

"把你引到105号病房的时候，我依然犹豫着，是应该借机杀了你呢，还是把线索都引向安妮？

"在安妮的别墅里，布置了谋杀现场，看到她因为不知道状况，误以为你伤害了朱蒂而拿起铁锹要打你的时候，我还是在思考，是把你和她都杀死呢，还是放你一马，让你自行求生？

"沈嘉扬来找我摊牌的那天，你也质问我是不是凶手，我们在黑暗里对峙，当我掐着你的脖子时，我还是犹豫，我应该杀了你呢，还是继续演下去？

"直到你把我引到了楚洛的别墅，你几乎是知道了一切。雷电暴雨之下，我依然，依然没能下定决心，我是应该杀了你呢，还是让你选择一条更明智的路？"

"你不会杀我的，对不对？因为我真的很爱你……"苏糖紧紧盯着江诣的背影。

砰——哐——

一声巨响，江诣推倒了一座苏糖的雕塑，雕塑霎时间碎裂成几块。

"别再骗我了！"江诣像一头狂暴巨兽冲到苏糖的面前，揪起她的衣领，"你爱我，会把我当成彭哲的替身？你爱我，会一直调查我？你爱我，会逼得我非要杀死你不可？"

"我、我没有把你当成替身，我是真心爱上了你！"苏糖感觉到衣领勒得她就要窒息了。

"哈哈……"江诣狂笑，他甩手就给了苏糖一个耳光，响亮的，毫不留情。苏糖的嘴角顿时就渗出了血。"你分得清，我是谁吗？"

"是的，在很长很长的一段时间里，我确实分不清。跟你在一起的时候，我在你的脸上寻找彭哲的影子；你说江诣死了，你是彭哲，我又在你的脸上寻找江诣的影子。所以，你也在用这种混淆来扰乱我的思绪，希望我因为爱情而放下对真相的执着……"

"哈哈……我居然卑微到……我居然卑微到……要变成彭哲来博取你的同情？哈哈……"江诣甩手又给了苏糖一个耳光，苏糖依然是嘴角裂开，渗出血迹。

"但是，当我意识到，我那么思念江诣，我怀念他陪伴我的每一刻快乐又疯狂的时光时，我终于明白，我早已经真真正正爱上了江诣！原来我分不清你们两个人，是因为我不够爱你。当我日日夜夜都想念江诣的时候，我回顾了你所有的甜言蜜语、温柔体贴、疯狂逗趣、沉默隐忍，我才清清楚楚地知道了哪个是彭哲，哪个是江诣！那些微表情研究，那些行为分析，有时候都没有爱的直觉精准。"

砰——

江诣的手打在了镶着油画的玻璃框上，玻璃顿时碎裂，江诣手上的血也随着玻璃的裂痕渲染开来。

"微表情研究？啊……"江诣走到展览导台，从里面扯出了一个盒子，那是苏糖装着手账本的盒子。他把盒子摔在了苏糖的面前，里面的手账本也摔在地上，四散开来。

江诣捡起了其中的一本，哗哗地翻着，本子上显露出了苏糖画过的各种素描和水彩画，记录着他们一起度过的时光，还有各种姿态的彭哲和江诣。

"是你，扮演了吃牛奶糖的小王子；是你，和我一起看了《触不到的恋人》；是你，和我一起看了《暮光之城》第二部；是你，和我一起在学校附近的小店吃了火锅；是你，替彭哲做好了那份礼物，写了表白在卡片上……在鸿远大学读书时，你就出现在我身边。虽然那些时刻非常短暂，虽然我曾经一直以为那个人是彭哲。"苏糖继续说，坚定的眼神和嘴角的血迹让她显得十分倔强。

"是啊，是我。对我来说，那真的是很好玩儿的互换身份的游戏。彭哲总是很忙，他要打工，我刚好很闲，就找你玩玩儿。"江诣呵呵笑着，手背上的血滴滴落在地上，"好了，别再迷惑我了。你回忆的过去也好，你最近总是说的爱我也好，不过是用你的理智在和我对峙，希望我心软，不要杀死你，你甚至连怀孕这种谎都说了，你对我已经没有感情了。我在胡说什么呢，谁在乎你对我有没有感情，你对我来说，不过是猎物！"

"那时候，你还没有杀人，你是真心喜欢我，才会扮成彭哲出现在我身边的。我不是你的猎物，我是你爱的人。你爱我，对不对？你比任何人都爱我！"

江诣叹了一口气，靠着一座雕塑，像是没有了力气。

"明天，酒店的服务生会在酒店房里发现你死了。死亡原因是服食过量的安眠药。我们家里会有一堆你在各大医院就诊的记录，你开了很多安眠类药物，终于攒够了可以致死的量。在有过跳楼自杀的前例之下，大家不会觉得你第二次试图自杀有什么不可信的。即使你的朋友们怀疑，他们也不会找到任何证据。你放心吧，这件事，我已经筹划了很久，不会不顺利的。你的父母一定会伤心一阵子，但是他们总会重新开始的，他们回到澳大利亚，时间就能治愈他们的伤口。我也会时常关注他们，替你照顾他们，至少在物质方面，我会补偿他们。其实……我早就应该这么做。"江诣说完了想说的话，然后从口袋里掏出了一瓶药，走向苏糖。

一瓶药举在了苏糖的面前，江诣看着苏糖，面无表情。

苏糖看了看药，又看了看整个大厅里的油画和雕塑，那些姿态各异的她，竟然让她产生了一种恍惚感。时光好像一瞬间就穿越到了她第一次遇见江诣的时候，她扮成了"牛奶糖"，江诣扮成了"小王子"。

"在你临死之前，我再告诉你一件事。这件事，因为嫉妒，我始终没有说出来。"江诣从裤袋里掏出了一张褶皱的信纸。

苏糖看着那信纸，困惑地看着江诣。

"刺伤楚洛之后，彭哲因为遇到了林慕曦而吓得逃走，林慕曦昏倒之后，他也没敢再回别墅去。他后来给我打了电话，我就谎称我在机场，然后又说我不上飞机了，去找他。我给他找了个酒店住下，在楚洛死后的一天半里，他不吃不喝，什么消息也不敢看。我就告诉他，新闻上报道了楚洛死亡的消息。他以为他杀死了人，又有目击者，他一定逃不掉了。他决定去自首，但在自首之前，他想见你一面。我也鼓励他去，因为那是我杀死他的好时机。"

"你利用彭哲见我的机会，杀死他……"苏糖苦笑。

"这封简短的绝笔信，是他写给你的。"江诣打开了信纸。

"嗯。"苏糖看着江诣。

"苏糖，我一直不是一个勇敢的人。原谅我，从来没对你说出我的想法。我总以为，只要我在你身边默默地守护着你，看到你快乐地生活，我就心满意足了。但其实，是我太自卑、太懦弱，才用了最安全的方式去喜欢你。直到有一天，我意识到，你在我心里是那么重要，重要到我也可以为你疯狂，我才后悔，为什么要压抑自己的感情，也伤害了你；为什么不早一点大声告诉你，我是多么喜欢你，多么想牵着你的手，和你度过每一天。如果，有一天，我真的消失在这个世界上，我心中最大的遗憾就是，我无法对你说'我喜欢你'，只能说'对不起'……"

江诣一字一句念着彭哲的绝笔信，苏糖看着江诣的脸，就像看着彭哲。

"对不起……"

"你是喜欢我的，我能感觉到，不要骗我！"

"放手吧，苏糖，别这样！我们不能在一起。"

彭哲死不瞑目的眼神，再一次无比清晰地浮现在苏糖的眼前。

这一刻，苏糖终于知道彭哲拒绝她的原因了。苏糖的眼泪溢出眼角，那是一种祭奠挚恋的悲怆、惋惜生命的心痛。

"其实，他没有想邮寄出去，他只是把它团成一团，扔在了垃圾桶里。是我捡到之后，收起来的。"江诣折好了信纸，又装回了裤袋。

"江诣，你真的把彭哲当成过你的孪生弟弟吗？"苏糖问。

"他埋过三十二只猫，是因为他在给那些病死惨死的流浪猫收尸，他也给不少流浪狗收过尸。虽然母亲一直虐待他、毒打他，甚至他连自己喜欢的画画都放弃了，但是他始终默默忍受，照顾母亲，给母亲送终。即使日子清贫，但是他始终自立自强，努力奋斗。他把林肖当朋友，还带他和兄弟一起聚会，对朋友几乎毫无保留，却不知道朋友会为了钱而撞死他。他喜欢一个人，就默默守护，甚至为她杀了人也不怨怪……我和他不一样，我一直得到父亲的栽培和溺爱，从来都不缺什么，甚至为所欲为。我们两个人之间，他，是天使，我，是恶魔。我们不应该成为兄弟！成为兄弟，有着一模一样的脸，真是上天对我们两个最大的惩罚。"

苏糖看到江诣的眼圈逐渐泛红。

甜蜜危险的糖

"江诣，你真是一个演员，用彭哲的生活碎片来拼凑你的人生。也对，这可能就是天使与恶魔的合体。"苏糖深陷绝望之中。

"你的心愿已了，可以安心离开了。"江诣发现苏糖在看他，他马上转过脸。

嘟嘟——嘟嘟——

监控器的报警轰鸣响了，江诣警觉地抬头，这说明，有人闯入了他的秘密领地。

马上就是一阵急促又密集的脚步声向着展厅靠近。

"江诣！你已经被我们包围了，你最好放了苏糖，配合我们的调查！"纪骏的声音传来。

江诣迅速捡起地上一块碎裂的玻璃攥在手里，跳到了苏糖的身后，锋利的玻璃边缘抵在苏糖的颈部动脉。

转眼间，纪骏、沈嘉扬和其他刑警已经出现在江诣的面前，纪骏双手托着枪，瞄准了江诣。

"哈哈……苏糖，你算计我？你把他们引来的？"江诣紧紧卡着苏糖的肩膀。

"只有激起你的情绪，成为诱饵，你才能说出真相！曲深明，是你作为艺术家的最后一个化名，查到他的工作室地点，就能找到你的杀人屋。我也是赌一把！"苏糖紧张地看着四周所有黑洞洞的对着江诣的枪口。

"让你猜到了！我从来都谨慎小心，却栽在了你的手里。"江诣手中的玻璃片在苏糖的脖颈划开了一个浅浅的伤口，鲜血马上流了出来。

"江诣，你再不放开苏糖，我们所有人都会开枪！"纪骏大声警告。

"虽然你很小心，但是一个连环杀手怎么会允许自己的'杰作'不被欣赏呢？不暴露，也很寂寞。我们的别墅里就有很多你的小记号，密码、栅栏上的图案都是你杀人之后的小展示。所以我才想到，你一定有其他的展示方式作为一个连环杀手和这个世界的联结。你的艺术品就是你与世界的联结！"

"Sugar，如果，你发现，你最爱的人是一个隐匿已久的恐怖连环凶案的凶手，你会怎么做？"江诣又问出了那句导语。

"我会揭发他！不管，我有多爱他！"苏糖给出了坚定的回答。

"呵呵……"江诣又露出了那种诡异的笑，他靠近了苏糖的脸，在她的脸颊上轻轻地亲吻了一下，然后举起玻璃片向着苏糖的颈动脉刺过去。

砰！

纪骏发射的子弹击中了江诣。精准，利落。

江诣倒在了地上。

刑警们向江诣冲了过去。老沈跑过去解开了苏糖身上的绳子。

苏糖扑到江诣的身边，抱住他，看着他胸前顿时被鲜血洇红了一片。

"Sugar，我应该早就把你杀掉的，不应该等那么久，绕那么大一圈……"江诣咳出的血喷得嘴角四周都是。

"江诣！"苏糖的泪再次夺眶而出。

"Sugar，你真的是一颗又甜又危险的糖啊！"江诣喘着粗气，口中不断涌出血。

"江诣，我是真的爱过你。很爱，很爱。"苏糖紧紧抱着江诣。

"那……那……咳……咳……那你爱江诣什么？"江诣挣扎。

"热情如火、奇思妙想、灿烂疯狂、甜言蜜语、温柔有趣，而且他爱我，比彭哲还爱我，他宁愿和一个死去的人竞争，也不肯放弃一个不太爱他的人。他执着、坚定，从不吝惜于自己的付出……"苏糖发现她抱着的江诣已经一动不动了，他的手滑落了，他的眼睛没有闭上，却有两股清泪顺着脸颊滑下来。

老沈拉起了苏糖，刑警们抬走了江诣。

苏糖一瘸一拐走到了展览大厅的角落，她在墙角坐了下来，看着大家各自忙于取证、拍照、处理现场……但她好像一点声音都没有听到，她耳朵里只反反复复回响着江诣刚才低头一吻时在她耳边小声和她说过的话。

"你赢了，Sugar。我走了，Goodbye！"

江诣说完，苏糖就意识到江诣要干吗了，但是她来不及提示和阻止。

"你觉得你自己会是那只幸免于难的小猩猩？"

"谁说猎豹就不是真心喜欢小猩猩呢？我相信它喜欢。"

苏糖想起了她和老沈的争论，此时此刻，老沈满眼关切地陪她一起坐在了墙角，苏糖多想再和老沈争论一次，她多想大声告诉老沈，她是例外的一个！但苏糖觉得自己全身一点力气都没有了，整个人像是被什么抽空了一样。

"别忘了，作为推理者，你和其他案件的侦探还有一点不同：你是嫌疑人的挚爱，困扰你心智和理智的都是'挚爱'这一点。所以，请记住，爱，也是一把双刃剑。它保护你，也会害死你。"

"赢？如果我赢了，知道了真相，我老公真是凶手，那我还算赢了吗？那一刻，我把他推向警察吗？赢了有什么好？我会失去我爱的人……"

苏糖缓缓转头看向同样在看着她的老沈，她和老沈之间的争执就像魔咒一样在这个时机应景地在耳边回放，苏糖想不听都不行。

"老沈，猎豹最后还是没有吃掉小猩猩。我，终于理智地分清了真相，我赢了。但是，我的心，好像死了。"苏糖笑了一下，笑得撕心裂肺。

苏糖只是感受到钻心的疼痛，那种疼痛远远超过了膝盖骨的疼痛。

一个星期以后。苏糖家的别墅。

"我还记得你的那幅插画啊，dream house，你画的就是你梦想中的一切。"

"嫁给我吧，Sugar，毕竟，我在这个园子里做园丁都做了大半年了。"

苏糖站在别墅二楼的窗前，看着窗外的铁线莲花墙，她想着江诣当初求婚的样子，终于明白他为什么对这房子如此钟爱了。

站在铁线莲花墙前，可以回味杀死蕾雅的感觉吧？

种了大半年的花，其实是把一些失踪者的尸体埋下去吧。

"纪队，这里有发现！"

"纪队，这里也有发现！"

楼下正在紧锣密鼓进行勘查的刑警们又发现了新的尸骸——因为在曲深明的工作室还有一部分失踪者的尸体没有被发现，所以根据推测，江诣为苏糖精心准备的别墅应该也大有玄机。

一想到当他们住在这里的时候，江诣就在自己的工作室、自己的休息室，回味着埋在他们身边的失踪者，苏糖就感到毛骨悚然。原来，那按照她的插画所设计出来的"梦想之屋"竟然是一座埋尸屋。

"东西整理好了吗？我们可以来帮你搬家的。"老沈走了进来，站在苏糖的身后。

"其实那一天，当我突然意识到，我们房子的布局很怪，它让我们两个处于一种'分隔状态''彼此不知'的局面时，我就觉得这房子有问题……"苏糖抱着肩膀，目光如炬。

"感到房子有问题，还不离开？你是真的胆子大！"

"也怕得要死，只是觉得，即使真的死在了江诣的手里，我也心甘情愿。"

"我们在上海的 self art mall 找到了艺术家曲深明提供的作品复制版，它是一尊放在商厦五楼的雕塑。虽然依然没有曲深明工作室的地址，但是纪骏他们辗转之下，通过商场的装修经理找到了运送那个作品的司机，又几次追踪，找到了转运输的其他司机，最后才找到了曲深明的工作室位置，要是再晚一点，恐怕就来不及了，算你命大。"老沈说着。

"我好像有点理解你前女友了。"

"啊？"老沈不解极了。

"靠近恶魔这种事，非常危险，却也非常难以自拔。你会不甘心，你会觉得，就差那么一点点了，你就会忽略或者降低了对死亡的恐惧。"

"哟呵，你变了啊，你不是一个因为爱情才去抓恶魔的人吗？"

"可能，恶魔也变了。他也因为爱情，而被猎物反噬了。"

苏糖转头，看着老沈，甜甜地笑着。

"你别这样看着我啊，我会爱上你的。"老沈腼腆低头。

一张支票举在老沈的眼前。

"500万？"

"你花了500万买下《绚烂》，我还没还钱给你呢。"

"画，是我心甘情愿买的，不用你还钱！"老沈推开了支票。

"冒着生命危险，这份诚意，也值500万吧？"

"啊，说起《绚烂》，纪骏他们可是把袭击我的女人和威胁你父母的人都给抓了。江诣真是财大气粗啊，什么人都能请来。"

"他确实财大气粗啊，作为他的遗孀，我可是继承了他全部的财产。500万对我来说，真是个小数目。"苏糖把支票塞给了老沈。

"沈嘉扬，人家苏糖不接受欠你钱这件事，就是不愿意接受你的爱啊。你干吗硬要人家欠你情啊？"

林慕曦牵着邵珥珥的手走了进来。

"你们两个什么时候在一起了啊？我舍生忘死的时候，你们却在谈恋爱？"苏糖指着两个人，甜甜笑着。

"好了，你们双双对对的，快收拾东西吧。今天的工作要完成了，我们一走，你们可就要自己面对残骸了。"纪骏也进来了，提醒大家。

"遵命！"苏糖敬了一个礼。

"你知不知道，你擅自做事，还要让这个老沈来给我们送情报，还差点把你自己的命搭上，是对我们团队和我本人巨大的挑衅啊。你真的坏了规则。"纪骏半真半假地教训苏糖。

　　"那天我们聚会，有伍教授、梁医生在，我不是表明了决心吗？我用手机打字给您看了呀，我要抓到恶魔。"苏糖假装严肃。

　　"行了，再给你们十五分钟，然后，所有人都离开这栋别墅，我们会给别墅贴上封条。"纪骏留下这句话，就回到花园继续指挥挖掘工作了。

尾 声

老沈帮苏糖把箱子都搬到了车上，苏糖最后看了一眼她住了一年多的别墅，内心里感慨良多。

"上车吧！"老沈摆手召唤。

"嗯。"苏糖抿嘴应允，两个酒窝依旧那么好看。

车子启动，别墅也被留在了身后。

苏糖再次把支票递给老沈，老沈看了一眼之后，依旧没有收下。

"苏糖，我会等你。如果有一天，你真的认为，我们一点可能都没有，你告诉我，我会收下支票。"老沈开着车子，看着前方。

"林慕曦暗恋我，他成了我的朋友，清清淡淡，他其实并没有特别卖力，说不定一开始在邵珥珥坐到他床头哭的时候，他就有点喜欢她。楚洛、秦明轩他们喜欢我，不过是把我当成锦上添花的陪伴者，甚至是玩乐的游戏。你对我的指导、关心和付出，非常真诚，但那里面可能寄托了你对你前女友的牵挂和遗憾。彭哲呢，他对我很真心，我们也两情相悦，我还花了很多年去怀念他，但他不够勇敢，他太自卑，也太爱惜自己骄傲的羽毛。在你们所有人中，也许，真的只有江诣，他爱我，毫无保留，竭尽全力。"苏糖柔声细语，平静如水。

"可是，他很多次，都要杀你啊！"

"从他知道我发现端倪开始，他就跟踪、窃听、调查、设计、表演……他当然知道，在一开始杀了我，才是最安全的方法，他根本不用绕那么大

368

一圈的。他绕的那一大圈，就是他对我最深的爱。"苏糖笑了一下，酒窝甜蜜。

"所以我们……都没有办法胜过他了？"老沈的眼睛里掠过一丝怅然。

"多可笑啊，他最后留给我的礼物，是植入我膝盖骨里的人工膝关节。我会好好留着这副膝关节的。"苏糖做了一个惊悚的表情。

"疯子！"老沈一边摇头，一边腾出一只手来，接过了苏糖递给他的500万的支票。

"诶，尽管叫我疯子，不准叫我傻子。"苏糖拧开了音响，放出了那首她喜欢的歌。

老沈释然地跟着音响哼起了那首歌。

他想，也许，江诣真的是魔鬼中的天使，但天使的一面，只对苏糖才是，对其他人，他依旧是恐怖至极的连环杀人凶手。